BergersDorf

Herma Kennel

BergersDorf

Ein Tatsachenroman

Vitalis

Bibliografische Information der Deutschen Bibliothek
Die Deutsche Bibliothek verzeichnet diese Publikation in der Deutschen Nationalbibliografie; detaillierte bibliografische Daten sind im Internet über http: //dnb.ddb.de abrufbar.

Das Buch entstand im Rahmen einer Zusammenarbeit
der Verlage Vitalis s. r. o., Prag, und Vitalis GmbH, Furth im Wald.

Bei der Arbeit an diesem Roman zeigte sich, daß die Quellen zur Rekonstruktion des historischen Tatbestandes oft sehr widersprüchlich waren. Die Auswahl der Daten wurde sorgfältig geprüft, erhebt jedoch keinerlei Anspruch auf Gültigkeit.

Druck und Bindung: Finidr, Český Těšín/Teschen

www.vitalis-verlag.com

ISBN 80-7253-097-6
ISBN 3-89919-028-9

Gewidmet

allen unschuldigen Opfern

politischer Gewalt

in Böhmen und Mähren

Vorwort

Als ich in den Siebzigerjahren noch Kinderbücher schrieb, meinte mein inzwischen verstorbener Schwiegervater, ich solle auch einmal ein Buch über die Ereignisse im Jahre 1945 in seiner Heimat, der Iglauer Sprachinsel, schreiben. Da ich aus Pirmasens in der Pfalz, also unweit der Grenze zu Frankreich, stamme, erschien mir diese, jenseits des „Eisernen Vorhangs" in der Tschechoslowakei gelegene Region fremd. Damals konnte ich mich mit diesem Vorschlag nicht anfreunden.

Auf Wunsch meiner Schwiegermutter fuhren mein Mann und ich mit ihr im August 1996 für einen Tag nach Iglau und dem nahe gelegenen Bergersdorf, wo sie bis 1945 gelebt hatte. Sie erzählte mir auch vom Schicksal ihres Vaters, des Bürgermeisters, und den Umständen seines Todes im Mai 1945.

Da gerade mein Buch *Es gibt Dinge, die muß man einfach tun – Der Widerstand des jungen Radu Filipescu* erschienen war und ich nach Stoff für ein neues Buch suchte, beschloß ich, der Sache nachzugehen.

Bald wurde mir klar, daß die von meiner Schwiegermutter geschilderten Ereignisse eine Vorgeschichte hatten. Ich habe mich mit zahlreichen Zeitzeugen aus Deutschland, Österreich und der Tschechischen Republik unterhalten, manche konnten oder wollten sich nicht an alles erinnern, andere berichteten detailliert und freimütig über die damalige Zeit. Eine wertvolle Quelle war die örtliche Zeitung *Mährischer Grenzbote* aus jenen Jahren, auch habe ich in verschiedenen Archiven geforscht. Durch die aufgefundenen Texte konnte manche Schilderung von Zeitzeugen bestätigt und abgerundet werden.

Auf der Grundlage dieser Recherchen ist ein dokumentarischer Roman über das Alltagsleben von Deutschen und Tschechen im Protektorat Böhmen und Mähren unter dem Zeichen des Hakenkreuzes entstanden. Es war mir wichtig, vorurteilsfrei und differenziert von Geschehnissen zu berichten, die die schlimmen Folgen von Nationalismus und Intoleranz vor Augen führen.

Es handelt sich dabei um wahre Begebenheiten, die ich mit einigen fiktiven Szenen und Dialogen verbunden und ausgeschmückt habe. Alle wesentlichen Ereignisse, die ich in meinem Buch schildere, und die Zitate sind authentisch. Ich wollte Geschichte in Form einer spannenden Geschichte erzählen.

Vorgeschichte

Auf halbem Weg zwischen Prag und Wien, an der Grenze zwischen Böhmen und Mähren liegt die Stadt Iglau, tschechisch: Jihlava. Die sanft geschwungenen Hügel des Böhmisch-Mährischen Höhenzugs mit seinen Feldern, Wiesen und Wäldern scheiden Bäche und Flüsse: Die im Norden des Landkreises Iglau fließen in die Moldau und dann in die Elbe, der Fluß Igla trägt das Wasser Richtung Süden, wo es schließlich in die Donau mündet.

Im zwölften Jahrhundert setzte die Besiedlung des waldreichen, von rauhem Klima geprägten Hügellandes ein. Mitte des dreizehnten Jahrhunderts führte die Entdeckung silberhaltiger Erze in der Stadt Iglau zu lebhaftem Auftrieb. Zu dieser Zeit gab es in und um Iglau eine deutsche Bevölkerung. Waren darunter Reste germanischer Markomannen und Quaden, die hier zur Römerzeit gelebt hatten? Die Mundart zeigte deutlich, daß diese Menschen mit dem Stamm der Bayern verwandt sein mußten. Waren sie aus dem zweihundert bis dreihundert Kilometer entfernten Franken zugewandert, um unerschlossenes Land urbar zu machen? Und aus Österreich und Südmähren? Waren auch einige Fachleute aus dem Erzgebirge aufgebrochen, um die Silberminen zu erschließen? Jedenfalls entstand in einer Umgebung, in der Slawen lebten, eine deutsche „Sprachinsel" – und ein Bergrecht, das zur Grundlage des gesamten Bergrechts in Europa und Südamerika geworden ist.

1249 beendeten der böhmische König Wenzel I. und sein Sohn Ottokar II., Markgraf von Mähren, in Iglau ihren Streit und verliehen dem Ort dankbar das Stadtrecht. Ottokar II., inzwischen König von Böhmen, stellte sich 1273 zur Kaiserwahl. Da er den Kurfürsten zu mächtig erschien, wählten sie den unbekannten Rudolf von Habsburg. Ottokar erkannte die Wahl nicht an, kämpfte und verlor 1278 die Schlacht und sein Leben. Um sich mit den Gefolgsleuten Ottokars auszusöhnen, verheiratete Rudolf im selben Jahr seine beiden Kinder mit denen Ottokars in Iglau.

Doch der Geist der Versöhnung verließ das Land. Hussitenkriege und der Dreißigjährige Krieg brachten Elend und Unglück über die Kaufleute, Handwerker und Bauern der Iglauer Sprachinsel; zunehmende Rivalitäten zwischen Tschechen und Deutschen, nationalistisches Gedankengut und Volkstumskampf säten Haß und Zwietracht.

Nach dem Ersten Weltkrieg wurde der Vielvölkerstaat Österreich-Ungarn zerschlagen. Der Vertrag von St.-Germain regelte 1919 die Eingliederung der Sudetengebiete und auch der Iglauer Sprachinsel in die neugegründete Tschechoslowakische Republik. Ein Viertel der Bewohner des neuen Staates waren Deutsche, die sich mit dem Nationalstaat der Tschechen nicht identifizieren wollten, auch wenn sie im Prager Parlament repräsentativ vertreten waren. Sie fühlten sich einer tschechischen Expansionspolitik ausgesetzt, der sie unterstellten, sie ziele darauf ab, über die Enteignung von Großgrundbesitz, über die Beschäftigungspolitik in Behörden und Staatsbetrieben, durch wirtschaftliche Maßnahmen und durch die Gründung von tschechischen Schulen in deutschsprachigen Gebieten die deutsche Minderheit zu tschechisieren.

Die Wogen der Erregung schlugen auch in Iglau hoch. Entsprechend einem alten Brauch brannten Deutsche am 23. Juni 1920 Sonnwendfeuer ab. Sie sangen Lieder wie *Die Wacht am Rhein* und zogen zur Stadtmitte. Dort entstand ein Tumult, es fielen Schüsse. Mehrere Deutsche wurden verletzt, zwei tschechische Soldaten tot aufgefunden – ermordet von Deutschen, wie die tschechischen Behörden behaupteten. Achtzehn Deutsche, darunter der ehemalige deutsche Bürgermeister, wurden verhaftet und auf dem Weg zum Rathaus von Tschechen bespuckt und geschlagen. Der Gärtner Hans Maresch wurde so mißhandelt, daß er später starb. Keiner der deutschen Verhafteten wurde vom Gericht wegen Mordes verurteilt. Nach deutscher Lesart hatten die Soldaten aufeinander geschossen, denn die Kugeln stammten aus Militärgewehren. In den Behörden und bei der Polizei wurden nun Deutsche durch Tschechen abgelöst. 1920 wählte zwar die deutsche Mehrheit in Iglau einen Deutschen zum Bürgermeister, aber 1925 gelang es den Tschechen, erstmals einen tschechischen Bürgermeister zu berufen. In den folgenden Jahren blieb das Verhältnis zwischen Tschechen und Deutschen in Iglau gespannt.

Auch die Dörfer in der Iglauer Sprachinsel blieben von den Auseinandersetzungen nicht verschont. Im Rahmen der Bodenreform wurde Land, das dem Hause Hohenzollern gehörte, enteignet und in tschechische Hände gegeben. In den Dörfern wurden tschechische Familien angesiedelt und tschechische Schulen errichtet. Der 1919 gegründete Deutsche Kulturverband mit Sitz in Prag sammelte Geld, um deutsche Schulen zu unterstützen.

Etwa zwölf Kilometer nördlich von Iglau, etwas abseits über gewundene Straßen erreichbar, aber an der Bahnstrecke von Iglau nach Deutsch Brod, die seit 1910 in Betrieb war, liegt, eingebettet in einer Senke, Bergersdorf. Die Bauern dieses Dorfes galten als tüchtig, erfolgreich und fortschrittlich, einige warfen ihnen aber auch Überheblichkeit vor. Schon 1889 hatten sie einen landwirtschaftlichen Verein gegründet, 1896 eine Raiffeisenkasse. Ab 1886 hatte das Dorf eine eigene Schule. Im Dorf lebten vor dem Ersten Weltkrieg drei Tschechen, 1930 wurden zweiundneunzig Tschechen gezählt; die meisten von ihnen wohnten in den neuerrichteten Wohnhäusern am Dorfrand. Für die Kinder dieser Familien wurde 1925 eine tschechische Schule errichtet.

1919 wurde der Bauer Wenzel Hondl zum Bürgermeister gewählt. Er genoß hohe Autorität und Ansehen im Dorf und war zwei Jahrzehnte ununterbrochen in diesem Amt, als Hitler nach Abschluß des Münchner Abkommens Ende September 1938 die Sudetengebiete „heim ins Reich" holte.

Die Deutschen in der Iglauer Sprachinsel waren enttäuscht, daß Hitler sie nicht auch „befreit" hatte. Am 30. Januar 1939, dem Jahrestag der Machtergreifung Adolf Hitlers, wurden in Iglau – mit Genehmigung der tschechischen Behörden – an vielen Gebäuden Hakenkreuzfahnen gehißt. Anläßlich der Bürgermeisterwahl kam es zu Tumulten: Etwa viertausend deutsche Demonstranten versammelten sich auf dem Marktplatz, sangen das Horst-Wessel-Lied und begrüßten die deutschen Vertreter der Stadtverwaltung mit „Heil Hitler!". Tschechische Demonstranten riefen ihnen entgegen: „Es lebe das tschechische Jihlava!" Daraufhin wurde der Platz von der Polizei geräumt. Wie in anderen Orten der Sprachinsel wurden auch in Bergersdorf an diesem Tage Hakenkreuzfahnen aufgezogen.

Allen Verantwortlichen, die die Auflage, neben der Hakenkreuzfahne auch die tschechoslowakische Flagge zu hissen, nicht erfüllt hatten, wurde ein Gerichtsverfahren für Ende März 1939 angedroht.

Am 15. März 1939 besetzte die deutsche Wehrmacht auf Befehl Hitlers die „Rest-Tschechei". Auch in die Iglauer Sprachinsel marschierte die Wehrmacht an diesem Tage ein. Die Bewohner feierten Hitler als Befreier, ohne zu ahnen, daß dies der Anfang vom Ende ihrer siebenhundert Jahre alten Geschichte in Böhmen und Mähren war.

„Ich, Sobieslaus, Herzog der Böhmen, tue allen Gegenwärtigen und Zukünftigen kund, daß ich in meine Gnade und meinen Schutz nehme die Deutschen, die in der Prager Vorburg wohnen, und es beliebt mir, daß diese Deutschen, so wie sie von den Böhmen durch die Volkszugehörigkeit verschieden sind, auch von den Böhmen und von ihrem Gesetz oder ihrer Gewohnheit geschieden sein sollen.

Ich räume also diesen Deutschen ein, nach dem Gesetz und Recht der Deutschen zu leben, das sie seit der Zeit meines Großvaters, des Königs Wratislaus, gehabt haben.

Einen Pfarrer, den sie nach Belieben für ihre Kirche auswählen mögen, räume ich ihnen ein und einen Richter.

Wenn der Herzog außerhalb Böhmens auf einer Heerfahrt ist, dann sollen die Deutschen Prag bewachen mit zwölf Schilden bei jedem Tore. Wißt, daß die Deutschen freie Leute sind!

Jeder Ankömmling oder Gast, von welchem Land er kommt, der mit den Deutschen in ihrem Gemeinwesen wird wohnen wollen, soll das Gesetz und Recht der Deutschen annehmen."

Auszug aus der „Sobieslawschen Urkunde" von Herzog Sobieslaw II. (1173–1178). Die Mutter Sobeslavs II. war eine deutsche Prinzessin, am Hofe seines Vaters waren deutsche Ratgeber.

„Es muß möglich sein, die Rest-Tschechei jederzeit zerschlagen zu können … Organisation, Gliederung und Bereitschaftsgrad der dafür vorgesehenen Verbände sind schon im Frieden derart auf Überfall abzustellen, daß der Tschechei selbst jede Möglichkeit planmäßiger Gegenwehr genommen wird. Das Ziel ist die rasche Besetzung der Tschechei und die Abriegelung gegen die Slowakei."

Auszug einer Weisung Adolf Hitlers an die Deutsche Wehrmacht vom 21. Oktober

1938, drei Wochen nach Inkrafttreten des Münchner Abkommens, wonach die Sudetengebiete als Reichsgau Sudetenland dem Großdeutschen Reich angeschlossen wurden.

„Werft die Deutschen aus ihren Wohnungen, und macht den Unsrigen Platz! Alle Deutschen müssen verschwinden … Was wir im Jahre 1918 durchführen wollten, erledigen wir jetzt."

Auszug aus einer Rede, die Edvard Beneš am 18. Mai 1945 in Tabor gehalten hatte, nachdem er aus seinem Londoner Exil in die Tschechoslowakei zurückgekehrt und wieder Staatspräsident geworden war.

Erster Teil

1

Bergersdorf, 13. März 1939.

Es war noch früh am Morgen. Die Luft war taufrisch kühl, doch der Tag versprach frühlingshaft warm zu werden. Wenzel Hondl, Bürgermeister des deutschen Dorfes auf dem Böhmisch-Mährischen Höhenzug, mußte sofort einschreiten. Etwa hundert Männer aus dem Ort hatten sich vor dem Gebäude der tschechischen Schule Bergersdorf versammelt. Die Schule lag in der Dorfmitte in den Räumen des Gemeindehauses.

Die Männer planten die Besetzung der tschechischen Schule und verlangten ihre sofortige Öffnung. Den Schlüssel hatte der tschechische Lehrer verwahrt, der jedoch die Herausgabe verweigerte.

Jetzt mußte der Bürgermeister eingreifen. Er forderte den Lehrer auf, das Schulhaus unverzüglich zu öffnen.

„Nein!"

„Bitte, den Schlüssel!"

„Nein!"

„Heraus damit!"

„Ich kann nichts machen!"

„Heraus mit dem Schlüssel, der gehört jetzt uns!"

Der Lehrer gab auf. Mit den Worten „Ich bin nur ein Diener des Staates!" warf er den Schlüssel dem Bürgermeister zu Füßen. Die Männer griffen nach dem Schlüssel, öffneten das Gebäude, stürmten in den Klassenraum und besetzten ihn.

Tschechische Schüler, die zum Unterricht antreten wollten, schickten sie nach Hause. Für diesen Tag wurde der Unterricht an der tschechischen und an der deutschen Schule Bergersdorf untersagt.

Am späten Vormittag traf in Bergersdorf der politische Leiter der Bezirkshauptmannschaft aus der Kreisstadt Iglau ein. In seiner Begleitung befanden sich zwei Leute der tschechischen Gendarmerie. „Warum schließen Sie die Schulen?"

„Wir machen, was *wir* für richtig halten!" entgegneten die Männer.

„Woher haben Sie den Befehl?"

„Den haben wir uns selbst gegeben!"
„Das gibt es nicht!"
„Wir befehlen uns selbst!"
„Nochmals, woher haben Sie den Befehl?"
„Wir brauchen euch Tschechen nicht!"
„Jemand muß es Ihnen befohlen haben. In allen Dörfern sind tschechische Schulen von den Deutschen besetzt worden!"
Die Gendarmen nahmen den Leiter der deutschen Schule ins Verhör, konnten jedoch nichts Neues in Erfahrung bringen.
Inzwischen hatte sich die gesamte deutsche Einwohnerschaft in der Dorfmitte um den Bürgermeister geschart: „Wir protestieren gegen die tschechische Unterdrückung!" riefen sie. „Wir wollen Wiedergutmachung, verschwindet von hier!"
Der Leiter der Bezirkshauptmannschaft hielt es angesichts dieser riesigen Menschenmenge für ratsam, so schnell wie möglich den ungastlichen Ort zu verlassen. „Ich stelle fest, daß Ruhe und Disziplin unter der Bevölkerung eingekehrt sind", wandte er sich an den Bürgermeister, „niemandem ist etwas zuleide geschehen, wir können abfahren." Rasch entfernte er sich mit seiner Begleitung.
Die tschechische Schule Bergersdorf, 1925 gegründet, blieb von diesem Tage an für ihre vierzehn Schüler geschlossen.

2

Die Wetterlage hatte sich geändert. Wolken zogen auf. Es war kälter geworden. Zwanzig junge Männer der Volksdeutschen Mannschaft[1] aus Bergersdorf machten sich am 14. März in den frühen Morgenstunden in das sieben Kilometer entfernte Stecken auf,

---

[1] Die Volksdeutsche Mannschaft (VM) in der Iglauer Sprachinsel war Anfang Februar 1939 gegründet worden; die Frist zur Aufnahme in die VM endete am 15. März 1939. 1 475 junge Männer, davon 47 aus Bergersdorf, waren ihr beigetreten. Ihre „Angelobung" war am 3. und 11. März. Emanuel Sladek und sein Schulungsleiter Dr. Stephan wiesen den jungen Männern ihre Aufgaben am 13., 14. und 15. März zu: Tschechische Schulen, Rathäuser, Behörden, Ämter, einige Fabriken usw. sollen besetzt werden. Provokationen und gezielte Desinformationen sollen destabilisieren und Unruhe, vor allem unter der tschechischen Bevölkerung auslösen, um Adolf Hitler die Rechtfertigung zu liefern, am 15. März 1939 Böhmen und Mähren mit deutschen Truppen zu besetzen.

um das dortige Eichamt zu besetzen. Die Gendarmen in Stekken wollten sie daran hindern, hielten ihre Gewehre im Anschlag, wagten jedoch nicht zu schießen. Zielstrebig erreichten die jungen Männer, zu denen weitere Mitglieder der Volksdeutschen Mannschaft aus umliegenden Ortschaften gestoßen waren, das Amt, nahmen es in Besitz, verjagten die tschechischen Beamten und hißten Hakenkreuzflaggen. Sie nahmen auch das Bezirksgericht und das Rathaus ein, hängten Hakenkreuzflaggen auf und übertrugen den deutschen Mitgliedern des Verwaltungsrates die Verwaltung der besetzten Institutionen. Das Rathaus blieb über Nacht besetzt.

In einigen Orten der Umgebung kam es an diesem Tag zu Unruhen. Tschechische Schulen wurden besetzt und die Lehrer angewiesen, sich mit ihren Familien in tschechischen Dörfern niederzulassen

In Bergersdorf war es nach den Aufregungen des gestrigen Tages ruhig. Der Bürgermeister im Haus Nr. 23 ging seiner alltäglichen Arbeit nach. Er machte sich Gedanken um die Zukunft, die Reichsdeutschen, so war gerüchteweise zu hören, würden bald einmarschieren, hoffentlich ohne Blutvergießen!

Am Nachmittag setzte Schneefall ein, erst langsam, dann immer stärker werdend. Er bat seinen Sohn Wenzel, von allen liebevoll nur Wenzi genannt, ihm beim Wegräumen des Schnees zur Hand zu gehen. Wenzi war fünfzehn Jahre alt und besuchte die Knabenbürgerschule in Iglau.

„Hast in Iglau was gehört?" fragte der Vater.

„Sie haben gesagt, daß wir morgen schulfrei haben."

„Und was noch?"

„Daß morgen kein Unterricht ist! Aber wir sollen trotzdem kommen."

„Mehr haben sie nicht gesagt?"

„Nein."

„Dann ist es jetzt soweit", sagte der Vater, „morgen werden die deutschen Truppen einmarschieren!"

Am Abend zogen tschechische Bewohner aus umliegenden Ortschaften nach Stecken, um gegen die deutschen Eindringlinge vorzugehen. Tschechische Gendarmen, auch aus benachbarten Gendarmeriestationen bezogen Stellung.

Zu Zusammenstößen kam es nicht. Am späten Abend marschierten die jungen Männer aus Bergersdorf durch Schneegestöber nach Hause zurück.

Gerüchte machten die Runde, wonach ein deutscher Kraftwagen überfallen und ein Fahrer verprügelt worden sei. Jetzt befänden sich mehrere Dutzend bewaffneter Kommunisten auf dem Weg nach Stecken.

Um drei Uhr vierzig erging an den Bezirkshauptmann in Iglau durch ein Phonogramm des Kreisamtes Brünn folgende Meldung:

> „Heute um sechs Uhr besetzt die reichsdeutsche Wehrmacht in allen Richtungen unser Gebiet, um unsere Armee zu entwaffnen. Wenn sie auf keinen Widerstand stößt, wird die Besetzung nur vorübergehend sein, und es wird uns die Möglichkeit gegeben, in einer Autonomie zu leben. Sollte es jedoch auch zu dem geringsten Widerstand kommen, wird es die schlimmsten Folgen haben. Macht alle mit diesem Entscheid bekannt. Leistet allen Anordnungen des Militärs keinen Widerstand. Wirkt in dieser Beziehung auf die Bevölkerung ein. Verständigt alle Bürgermeister und die entsprechenden Personen, sie möchten unter allen Umständen vermeiden, daß den vorrückenden reichsdeutschen Truppen Widerstand geleistet wird – auch sollen die deutschen Soldaten nicht mit Worten angegriffen werden."

3

Am Morgen des 15. März kämpfte sich ein junger Mann durch den Schnee zum Hof des Bürgermeisters von Bergersdorf. Er war mit dem Zug aus Iglau gekommen. Mehrere jüngere Männer, Mitglieder der Volksdeutschen Mannschaft, waren von Iglau mit der Eisenbahn in die Dörfer gefahren, um als Kuriere die Meldung zu überbringen, daß die reichsdeutschen Truppen heute früh um sechs Uhr die Grenzen zu Böhmen und Mähren überschritten hätten.

Die Ankunft des Kuriers aus Iglau löste Jubel unter der deutschen Bevölkerung aus. In Bergersdorf war es von Haus zu Haus zu hören: „Wir sind frei, wir sind frei! Die Fahnen heraus!" Sogleich machte sich ein junger Mann aus Bergersdorf in das zwei Kilometer entfernte Bosowitz, das keinen Bahnanschluß hatte, auf, um auch dort die Nachricht bekanntzugeben. Das Vorankommen war schwierig für ihn. In der Nacht hatte es ununterbrochen geschneit. Der Schnee türmte sich stellenweise bis zu einem Meter hoch.

Sofort nach der Meldung ordnete der Bürgermeister an: „Wir müssen die Straßen vom Schnee beräumen, Zufahrten zum Bahnhof freischaufeln, Höfe kehren, Schweine schlachten, Fahnen hissen, Häuser schmücken, Dorfeingänge kennzeichnen, Unterbringung der Soldaten vorbereiten!" In seinem Schweinestall wählte er unter den einundvierzig Tieren der Deutschen Landrasse das am besten gemästete Schwein aus, während seine Frau, seine Töchter Maria und Kathi und die beiden Mägde sich daranmachten, den Innenhof vom Schnee freizuschaufeln. Die drei Knechte kämpften sich vor dem Hoftor auf der Straße durch den Schnee und schippten die Schneemassen zum Abhang.

Nahezu alle Einwohner von Bergersdorf waren dabei, die Straßen schneefrei zu schaufeln, damit die deutschen Truppen ungehindert einfahren könnten.

In Iglau war es um neun Uhr dreißig soweit: Kradmelder zogen, von der Wiener Gasse kommend, ein. Begeistert wurden sie von Schulkindern, die ihre Hakenkreuzfähnchen schwangen, begrüßt. Danach folgten Panzerwagen und nahmen auf dem Hauptplatz Stellung. Unter dem Jubel der deutschen Bevölkerung flogen ihnen Blumensträuße zu. Soldaten wurden mit heißem Tee bewirtet und mit Salamikränzen behängt. Motorräder fuhren ein, Antennenwagen, Kommandowagen, schwere und leichte Panzerwagen. Wegen des starken Schneefalls waren Pferde vor die Militärfahrzeuge gespannt worden, damit sie diese die Straße nach Iglau hochziehen konnten.

Um die Soldaten drängten sich Neugierige: „Woher kommen Sie?"

„Von Znaim herauf. Drei Tage schon aus Bayern unterwegs."

„Was sind Sie für eine Truppe?"

„Aufklärer."

„Wohin geht die Fahrt?"

„Wissen wir nicht, Befehle werden drahtlos übermittelt."

Dies sei, so ein junger Leutnant, die dritte Besetzung, die er mitmache: „Vor einem Jahre die Ostmark, vor kaum sechs Monaten das Sudetenland und heute die Tschechei. Was haben wir für ein Tempo!"

Inzwischen hatten Panzer auch vor den tschechischen Kasernen Stellung bezogen und die Kanonenrohre auf die Haupteingänge gerichtet.

Die staatliche Polizeibehörde in der Tiefengasse war sofort besetzt und ihre Sicherheitskräfte entwaffnet worden. Die Leitung übernahm der deutsche Mannschaftsführer Emanuel Sladek. In rascher Folge wurden das Gas-, das Elektrizitäts- und das Wasserwerk der Stadt eingenommen, die Bezirksbehörde, das Postamt und schließlich das Rathaus. Eiligst wurden an allen öffentlichen Gebäuden Hakenkreuzflaggen aufgezogen. Eine große Fahne wurde feierlich vor dem Rathaus gehißt. Tausende von Menschen stimmten dabei die deutsche Nationalhymne an. Um zwölf Uhr läuteten alle Glocken der Kirchen Iglaus, dreißig Minuten lang. Viele weinten vor Freude: „Endlich ist die Heimat frei! Wir danken unserem Führer!"

In Bergersdorf wurden jetzt an den Giebeln der deutschen Bauernhäuser Hakenkreuzfahnen gehißt und an den Dorfeinfahrten geschmückte Torbögen zur Begrüßung aufgestellt. Der Kaufmann sollte später ein Schild in seinem Laden aufhängen, auf dem stand: „Hier gilt der Deutsche Gruß!" Alle deutschen Bewohner warteten auf den Einzug der deutschen Truppen.

Ranzern, fünf Kilometer südlich von Iglau an der Straße nach Znaim und Wien gelegen, war eines der wenigen Dörfer, dessen Bewohner den Einmarsch der deutschen Truppen erlebten. Frauen und Mädchen standen trotz Kälte in ihren Trachten an der Hauptstraße, die jungen Burschen trugen ihre Jungturnerkluft.

Um elf Uhr dreißig fuhr ein Motorrad mit Beiwagen, in dem ein Oberscharführer saß, ein. Dieser hatte den Arm zum Deutschen Gruß erhoben. Militärfahrzeuge folgten, ihre Beifahrer grüßten mit erhobenem Arm, jubelnd willkommen geheißen von der Bevölkerung, die ihnen begeistert zurief: „Wir danken unserer Wehrmacht!"

„Wir sind überhaupt keine Wehrmacht", entgegneten die Soldaten. „Wir sind die SS!"

Der Jungscharführer wies seine Truppe an, in strammer Haltung mit Deutschem Gruß zu grüßen, und: „Der zweite Gruß folgt, wenn der erste vorbei ist!"

Militärfahrzeug auf Militärfahrzeug zog ein, die Kolonne schien kein Ende zu nehmen. Die Wagen fuhren aus dem Ort hinaus und von dort im Kreis zur Hauptstraße zurück. Wieder zogen sie im Triumphzug in den Ort ein, jubelnd willkommen geheißen von der Bevölkerung. Wieder ließen sich Fahrer und Beifahrer von den Frauen heißen Tee mit Rum servieren und wiederholten ihre Fahrt so lange, bis der Einzug eines Generals dem ein Ende setzte. Er wurde vom Bürgermeister herzlich begrüßt und mit seinen Soldaten zum Essen geladen.

Die Soldaten waren nicht nach Bergersdorf gekommen. „Die Wehrmacht ist im Schnee steckengeblieben", hieß es am Abend. Enttäuscht zogen sich viele in ihre Kammern zurück. Maria, die Tochter des Bürgermeisters, hatte sich heute früh beim Schneeräumen erkältet. Fiebrig legte sie sich schlafen, wollte so schnell wie möglich wieder gesund werden. Ihr Vater saß mit ihrer Mutter noch lange in der Küche am warmen Herd, um die Freude über dieses große Ereignis ausklingen zu lassen.

Ein Horde junger Leute hatte sich im Wirtshaus „Kschischn" zusammengefunden, um die Befreiung bei Bier zu feiern.

Bald zog die Gruppe los, Richtung „Slowakei", dorthin, wo die tschechischen Häuser lagen. Grölend näherten sich die Burschen dem Haus 15, in dem der Müller Jaroslav Vomela wohnte. Sie machten sich heftig am Wassergraben zu schaffen und hieben gegen die Fensterscheiben. Vom Lärm aufgeschreckt, kam der Müller nach draußen. Sofort wurde er umstellt und mit den Worten: „Jetzt seid ihr Tschechen dran!" blutig niedergeschlagen.

4

Am Vormittag des nächsten Tages war Bergersdorf festlich geschmückt. Über den Hoftoren hingen Reisigkränze, deren obere Hälfte mit einer Schneehaube bedeckt war. In der Nacht hatte es wieder geschneit, die Luft war klar und eisig kalt. Ein Lautsprecherwagen fuhr langsam durch den Ort und verkündete:

> „Achtung, Achtung! Hier spricht die deutsche Polizei. Alle deutschen Volksgenossen sollen sich am frühen Nachmittag in Iglau versammeln, um unseren Führer Adolf Hitler zu begrüßen und ihm für die Befreiung zu danken!"

Das Hoftor des Hauses 23 war weit geöffnet. Maria, ihre jüngere Schwester Kathi und die beiden Mägde standen davor und sahen dem Wagen nach. „Heute fahre ich auf Iglau, zum Führer!" rief Kathi übermütig. In der Nacht zuvor hatte sie vor Aufregung nur wenig geschlafen. Auch Maria war noch müde, doch nach der Stallarbeit hatte sie trotz Fiebers ihrer Mutter beim Kuchenbacken geholfen. Die Soldaten würden hoffentlich bald kommen, dann sollten sie gut bewirtet werden.

In der deutschen Schule hatten sich die Kinder um neun Uhr im Klassenzimmer versammelt. Wimpel schmückten die Fenster, Reisigkränze waren über den Türen angebracht. Der Schulleiter stimmte das Lied *Heilig Vaterland* an. Später hörten ihm die Schüler aufmerksam zu, als er von der großen Freude sprach, die jetzt alle Deutschen erfaßt habe. Die Schüler sollten dem Führer für seine große Tat der Befreiung danken. Zum Abschluß der Feier sangen sie andächtig die deutsche Hymne. Danach wurden sie entlassen, stoben nach draußen und lieferten sich eine wilde Schneeballschlacht.

Das Schwein war gestern geschlachtet und ausgenommen worden. Wegen der großen Kälte mußte nicht alles sofort verarbeitet werden, doch das Kesselfleisch brodelte im heißen Saft.

„Die Soldaten werden Hunger haben, wenn sie zu uns kommen", sagte Kathi zu ihrem Vater. „Was haben wir ein Glück, daß der Führer uns befreit hat!"

„Jetzt wird alles besser werden", antwortete der Vater. „Endlich können wir uns wieder als Deutsche fühlen und sind nicht mehr den Tschechen ausgeliefert. Dem Herrgott sei es gedankt!"

Zum Mittagessen, das heute früher eingenommen wurde, hatten sich die fünf Familienmitglieder sowie die beiden Mägde, der Ochsenknecht und die beiden Roßknechte in der warmen Küche zusammengefunden. Mit gefalteten Händen, das Gesicht dem Kreuz zugewandt, sprachen sie das Tischgebet. Danach nahmen sie schweigend wie immer die Mahlzeit ein. Vater und Mutter saßen getrennt von den anderen an einem kleinen Seitentisch in der Küche.

Der Schnee im Hof und auf der Straße war zur Seite geschippt, wo er sich meterhoch türmte. Die Dorfstraße war nahezu schneefrei, Panzerwagen, Autos und Motorräder würden ungehindert einfahren können, hoffentlich bald!

An den Vorderfronten einiger Häuser hingen Girlanden aus Buchsbaumzweigen. Festtägliche Ruhe lag über dem Dorf, nur die Fahnen mit dem Hakenkreuz flatterten im Wind. Vor vier Tagen war es wegen der Beflaggung zum Heldengedenktag, der jedes Jahr am fünften Sonntag vor Ostern stattfand, in Iglau und einigen Orten zu Ausschreitungen gekommen.

„Wir hissen am Heldengedenktag nur *unsere* Fahne", hatte der Bürgermeister von Bergersdorf angeordnet.

Die tschechische Gendarmerie war sofort angerückt: „Wo haben Sie den Befehl her?"

„Wir haben keinen Befehl", hatten sie zur Antwort erhalten. „Den Befehl haben wir uns selbst gegeben."

„Runter damit!"

„Die Fahne bleibt! Das ist unser Recht!"

„Die Regierung hat das Hissen von Hakenkreuzfahnen nur in geschlossenen Räumen gestattet, nicht unter freiem Himmel!"

„Die Regierung kann uns nichts vorschreiben!"

„Runter damit!"

Jetzt, vier Tage später, stand der Bürgermeister vor dem Hoftor. Bedächtig rauchte er seine Pfeife wie immer nach dem Mittagessen, und sah wohlgefällig auf die beflaggten Häuser. So schnell hatten sich die Dinge zum Guten gewendet. Er hatte es als persönliche Niederlage empfunden, als die Fahne von den tschechischen Gendarmen doch heruntergerissen wurde, während der Hauptgendarm den Versammelten politischen Nachhilfeunterricht erteilt und einen Auszug aus der Regierungsverordnung zitiert hatte:

> „Bei Veranstaltungen unter freiem Himmel oder bei Beflaggung der Häuser aber ist immer auch die tschechischslowakische Staatsflagge zu hissen, und zwar nach der Vorschrift des Gesetzes Nr. 269/1936 mindestens in gleicher Anzahl sowie wenigstens in derselben Größe und Ausstattung wie die Hakenkreuzfahne und überdies an ersten Stellen, d. h. so, daß vom Beschauer die Staatsflagge links hängt."

Der Bürgermeister hörte das Lachen seiner beiden Töchter, die in ihrer Kammer die Festtagstracht anlegten. Die Mutter hatte die jungen Mädchen vom Küchendienst befreit, damit sie rechtzeitig den nächsten Zug erreichen würden. Im Bahnhof Bergersdorf fuhr jetzt der überfüllte Zug nach Iglau ein. Das

Horst-Wessel-Lied, von den jungen Burschen lautstark gesungen, war bis hierher zu hören.

„Welch glückliche Zeit bricht jetzt an", dachte er. „Endlich sind wir frei!"

5

Iglau war festlich geschmückt wie nie zuvor in seiner mehr als tausendjährigen Geschichte. Girlanden reihten sich von Haus zu Haus, Wimpel hingen aus den Fenstern, Kränze aus Buchsbaum hafteten über den Türbogen, Hakenkreuzflaggen waren an den Häusern angebracht. In der Nacht zuvor hatten Frauen und Mädchen eiligst Fahnen genäht, Kränze gebunden und Girlanden geflochten. Übernächtigt, doch glücklich hatten sie sich jetzt in ihrer Iglauer Tracht zur Begrüßung auf dem Masarykplatz, der seit gestern Adolf-Hitler-Platz hieß, aufgestellt. Kathi hatte sich ihnen angeschlossen, zusammen mit Freundinnen aus Bergersdorf. Aus dem gesamten Kreis waren die Menschen in Zügen nach Iglau gekommen. Auch die Männer waren in Iglauer Kluft, langen schwarzen Mänteln, Pover genannt, angetreten. Eine Gruppe junger Burschen war in die historische Tracht des Berghäuerzuges gekleidet.

Vor dem Rathaus war eine Rednerbühne aufgestellt, die Stiegenaufgänge waren mit roten Teppichen belegt, aus dem Lautsprecher würde bald die Ankunft Adolf Hitlers bekanntgegeben werden.

Maria war mit Freundinnen nach Stecken gefahren, da sich auch dort Menschen zur Begrüßung der deutschen Soldaten aufgestellt und auf die Durchfahrt Adolf Hitlers, der nach Wien weiterreisen sollte, gewartet hatten. Hier in Stecken würde sie ihn näher und besser sehen können als im überfüllten Iglau. Die alte Kaiserstraße führte von Prag über Stecken und Iglau nach Wien. Iglau lag fast in der Mitte zwischen Prag und Wien. Maria stand auf dem großen Platz vor dem Steckener Schloß, das um 1760 erbaut und 1840 von Fürst Karl von Hohenzollern-Sigmaringen gekauft worden war. Vor dem barocken Schloß flatterten Hakenkreuzfahnen. Der Schloßplatz war mit Girlanden und Wimpeln geschmückt. Ein kalter Wind wehte.

Maria fror und trippelte ungeduldig auf der Stelle. Von Stunde zu Stunde sank ihre Hoffnung, die Durchfahrt Adolf Hitlers und seiner Gefolgschaft mit erleben zu können. Sie dachte an ihre Schwester Kathi, die in Iglau sicher mehr Glück als sie haben würde.

In Iglau war unterdessen Reichsstatthalter Dr. Seyß-Inquart eingetroffen. Nachdem er dem Deutschen Arbeitsamt Iglau einen offiziellen Besuch abgestattet hatte, fuhr er mit seiner Wagenkolonne durch die Stadt. Sein Fahrer mußte den Wagen durch ein Spalier von Tausenden von Menschen lenken, die dem Reichsstatthalter „Sieg Heil!" zuriefen. Er stand aufrecht im Wagen, die Hand zum Deutschen Gruß erhoben. Über den Straßen und Gassen waren Transparente aus Stoff gespannt, die die Aufschriften trugen „Wir wollen heim ins Reich!" und „Ein Volk, ein Reich, ein Führer!". Vor dem Rathaus hielt die Kolonne an, der Reichsstatthalter entstieg dem Wagen und schritt die Front der Ehrenkompanie ab. Danach begab er sich mit seinem Gefolge auf die Rednerbühne, wo er vom Leiter des Bürgermeisteramtes als der „erste angekommene Stellvertreter des Führers" begrüßt wurde, die letzten Worte gingen im Jubel der Menge unter. An der festlich geschmückten Fassade des Rathauses, dessen Fenster weit geöffnet waren, prangte, umrandet von einer Buchsbaumgirlande, ein großes Transparent mit der Aufschrift: „Deutsch-Iglau grüßt den Führer!" Ein kleineres Transparent, das über drei Fenster gespannt war, trug die Aufschrift: „Iglau ist heimgekehrt!"

Der Reichsstatthalter, der 1892 in Stannern, zwölf Kilometer südlich von Iglau entfernt, geboren worden war, trat an das Mikrophon:

„Deutsche Männer und Frauen!
Meine lieben Iglauer Landsleute!
Es ist ein Augenblick tiefster Ergriffenheit. Ihr steht hier nicht mehr unter Knechtschaft und unter Sorgen, sondern als freie Bürger Großdeutschlands! Volksgenossen, es ist der Augenblick da, kurz zurückzudenken an das Jahr 1918, wo sich die damaligen Machthaber zu schwach erwiesen … Eine Zeit brach an, wo wir zerrissen wurden. Niemand wollte an Deutschland glauben. Da stand der unbekannte Soldat auf mit seinem glühenden Glauben an das deutsche Volk, und wir haben gesehen, dieser

Glaube hat für 80 Millionen ausgereicht ... Und wir alle rufen aus tiefstem Herzen: Wir danken unserem Führer."

Nach diesem Satz brandeten „Sieg-Heil!"-Rufe los, die minutenlang andauerten. Vielen Frauen liefen Tränen der Rührung über die Wangen, Männer streckten ihre Hände empor. Kathi beobachtete alles sehr ergriffen und wischte schnell Tränen aus ihren Augenwinkeln. Seyß-Inquart machte eine beruhigende Handbewegung und fuhr mit seiner Rede fort:

„In den Oktobertagen hat mancher verzweifelt. Der Führer aber sagte: ‚Habt Geduld!' Er kannte jedes Leid in jeder deutschen Seele, und daraus formte er seinen eisenharten Willen, an dem alle Feinde zugrunde gehen. Und nun steht er mittendrin in seinem Volk. Eure Grenzen sind nunmehr am Rhein und in den Alpen. Ihr seid ein Teil des deutschen 80-Millionen-Volkes, und darum kann aus diesem Erlebnis nur ein Wille entstehen: Die heutige Generation muß alles daransetzen, den Lebensraum des deutschen Volkes sicherzustellen für alle Ewigkeit. Heute drängt es uns, das Gelöbnis abzulegen, daß wir dem Führer restlos gehören. In uns ist fortab nur ein Wille und ein Ziel: der Führer und das ewige Deutschland!"

Jetzt hallten „Sieg-Heil!"-Rufe über den Platz, gingen in Sprechchöre über. Die Hände der Zuschauer waren wie zum Schwur emporgehoben. Einige Menschen jüdischer Herkunft hatten sich voller Begeisterung dem Jubel angeschlossen. Endlich gehörten auch sie dem Großdeutschen Reich an. Eine Militärkapelle spielte die Hymne der Nation, in die die Menge lautstark einstimmte. Mit dem Horst-Wessel-Lied wurde der offizielle Teil beendet.

Der Reichsstatthalter verließ die Rednerbühne, um im Sitzungssaal des Rathauses letzte Gespräche zu führen. Nach dem Essen im Hotel Goldener Löwe trat er die Rückreise nach Wien an.

Über Mittag war Gulaschsuppe für die Bedürftigen ausgegeben worden. Diese Volksspeisung sollte auch an den nächsten Tagen stattfinden.

Um sechzehn Uhr wurde feierlich die Reichskriegsflagge vor dem Rathaus gehißt. Eine Ehrenkompanie intonierte die Nationalhymne, in die Tausende von Menschen einstimmten.

Kathi sang begeistert mit. Ungeduldig wartete sie mit ihren Freundinnen auf die Ankunft Adolf Hitlers. Um achtzehn Uhr, so hatte es geheißen, würde er eintreffen.

Endlich war es soweit: Die deutschen Formationen und das militärische Kommando der Stadt marschierten auf. Amtswalter hatten auf der Rednerbühne Stellung bezogen. Kathi bewunderte die strammen Burschen des Berghäuerzuges in ihren farbenprächtigen historischen Kostümen, die jetzt an ihr vorbeimarschierten. Der Fachlehrer Ignaz Göth führte den Berghäuerzug und wies ihn an, sich vor dem Rathaus aufzustellen.

Plötzlich ertönte durch die Lautsprecher eine Stimme, die verhieß: „Jeden Augenblick kommt der Führer!"

Ein jubelnder Aufschrei ging durch die Menge.

Kathi hatte Herzklopfen. „Was werden sie daheim sagen, wenn ich erzähle, daß ich den Führer gesehen habe", dachte sie erwartungsvoll.

Es dämmerte und wurde allmählich dunkel. Alle Fenster waren festlich beleuchtet.

Adolf Hitler sollte aus Prag kommen.

In angespannter Ruhe harrten die Menschen.

Vielleicht hatte sich die Kolonne verspätet?

Es wurde neunzehn Uhr dreißig.

„Wird der Führer mit seiner Kolonne auf den Platz einfahren?"

Scheinwerfer beleuchteten die Rednerbühne, auf die aller Augen gerichtet waren.

„Vielleicht ist er schon im Rathaus und wird aus dem Haupteingang herauskommen?" überlegte Kathi. Keine Sekunde wollte sie versäumen.

Im Rathaus lag das Goldene Buch der Stadt aufgeschlagen bereit, damit Adolf Hitler sich darin würde eintragen können.

Angestrengt sah Kathi zum Torbogen des Haupteinganges, der mit Girlanden geschmückt war. Geflochtene Kränze umrahmten Hakenkreuze. Fahnen wehten über dem Torbogen.

„Wann wird er endlich kommen?" dachte sie ungeduldig.

Es wurde zwanzig Uhr.

„Vielleicht sind sie im Schnee steckengeblieben?" raunten sich einige zu. „Oder sie hatten eine Autopanne?"

Nervös zählte Kathi die Kränze an der Rathausfront. Sie zählte sie wieder und wieder, vielleicht hatte sie ja einen Kranz vergessen, und prüfte nochmals nach.

Es wurde zwanzig Uhr dreißig.

Jetzt ertönte aus dem Lautsprecher eine Stimme, die befahl: „Achtung, Achtung! Alle Abtreten!“

Die Anspannung löste sich.

Enttäuscht stoben die Menschen auseinander. Ein Gerücht machte die Runde, Adolf Hitler sei ins Memelland gefahren, weil auch das, wie es hieß, „befreit“ werde. Aber morgen, das sei sicher, werde er nach Iglau kommen!

6

In Iglau war vor wenigen Tagen eine kleine Gruppe von Männern zu einem geheimen Treffen zusammengekommen. Sie hatten nicht mehr viel Zeit; schneller als erwartet schien der Moment gekommen. Zuvor schon hatten sie sich einige Male getroffen, um über ihren Plan zu sprechen. Seit langem waren für dieses Vorhaben Gelder bei wohlhabenden jüdischen Geschäftsleuten gesammelt worden. Die meisten waren, wie sie bezeichnet wurden, „deutsche Juden“. Früher hatten sie sich im Grand-Hotel getroffen, bis der jüdische Besitzer, Erwin Schulz, mit seiner Familie 1938 nach England emigriert war.

Der Fahrplan des Führer-Sonderzuges war als „Geheime Kommandosache für den Mob-Fall“ aufgestellt worden, doch ohne Datum: Abfahrt acht Uhr zwei von Berlin Anhalter-Bahnhof, über Dresden Neustadt elf Uhr einundzwanzig. Ankunft vierzehn Uhr achtundfünfzig in Böhmisch Leipa.

Aus Sicherheitsgründen waren immer zwei Sonderzüge im Einsatz. Jede Sonderzugeinheit war ein verkleinertes Führerhauptquartier. Fünfzehn Minuten vor einer Abreise hatte Adolf Hitler entschieden, welchen Sonderzug er zu benutzen gedenke. Begleitkommando und Besatzung hatten Kabinenzuweisungen erst kurz vor der Abfahrt erhalten.

Unter „höchster Geheimhaltung“ waren die beiden Sonderzüge auf verschiedenen Strecken mit maximal sechzig Stundenkilometern in Richtung Prag gerollt. Wegen befürchteter Sprengung einer Eisenbahnbrücke bei Bodenbach war Adolf Hitler in einen Militärkonvoi umgestiegen.

In Prag angekommen, war aus Sicherheitsgründen auf einen triumphalen Einzug Adolf Hitlers verzichtet worden. Unvermutet war er auf dem Hradschin aufgetaucht, wo er mit einem großen Stab bis zur Weiterreise nach Iglau verbleiben sollte.

Beim konspirativen Treffen in Iglau hatte die Zeit gedrängt. Zunächst war Spezial-Sprengstoff benötigt worden. Der Sprengsatz sollte unter dem Hauptplatz an einem der schmalen Belüftungsschächte unweit der Rednertribüne vor dem Rathaus angebracht werden. Die Gänge des ehemaligen Silberbergwerkes waren fast unter der gesamten Stadt Iglau verzweigt, bis hin zum Heulos[2]. Sie hatten eine Gesamtlänge von dreiundzwanzig Kilometern. Einlässe an verschiedenen Stellen boten Zugang zu den Katakomben. Der günstigste, wenngleich auch der gefährlichste Eingang war neben der St.-Ignaz-Kirche am Rande des Hauptplatzes. Von hier aus war ein rasches Vorankommen zum nächsten Belüftungsschacht vor dem Rathaus möglich. Beim Eintreffen Adolf Hitlers am Rathaus sollte der Sprengsatz gezündet werden.

Es gehörte zu den vordringlichsten Aufgaben des Reichssicherheitshauptamtes in Berlin, die Reiseroute und das Reiseziel des „Führers" abzusichern. Adolf Hitler hatte Iglau einen „Felsen im slawischen Meer" genannt. Daher war ihm an einer Triumphfahrt durch die mährische Stadt sehr gelegen. Doch das erste leise Anzeichen einer Attentatsplanung setzte eine große Maschinerie der Abwehr in Bewegung und zwang Adolf Hitler zur Aufgabe seines Triumphzuges durch Iglau.

Am 15. März, dem Tag des Einmarsches, war der Anführer der Attentatsplanung, Johann Appelfeld, Sekretär der kommunistischen Partei in Iglau mit dem Decknamen „Feld", verhaftet worden. Er wurde von Emanuel Sladek, dem künftigen Polizeipräsidenten Iglaus, vernommen. In den folgenden Tagen wurde Appelfeld im Kreisgericht Iglau von der Gestapo intensiv und mit Nachdruck verhört und immer wieder gefragt, wieviel Geld die Juden ihm angeboten hätten, wenn er das Attentat ausführen würde.

Adolf Hitler blieb länger als vorgesehen auf der Prager Burg. Wieder fühlte er sich von der Vorsehung beschützt und

---

[2] Unmittelbar östlich grenzt an die von einer Stadtmauer umgebene Altstadt Iglaus ein etwa 50 Meter tiefes Tal, dessen Hänge bewaldet und von Spazierwegen mit Sitzbänken durchzogen waren. In diesem Talgrund, Heulos genannt, wurde nach 1939 damit begonnen, eine Freilichtbühne für Erntedankfeste zu errichten.

auserkoren. Vergebens war er in Iglau am 16. März erwartet worden, sein Eintreffen wurde jedoch für den nächsten Tag zugesagt.

In Iglau liefen die Ermittlungen auf Hochtouren. Die Gestapo durchsuchte Häuser und Wohnungen der Hauptverdächtigen, auch das Haus des wohlhabenden Kürschnermeisters Hermann Grünfeld. Grünfeld war bei den Iglauer Deutschen sehr angesehen. Er hatte den Deutschen Fußballclub finanziell unterstützt und war Zugführer der 1866 gegründeten Freiwilligen Turner-Feuerwehr. Dort war auch Emanuel Sladek Mitglied, der vor fünf Jahren zum Verbandsturnlehrer ernannt worden war. Er hatte jetzt einen Freund gebeten, bei der Durchsuchung des Hauses von Hermann Grünfeld am Adolf-Hitler-Platz 3 zum Schutze Grünfelds dabeizusein und tätliche Übergriffe der Gestapo auf den Kürschner abzuwehren.

Am 17. März wiederholte sich der prächtige Aufmarsch des Berghäuerzuges, der Korporationen und Vereine vor dem Rathaus Iglau. Wieder hatten sich Zehntausende von Menschen am Adolf-Hitler-Platz versammelt. Viele waren mit Leitern, Sesseln und Stühlen erschienen, um Adolf Hitler besser sehen zu können. Nach einer Stunde vergeblichen Wartens wurde über die Lautsprecheranlage durchgegeben, daß „der Führer wegen Arbeitsüberlastung heute nicht kommen kann“. Sein Besuch aber sei in den nächsten Tagen zu erwarten.

Kurz danach fuhr eine Autokolonne ein. Im zweiten Wagen befand sich Reichskommissär Konrad Henlein, dem begeisterte Heil!-Rufe entgegenbrausten. Er wurde vom Obmann des Deutschen Turnvereines, Ing. Konrad Weigner, willkommen geheißen. Gauleiter Henlein ließ den Mannschaftsführer und künftigen Polizeipräsidenten, Emanuel Sladek, herzlich grüßen. Er müsse ihm dafür danken, „daß er in Iglau die Sache so gut durchgeführt“ habe.

An diesem Tag war Adolf Hitler im Sonderzug von Prag nach Brünn gefahren. Die Brünner volksdeutsche Bevölkerung bereitete ihrem „Befreier“ einen überaus herzlichen Empfang.

Um siebzehn Uhr rollte der Führersonderzug auf dem Nordbahnhof Wien ein. Aus Sicherheitsgründen war die Ankunft erst kurz zuvor gemeldet worden. In einer Triumphfahrt durch Wien zum Hotel Imperial am Schwarzenbergplatz jubelten Adolf Hitler Tausende von Menschen zu. Später ließ er sich vom Balkon des Imperial herab feiern.

Theresia und Wenzel Hondl mit ihren
Kindern Kathi und Wenzel im Sommer 1942.

Gegen Mitternacht ging in der Adjutantur des Führers im Hotel ein Fernschreiben aus Berlin ein, das das „Minutenprogramm für den Empfang des Führers auf dem Görlitzer Bahnhof bei seiner Rückkehr aus Böhmen und Mähren am Sonntag, den 19. März 1939", enthielt. Die Tage zuvor waren auf höchster Geheimhaltungsstufe abgelaufen.

In Iglau verhaftete die Gestapo Dr. Pleva, Adolf Riesenfeld und Hermann Grünfeld. Mit der Verhaftung Grünfelds wurde das Gerücht ausgestreut, er habe Selbstmord begangen. Zusammen mit Appelfeld wurden die drei nach Prag gebracht und im Petschek-Palais verhört. Für „intensivere" Verhöre wurde Appelfeld zum Gefängnis Pankrác gebracht. In den Verhören, die mehrere Tage andauerten, „gestand" Appelfeld, daß die „Iglauer Juden" ihm eine Million Kronen angeboten hätten, Pleva, Riesenfeld und Grünfeld seien die Vermittler gewesen.

Inzwischen war in Prag der Iglauer Apotheker Rudolf Boes verhaftet worden.

Die Fahndung nach weiteren „attentatsverdächtigen Personen" war auf das gesamte Protektorat ausgedehnt worden.

In Iglau kursierte ein Gerücht, „sechs oder sieben Juden" hätten einen Anschlag auf Adolf Hitler verüben wollen. Einer von ihnen, der Anführer Appelfeld, habe das Attentatsvorhaben verraten. Bis auf den Verräter seien sie sofort erschossen worden.

„Ein Glück, daß der es verraten hat", war die Meinung aller. „Er hat Mitleid mit uns gehabt, denn wir wären alle in die Luft geflogen. Die halbe Iglauer Sprachinsel wäre ausgelöscht worden!"

Im Februar 1940 wurden Riesenfeld, Grünfeld und Appelfeld in das Konzentrationslager Sachsenhausen bei Berlin eingeliefert. Am 8. April 1940 kam der einundsechzigjährige Kaufmann Adolf Riesenfeld im Konzentrationslager Sachsenhausen zu Tode. Am 20. April 1940 kam der siebenundvierzigjährige Kürschnermeister Hermann Grünfeld im Konzentrationslager Sachsenhausen zu Tode.

Johann Appelfeld überlebte.

Im Grand-Hotel Iglau hatten sich bereits im Jahre 1938 wohlhabende jüdische Geschäftsleute getroffen. Sie hatten Gelder zur „Ermordung Adolf Hitlers" gestiftet. Die Namen einiger Geldgeber waren auf einer Liste vermerkt. Ein Hotelpage hatte diese Liste gefunden und sie weitergeleitet.

Die Geheime Staatspolizei München hatte im Mai 1938 Schreiben, unter anderem an die Regierung von Oberbayern, an die Bezirksämter in Oberbayern und an den Grenzpolizeiposten Flughafen München-Oberwiesenfeld, verschickt, in denen die Namen der „attentatsverdächtigen Juden in der ČSR“ aufgelistet waren. Abschließend hatte es geheißen: „Alle seit 29. 3. 1938 als attentatsverdächtig gemeldeten Juden sind bei ihrem Auftauchen unter sorgfältige, lückenlose Überwachung zu stellen.“ In einem weiteren Runderlaß der Geheimen Staatspolizei München war besonders auf „den Juden Johann Appelfeld, geb. 14. 8. 1908 in Jamnitz“ verwiesen worden, der sofort festzunehmen sei.

7

In Stannern war für Freitag, den 17. März, um zehn Uhr eine große Beerdigung angesetzt worden. Der Bürgermeister von Bergersdorf sah es als seine Pflicht an, daran teilzunehmen. Er legte schwarze Kleidung an und zog darüber seinen Radmantel. Aus der gesamten Sprachinsel waren Abordnungen nach Stannern, ins südlichste Sprachinselgebiet gekommen.

Die Glocken im Turm der barocken St.-Wenzel-Kirche klangen schwer. Dichtgedrängt standen die Trauernden in den alten, knarrenden Bänken. Den prachtvoll geschmückten Sarg vor dem Altar flankierten Fackelträger und Soldaten der deutschen Wehrmacht. „Ein Held, im Kampf für sein Volk gefallen“, sollte zu Grabe getragen werden, der Gastwirt Hans Matejka aus Stannern, Nr. 183. Wenzel Hondl kannte ihn und hatte ihn bei verschiedenen Anlässen getroffen.

Der Bischöfliche Rat Stadtpfarrer Dr. Honsig aus Iglau hielt das feierliche Requiem. „Niemand hat größere Liebe, als wer seinen Leib hingibt für seine Brüder“, sagte er in seiner Ansprache. Bei diesen bewegenden Worten ging ein Aufschluchzen durch die Reihen. „Weshalb mußte ausgerechnet *er* an diesem 13. März sterben?“ sinnierte Wenzel. „Er hatte doch niemandem etwas getan.“

Ein Projektil von elf Millimetern Länge und einem Durchmesser von acht Millimetern hatte den rechten Lungenflügel durchschossen und war unter dem Schulterblatt hängengeblieben. Hans Matejka war sofort tot, getroffen von einer Dienstwaffe der tschechischen Gendarmerie, wie es hieß.

„In eiserner Pflichterfüllung ist er für Volk und Heimat gefallen, beten wir jetzt für ihn!" beendete Honsig seine Ansprache. Tief bewegt verharrten die Gläubigen in stillem Gebet und vermochten sich nur schwer davon zu lösen. „Es ist kaum zu begreifen, *wie viel* in diesen wenigen Tagen passiert ist", hing Wenzel seinen Gedanken nach. Nach dem feierlichen Requiem wurde der Sarg zum Friedhof getragen. Am offenen Grab erinnerte der Bischöfliche Rat daran, daß „die Volksinsel jetzt zwei Heldengräber hat: das des im Jahre 1920 gefallenen Heimatsohnes Maresch und nun das des in Stannern gefallenen Matejka".

Als am 13. März die Schießereien zwischen deutschen Demonstranten und tschechischen Gendarmen begonnen hatten, war Matejka in das Haus einer Fleischerei geflüchtet und hatte sich dort in der Einfahrt verschanzt. Mit einem geraubten Dienstgewehr der Gendarmerie hatte er auf die Gendarmen, die zur Verstärkung ihrer Kollegen aus Iglau eingetroffen waren, geschossen.

Die Fahnen senkten sich. Eine Kapelle spielte getragen und schwer das *Lied vom guten Kameraden.* Die Menge der Trauernden hielt die Arme zum Deutschen Gruß erhoben.

Nachdem der letzte Ton verklungen war, senkten sich die Arme. Betroffene Stille herrschte. Erde fiel auf den Sarg. Der erste Kranz wurde durch einen Hauptmann der deutschen Wehrmacht niedergelegt. In Vertretung des Reichsstatthalters Seyß-Inquart legte der Mannschaftsführer Sladek aus Iglau einen prachtvollen Kranz nieder. Kränze der Volksdeutschen Mannschaft, der Sudetendeutschen Partei, der Feuerwehr, des Vereins gedienter Soldaten wurden niedergelegt, Blumengebinde von Verwandten, Freunden und Bekannten, auch von Wenzel umgaben die Grabesstätte.

Die Schießereien hatten nur wenige Minuten gedauert.

Laut Situationsberichten tschechischer Gendarmen war das Feuer von Demonstranten, die über die hart durchgreifenden tschechischen Gendarmen aus Iglau aufgebracht waren, eröffnet worden. Die zuvor telefonisch zu Hilfe gerufene Verstärkung, die mit drei Pkws aus Iglau eingefahren war, hatte die Demonstranten energisch aus der Gendarmeriestation gejagt. Die Gendarmen hatten dort ihre festgehaltenen und mißhandelten Kollegen befreit. Diese waren vom Distriktarzt Adolf Fuchs bis zur Einlieferung in das Iglauer Krankenhaus medizinisch versorgt worden. Er hatte auch bei verwundeten deutschen Demonstranten Erste Hilfe geleistet und sich vergeblich bemüht, Matejka wiederzubeleben.

In stummem Gedenken umstanden die Trauernden die blumengeschmückte Grabesstätte. „Matejka hat die Wolken gesehen, aber das Licht geahnt", waren die wehmütigen Worte eines Volksgenossen aus Stannern.

Begonnen hatte es am Vormittag des 13. März mit einer kleineren Demonstration, die sich über Mittag wiederaufgelöst hatte. Um dreizehn Uhr vierzig jedoch hatten sich mehrere hundert deutsche Einwohner auf dem Marktplatz Stannern versammelt, unter ihnen der Bürgermeister Franz Tomschik. Junge Männer und Mitglieder der Volksdeutschen Mannschaft aus umliegenden Ortschaften waren zur Unterstützung der Demonstranten hinzugekommen. In Iglau, so war bekanntgeworden, habe am Vormittag ein Aufstand stattgefunden, der rasch niedergeschlagen worden sei. Daher hatten sich einige der sechshundert bis siebenhundert Demonstranten in Stannern mit Revolvern, Jagdgewehren, Knüppeln, Stöcken, Gummischläuchen und Ochsenziemern bewaffnet. Sie waren vor das Rathaus gezogen, in dem die Gendarmeriestation und das Postamt sowie zwei Dienstwohnungen untergebracht waren. Lautstark hatten sie eine „deutsche Gendarmeriestation und eine deutsche Post" gefordert. „Zwanzig Jahre waren wir eure Knechte, jetzt reichts!" In fiebernder Eile hatten die Gendarmen Barrikaden in ihrem Büro aufgebaut, die Türen verschlossen und telefonisch um Verstärkung gebeten.

Gegen vierzehn Uhr waren Demonstranten durch die drei Eingänge des Gebäudes gestürmt und hatten die Türen mittels eines Holzbottichs, der auf dem Flur stand, eingeschlagen. Sie hatten den Oberwachtmeister, den Stabswachtmeister sowie den Wachtmeister entwaffnet und mißhandelt, die Telefonleitungen durchschnitten, das Büro und die Küche demoliert, während von draußen Demonstranten mit Stangen und Steinen die Fensterscheiben, auch die der Dienstwohnungen, zerschlugen. Einem Gendarm war, schwer verletzt, die Flucht gelungen.

Unterdessen war Gendarmerieverstärkung aus Triesch nach Stannern eingerückt. Sofort waren die drei tschechischen Gendarmen von der Menge umringt, ihrer Waffen beraubt und verprügelt worden. Mit dem Ruf „Wir wollen eine deutsche Post!" waren Demonstranten auch in das Postamt eingedrungen und hatten dem Postmeister eine silberne Uhr im Wert von vierhundertfünfzig Kronen entrissen.

Aufgebrachte Demonstranten hatten eine Fensterscheibe des tschechischen Straßenräumers zerschlagen und geschrien: „Böhmisches Gesindel, fort mich euch, wir wollen deutsche Gendarmerie und deutsche Post!"

Tschechische Einwohner hatten sich laut Gendarmerieberichten nicht an dem Aufstand beteiligt. Zutiefst erschrocken, hielten sich die meisten in ihren Häusern versteckt. Eine alte Tschechin trauerte früheren Zeiten nach: „Wir haben uns immer gut vertragen, und es hat nie was zwischen uns gegeben. Aber mit den Nazis, die gekommen sind, haben sich die Deutschen verändert."

In einem Nachruf auf den Volksgenossen Hans Matejka hieß es: „Nun ruht seine sterbliche Hülle in deutscher Erde, die unser heißgeliebter Führer wenige Stunden nach Matejkas Heldentod befreit hat. Uns Zurückgebliebene ruft das Leben, die Pflicht, die wir im Sinne unseres Führers zu erfüllen haben. Ihre Erfüllung wird uns aber leichter werden, wenn wir uns vor Augen halten, daß Matejka in seiner eisernen Pflichterfüllung für Volk und Heimat sein Höchstes gab, sein Leben."

Wer den tödlichen Schuß, der sich möglicherweise zum Querschläger entwickeln sollte, abgefeuert hatte, ist offiziell nie aufgeklärt worden.

8

Sonntägliche Ruhe lag über Bergersdorf. Die Häuser waren noch immer geschmückt, Hakenkreuzfahnen wehten im kalten Wind. In Iglau hatte in der vollbesetzten St.-Jakob-Kirche ein Dankgottesdienst „anläßlich der Heimkehr unserer Heimat ins Deutsche Reich" stattgefunden. Im Schlußwort seiner Ansprache hatte der Bischöfliche Rat Stadtpfarrer Honsig ausgeführt, der Allmächtige möge den Führer noch lange erhalten, zum Wohle des deutschen Volkes und des Friedens in Europa.

Der Bürgermeister von Bergersdorf, Wenzel Hondl, war mit seiner Familie zum Dankgottesdienst nach Schlappenz, dreieinhalb Kilometer von Bergersdorf entfernt, gegangen. Doch seine Gedanken waren auf den Nachmittag gerichtet. Völlig unerwartet hatte der Regierungspräsident von Aussig, Hans Krebs, ein gebürtiger Iglauer, seinen Besuch in Bergersdorf angesagt.

Um fünfzehn Uhr dreißig war es soweit: An der Dorfeinfahrt hatte sich die Volksdeutsche Mannschaft zur Begrüßung des hohen Gastes aufgestellt. Die jungen Mädchen, auch Maria und Kathi, waren in ihrer Iglauer Tracht angetreten. Erwartungsvoll sahen sie nach rechts die Straße Richtung Bosowitz hinauf, von der die Eskorte einfahren würde. Der Bürgermeister stand in der Mitte und überragte mit seiner Größe von einem Meter siebenundachtzig die Umstehenden.

Endlich waren von Ferne Motorengeräusche zu hören. Die ersten Fahrzeuge tauchten auf. Jubelnd wurden ihre Fahrer begrüßt. Dann rollte der Regierungswagen ein, Hans Krebs entstieg und wurde vom Bürgermeister herzlich willkommen geheißen. In geschlossenem Zuge, voran der Fahnenträger mit der alten Fahne der Sudetendeutschen Partei, begaben sich alle zum Wirtshaus.

Die jungen Mädchen waren froh, in den warmen Saal mit den ringsum festlich geschmückten Tischen zu kommen. Der Tanzboden des Saales war frei geblieben. Hier stellten sie sich im Kreise auf, in ihrer Mitte der Regierungspräsident mit seinen SS-Männern. Schmunzelnd beobachtete er die jungen Mädchen und Burschen, die den alten Iglauer Volkstanz Hatscho tanzten, musikalisch auf der Fiedel begleitet von einigen jungen Burschen.

Der Bürgermeister hatte mit seiner Frau am Ehrentisch Platz genommen.

Nachdem der offizielle Teil beendet war, gesellte sich der Regierungspräsident zu ihnen. „Es ist herrlich, wieder in der Heimat zu sein!“ wandte er sich gutgelaunt an Wenzel. „Sie sind Bürgermeister in einem der schönsten Dörfer, die ich kenne, dazu möchte ich Sie beglückwünschen!“

Jetzt zog die Zehn-Mann-Kapelle „Pokorný“ ein und spielte zum Tanz auf. Der Trommler machte wie immer Späße und brachte die Umstehenden zum Lachen.

„Ich bin hier gerne Bürgermeister“, antwortete Wenzel. „Man muß die Aufgaben, vor die man sich gestellt sieht, zu aller Zufriedenheit lösen, so, wie es in jedem Beruf der Fall ist. Daran wird sich auch künftig nichts ändern.“

Im Saale wurde getanzt. Die Wärme ließ die Fenster feucht beschlagen, so daß sie keinen Blick nach draußen boten. Alle jungen Mädchen in ihrer Iglauer Tracht genossen es, von den gutgewachsenen fremden Männern der SS zum Tanz aufgefordert zu werden. Die Musik war laut, und der Regierungspräsident bat Wenzel zu einem Gespräch unter vier Augen in ein Nebenzimmer.

„Endlich ist unsere Heimat befreit", begann er.

„Das ist auch meine Meinung", erwiderte Wenzel. „Es wurde immer schlimmer mit den Tschechen!"

„Wie wunderbar hat jetzt der Führer die Frage Böhmens und Mährens, diese schwerste Frage deutschen Lebensraumes, gelöst!" fuhr der Regierungspräsident fort.

Wenzel stimmte ihm zu.

„Jahre der Not und des Leids sind vorbei, dank unserem Führer Adolf Hitler! Zu welcher Partei fühlen Sie sich zugehörig?"

Wenzel wurde bei dieser überfallartig an ihn gerichteten Frage unbehaglich zumute.

„Dem deutschen Bund der Landwirte"[3], antwortete er.

„Das ist alles?"

„Hierin fühle ich mich bestens aufgehoben."

„Weshalb waren Sie *nur* im deutschen Bund der Landwirte?"

„Die Partei Bund der Landwirte entspricht meiner politischen Überzeugung. Mein Wahlspruch lautet: ‚Ich gehe in keine Partei mehr!'"

„Aber diesen Wahlspruch, mein Lieber, können Sie doch jetzt nicht mehr aufrechterhalten!"

„Es ist und bleibt mein Wahlspruch!"

---

[3] Am 23. März 1938 hatte der Vorsitzende des Bundes der Landwirte (BdL), Gustav Hacker, seine Partei der Sudetendeutschen Partei (SdP) angegliedert. Der Generalsekretär des BdL, Raimund Graf, widersetzte sich mit einigen Funktionären dem Übertritt in die SdP. Die Deutsche Gewerbepartei löste sich am selben Tage auf. Am 24. März stellte die Christlich-Soziale Volkspartei ihre Tätigkeit ein.
Die Mitglieder der Parteien wurden aufgefordert, sich in die SdP unter der Führung Konrad Henleins einzugliedern. Die SdP verfügte eine am 31. Mai 1938 in Kraft tretende Mitgliedersperre. Sie stellte klar, daß jeder einzelne Volksgenosse seine Beitrittserklärung ausfertigen und eigenhändig unterzeichnen müsse.
Die SdP wurde im September 1938 von der tschechoslowakischen Regierung verboten.

„Denken Sie daran, daß der Führer uns befreit hat!“
„Das tue ich!“
„Der Führer erwartet jetzt von uns, daß wir ihm bedingungslos folgen!“
„Was hat das mit einer Parteimitgliedschaft zu tun?“
„Alles! Die Partei ist der Führer, und der Führer ist Deutschland! Das läßt sich nicht trennen!“
„Ich bin seit zwanzig Jahren Bürgermeister in Bergersdorf ...“
„Glauben Sie das auch weiterhin sein zu können?“ unterbrach ihn der Regierungspräsident.
„Ich war zwanzig Jahre Bürgermeister, ohne einer anderen Partei anzugehören“, fuhr Wenzel unbeirrt fort.
„Jetzt liegen die Dinge anders!“
„Meine Arbeit als Bürgermeister war zuvor nicht schlechter und wird auch bei einer NSDAP-Parteimitgliedschaft nicht anders sein“, betonte Wenzel.
„Sie kommen gar nicht umhin, der NSDAP beizutreten!“
„Ich sagte schon: Ich gehe in keine Partei mehr, ich bin für alle da!“
„Das könnte Folgen haben!“
„Unser Dorf ist zu einem Vorzeigedorf in der Iglauer Sprachinsel geworden – unabhängig von meiner Parteimitgliedschaft. Übrigens, hatten Sie nicht vorhin anerkannt, ich sei Bürgermeister in einem der schönsten Dörfer, die Sie kennen?“
Ohne darauf einzugehen, tadelte Krebs: „Mit Ihrer Weigerung, der NSDAP beizutreten, statten Sie unserem Führer gewiß keinen Dank ab!“
„Natürlich bin ich unserem Führer dankbar ...“
„Dann zeigen Sie es ihm auch“, unterbrach ihn der Regierungspräsident. „Werden Sie Mitglied der NSDAP, wenn nicht, könnte dies Folgen für Sie persönlich, möglicherweise auch für Ihr schönes Dorf haben!“
„Soll das eine Drohung sein?“
„So drastisch würde ich das nicht sagen, aber wenn Sie es so nennen?“
„Es ist gegen meine innere Überzeugung!“
„Sie müssen es ja wissen!“
„Es wäre ... gegen meine innere Überzeugung ... aber ich werde darüber nachdenken.“
„Na also, warum nicht gleich“, schloß der Regierungspräsident zufrieden diese Unterredung ab. Vor seiner Abreise be-

suchte er seinen Schulfreund Matthias Reichtomann und fuhr, von den Bewohnern herzlich verabschiedet, nach Iglau zurück.

Beim Abendessen im Hotel Goldener Löwe hielt er eine kurze Rede vor den Parteigenossen und sagte abschließend:

„Herrgott, wie schön war's in Iglau. Wunderbar aber in Bergersdorf, wo ich so recht den alten deutschen Boden der Heimat unter die Stiefel nahm. Es war eine Entspannung nach all diesen Tagen."

Am nächsten Morgen reiste er nach Aussig ab. Der Bürgermeister von Bergersdorf aber stellte mit Unbehagen den geforderten Antrag auf Aufnahme in die Partei. Er hatte sich stets als Deutscher gefühlt, doch jetzt sträubte sich in ihm alles gegen diesen Schritt, der ihn seiner geistigen Unabhängigkeit und politischen Neutralität beraubte. Mit seiner Frau, doch sonst mit niemandem, sprach er darüber. Ab 1. April 1939 war er unter der Nummer 707 3939 Mitglied der NSDAP. Das Gefühl des Unbehagens aber wurde er nie mehr los.

9

Der Bürgermeister erhielt wie alle Ortsvorsteher der Iglauer Sprachinsel ein Schreiben von der Ortskommandantur Iglau. Darin wurde er aufgefordert, den dem Schreiben beigefügten „Aufruf" an der Gemeindetafel anzubringen und auf die Einhaltung der Richtlinien, soweit sie seinen Ort beträfen, strengstens zu achten.

Er studierte sie gründlich, vor allem die Richtlinie Nummer elf bereitete ihm Kopfzerbrechen: Bis zum 15. März hatte auf den Straßen Linksverkehr gegolten. Er berief rasch eine Gemeinderatssitzung ein, um organisatorische und technische Probleme mit den zwölf Gemeinderäten zu erörtern.

Zu Beginn der Sitzung las er vor:

„Aufruf an die Bevölkerung!
Es werden nachfolgende Richtlinien erlassen:
1. Sämtliche Preise dürfen weder steigen noch fallen. Der bestehende Zustand ist unbedingt aufrechtzuerhalten.

Jeder Zuwiderhandelnde ist Volksschädling und wird entsprechend zur Verantwortung gezogen.
2. Alle Waren sind ordnungsgemäß mit Preistafeln zu versehen, damit jedem Käufer von vornherein der Preis jeder Ware zur Kenntnis gebracht wird.
3. Hamsterkäufe und -verkäufe sind verboten. Vor allem sind sie auf dem Gebiet der Ernährung nicht notwendig, da Nahrungsmittel in genügender Menge vorhanden sind.
4. Bargeld darf nur bis zu einem Betrag von 500 RM behoben und ausbezahlt werden, wobei der Umrechnungskurs 1 RM = 10 K beträgt.
5. Die vollziehende Gewalt wird augenblicklich durch die Wehrmacht ausgeübt.
6. Die tschechische Polizei steht unter dem Schutze der Wehrmacht. Das Tragen von Pistolen und Seitenwaffen ist ihnen gestattet.
7. Die von der deutschen Wehrmacht in den Dienst gestellte tschechische Polizei ist in der Durchführung ihres Dienstes nicht zu hindern.
8. Den tschechischen Offizieren ist das Tragen der Seitenwaffen weiterhin erlaubt. Sie sind auf keinen Fall irgendwie zu belästigen. Dasselbe gilt für die Polizei und Gendarmerie.
9. Alle Läden und Geschäfte bleiben offen, die Verkaufszeit ist wie bisher einzuhalten.
10. Läden und Geschäfte, welche mehr als 24 Stunden geschlossen sind, dürfen bis auf weiteres nicht mehr geöffnet werden.
11. Die Rechtsfahrordnung ist überall sofort einzuführen. Die Gemeindeämter haben sofort Sorge zu tragen, daß in ihrem Amtsbereich auf allen Straßen, vor allem auf den Hauptverkehrsstraßen, Tafeln mit der Aufschrift ‚Rechts fahren' in Abständen von 100 bis 200 m anzubringen sind. (Deutsch-Tschechisch.)
12. Die Gemeindeämter haben dafür Sorge zu tragen, daß die jüdischen Geschäfte und Unternehmungen entsprechend gekennzeichnet werden.
Der Bevölkerung sind, um Ruhe und Ordnung aufrechtzuerhalten, oben angeführte Anordnungen auf die ortsübliche Art bekanntzugeben.

Es ist notwendig, daß sowohl in der öffentlichen Verwaltung wie auch in der privaten Wirtschaft unbedingt wie bisher weiterzuarbeiten ist.
Solange keine neuen Gesetze eingeführt werden, gelten die bisherigen gesetzlichen Bestimmungen.

Iglau, am 17. März 1939.
Ortskommandantur"

Dieser Aufruf war auch in der Ausgabe des Mährischen Grenzboten veröffentlicht worden. Jetzt mußte schnell gehandelt werden, um die Verkehrstafeln aufstellen zu können.

„Im Amtsbereich unserer Gemeinde befinden sich drei Straßen mit einer Gesamtlänge von etwa fünf Kilometern, also müßten wir, laut Aufruf, zwischen fünfundzwanzig und fünfzig Tafeln aufstellen", führte der Bürgermeister aus. Die Abstände von hundert bis zweihundert Metern hielt er für „überflüssig und undurchführbar".

Dieser Meinung schlossen sich die Gemeinderatsmitglieder an, sie hielten Abstände von mindestens fünfhundert Metern für völlig ausreichend.

Dem Zimmermann wurde aufgetragen, die Holztafeln herzustellen und mit der zweisprachigen Aufschrift zu versehen.

Der Bürgermeister und sein Stellvertreter, so wurde beschlossen, sollten abwechselnd die Aufstellung der Tafeln, mit der der Gemeindearbeiter Friedl betraut wurde, kontrollieren und überprüfen.

Die übrigen in dem Aufruf angeführten Richtlinien betrafen Bergersdorf nicht. Die tschechische Gendarmerie war in Deutsch-Schützendorf stationiert, ein jüdisches Geschäft oder Unternehmen gab es nicht. Ein Exemplar des Aufrufes wurde beim Gemeindeaushang am Feuerwehrhaus angebracht.

10

Kathi konnte es kaum noch erwarten.

„Vater, was meint Ihr", fragte sie ungeduldig, „wann kommen endlich die Soldaten zu uns? Habt Ihr schon was gehört?"

„Du wirst es abwarten können", antwortete Wenzel.

„Die Leute im Dorf haben so viel vorbereitet und sind aufgebracht, weil die Soldaten nicht kommen“, hakte Kathi nach.

„Sie werden zu uns kommen“, beruhigte Wenzel seine siebzehnjährige Tochter. Er wußte, daß sie jeden Tag an den Einzug der deutschen Soldaten in Bergersdorf dachte.

Kathi hatte sogar davon geträumt. Das Leben war jetzt spannend und aufregend geworden, alles hatte sich zum Besseren hin verändert. Sie hatte ihre Festtagstracht schon bereitgehängt, die dazu passende Bluse gewaschen, gestärkt und gebügelt, ihre roten samtenen Schuhe gebürstet, jetzt fehlten nur noch die Soldaten zum Tanzen!

Eines Tages fuhr ein Auto mit Soldaten vor. Der Kompaniechef, der mit seiner Truppe in Deutsch-Brod lag, betrat den Hof des Bürgermeisters. Er hatte sich nach einem deutschen Dorf in der Iglauer Sprachinsel erkundigt, mustergültig sollte es sein und über einen schönen Gasthof mit großem Tanzboden verfügen. Bergersdorf, so wurde ihm gesagt, das sei das Dorf, nach dem er suche. Mit dem Bürgermeister legte er den kommenden Samstag für die Tanzveranstaltung fest. Die Soldaten sollten bei den Bauern für eine Nacht untergebracht und auch verpflegt werden. Nachdem weitere Einzelheiten besprochen waren, fuhr er nach Deutsch-Brod zurück.

Kathi fiel ihrem Vater überglücklich um den Hals: „Endlich kommen sie!“ rief sie, „endlich!“

Zusammen mit den beiden Mägden half Maria ihrer Mutter bei den Vorbereitungen für das große Ereignis, dem jetzt fast das ganze Dorf entgegenfieberte.

Am Samstagnachmittag hatte sich die Dorfbevölkerung in der Mitte beim Heiligen Nepomuk versammelt, um die einfahrenden Gäste willkommen zu heißen.

Die Sonne schien, es war wärmer geworden.

Die Mädchen in ihrer schmucken Tracht warteten voller Anspannung auf die Soldaten.

Kathi zwinkerte ihrem Vater zu, vor Aufregung hielt sie es kaum noch aus.

Maria blieb wie immer gelassen: „Ob du dich aufregst oder nicht, sie kommen oder sie kommen nicht, also reg' dich nicht auf!“ beruhigte sie ihre Schwester.

Endlich fuhren sie ein!

Der Bürgermeister begrüßte gutgelaunt, seinen Hut in der linken Hand haltend, den Divisionsgeneral, Generalleutnant

Lemelsen, und hieß ihn herzlich willkommen. Er empfand es als Ehre, daß sein Dorf auserwählt war, die hohen Gäste empfangen zu können.

Nachdem das Platzkonzert beendet war, wurden die Soldaten in die Häuser, in denen sie übernachten sollten, begleitet.

Das Gasthaus Kschischn war für den großen Manöverball bestens vorbereitet. Von der Decke hingen Girlanden, und die Tische waren mit Blumendekors arrangiert. Der Ehrentisch blieb für den Bürgermeister und seine Frau sowie die Offiziere reserviert. Kathi brannte darauf, tanzen zu können. Ein Soldat, der ihr gefiel, näherte sich ihrem Platz und führte sie als erste zur Tanzfläche. Sie tanzten den ganzen Abend hindurch. Es war wunderschön, endlich war ihr Traum in Erfüllung gegangen.

Zu vorgerückter Stunde sollte ein Photo von den Mädchen in ihren Trachten gemacht werden, und sie stellten sich im Saale auf, eine Augenweide für Generalleutnant Lemelsen: „Sie sind der glücklichste Bürgermeister vom ganzen Großdeutschen Reich", wandte er sich an Wenzel. „Ich komme auf viele große Veranstaltungen, aber so viele schöne Frauen auf einen Haufen habe ich noch nie gesehen! Dazu möchte ich Sie beglückwünschen!"

Der Soldat hieß Hans. „Du tätst mir gefallen", sagte er zu Kathi. „Willst auf mich warten?" Kathi hatte sich bereits in ihn verliebt, doch sie ließ es sich nicht anmerken.

Am nächsten Morgen, kurz vor der Abfahrt der Soldaten stellten sich die Mädchen mit den Gästen zu einem Gruppenphoto auf.

„Du wärst die Richtige", sagte Hans zum Abschied. Er versprach, ihr zu schreiben, und hoffte auf ein baldiges Wiedersehen.

Kathi dachte wieder und wieder an dieses Wochenende und an Hans zurück. Ihre Gedanken vermochten sich kaum davon zu lösen. Sie schrieb in ihr „Merkbuch", das sie als Lehrling in der ländlichen Hauswirtschaft auf dem Hof ihrer Eltern führen mußte, unter der Rubrik „Beschreibung eines besonderen Arbeitstages" dieses Ereignis nieder:

> „Am 15. März 1939 befreite der Führer auch uns Volksinseldeutsche von der Tschechenherrschaft. Deutsche Soldaten marschierten in Böhmen und Mähren ein. Ein Jubel ohnegleichen, in den frühen Morgenstunden war

das ganze Dorf auf den Beinen, um die Häuser zu schmükken. Einquartierung gab es aber nicht, da das Dorf fast deutsch war, die tschechische Schule war schon von der Volksdeutschen Mannschaft besetzt. Da, eines Tages, ein Auto, deutsche Soldaten. Es war der Kompaniechef, der mit seiner Kompanie in der tschechischen Stadt Deutsch-Brod lag. Da es dort keine Unterhaltung gab, wollte er mit seinen Soldaten in ein deutsches Dorf. Das Auto hielt vor unserem Haus, da Vater Gemeindevorsteher ist. Selbstverständlich wurde der Manöverball gleich für Samstag festgesetzt. Die Soldaten sollten bei den Bauern Jause, Abendessen, nach dem Ball dann ausschlafen, am nächsten Tag um zehn Uhr wieder nach Deutsch-Brod zurück. Das war ein Hallo und Hurra, im ganzen Dorf wurden nun Vorbereitungen zum Empfang getroffen. So mußte denn alles ganz gründlich gesäubert werden, die Männer kalkten die Häuser, die Bäuerinnen und Mädels waren mit Vorbereitungen im Hause beschäftigt.
Erstmal wurde das Schwein geschlachtet, denn zu uns kamen ja vierzehn Mann. Frisches Brot und ‚Iglauer Flekken' sowie ‚Schirmkuchen'[4] wurden gebacken. Dann kam die Schmückung des Speisezimmers. Die größte Sorge waren wohl die Betten, aber auch dem wurde abgeholfen. Wir Hausbewohner legten uns zu zweit oder zu dritt in ein Bett. Räume standen ja genügend zur Verfügung.
Endlich kam der ersehnte Samstag. Alles stand in Festtracht am Dorfplatz. Da, ein Motorrad. Kradschützen fuhren voraus, um die Ankunft zu melden. Da, ein zweites Motorrad, der bereits von Deutsch-Brod abgefahrenen Kompanie kam ihr Divisionsgeneral, Generalleutnant Lemelsen, nachgefahren, so konnten wir in unserem kleinen Dörfchen einen Divisionskommandeur mit Offizieren seines Stabes begrüßen. Nachmittags gab es Platzkonzert, die Soldaten gingen in ihre Häuser. Abends wurde im Dorfwirtshaus bei den Klängen der Regimentsmusik fröhlich getanzt. Die schöne Volksinseltracht mach-

[4] Iglauer Flecken – süße, mit Quark gefüllte Hefekuchen.
Schirmkuchen – ein süßer Hefekuchen mit Mohnfüllung und einer Streuseldecke.

te besonderen Eindruck auf die Soldaten. Zu kurz waren die Stunden, um drei Uhr früh war Schluß mit der Freude. Die Soldaten freuten sich, wieder einmal in richtigen Federbetten wie zu Hause schlafen zu dürfen."

11

An einem Donnerstag fuhr Wenzi von Bergersdorf mit der Eisenbahn nach Iglau zum Schulunterricht. Seit kurzem fand der Unterricht für die Knaben in der Mädchenbürgerschule statt. Soldaten der deutschen Wehrmacht waren vorübergehend in der Knabenbürgerschule einquartiert.

Rauchschwaden hingen über der Innenstadt. Heute nacht, so erfuhr Wenzi, sei „ein Feuer in der Synagoge ausgebrochen". Bis dahin hatte Wenzi nicht gewußt, daß es in Iglau überhaupt eine Synagoge gab, und er wollte den Ort kennenlernen. Nach Unterrichtsschluß war er zur Schillergasse 44, nicht weit von seiner Schule entfernt, gegangen. Ratlos stand er vor dem ausgebrannten Gebäude. ‚Wieso kann sich hinter diesen Steinmauern ein Feuer entzünden?" dachte er.

Es war am späten Abend des gestrigen Tages gewesen. Im nahegelegenen Wirtshaus Kirchner hatte sich die „Zerreißermannschaft" zum gewohnten Trinkgelage getroffen. Die Mitglieder waren Anfang bis Ende Zwanzig, stets zu neuen Abenteuern aufgelegt. Nach übermäßigem Alkoholkonsum hatten sie sich willfährig darangemacht, den an sie gerichteten Auftrag: „In der Nacht zum Dreißigsten fackelt ihr den Judentempel ab!" durchzuführen. Aus den hinter der Synagoge bereitgestellten Benzinfässern hatten sie die leicht entflammbare Flüssigkeit in Kanister abgefüllt und im Innern des Gotteshauses verschüttet.

Einer der Betrunkenen hatte sich unterdessen zum Schaukeln an den Kronleuchter gehängt und war mit ihm, weit ausschwingend, zu Boden gestürzt.

Grölend hatten die Männer das Feuer entzündet und waren nach draußen gestoben. Aus sicherer Entfernung hatten sie für einen Moment ihr Werk begutachtet. Zwei ihnen nicht bekannte Herren, die aus Prag gekommen waren, filmten die in Flammen stehende Synagoge. Im Innern war das Gebälk krachend zu Boden geschossen, die schweren Eichenbänke waren zerborsten. Bewohner eines sechs Meter entfernten Bürgerhauses mußten ein Übergreifen des Feuers befürchten. Der Besitzer des Hauses, ein tschechischer Arzt katholischen Glaubens, hatte die Feuerwehr alarmiert. Vergebens warteten er und seine katholische deutsche Ehefrau auf das Eintreffen der Feuerwehren. Der Wind hatte jedoch zur anderen Seite abgedreht, die Gefahr war für die unter Schock stehenden Bewohner vorüber.

Vom Lärm angelockt, waren Schaulustige gekommen. Tschechische Bewohner hatten fassungslos auf die 1863 erbaute, nun brennende Synagoge reagiert. Für sie stand fest, daß dies nur ein Werk von Deutschen gewesen sein konnte: „Ausgerechnet den Juden, die immer zu den Deutschen gehalten haben, wird das angetan", bemerkte einer von ihnen mit Genugtuung.

Viele Menschen waren am nächsten Vormittag zur Schillergasse geströmt. Die städtische Bauabteilung führte sofort eine „Besichtigung an den Resten des ausgebrannten Objektes", wie es hieß, durch. Sie stellte daran Mängel fest, die „die Sicherheit von Personen bedrohen könnten".

Am Haus des tschechischen, überaus beliebten Arztes war eine Aufforderung in brauner Farbe zu lesen: „Judenknecht, hinaus aus Iglau, Hurenkerl!"

Am Nachmittag war Wenzi mit dem Zug nach Bergersdorf zurückgefahren und hatte seinem Vater über den Brand der Synagoge berichtet.

„Man zündet keine Gotteshäuser an", sagte der Vater zutiefst betroffen. „Ganz gleich, welcher Religion ein Gotteshaus zugehört, haben wir alle doch nur einen Gott. Das war eine Sünde, die niemals gutzumachen ist. Wenn es rechtens zugeht, dann kommen die Brandstifter jetzt vors Gericht!"

Die Täter, so erklärte der Leiter der Gestapo in Iglau, hätten nicht ermittelt werden können.

Anfang April führte eine Kommission, bestehend aus je einem Sachverständigen für das Bauwesen und für das Gesundheitswesen, aus Vertretern der Stadtgemeinde sowie der Jüdischen Religionsgemeinde, unter der Leitung eines Oberjustizrates eine Besichtigung durch. Im anschließend gefertigten Protokoll, in dem die Schäden aufgelistet waren, wurde der jüdischen Gemeinde eine Entscheidungsfrist von drei Wochen gewährt. Aus „Gründen der öffentlichen Sicherheit" wurde danach der Abriß bekanntgegeben. Im *Mährischen Grenzboten* war darüber zu lesen:

„Vor einigen Wochen brannte der Judentempel in der Schillerstraße nieder. Der Brand war gelegt – es war diese Tat der begreifliche Ausdruck jenes Abscheus der deutschen Volksseele vor der jüdischen Arroganz, die sich jahrelang in Iglau in besonders krasser Weise bemerkbar gemacht hat. Wie wir nun erfahren, werden diese Ruinen des jüdischen Tempels abgetragen werden. Montag soll mit der Arbeit begonnen werden. Binnen kurzem wird aus dem Stadtbild ein Gebäude verschwunden sein, das in einer der belebtesten Straßen der Stadt wie ein Mahnzeichen jüdischer Herrschsucht gewirkt hat."

12

Nach vier Wochen war es soweit, die SS-Standarte „Deutschland" hatte den Befehl zum Abzug aus Iglau erhalten. Der Abmarsch war für Dienstag, den 11. April, um zehn Uhr festgelegt worden. Zusammen mit der Bekanntgabe des Abzuges hatte der Kommandoführer der SS-Standarte seinen Dank an die Bevölkerung per Anschlag an mehreren Plätzen der Stadt anbringen lassen, in dem es abschließend hieß:

„Während der Besatzungszeit haben sich zwischen Bevölkerung und Truppe enge Bande der Kameradschaft geschlungen, die nicht nur Zeichen gegenseitiger Wertschätzung, sondern auch Ausdruck wahrhafter nationalsozialistischer Verbundenheit und Zusammengehörigkeit waren.
Die SS-Standarte ‚Deutschland' scheidet aus dem Sprachgebiet Iglau mit dem Wunsche und der Überzeugung, daß die Sprachinsel unter der Hakenkreuzfahne einer glücklichen Zukunft entgegengehe und weiterhin Träger deutscher nationalsozialistischer Kraft und Kultur bleiben werde.

Iglau, den 10. April 1939
Kommando SS ‚Deutschland'
gez. Steiner."

Bereits am frühen Morgen des 11. April war Iglau festlich geschmückt worden. Hakenkreuzfahnen flatterten an den Häusern, und Tausende von Menschen hatten sich zum Abschied versammelt. Als offizielle Vertreter hatten sich der kommissarische Leiter des Bürgermeisteramtes der Stadt Iglau, Dr. Brummer, eingefunden sowie die Kreisleitung der NSDAP und der Mannschaftsführer der Volksdeutschen Mannschaft, Emanuel Sladek. Den Bürgermeistern der größeren Landgemeinden war die Teilnahme nahegelegt worden.

Der Bürgermeister von Bergersdorf hatte sich mit seinem Kollegen aus Wesenz am Bahnhof Bergersdorf getroffen. Zu seinen vielfachen Verpflichtungen waren jetzt neue Termine, deren Sinn ihm nicht immer einleuchtete, hinzugekommen. Vor drei Wochen hatte er in Iglau der Truppenparade für den General der Infanterie Blaskowitz, den Oberbefehlshaber der Heeresgruppe 3, beigewohnt. Im Ersten Weltkrieg hatte Wenzel als Leutnant die Schrecken des Krieges kennengelernt. „Nie wieder Krieg", hatte er gehofft. Daher lösten Truppenaufmärsche in ihm ein beklemmendes Gefühl aus. Jetzt hatte er sich am Adolf-Hitler-Platz bei seinen Kollegen eingereiht. In unmittelbarer Nähe der Mariensäule stand der Wagen des Standartenführers Steiner, der den Vorbeimarsch abnahm. In schier endloser Kolonne rollten die Wagen vorbei. Frühlingsblumen der Menschen, die die Arme zum Deutschen Gruß erhoben hatten, flogen ihnen zu, begleitet von begeisterten „Sieg-Heil!"-Rufen.

Wenzel dachte an die vergangenen drei Wochen, in denen Soldaten Gäste in seinem Hause gewesen waren. Jeder Hof in Bergersdorf hatte vier Soldaten aufgenommen. Die tschechischen Kasernen in Iglau waren für die Einquartierung der deutschen Soldaten umgebaut worden; es hatte an Unterbringungsmöglichkeiten für Offiziere und Unteroffiziere gemangelt. Immer wieder hatte das städtische Militärreferat an die Bevölkerung appelliert, freie Zimmer zu melden und zur Verfügung zu stellen. Die vier Soldaten im Hause des Bürgermeisters von Bergersdorf wurden von ihm und seiner Familie herzlich willkommen geheißen. Sie hatten auf dem Dachboden, der für sie rasch ausgebaut und auf dem ein Ofen installiert worden war, logiert. Dicke Kopfkissen und Decken aus Gänsefedern hatten die Betten aus Mahagoniholz bedeckt. Dankbar genossen die Soldaten diese Gastfreundschaft. Einer von ihnen hatte sich zum Abschied an Maria gewandt: „Sie haben einen wunderbaren Vater!"

Nach drei Wochen Aufenthalt in Bergersdorf waren die Soldaten in die Kasernen nach Iglau befohlen worden. In den kommenden Monaten sollten sie sich an manchen Sonntagen zum Mittagstisch im Hause 23 einfinden. Die Frau des Bürgermeisters, Theresia, war eine perfekte Köchin, ihre doppelten Schirmkuchen blieben allen Gästen unvergessen.

Nach dem Abzug der Truppen waren noch am selben Tag in mehreren Gemeinden des Bezirks Iglau Ortsschilder und Verkehrszeichen in deutscher Sprache abgerissen oder beschädigt worden. Die Täter wurden in tschechischen Kreisen vermutet, konnten jedoch nicht ermittelt werden.

Jetzt war der letzte Wagen vorbeigezogen und riß Wenzel aus seinen Gedanken. Der Standartenführer verabschiedete sich von den Vertretern der Stadtverwaltung, bestieg seinen Wagen und ließ sich durch ein Spalier von Tausenden von Menschen chauffieren. Unter den Klängen der Kapelle der SS-Standarte *„Muß i denn, muß i denn, zum Städtele hinaus …“* brauste der Wagen schließlich davon. Zum Abschluß erklangen die Nationalhymne und das Horst-Wessel-Lied. Danach bestiegen die Musiker ihre Wagen und fuhren, von der Bevölkerung mit Blumen überschüttet, davon. Iglau war Wenzel plötzlich fremd geworden. Mit der ersehnten Befreiung kamen die Befreier, die den Befreiten nie zuvor gekannte Rituale verordneten. „Vielleicht bin ich mit meinen dreiundfünfzig Jahren schon zu alt dafür“, sinnierte er. „Die Jugend ist mit Begeisterung dabei.“

*

In der kommenden Nacht wurde die Büste des Masaryk-Denkmals, das in Iglau vor der Masaryk-Schule aufgestellt war, zu Boden gerissen. Laut Situationsbericht der tschechischen Gendarmerie, die seit Ende März wieder ihren Dienst versah, waren ausschließlich Deutsche daran beteiligt. Die reichsdeutsche Militärwache vor der sechzig Meter entfernten Artilleriekaserne durfte sich nicht von ihren Wachposten entfernen, um gegen die Täter vorzugehen.

Am Vormittag des 12. April ordnete der kommissarische Leiter des Bürgermeisteramtes, Brummer, an, die Büste wiederaufzustellen. Das städtische Bauamt führte diese Arbeit am Nachmittag aus.

Am Abend versammelten sich vor dem Denkmal deutsche Jugendliche, die von einer Versammlung im nahe gelegenen Schützenheim kamen. Sie bewarfen die Masaryk-Büste mit Steinen und versuchten sie niederzureißen.

Nach diesem Vorfall bestand die tschechische Gendarmerie darauf, Wachen vor dem Denkmal aufzustellen. Erst nach mehrmaliger Aufforderung wurden zur Nachtzeit zwei, bei Tage ein Posten bewilligt.

Der Leiter der Gestapo regte an, die Büste vorübergehend zu entfernen, bis sich die Lage beruhigt habe. Die tschechische Gendarmerie lehnte mit der Begründung ab, daß diese Maßnahme „zur weiteren Beunruhigung der tschechischen Einwohnerschaft" führen könne.

Inzwischen war im Smetana-Park das Smetana-Denkmal geschändet und gestohlen worden. Gestapo und Schutzpolizei ließen verlauten, ihre Nachforschungen, an denen die tschechische Gendarmerie zweifelte, hätten nichts erbracht.

Das Smetana-Denkmal blieb unauffindbar.

13

In Bergersdorf hatten sich vier junge Mädchen bei Einbruch der Dunkelheit bei Wesselys, Haus 8 getroffen. Sie lehnten am Gartenzaun und wollten wie an jedem Abend noch ein wenig ratschen, bevor sie in die Häuser ihrer Eltern zurückkehren mußten. Es war die Zeit des Neumonds. Das Firmament war klar und schien sternenlos zu sein.

Plötzlich erschien ein großes Kreuz am Himmel!

Jäh verstummten die Mädchen und glaubten sich zu Tode zu erschrecken. Wie gebannt sahen sie auf das über ihrem Dorf bewegungslos leuchtende Kreuz.

Maria aus dem Hause 3 reagierte zuerst: „Mensch, was gibt das?" fragte sie. „Das hat eine böse Bedeutung!"

Die Mädchen starrten auf das Kreuz. Unerträglich lange war es zu sehen.

Unvermutet verschwand das Zeichen. So plötzlich, wie es aufgetaucht war, war es verschwunden, ohne eine Lichtspur zu hinterlassen.

Die Mädchen erzählten es den Alten im Dorf.

„Was, das habt ihr Mädchen gesehen?“ fragten sie. „Das ist ein böses Omen, es gibt Krieg!“

„Vor dem letzten Krieg war auch so was“, sagte eine alte Frau.

„Da gehen wir jetzt einer bösen Zeit entgegen!“

Zweiter Teil

1

Bergersdorf, 20. April 1939.

Die fünfunddreißig Schüler, fünfzehn Knaben und zwanzig Mädchen, der deutschen Volksschule hatten Grund zur Freude: Am 20. April sollte der Unterricht ausfallen. Das Schulgebäude war auf Hochglanz gebracht worden. In die Schulchronik Bergersdorf wurde ein Bildnis Adolf Hitlers geklebt. Darüber stand geschrieben:

> „Am 20. April 1939 war unser heißgeliebter
> Führer Adolf 50 Jahre alt."

Im festlich geschmückten Klassenzimmer versammelten sich die Schüler in ihrer Sonntagstracht zur Geburtstagsfeier. Sie hielten kleine Blumensträuße in den Händen und blickten dankbar zum Bild Hitlers. Zu seinem Geburtstag waren Bilder von ihm, mit „echten Alpenblumen verziert", angeboten worden. Sie waren in Iglau beim Bund der Deutschen in der Judengasse 11 erhältlich. Andächtig lauschten die Schüler jetzt den Worten des Lehrers und sangen mit ihm die Nationalhymne. Danach durften sie das Schulgebäude verlassen und nach Hause gehen.

Die Toreingänge der Bauernhäuser waren mit Reisigkränzen geschmückt. Von jedem Giebel flatterte eine Hakenkreuzfahne herab. Festtägliche Ruhe lag über dem Dorf. Es schien wie ausgestorben. Viele Bauern waren nach Iglau gefahren, auch der Bürgermeister und seine Frau. In der St.-Jakob-Kirche fand ein Dankgottesdienst statt. „Das sind wir unserem Führer schuldig, denn er hat uns befreit!" war die tiefe Überzeugung aller Gottesdienstbesucher. „Endlich sind wir nicht mehr dem Terror der Tschechen ausgeliefert, dem Führer sei's gedankt!"

Wenzel und Theresia hatten in einer der letzten freien Bänke der Kirche Platz gefunden. Der Andrang der Gläubigen war so groß, daß sich viele vor dem Gotteshaus aufstellen mußten. Der Bischöfliche Rat Stadtpfarrer Honsig zelebrierte die Heilige Messe.

Er hatte ein Dankgebet verfaßt, das er den Kirchenbesuchern während des Gottesdienstes vortrug:

„In tiefster Not und größter Ratlosigkeit hast Du uns, allmächtiger Gott, den Führer gesandt. Ohne grauenerregendes Massenmorden wußte er sein Volk zu einen, die Zerstreuten zu sammeln und alle an das Herz des großen, wiedererstandenen deutschen Vaterlandes zu führen. Dank sei Dir, Allmächtiger, für all Deine Güte und Barmherzigkeit, Dank für alles, was Du durch unseren Führer zum Heile des Volkes und der ganzen zivilisierten Menschheit vollbringen ließest. Schütze, o Herr, auch weiterhin den Führer, gib stahlharte Kraft ihm, daß er sein segensreiches Werk sieghaft zu Ende führe und seinem Volke, ja allen Völkern Europas den so heiß ersehnten, wahren und aufrichtigen Frieden bringe und für alle Zeiten festige! Schütze und segne, o Herr, unseren Führer! Schütze und segne, o Herr, unsere Heimat und unser Volk! Amen."

Zum fünfzigsten Geburtstag waren Vertreter der verschiedenen Volksgruppen aus allen Teilen des Deutschen Reiches nach Berlin eingeladen worden. Aus der Iglauer Sprachinsel zählten Johann Achatzi aus Zeisau und Marie Heppner aus Hochtann zu den Auserwählten. In Reisegruppen trafen die Gratulanten am 19. April in Berlin ein und wurden am nächsten Vormittag zur Reichskanzlei gefahren.

Das junge Bauernmädchen aus Hochtann war von der Großstadt Berlin überwältigt. Marie Heppner trug die prächtige Iglauer Tracht. Mit Tränen der Freude sah sie zum ersten Mal „unseren geliebten Führer in einfacher SA-Uniform, freundlich lächelnd, inmitten seiner Begleitung", wie sie später berichtete. Als er die Reihen der Gratulanten abschritt, blieb er unvermutet vor ihr stehen, sah sie an und fragte: „Woher kommt ihr?"

„Aus der Iglauer Sprachinsel!"

„Aus der Iglauer Sprachinsel sind Sie auch hier?" Er umfaßte mit beiden Händen ihre Hand und versprach: „Euch kann auch nichts mehr passieren!"

Mit Gefühlen der Dankbarkeit sagte sie anschließend: „Der Führer ist auch unser Führer. Wir Iglauer Sprachinsler sind erst recht befreit worden durch ihn. Wir alle haben unter der Führung Adolf Hitlers Schutz und Sicherheit."

Zwei Tage später reiste sie ab, überglücklich und erfüllt von der Begegnung mit Adolf Hitler. In einem Artikel im *Mährischen Grenzboten* schilderte sie ihre Eindrücke:

„Ich habe meinen Führer gesehen, mit ihm gesprochen und ihm die Hand gereicht. Ich bin darüber namenlos glücklich und danke im Namen der gesamten Sprachinseldeutschen, insbesondere aber im Namen meines Heimatortes Hochtann dem geliebten Manne, unserem Führer Adolf Hitler, daß er uns befreite und uns zu Bürgern Großdeutschlands machte!"

2

Aus Polna waren zwei bekannte tschechische Musiker nach Bergersdorf gekommen. Sie hatten eine Einladung vom Wirt des Gasthauses Kschischn erhalten. Für zwei Stunden eines Nachmittags sollten sie Kostproben ihres Könnens geben. Es war ein schöner Apriltag, die beiden waren mit Fahrrädern gekommen, die sie vor dem Gasthaus abstellten.

Das Duo hatte in berühmten Prager Lokalen Kompositionen von Karel Vacek, Valdauf, Borovička und Kmoch gespielt, es war weithin beliebt und wurde gerne engagiert. Es spielte auch national angehauchte Musikstücke von Karel Hašler. Nach Bergersdorf war es zum ersten Male gekommen.

Im Saal des Wirtshauses hatten sich vorwiegend alte Frauen und junge Burschen eingefunden. Die beiden Musiker packten ihre Instrumente hervor und begannen zu spielen. Die Alten, von den heiteren Melodien beschwingt, schunkelten bei *Rosamunde.* Sie summten die Melodie des Tangos *Zigeunerin* und die Polka *Grünweiße Birke, zwei Wege führen zu dir.* Als die Melodie des Liedes *Spielt auf, ich tanze ja so gern* erklang, hängten sie sich ein und stimmten mit den Musikern schließlich ihr Lieblingslied, die *Herz-Schmerz-Polka,* an. Sie erinnerten sich, vor langer Zeit dazu getanzt zu haben: *„Herz-Schmerz und dies und das, ach das ist uralt. Kuß-Schluß und sonst noch was, das kennt jeder bald!"*

Der Wirt schenkte reichlich Bier aus.

„Denn seit mehr als tausend Jahren hat ein jedermann erfahren, doch ohne Liebe kann man nicht durchs Leben gehn."

Die Burschen prosteten sich zu.

„Und da hilft auch keine Reue, man fällt immer rein aufs Neue. Liebe, ja Liebe, die ist immer wieder schön!"

Plötzlich erhob sich einer der Burschen.

„Wenn einer klagt, wenn einer sagt, die Welt sei voll Probleme, lach' ich ihn aus und sag' diskret."

Er steuerte auf die Musiker zu.

„Nur ja nicht wichtig nehmen, weil's allen andern grad' so geht."

„Spielt ein Lied von einem deutschen Komponisten!" forderte der Bursche.

Jäh verklang die Melodie.

„Spielt ein deutsches Lied!"

„Wir haben *unser* Repertoire!"

„Spielt ein deutsches Lied!"

„Warum sollten wir ein deutsches Lied spielen?"

„Du tust, was ich dir befehle!"

„Nein!"

Wütend ergriff der Bursche den Arm des Harmonikaspielers: „Los!"

„Auf keinen Fall!" widersprach dieser.

„Ich schlag' dir alles zusammen!" drohte der Jugendliche.

„Laß mich jetzt los, ich will spielen!"

„Ein deutsches Lied?"

„Nein!"

„Jetzt reichts!" rief der Bursche. Er packte das Instrument, warf es zu Boden und stieß es mit einem heftigen Fußtritt durch den Saal. Grölend machten sich einige seiner Kumpane über die Harmonika her und rissen sie auseinander. Die anderen Burschen ergriffen die Violine und zertrümmerten sie.

Im Rausch der Zerstörung stoben die Burschen nach draußen, zerstachen die Reifen der beiden Fahrräder und demolierten sie. Der Wirt, dem gelegentliche Raufereien unter Burschen nicht fremd waren, war jetzt vor Entsetzen wie gelähmt.

Fassungslos sammelten die Musiker die Stücke ihrer Instrumente ein, während die Alten auf den Bänken noch immer zu Boden starrten.

Froh, mit heiler Haut davongekommen zu sein, traten die Musiker den Heimweg nach Polna an. In ihrer langen Musikerkarriere war ihnen so etwas wie heute noch nie passiert. Nach Bergersdorf aber wollten sie nie mehr wiederkehren.

Eine Woche später begegnete einer der Musiker in Polna einer der alten Frauen, die im Wirtshaus alles mit angesehen hatte. Sie entschuldigte sich für das Verhalten der Burschen.

„Aber warum habt *Ihr* nicht eingegriffen?" fragte der Musiker.

„Ihr müßt verstehen, daß ich nichts unternommen habe", meinte die Alte, „sonst könnte ich es in Bergersdorf nicht mehr aushalten!"

Der Bergersdorfer Bürgermeister war von dem Vorfall unterrichtet worden. „In meiner Gemeinde dulde ich keine Gewalttätigkeiten!" sagte er. „Das muß sofort in Ordnung gebracht werden!" Er wies den Ortsgruppenleiter an, sich des Falles anzunehmen. Dieser stellte die Burschen zur Rede. Sie gaben an, sich an nichts mehr zu erinnern. Der Ortsgruppenleiter gab ihnen den Rat: „Wenn euch das Bier zu Kopfe steigt, so trinkt weniger, damit ihr noch wißt, was ihr tut!"

Einige Zeit später waren die beiden Musiker in Deutsch-Brod für einen Tanzabend im Hotel *Zum weißen Rößl* engagiert worden. Dieses Hotel diente seit dem Einmarsch als Sitz der Kommandantur der deutschen Wehrmacht. Im Laufe des Abends heizte sich die Stimmung auf: Leichte Mädchen stiegen auf die Tische, um hochgeschürzt zur temperamentvollen Musik zu tanzen. Einige der Offiziere an den Tischen griffen, trunken vor Verlangen, nach den Rocksäumen der barfüßigen Schönen.

Am Ende des Tanzabends gab der Organisator den beiden Musikanten ein fürstliches Trinkgeld, mit der Bitte: „Das, was Sie jetzt gesehen und gehört haben, das haben Sie nicht gesehen und nicht gehört!"

*

In Deutsch-Brod wurde kurz nach dem Einmarsch eine Blaskapelle der deutschen Wehrmacht aufgestellt. Jeden Tag spielte sie zwischen siebzehn und achtzehn Uhr auf dem Marktplatz, unweit der Kommandantur. Um tschechische Einwohner zu gewinnen, spielte die Blaskapelle Werke beliebter tschechischer Komponisten. Da die Qualität der Musiker sehr gelobt wurde, kamen oft bis zu zweihundert Zuhörer. Doch einige Passanten kritisierten mit den Worten: „Damit können sie unsere Besetzung nicht gutmachen. Wir haben unsere eigenen guten Musikanten und brauchen keine Einfuhr aus Deutschland!"

3

Die Termine der „Aufnahmeuntersuchungen für die Allgemeine SS, ferner für SS-Verfügungstruppe und SS-Totenkopfverbände" wurden für die einzelnen Orte in der Sprachinsel bekanntgegeben. Am Freitag, den 21. April, um achtzehn Uhr sollten sich die SS-Bewerber aus Bergersdorf, Unter-Weschnitz und Deutsch-Neuhof in Bergersdorf im Wirtshaus beim Kschischn einfinden. Aus Bergersdorf waren die meisten jungen Männer im Alter zwischen achtzehn und fünfundzwanzig Jahren angetreten, auch Franz aus dem Hause 27. Vor zwei Jahren war er auf Vorschlag des Bürgermeisters Obmann bei der Raiffeisenkasse geworden. Wenzel war Aufsichtsratsvorsitzender und hielt Franz für fähig, diese Aufgabe auszuführen. Widerwillig hatte Franz sich in dieses Amt wählen lassen. Er fühlte sich unpolitisch und wollte jetzt auf keinen Fall der SS beitreten. Er war sich sicher, daß er wegen seiner untersetzten Größe ausscheiden würde, und wollte dem nachhelfen, damit er die kritische Grenze von einem Meter achtundsechzig nicht erreichen würde.

Als er zum Messen seiner Körpergröße an die Reihe kam, stellte er sich, wie verlangt, barfuß vor das Metermaß aus Holz, winkelte seine Knie ab und zog den Kopf ein. Nach früheren Krankheiten wurde er nicht befragt. Ausschlaggebend war allein die „arische Abstammung".

„Nicht tauglich", stellte der Stabsarzt fest, „kannst schon gehen!" Franz atmete auf und wollte sich eiligst davonmachen.

Zwei Offiziere der SS hatten diese Prozedur beobachtet. Sie pfiffen den Gemusterten zurück: „Stellen Sie sich mal *richtig* her!" befahlen sie.

Sie maßen nach, achteten darauf, daß der Kandidat aufrecht stand und halfen mit einem kräftigen Tritt gegen sein Schienbein nach.

„Tauglich!" beschieden sie ihm.

Nach dieser ungewollten Aufnahme in die SS begab sich Franz zum Bürgermeister: „Sie haben mich genommen", klagte er.

Wenzel lachte: „Franz, du warst schon immer ein Staatskrüppel!"

Amüsiert erinnerte er an frühere Befehle zur Musterung: „Dreimal war ich mit dir in Stecken zur Musterung fürs tschechische Militär! Und dreimal warst du für die untauglich, dreimal! Und jetzt nehmen sie dich Staatskrüppel sogar in die SS auf!“

Darüber mußte auch Franz lachen.

4

Alle SS-Bewerber aus Iglau und der Sprachinsel waren für Mittwoch, den 3. Mai, in den großen Saal des Hotels Iglauer Hof zum Appell geladen. 585 junge Männer hatten sich pünktlich eingefunden. Der Mannschaftsführer, Emanuel Sladek, hatte diese Zusammenkunft befohlen. Anlaß war der Besuch Gottlob Bergers aus Berlin. Als frisch ernannter SS-Brigadeführer war er Chef des SS-Ergänzungsamtes im SS-Hauptamt Berlin und befand sich auf einer Dienstreise durch das Protektorat. Zu seinem Aufgabengebiet zählte auch die zügige Rekrutierung für die SS.

Gottlob Berger betrat jetzt den Saal.

In angespannter strammer Haltung richteten die jungen Männer ihre Augen auf den hohen Gast aus Berlin. Sie waren sich der Ehre bewußt, die ihnen durch seine Anwesenheit zuteil wurde.

Sturmbannführer Sladek hatte ebenfalls Haltung angenommen. Er erstattete Meldung, daß 585 SS-Bewerber zum Empfang angetreten seien. Es war eine ansehnlich hohe Zahl, denn die Iglauer Sprachinsel zählte fünfundzwanzigtausend Volksdeutsche.

Brigadeführer Berger schritt die angetretene Mannschaft ab. Inzwischen hatte er erfahren, daß es ein Dorf gleich seines Namens, zwölf Kilometer von hier entfernt, gäbe. Dieses Dorf mit 249 deutschen Einwohnern hatte die meisten SS-Bewerber, siebenundvierzig Männer, entsandt. Es war, gemessen an der Einwohnerschaft, die höchste Anzahl, von der er je erfahren hatte. Er hielt eine Rede für die Bewerber und legte ihnen ihre besondere Sendung nahe. Wörtlich führte er aus:

> „Sie alle haben schwer und hart gekämpft, Sie alle waren gehetzte Menschen, Sie haben aber den Kampf gemeistert. Ihre Anhänglichkeit und Ausdauer ist belohnt worden und wird noch mehr belohnt werden. Ich habe den Auftrag, als Zeichen der Anerkennung für Ihren

Führer Sladek Ihnen heute seine Ernennung zum Sturmbannführer bekanntzugeben."

Abschließend sagte er:

„Wir brauchen jeden rassigen Mann! Dieser Mann hat aber auch Achtung vor der deutschen Frau. Wir sind kein ‚Männerbund', wie sie früher einmal existierten und die die Frau als Freiwild betrachteten. Ebenso bildet sich der nordische Mensch seinen Glauben selbst. Wir haben das deutsche Volkstum in jeder Form zu schützen, jeder einzelne von uns muß ein treuer Mann sein, auf den sich der Führer im Leben und Sterben verlassen kann."

Nach dieser Ansprache betrat der neuernannte Sturmbannführer Sladek, 1902 in Iglau geboren, wieder den Saal. Er wurde von Brigadeführer Berger feierlich in sein neues Amt eingeführt.

Bei der Rede Sladeks dachte Berger an dieses Dorf. Ein Musterdorf sei es, so hatte er gehört, vorbildlich geführt von einem beliebten Bürgermeister, seit zwanzig Jahren schon. Das Dorf, so war ihm gesagt worden, trage sich finanziell selbst und sei sogar in der Lage, großzügige Spenden an Hilfsbedürftige zu vergeben. Dieses Dorf mußte er kennenlernen!

5

Der Aufbau der Nationalsozialistischen Partei (NSDAP) war zügig vorangetrieben worden. Organisatorisch war die Iglauer Sprachinsel dem Gau Niederdonau angegliedert, dem der Gauleiter Dr. Jury vorstand. Für die vierzehn Ortsgruppen wurden die Leiter ernannt.

Bergersdorf sollte von Heinz Frey geleitet werden, der in der Mitte des Ortes einen kleinen Hof bewirtschaftete. Frey war seit ihrer Gründung überzeugtes Mitglied der Sudetendeutschen Partei und jetzt der NSDAP beigetreten. Mitte März hatte er versucht den Bürgermeister zum Eintritt in die NSDAP zu bewegen. „Ich gehe in keine Partei mehr, ich bin für alle da!" hatte dieser auch ihm beschieden.

Mit dem Aufbau der Partei war auch der Aufbau der Jugendorganisationen einhergegangen. Für die weibliche Jugend zählte der Untergau Iglau 960 Jungmädel und 1 200 Mädel. Für Bergersdorf wurde eine Scharführerin gesucht, Maria meldete sich. Ihr Wunsch war es, Lehrerin zu werden. Der Vater riet ihr zu. Hier habe sie eine Aufgabe, bei der sie sich für ihr angestrebtes Berufsziel bewähren könne, gleichzeitig sei es ein Dienst an der Gemeinschaft. Er schätzte die Besonnenheit seiner achtzehnjährigen Tochter. Gerade sie hielt er zur Führung junger Menschen für besonders geeignet. Marias Auftreten und Benehmen waren vorbildlich, zudem war sie ehrgeizig, tüchtig und fleißig.

Die Magd Maria, „Mitzi" genannt, arbeitete auf dem Hofe des Bürgermeisters. Sie meldete sich als Jungmädelführerin für Bergersdorf. Ihre Kollegin, die Magd Kathi, mit der sie die Schlafkammer teilte, wurde automatisch Mitglied im Bund Deutscher Mädel, da sie in der Mädelschaft der Volksdeutschen Jugend organisiert war und zuvor der Jungturnerinnenschaft angehört hatte.

Die männliche Jugend, die in der Jungturnerschaft zusammengefaßt war, gelangte über die Volksdeutsche Jugend zur Hitlerjugend. Der Jungbann Iglau zählte tausend Pimpfe im Alter von zehn bis vierzehn Jahren, der Bann Iglau neunhundert Jungen zwischen vierzehn und achtzehn Jahren, der fünfzehnjährige Wenzi war dabei.

Kurz nach ihrer Gründung erging an die Hitlerjugend in Böhmen und Mähren ein Aufruf:

> „Kameraden! Zum erstenmal marschiert ihr heute als Hitlerjugend und Pimpfe in der Millionengemeinschaft der Jugend des Großdeutschen Reiches. Ein Kampfabschnitt liegt hinter euch – ein neuer beginnt. Durch euren Einsatz in der Volksdeutschen Jugend, der ihr bis jetzt angehörtet, habt ihr unter Beweis gestellt, daß ihr schon längst würdig waret, den Namen unseres Führers zu tragen. Ihr werdet nun in der HJ eure Pflicht tun wie bisher und euch mit eurer ganzen Kraft einsetzen, auf daß ihr werdet, wie der Führer es will: ‚Flink wie Windhunde, zäh wie Leder, hart wie Kruppstahl.' Heil Hitler! Der Stabsleiter der Befehlsstelle Prag der Reichsjugendführung. Bannführer."

Für die Jungen der HJ fand in Bergersdorf jeden Dienstagabend in den Räumen der ehemaligen tschechischen Schule ein Heimabend statt, auf dem meist Wanderlieder gesungen wurden. Bei dieser Zusammenkunft tauschten sie auch Hefte über Sportler, vor allem über Rennfahrer, aus und diskutierten über die neuesten Fußballergebnisse. Jeden Freitagabend mußten alle zur Turnstunde oder zum Marschieren im Gelände antreten. Die beiden Söhne des Schulleiters führten als Fähnleinführer die Pimpfe und als Scharführer die HJ an. Für jeden Monat war eine Nachtwanderung, doch nur bei trockenem Wetter, befohlen worden. Bei später einsetzendem Regen durfte die Wanderung nicht abgebrochen werden. Einmal sollte wieder ein Nachtmarsch von vier Stunden durchgeführt werden. Es stürmte. Widerwillig kam Wenzi, der Sohn des Bürgermeisters, zur Truppe, um sich dem Marsch anzuschließen. Es hatte zu regnen begonnen, er stapfte durch den aufgeweichten Boden und konnte plötzlich keinen Sinn mehr in diesem Befehl erkennen.

Wütend blieb er stehen.

„Ich bin ja nicht blöd!" rief er. „Tagsüber muß ich für den Vater hinter den Pferden her sein! Nachts soll ich marschieren!"

Er riß seine Mütze vom Kopf und warf sie zu Boden. „Marschierts alleine weiter, mir reichts!"

Verblüfft starrten ihm die anderen nach, bis er in der Dunkelheit verschwunden war.

Völlig durchnäßt kam er nach Hause. „Das mach' ich nicht mehr mit!" schimpfte er.

„Du mußt wissen, was richtig für dich ist", sagte der Vater. „Du bist alt genug, ich rede dir nicht rein."

Von da an nahm Wenzi nicht mehr am Nachtmarsch teil. Sein Scharführer, der laut Vorschrift die Familie des „Abtrünnigen" aufsuchen und über den Vorfall informieren hätte müssen, sah großmütig darüber hinweg.

Zweieinhalb Jahre später unterstand Wenzi mit seiner Truppe einem neuen Scharführer, der im Gegensatz zu seinen Vorgängern streng war. An einem Freitagabend ließ dieser seine Truppe in der Dorfmitte beim Heiligen Nepomuk zum Geländemarsch antreten.

„Marsch!" rief er.

Er führte die Truppe im Marschtritt die Straße Richtung Bosowitz hoch. Oben angekommen, blieb er stehen, drehte sich um, schlug die Hacken zusammen und befahl lautstark: „Kehrt! Marsch, zurück!"

Die Truppe kehrte um und marschierte zur Dorfmitte.

„Kehrt! Marsch, hoch!" brüllte der Scharführer von oben.

Die Truppe kehrte um und marschierte wieder hoch.

Oben angekommen, brüllte der Scharführer sie an: „Kehrt! Marsch, zurück!"

Die Truppe kehrte um und marschierte zur Dorfmitte.

„Kehrt! Marsch, hoch!" brüllte der Scharführer von oben.

„Der hat nicht alle beinander, jetzt reichts aber!" dachten die Befohlenen. Sie marschierten weiter, stoben plötzlich auseinander, rannten davon, jeder zum Haus seiner Eltern.

„Kehrt! Marsch, hoch!" brüllte der Scharführer.

„Marsch, hoch!" wiederholte er.

In strammer Haltung stand er einsam auf der Mitte der Straße nach Bosowitz und wartete vergeblich auf die Rückkehr seiner Truppe.

Damit hatte Wenzi endgültig genug: „Da geh' ich in der Zeit doch lieber Kammerfensterln und nach den Moidla schaun!" Trotzig setzte er sich ab und ging nicht mehr zu den Versammlungen.

6

Gottlob Berger sollte nach Bergersdorf kommen.

Sein Adjutant hatte mit dem Bürgermeister den Zeitpunkt vereinbart sowie Einzelheiten für den Besuch besprochen.

Die Häuser wurden auf Anordnung Wenzel Hondls beflaggt und geschmückt, die Straßen gekehrt, die Gehwege gereinigt.

Am Nachmittag traf das Musikkorps ein. Es waren zehn Musiker, die zur Begleitung des Brigadeführers Berger gehörten. In der Dorfmitte bei der Statue des Heiligen Nepomuk hatten sich der Bürgermeister und der Ortsgruppenleiter zur Begrüßung eingefunden. Die zwei Töchter Wenzels, Maria und Kathi, sowie die beiden Mägde Kathi und Mitzi hatten sich in ihren Trachten aufgestellt und blickten erwartungsvoll auf die Musiker.

Es war ein schöner Maientag. Auf dem Dorfweiher spiegelten sich die Sonnenstrahlen wider, das Schnattern der Enten und Gänse am Weiherrand war zu hören. Hakenkreuzfahnen an den weißgekalkten Giebeln der Bauernhäuser flatterten im warmen Wind, die Luft war erfüllt von Blütenduft.

Nach der Begrüßung holten die Musiker ihre Instrumente hervor. Bei den ersten Paukenschlägen zur Marschmusik flogen die Enten erschreckt auf. Die Mädchen mußten lachen. Kathi, die jüngere Tochter des Bürgermeisters, dachte mit Herzklopfen an den heutigen Tanzabend im Wirtshaus, obwohl sie daheim Küchendienst hatte. Einer der Musiker hatte sich sofort in dieses stolze Mädel mit seiner schmucken Tracht verschaut.

Endlich war es soweit.

Auf der Straße von Bosowitz kommend, fuhr der Wagen Gottlob Bergers vor. Sein Adjutant öffnete den Wagenschlag. Der Brigadeführer entstieg und wurde vom Bürgermeister herzlich willkommen geheißen. Heinz Frey hob heftig die Hand zum Deutschen Gruß: „Heil Hitler!“

Die vier Mädchen grüßten mit einem Knicks. Angesichts dieser reizvollen Begrüßung unterließ Gottlob Berger den Deutschen Gruß. Die Mädchen stellten sich vor: „Maria, Kathi, Kathi, Mitzi!“

Gutgelaunt meinte Berger, er werde sich hoffentlich die vielen Namen merken können. Danach wandte er sich an Bürgermeister und Musiker, bedankte sich für die freundliche Aufnahme in Bergersdorf und den musikalischen Empfang. Von Wenzel und den vier Mädchen wurde er ins Haus 23 eingeladen, musikalisch begleitet von der Militärkapelle, die weiter zum Wirtshaus Kschischn zog, wo ein reichgedeckter Tisch für sie und den Adjutanten bereitstand.

In der blitzsauberen und aufgeräumten Wohnküche des Bürgermeisters wollte Gottlob Berger alles über Bergersdorf erfahren. Theresia servierte Kaffee und selbstgebackenen Schirmkuchen; sie war in Tracht, ihre herzliche und doch zurückhaltende Art beeindruckten den Gast aus Berlin. Ihm war sofort der Herrgottswinkel mit dem blumengeschmückten Kreuz aufgefallen. Ein Bildnis Adolf Hitlers war nicht zu sehen. Der Bürgermeister hatte vor einiger Zeit mit großer Bestimmtheit gesagt: „Ich bin dem Führer dankbar, daß er uns befreit hat, aber sein Bild kommt mir nicht neben das Kreuz!“

Gottlob Berger wollte wissen, woher das Dorf seinen Namen habe: „Wieso gerade Bergersdorf?“

Im Jahre 1308, erklärte der Bürgermeister, sei zum ersten Male der Name „Perchmeisterdorf“ genannt worden. Ein Perchmeister, magister montium oder Bergmeister genannt, sei der oberste Leiter der Königlichen Bergwerke gewesen. Er müsse in irgendeiner Beziehung zu diesem Dorf gestanden haben. Bergleute aus Schlesien, Sachsen, Franken und der Oberpfalz, aber auch aus der Steiermark hätten sich damals in Iglau und Umgebung angesiedelt, um in den Silberbergwerken zu arbeiten. Nachdem die Preise für Silber verfallen seien, hätten sich einige Bergleute als Bauern in Perchmeisterdorf niedergelassen. In der Nähe von Bergersdorf lägen verschüttete Schächte, an die alte Flurnamen noch erinnerten. Im sechzehnten Jahrhundert, als amtliche Vermerke in tschechischer Sprache abgefaßt wurden, habe es „Kamenay" geheißen, 1657 „Pergersdorff", nach Abschaffung der Leibeigenschaft im Jahre 1848 „Bergersdorf". „In der Zeit von 1919 bis 1939, die wir als Kampfzeit bezeichnen, mußten alle Orts- und Städtenamen zuerst in tschechischer Sprache aufgeführt werden", erklärte der Bürgermeister. „Bergersdorf hieß somit Kamenná. Korrekt übersetzt heißt Kamenná Steindorf."

Gottlob Berger 1896 in Gerstetten, Kreis Heidenheim, geboren, entstammte dem ländlichen Raum und war jetzt sehr daran interessiert, auch die Stallungen und Außenanlagen zu besichtigen.

Es war die Zeit der abendlichen Stallarbeit. Die beiden Mägde hatten sich umgezogen, versorgten in ihrer Stallkluft das Vieh und molken die zwölf Milchkühe. Wenzi und die Pferdeknechte waren mit dem Einfüttern und Ausmisten im Pferdestall beschäftigt, der Ochsenknecht arbeitete in seinem Stall, wo auch drei Stiere standen. Gottlob Berger war beeindruckt.

Der Betrieb mit einer Gesamtgröße von neunundfünfzig Hektar, so erfuhr er, sei seit 1814 im Besitz der Familie. Der Vater Wenzel Honals habe 1890 mit einigen Bauern aus Bergersdorf unter großen Schwierigkeiten einen landwirtschaftlichen Verein gegründet, zu dessen Obmann er auch gewählt worden sei. Bei der Wahl habe sein Vater die Mitbegründer zum Zusammenhalt aufgefordert: „Ihr achte bleibet treu und fest, und wir werden zeigen, was Einigkeit vermag!" Als Bürgermeister habe er die Arbeit im Sinne seines Vaters weiterentwickelt. 1918 gründete er zusammen mit Gleichgesinnten die Lagerhausgenossenschaft, später die Molkereigenossenschaft in Iglau und den landwirtschaftlichen Tierzuchtverein.

Seit 1919 habe man sich der Tschechisierung erwehren müssen, die ab Mitte der zwanziger Jahre rapide zugenommen habe.

„Nur durch genossenschaftlichen Zusammenschluß und gemeinsames Handeln konnten wir uns durchsetzen."

Zum Abendessen gab es ein Sonntagsgericht: Knochensuppe mit Nudeln, Schweinsbraten, Knödel und Sauerkraut.

Theresia und Maria tischten auf.

Kathi, obwohl zum Küchendienst eingeteilt, war ins Wirtshaus gegangen. „Und wenns der Kaiser wäre", hatte sie gesagt, „ich geh' tanzen!"

Die Mutter hatte sich an Maria gewandt: „Jetzt läßt sie mich im Stich, ich bitte dich, bleib du hier!"

„Aber die Kathi ist für die Küche eingeteilt."

„Die ist zum Tanzen", antwortete die Mutter auf Marias Protest.

Die Knechte waren ins Wirtshaus gegangen, auch die beiden Mägde. Aus Mitleid mit der Mutter blieb Maria.

Nachdem sie zusammen aufgetischt hatten, zogen sich beide zurück, um das Gespräch der Männer, die sich gut zu verstehen schienen, nicht zu stören.

Gottlob Berger wollte erfahren, wie sich die Tschechisierung auf Bergersdorf, das ja ein deutsches Dorf sei, ausgewirkt habe.

„Im Jahre 1910 lebten 313 Deutsche und 3 Tschechen in Bergersdorf", erklärte Wenzel. „Im Jahre 1921 waren es nur noch 249 Deutsche, gegenüber 60 Tschechen. Jetzt sind es bereits 92 Tschechen."

„Wie war es möglich, daß der Anteil der Tschechen ständig größer wurde?" wollte Gottlob Berger wissen.

Die Politik der Tschechen sei es gewesen, die deutschen oder die gemischten deutsch-tschechischen Dörfer maximal zu tschechisieren. Zu diesem Zweck sei den Gemeinden Land abgekauft worden, um auf diesem Grund und Boden Häuser für kinderreiche tschechische Familien, besonders von im Staatsdienst Tätigen, zu bauen. „In Bergersdorf liegt dieser Bereich in Bahnhofsnähe. Die Bergersdörfer nennen ihn ‚Slowakei'. Die Kinder der neuangesiedelten Tschechen", führte Wenzel weiter aus, „mußten eine tschechische Schule besuchen. Eine Kommission der tschechischen Regierung beschlagnahmte im Jahre 1925 Räume der Raiffeisenkassa. Erst kurz zuvor hatten wir diese Räume mit einem Kostenaufwand von viertausend Kronen renovieren lassen. Wir mußten mit ansehen, daß gegen unseren Willen für drei Kinder eine Schule gegründet wurde. Um die Schülerzahl aufzustocken, wurden auch tschechische Kinder aus Deutsch-

Neuhof eingeschult. Staatsbedienstete, die sich weigerten, ihre Kinder in die tschechische Schule zu schicken, wurden entlassen und erhielten nur eine kleine Pension. In Bergersdorf gab es einen solchen Fall. Der Mann war Bahnbeamter und ist mit einer deutschen Frau verheiratet. Er wollte seine Kinder auf der deutschen Schule belassen. Nach seiner Suspendierung konnte er sich dank seiner kleinen Landwirtschaft und durch Gelegenheitsarbeiten ernähren, seine Frau trug durch das Nähen von Trachtenstücken zum Lebensunterhalt bei. Wir alle haben dieser Familie unsere Hilfe angeboten und sie unterstützt. So gab es bald eine tschechische Schule für ungefähr dreizehn Kinder. Aber eine deutsche Schule mußte zwanzig Schüler haben, sonst wurde sie geschlossen; in Bergersdorf blieb eine Schülerin ein Jahr länger auf der deutschen Schule, um die Schülerzahl zu halten. In einem Nachbarort hat mein Kollege deutsche Waisenkinder aus dem Riesengebirge geholt, um die Schülerzahl an der deutschen Schule zu erhöhen. Im Jahre 1880 gab es in der Iglauer Sprachinsel keine einzige tschechische Schule!"

Maria servierte jetzt den Nachtisch: Gefüllte Palatschinken. Gottlob Berger bewunderte Marias Tracht mit dem nach hinten geschlagenen roten Kopftuch, dessen langer Zipf[5] vom Kopf bis zur Rockhälfte reichte. Sie trug eine gestärkte weiße Bluse mit Ärmelbauschen, den Busen überspannten rote Maschenbänder, „Hinawieda" genannt, die weiße Flachsleinenschürze war fest gebunden. Maria trug orangerote Strümpfe und rote samtene Halbschuhe.

„Warum gehen Sie in ihrer wunderschönen Tracht nicht tanzen?" erkundigte sich Gottlob Berger.

„Ich will der Mutter helfen", antwortete Maria.

„Das ist schön zu hören", lobte er. „Das ist schön, wenn den Alten geholfen wird, das gefällt mir!"

Gottlob Berger meinte, leider sei die Zeit gekommen aufzubrechen, er habe morgen sehr frühe Termine, sein Adjutant warte draußen, das Musikkorps aber werde noch bis Mitternacht spielen. „Ich habe mich in Ihrem Hause und in Bergersdorf sehr wohl gefühlt", sagte er. „Ich werde wiederkommen. Ihr Dorf gefällt mir! Noch abschließend eine Frage: Sind Sie der Allgemeinen SS schon beigetreten?"

---

[5] Zipfel

„Ich bin jetzt dreiundfünfzig Jahre alt."

„Das tut nichts zur Sache. Es geht hier nicht um die SS-Totenkopfverbände, für die nur junge Freiwillige nach rassischer Auslese gemustert werden. Der Allgemeinen SS können alle Männer beitreten, die ein öffentliches Amt bekleiden, egal, wie alt sie sind."

Der Bürgermeister nahm unwillkürlich eine abwehrende Haltung ein.

„Wir brauchen in der Allgemeinen SS Vorbilder."

Der Bürgermeister gab zu bedenken, er sei bäuerlich-konservativ eingestellt.

„Der Reichsbauernführer gehört seit Jahren der SS an."

Wenzel Hondl zögerte mit einer Antwort.

„Ich appelliere an Ihre Verantwortung, an Ihr Ehrgefühl, an Ihr Pflichtbewußtsein! Wir brauchen in der Allgemeinen SS Männer wie Sie, die Vorbilder sind! Sie haben aus Bergersdorf ein Vorzeigedorf gemacht. Gehen Sie diesen Weg weiter und dokumentieren Sie durch ihre Mitgliedschaft in der Allgemeinen SS Ihre Treue zu ihrem Dorf, zu Ihrem Volk und zu Ihrem Führer!" Gottlob Berger wartete die Antwort des Bürgermeisters nicht ab, sondern stellte übergangslos eine letzte Frage: „Wie kommen Sie eigentlich mit den Tschechen im Dorf zurecht?"

„Mit den Tschechen im Dorf, obwohl wir sie anfangs nicht haben wollten, leben wir in guter Nachbarschaft", antwortete der Bürgermeister. „Wir haben keine Probleme miteinander. Einzige Ausnahme ist der Müller Jaroslav Vomela."

7

Der Müller und Bienenzüchter Jaroslav Vomela im Haus 15 wohnte seit zwölf Jahren in Bergersdorf. Damals hatte er in die Mühle eingeheiratet. Er war einer von zweiundneunzig Tschechen im Dorf. Seine beiden Kinder hatte er die deutsche Schule besuchen lassen, damit sie die deutsche Sprache erlernen konnten, doch im November vergangenen Jahres hatte er seinen Sohn der tschechischen Schule Bergersdorf zugewiesen. Das Verhältnis zwischen ihm und der deutschen Bevölkerung hatte sich zunehmend verschlechtert.

Im Winter war ihm angedroht worden: „Warte nur, bis sich die Zeiten zu unseren Gunsten ändern werden, warte nur, dann werden wir dich hängen!"

In fiebernder Eile hatte er sich nach dem 15. März davongemacht. Bei Verwandten in Deutsch-Jablonkau fand er für einige Zeit Zuflucht. Seine Familie in Bergersdorf mußte vom Eigenertrag der kleinen Landwirtschaft leben. Die Mühle war nicht mehr in Betrieb, der Wassergraben, der das Mühlenrad in Schwung halten sollte, führte zu wenig Wasser.

Es hatte Zeiten gegeben, da wurde in der Mühle selbst nachts unter Hochdruck gearbeitet. Oftmals hatte Vomela einen Dieselmotor zum Antreiben des Mühlenrades anwerfen müssen. Die Bergersdorfer Bauern zählten zu Vomelas Kunden; drei bis vier Zentner Getreide pro Jahr hatte jeder Bauer im Schnitt bei ihm abgeliefert; auch aus den umliegenden Ortschaften Bosowitz und Neuhof waren die Bauern zu ihm gefahren.

Der Müller war der deutschen Sprache nicht mächtig. Von seinen Kunden hatte er verlangt, tschechisch zu sprechen, doch der Bürgermeister forderte ihn auf, seine Kunden in deutscher Sprache zu bedienen: „Wir sind ein deutsches Dorf. In einem deutschen Dorf wird deutsch gesprochen. Wenn ich in ein tschechisches Dorf komme, spreche ich tschechisch, das gehört sich so!"

Trotzig hatte sich der Müller widersetzt. In seinem Hause und auf seinem Grundstück werde tschechisch geredet.

Jaroslav Vomela, 1898 in Pribislau geboren, war 1927 der tschechisch-republikanischen Agrarpartei beigetreten, jetzt war er Mitglied der Nationalen Gemeinschaft, doch ohne Funktion. Der schmächtige mittelgroße Mann war überzeugter Nationalist, jedoch hielt er sich bei seinen deutschen Kunden mit politischen Äußerungen zurück.

Vor acht Monaten hatte er diesen Vorsatz außer acht gelassen. „Wenn die Kommunisten die Macht übernehmen", behauptete er, „dann ist es umgekehrt, dann müssen alle Deutschen im Dorf als Knechte für uns Tschechen arbeiten! Dann aber", so führte er weiter aus, „kommt eine Feldküche her! Und ich bin Kommissar, und ich überwache die Essenausgabe!"

Die Äußerung Vomelas war dem Bürgermeister sofort zugetragen worden.

„Es geht mir keiner mehr hin!" hatte dieser angeordnet.

Von da an lieferten viele Bergersdorfer Bauern ihr Getreide in Deutsch-Schützendorf ab. Der dortige Müller Cubert war

Tscheche, das Verhältnis zwischen ihm und seinen deutschen Kunden war ausgezeichnet. Andere Bauern fuhren zum Müller nach Schlappenz.

Einmal war ein Wagen mit Getreide aus Bosowitz nach Bergersdorf gekommen. Der Bauer hatte seine Fracht bei Vomelas Mühle abgeladen. Auf dem Weg zum Kaufmann begegnete er dem Bürgermeister.

„Wo warst du?" hatte dieser ihn gefragt.

„In der Mühle."

„Warum?"

„Weil ich dort mahlen lasse."

„Wenn du dein Zeug nicht sofort holst", drohte der Bürgermeister, „dann werfen wir dich in den Weiher! Zu dem geht mir keiner mehr hin!"

Eiligst hatte sich der Bosowitzer Bauer zur Mühle begeben, sein Getreide aufgeladen und war rasch aufgebrochen.

Der Bauer aus dem Hause 38 scherte sich nicht darum: „Auch wenn er als Tscheche anderer Ansicht ist, so müssen wir den Müller unterstützen. Wir können ihn jetzt nicht alleine lassen!" Mit seiner Tochter Katharina hatte er eine Wagenladung Getreide zum Mahlen bei der Mühle abgeladen.

Jetzt hielt sich Jaroslav Vomela so lange versteckt, bis er sicher war, die Entrüstung der Bergersdorfer Bauern habe sich gelegt. Als er zurückkam, besuchte eines seiner Kinder wieder die deutsche Schule Bergersdorf. Mit Beschluß vom 14. April 1939 war die tschechische Schule durch das Oberlandratsamt Deutsch-Brod aufgelöst worden, der Schulleiter zog in ein tschechisches Dorf.

Am 15. April 1939 hatten Unbekannte die Fensterscheiben des tschechischen Kindergartens Bergersdorf zertrümmert, worauf er aufgelöst wurde und die Kindergärtnerin in ein tschechisches Dorf übersiedelte.

Kinder von sieben tschechischen Familien, soweit sie noch im Grundschulalter waren, besuchten die deutsche Schule Bergersdorf. Zwei weitere Familien, darunter die des aus dem Staatsdienst entlassenen Bahnbeamten, wählten die Staatszugehörigkeit zum Deutschen Reich.

8

Am Pfingstmontag fand im Ort Hochtann der fünfzigste Gauverbandstag der deutschen Feuerwehren Böhmens statt. Mit einem Feldgottesdienst, gehalten von Pfarrer Fitz aus Schlappenz, wurde der Gauverbandstag eröffnet.

Wenzel Hondl als Vorsitzender der Freiwilligen Feuerwehr Bergersdorf war mit seiner dreißig Mann starken Wehr erschienen. 1891 war sie auf Initiative von Wenzels Vater gegründet worden, nachdem zwei schwere Brände zuerst sechs, dann acht Wohn- und Wirtschaftsgebäude in Bergersdorf vernichtet hatten.

Die Mitglieder der Feuerwehr trugen, einzigartig in der Iglauer Sprachinsel, „silberne" Helme.

Im Gasthaus von Hochtann legte der Geschäftsführer einen Tätigkeitsbericht der vergangenen beiden Jahre vor. 1938 war die Abhaltung des Verbandstages von den tschechischen Behörden untersagt worden. Mit Stolz wies der Geschäftsführer jetzt auf die Ausrüstung der Wehren hin:

> „Es ist schon etwas ganz Hervorragendes, wenn sich dreißig kleine Landfeuerwehren bei einem Stande von sechshundertvierzig Mann größtenteils aus eigenen Mitteln nach und nach einen Gerätepark geschaffen haben, der heute dreißig Kraftspritzen, fünfzig Handdruckspritzen, drei mechanische Schubleitern, siebenunddreißig Schlauchwagen, sieben Gerätewagen, elf Mannschaftswagen, darunter vier Automobile, und noch andere notwendige Geräte umfaßt. Auch das Samariterwesen wurde nicht vernachlässigt, da neunundzwanzig Abteilungen mit achtundachtzig ausgebildeten Samaritern bestehen, die ebenfalls über die entsprechenden Geräte verfügen."

Anschließend wurde der Führer des Gauverbandes, Johann Rinagel, in seinem Amt bestätigt. Als sein Stellvertreter wurde Wenzel Hondl wiedergewählt, seit einiger Zeit hatte er diese Funktion inne. In seiner Abschlußrede führte der Gauverbandsführer aus:

> „Auch wir danken unserem Führer für die große Tat unserer Befreiung. Wir alle geloben, immer und überall

unsere Pflicht als deutsche Feuerwehrmänner zu erfüllen, und rufen ebenfalls aus: Führer befiehl – wir folgen!"

Nach diesem Aufruf erhoben sich alle Teilnehmer in Anwesenheit von SS-Sturmbannführer und Kommandant der Iglauer Wehr Emanuel Sladek und stimmten die Nationalhymne an. Am Nachmittag fand eine Schau-Übung mit anschließendem Defilee sämtlicher Wehren vor den Ehrengästen statt, zu denen auch SA-Standartenführer Böhm aus Iglau gehörte.

Bei Musik, Tanz und Iglauer Bier fand Wenzel endlich Zeit, im Hause seines Bruders Alois einzukehren. Alois war einundzwanzig Jahre jünger, ein Nachkömmling unter den sieben Geschwistern, für den Wenzel sich stets verantwortlich gefühlt hatte. Nach dem Tod der Eltern war der zwanzigjährige Alois der Obhut eines kinderlosen Ehepaares in Hochtann anvertraut worden. Die Frau war eine Schwester seiner Mutter. Obwohl es seine Tante war, litt er unter der Trennung von seinem Elternhaus. Er vermißte die fröhliche Atmosphäre im Hause seines Bruders und auch die großzügige Hilfsbereitschaft aller Familienmitglieder. Bevor Alois auszog, hatte Wenzel seinem Bruder geraten: „Nimm dir deine Sense mit, die Leute sind sehr sparsam." Das Heimweh trieb Alois jeden Sonntagnachmittag zu Fuß nach Bergersdorf. Wenigstens für eine Stunde wollte er der Strenge des neuen Elternhauses entrinnen, bevor er zur Stallarbeit wiederaufbrechen mußte.

Eines Tages hatte sich Alois in ein Mädchen verliebt, dessen Eltern nur ein kleines Anwesen besaßen. Die Adoptiveltern untersagten ihrem Sohn jeden Kontakt, er solle um ein Mädchen eines reichen Hofes werben. Verzweifelt hatte sich Alois an seinen Bruder gewandt. Er liebe das Mädchen, wolle es nicht hergeben und möchte es heiraten: „Bitte, helft mir!"

Am nächsten Tag waren Wenzel und Theresia mit dem Pferdegespann nach Hochtann gefahren. Sie hatten Gastgeschenke mitgebracht und solange auf die Adoptiveltern eingeredet, bis diese „Ja" gesagt und ihre Zustimmung zur Hochzeit gegeben hatten. Nach der Eheschließung im Jahre 1932 war das Paar oft zu Gast in Bergersdorf. Aus der Ehe, die sehr glücklich werden sollte, gingen sieben Kinder hervor.

Einmal vernichtete gewaltiger Hagelschlag die gesamte Ernte auf den Feldern von Hochtann. Als Wenzel davon erfuhr, belud er seinen Pferdewagen mit Ernteerträgen, fuhr damit nach Hochtann und schenkte seinem Bruder die Ladung.

9

Es war ein schöner Tag im Mai.

Im Hause des Bürgermeisters hatten sich die fünf Familienmitglieder mit den drei Knechten und den beiden Mägden zum Mittagessen in der Küche versammelt, es gab Kartoffelsuppe, zum Nachtisch sollten Iglauer Bauernfleckerln gereicht werden. Die Küchentür war weit geöffnet. Fliegen tanzten in den Sonnenstrahlen und ließen sich, vom Geruch des Essens angelockt, in der schattigen Küche nieder.

Lautes Klopfen am Hoftor war zu hören.

Die Mittagszeit war dem Bürgermeister heilig, ungern ließ er sich bei der Mahlzeit stören.

„Kann der nicht sonst mal kommen?“ brummte er mürrisch.

Das große Tor öffnete sich, zwei Männer betraten den Hof. Einer der beiden trug einen Radioempfänger.

Verwundert richteten sich aller Augen auf die beiden Fremden.

Kathi, die Tochter, reagierte zuerst: „Schauts, was da kommt!“ rief sie.

Die Männer kamen in die Küche: „Heil Hitler! Mahlzeit beisammen! Wohin damit?“

Der Bürgermeister wies auf das dunkelgebeizte Holzbord, das in Kopfhöhe an der Wand angebracht war.

„Erst muß es abgewischt werden!“ bestimmte Maria. Sofort rannte sie los, um einen Lappen zu holen.

„Es wird eh nicht gehen“, spottete Wenzel. „Das Ding ist kaputt bis in alle Ewigkeit!“

Es war am 26. September vergangenen Jahres gewesen, wenige Tage vor Abschluß des Münchner Abkommens. Die tschechischen Behörden hatten über ihre Postverwaltungen die Beschlagnahme aller Radioempfänger verfügt, die sich im Besitz der Deutschen befanden. Selbst das Rundfunkgerät der Schule Bergersdorf mußte abgegeben werden.

Der Bürgermeister hatte bis zu diesem Zeitpunkt das Rundfunkgerät immer dann eingeschaltet, wenn Nachrichten gesendet wurden. Daß er seine geliebten Nachrichten nicht mehr würde hören können, hatte ihn besonders verärgert.

Ein tschechischer Beamter war erschienen, um das Gerät zu kassieren.

Wenzel hatte den Radioempfänger vom Wandbord geholt und ihn wütend zu Boden geschmettert: „Die Tschechen sollen auch nix davon haben!" brüllte er. „Die kriegen das, aber nur kaputt!" Um dem nachzuhelfen, hatte er das Gerät mit einem kräftigen Fußtritt zum Küchenausgang befördert, wo es von dem erschrockenen tschechischen Beamten aufgefangen wurde. Mit hochgezogenen Schultern war dieser eiligst davongelaufen. In Deutsch-Schützendorf hatte er den Radioempfänger zur Sammelstelle gebracht, wo sich alle konfiszierten Geräte zur Registrierung auftürmten.

Jetzt stand das Rundfunkgerät wieder an seinem angestammten Platz, Maria hatte es blankgerieben: „Vota, macht Ihr das Radio an?" bat sie.

„Es geht nicht!" erwiderte Wenzel.

„Macht das bitte an!"

„Es geht nicht! In alle Ewigkeit gehts nicht!"

„Dann machts trotzdem an!"

„Wenns nicht geht, dann gehts halt nicht! Wirst schon sehn."

Zum Beweis schaltete er es ein – und es ging.

Ungläubig starrten die zehn den Lautsprecher an, aus dem die Stimme Theo Lingens verkündete: *„Ich wollt' ich wär' ein Huhn! Ich hätt' nicht viel zu tun!"*

„Des gibts ja net!" prustete Kathi los.

„Ich legte vormittags ein Ei, und nachmittags wär' ich frei!"

„No so was!" rief die Mutter aus. „Das kann ja nicht sein!"

„Mich lockte auf der Welt kein Ruhm mehr und kein Geld!"

Kathi und Mitzi bogen sich vor Lachen.

„Und fände ich das große Los, dann fräße ich es bloß!"

Maria stimmte ein, ihr Bruder und die Knechte.

„Ich brauchte nie mehr ins Büro ..."

„Ich hörte nur noch Radio, oh, oh, oh", sang Kathi übermütig weiter.

„Wenns nicht geht, dann gehts halt nicht, gö, Vota?" spotteten die vier Mädchen.

„Ich tät mich ärgern", lachte der Vater, „ich tät mich ärgern, wenn die Tschechen mit mei'm Radio Nachrichten g'hört hab'm!"

Das schallende Gelächter der zehn war noch lange weithin zu hören.

10

Vom 22. bis 25. Juni fanden die Iglauer Festtage statt, ein Ereignis, dem die Bewohner der Sprachinsel seit langem entgegenfieberten.

„Wir fahren auf Iglau", sagte Kathi zu ihrem Vater. „Wie ich mich darauf freu'!" Kathi sollte am Freitag zusammen mit ihrer Schwester Maria auf dem Volkstumsabend im großen Saale des Iglauer Deutschen Hauses in Tracht auftreten. Inzwischen hatte sie einen Brief von Hans erhalten, in dem er nochmals seinen Wunsch wiederholt hatte, sie möge auf ihn warten, denn er liebe sie. Seine Eltern besaßen einen großen Bauernhof bei Regensburg. Dreimal hatten sie sich noch gesehen, dann wurde er nach Bayern zurückbeordert.

Höhepunkt der Iglauer Festtage war der Johannistag, der 24. Juni. Um acht Uhr dreißig fand wie bereits am gestrigen Freitag der Iglauer Berghäuerzug statt. Maria, Kathi, Kathi und Mitzi hatten ihre Festtagstrachten angelegt. Zusammen mit den Eltern fuhren sie nach Iglau.

Der Berghäuerzug, im Jahre 1799 zur Tausendjahrfeier der Stadt ins Leben gerufen und im Jahre 1890 von Johannes Haupt in Gewändern der spanischen Tracht entworfen und zusammengestellt, sollte an die reiche Zeit des Silberbergbaues im Iglau des dreizehnten und vierzehnten Jahrhunderts erinnern. Im Jahre 1249 hatte der böhmische König Wenzel I. Iglau zur Königlichen Bergstadt erhoben. Das Iglauer Bergrecht wurde Grundlage des Bergrechts in Europa und Südamerika. 1345 war das Iglauer Berggericht zur höchsten Instanz in allen Bergangelegenheiten erklärt worden.

Für das heutige Fest war auf dem dreitausendsechshundert Quadratmeter großen Adolf-Hitler-Platz eine Tribüne aufgebaut worden. Hakenkreuzfahnen wehten an den Gebäuden. Unter jedem Fenster war ein Hakenkreuzemblem angebracht. Tausende von Menschen säumten die Straßen, viele hatten sich auf dem Platz, in respektvoller Entfernung zur Tribüne aufgestellt.

Vor dem großen Rednerpult, an dessen Vorderfront ein übergroßes Hakenkreuz prangte, standen vier Stühle für die „Opfer tschechischer Mißhandlung", wie es hieß, bereit. Der frisch ernannte Bürgermeister der Stadt, Dr. Leo Engelmann, 1909 in Iglau geboren, hatte sich mit dem neuen Kreisleiter sowie offiziellen

Vertretern der Partei auf der Tribüne eingefunden. Endlich wurde der Berghäuerzug angekündigt. Kathi konnte ihre Augen von den feschen Burschen, die jetzt einmarschierten, kaum wenden. Vor allem der Bergmeister, der den Berghäuerzug anführte, hatte es ihr angetan. Er trug die prächtige spanische Tracht des sechzehnten Jahrhunderts. Ihm folgten drei Bannerträger mit einem kunstvollen Banner, auf dessen Tuch das Stadtwappen Iglaus in Rot und Weiß, die Löwen in Rot und Silber eingestickt waren. Auf der Rückseite war das Bildnis des heiligen Johannes zu sehen. An das Bannertuch schloß sich ein breites Band mit der in Gold und Weiß gestickten Aufschrift „Insignia Iglaviae", das in einem rot-weiß gestickten Zipf nach unten abschloß. Die Leitung des Berghäuerzuges hatte der Fachlehrer Ignaz Göth, inzwischen zum Bezirksschulinspektor aufgestiegen, inne. In einer bewegenden Ansprache führte er abschließend aus:

> „Landsleute aus Heimat und Fremde! Wer von den echten Iglauern an seine Heimat denkt ... und an den Berghäuerzug, der denkt an das Silber der Heimat, das da überall verborgen mitklingt. Diesen Silberton der Herzen wollen wir uns heute bewähren lassen, wollen wir stets zu erhalten suchen und ihn während der Iglauer Festtage tief und dauernd in unsere Seele versenken, auf das er unserer ewigen Heimat erhalten bleibe. Er ist das Unterpfand der Treue für das ewige Deutschland, das wir nun auch von dieser Stelle grüßen und mit ihm unseren Führer Adolf Hitler, ihn, den Beschützer und Befreier unserer Heimat, ihn, den Bergmann des Dritten Reiches! Wir bringen ihm ein sieghaftes ‚Glück auf!'."

Nach diesen Worten brandeten „Sieg-Heil!"-Rufe los. Tausende von Menschen hoben die Arme zum Deutschen Gruß. „Heil! Heil! Heil!" erklang es wieder und wieder.

Wenzel und Theresia, getrennt von den vier Mädchen, die sich zur BDM-Gruppe gesellt hatten, standen am Rande des Adolf-Hitler Platzes, der bis 1918 Kaiser-Franz-Joseph-Platz geheißen hatte.

Es war ein heißer Tag. Die Sonne schien glühend auf den Adolf-Hitler-Platz, auf dem um vierzehn Uhr durch den Aufmarsch der Verbände und Parteiformationen der Höhepunkt der Festtage eingeleitet wurde. Im Gleichschritt marschierte Kolonne auf Kolonne ein und bezog auf dem Platz in einem Viereck von Tausenden von Menschen Stellung. Mitten durch die Menge hatte die SS einen Anmarschweg zur Tribüne freigehalten, auf dem jetzt der aus Prag eingetroffene Musikzug der SS-Standarte Germania einzog. Unter den Klängen des Präsentiermarsches nahm er auf der Tribüne Aufstellung.

Um fünfzehn Uhr war es soweit: Gauleiter Jury zog zur Großkundgebung ein. Mit einem gewaltigen Gefolge, zu dem unter anderem der Regierungspräsident Hans Krebs, der Kreisleiter sowie der Sturmbannführer Emanuel Sladek zählten, marschierte er die Front der Ehrenabteilungen der SS, SA, des Nationalsozialistischen Kraftfahrkorps und des Reichskriegerbundes ab. Auf den vier Plätzen vor der Tribüne hatten die vier geladenen Ehrengäste Platz genommen, auch die Witwe des, wie es hieß, „von tschechischen Gendarmen hinterrücks ermordeten Gastwirtes Matejka in Stannern". Gauleiter Jury begrüßte sie teilnahmsvoll.

Der Gauleiter betrat die festlich geschmückte Ehrentribüne, auf der sich Bürgermeister Engelmann, Oberlandrat Fiechtner und ranghohe Leiter verschiedener Ämter, auch aus anderen Kreisen, eingefunden hatten. Jury begann seine Ansprache:

> „Diese Großkundgebung der NSDAP, eingeschaltet in das überlieferte Stadtfest als Kundgebung des Glückes über die Befreiung dieses Gebietes, soll auch der Ausdruck des Dankes an den Führer sein, dem wir zu verdanken haben, daß die deutsche Nation ihren stolzen Aufstieg erlebt. Sie soll ein machtvolles Bekenntnis zum Großdeutschen Reich sein und ein Schwur, daß uns nie und nimmer jemand, und sei es der Teufel, wieder aus diesem Großdeutschen Reich herausreißen kann. ... Jetzt beginnt auch eure schöne Zeit. Niemand braucht mehr Verfolgung für sein deutsches Bekenntnis zu befürchten. Ihr habt immer die Gewißheit, daß achtzig Millionen hinter euch stehen, die euer Schicksal als das ihre ansehen."

Diese Worte lösten nicht enden wollenden Beifall aus. Tausende von Hakenkreuzfähnchen winkten dem Gauleiter entgegen. Immer wieder tönte es in Sprechchören: „Heil! Heil! Heil!"

In der vergangenen Nacht hatte die deutsche Schutzpolizei eine geheime Versammlung von „tschechischen Fanatikern", wie sie von ihr bezeichnet wurde, gesprengt. Die Gruppe war im Steinbruch bei der „Holzmühl" zusammengetroffen, um mögliche Sabotage-Akte zu planen. Sieben der Teilnehmer waren festgenommen worden.

Der Gauleiter führte in seiner Rede weiter aus:

> „Wir müssen einer für den anderen einstehen, vergessen, was uns vor kurzem vielleicht noch trennte. Wir wollen den anderen nicht beurteilen, ob er arm ist oder reich, sondern danach, ob er ein anständiger Kerl ist, der bereit ist, für sein Volk zu kämpfen. Wir müssen alles ausscheiden, was der Jude an fremdem Geist unter uns getragen hat. Wir wollen nicht vergessen, wie schlecht es uns noch bis vor kurzem gegangen ist, und Geduld haben. ... Seid überzeugt, daß im Großdeutschen Reich noch kein Mensch verhungert und noch keine Gemeinde zugrunde gegangen ist. Der Führer hat das Reich nicht des Reiches wegen, sondern für den deutschen Menschen geschaffen, den er wie kein zweiter liebt und dem ein möglichst sicheres und schönes Leben zu schaffen er bestrebt ist."

Unter Jubel und Beifall hoben sich Tausende von Armen zum Deutschen Gruß. Wieder und wieder erklangen die Sprechchöre: „Heil! Heil! Heil!"

Wolken waren aufgezogen und ließen den Platz geheimnisvoll düster erscheinen.

Vor drei Tagen, als um einundzwanzig Uhr die deutsche Bevölkerung Iglaus Sonnwend feierte, hatten tschechische Männer versucht die Hakenkreuzfahne vom Kraftwagen des Kreisamtsleiters der NSV[6] herunterzureißen. Der deutschen Schutzpolizei war es gelungen, einen jungen Mann, den Stricker Johann Hadrabar, festzunehmen. Die anderen hatten unerkannt flüchten können.

Der Gauleiter kam zum Abschluß seiner Ansprache:

> „Einen Schwur wollen wir heute ablegen für das ganze Leben: Wir wollen in Treue zusammenstehen, wollen aus-

[6] Nationalsozialistische Volkswohlfahrt

halten auf diesem Boden, den uns die Väter übergeben haben. Wir wollen die Pflichten erfüllen, die uns bei der Geburt in diesem Grenzland in die Wiege gelegt wurden. Ihr habt den Volkstumskampf bisher als Deutsche geführt und werdet ihn als deutsche Nationalsozialisten weiterführen. Ward ihr bisher allein, so habt ihr heute achtzig Millionen hinter euch. Euer Schicksal ist das Schicksal der ganzen Nation. ... Wir legen das Gelöbnis ab, daß wir dafür sorgen werden, daß die heranwachsende Jugend zu anständigen deutschen Menschen erzogen wird. Wie diese wird einmal das deutsche Volk sein. Für die Zukunft gibt es nur eine Parole, für die wir leben und sterben – Führer und Deutschland!"

Die letzten Worte lösten tosenden Beifall aus. Die Arme erhoben, schloß sich in Sprechchören ein dreifaches „Sieg Heil!" an. Unter den Klängen der SS-Standarte Germania stimmten Zehntausende von Menschen, viele unter Tränen der Rührung, die Hymne der Nation an.

Der Himmel hatte sich verfinstert. Aufkommender böiger Wind kündete ein rasch näher ziehendes Unwetter an. Jäh einsetzender Gewitterregen entlud sich und jagte die Festbesucher vom Adolf-Hitler-Platz. Viele suchten in Hauseingängen, Torbögen und in Kirchen einen trockenen Unterschlupf. Im Sitzungssaal des Rathauses wurden die Festgäste, darunter Gauleiter Jury, vom Bürgermeister der Stadt Iglau bewirtet.

In der kommenden Nacht sollten die Fensterscheiben des Wohnhauses des Iglauer Bürgermeisters zertrümmert werden. Die in tschechischen Kreisen vermuteten Täter konnten nicht gefaßt werden.

Wenzel und Theresia nahmen mit ihren Kindern und den beiden Mägden am frühen Abend den letzten Zug nach Bergersdorf. Das imposante Feuerwerk, von einer großen Menschenmenge auf dem Exerzierplatz bestaunt, konnten sie nicht mehr sehen. Als abschließender Höhepunkt schoß ein rotes Hakenkreuz zum Sternenhimmel. Tief bewegt stimmten die Zuschauer die Hymne der Nation an.

11

Die Erntezeit begann je nach Wetterlage und Reifegrad der Frucht in jedem Jahr nach dem 20. Juli. Zum ersten Male sollten aus dem Altreich und der Ostmark Studentinnen und Studenten zum Erntehilfsdienst in die Iglauer Sprachinsel kommen. Am Montagnachmittag trafen hundert Studentinnen und fünfhundert Studenten in Iglau ein. Sie waren einheitlich in braune Hemden mit Armbinden gekleidet. Die weiblichen Arbeitskräfte trugen weiße Blusen.

Am Abend waren die Neuankömmlinge zur offiziellen Begrüßung, die der Kreisleiter eröffnete, in den Iglauer Hof geladen. Als Vertreter des Reichsprotektors hielt Oberlandrat Fiechtner eine Ansprache, in der er den künftigen Arbeitskräften ihre besondere Aufgabe schilderte:

> „Sie sind gekommen, um dem deutschen Bauern beizustehen und volkswirtschaftliche Werte sicherzustellen, die geistige und seelische Brücke zwischen Stadt und Land, zwischen dem Arbeiter der Faust und der Stirn zu einer eisernen Front auszubauen. Sie sind aber auch in diesen vorgeschobenen Posten als Repräsentanten des Reiches gekommen, und das verpflichtet Sie um so mehr. Sie finden hier Deutsche, die einen jahrhundertelangen Existenzkampf führten, aber sie haben zu allen Zeiten standgehalten, bis aufs Messer gekämpft und sich behauptet. Die deutsche Stadt Iglau ist deutsch geblieben trotz aller Tschechisierungsmethoden, aber sie hätte sich niemals behaupten können, wenn nicht das bäuerliche Hinterland gewesen wäre. Diesem Hinterland haben Sie nun beizustehen. Sie treffen ein hartes und wortkarges Geschlecht, aber Sie werden finden, daß es wackere Kerle sind, die sich würdig einreihen in das Großdeutsche Reich. ... Tragen Sie also nach besten Kräften dazu bei, die deutsche Ernte heimzubringen, geben Sie aber auch den deutschen Volksinselbauern neue Auftriebe für ihren schweren Existenzkampf."

In den folgenden Tagen wurden die Studentinnen und Studenten mit Vorträgen, auch von Kreisbauernführer Heuschneider, auf ihre ungewohnte Tätigkeit vorbereitet und sodann auf die einzelnen Dörfer und Höfe verteilt.

Dem Bürgermeister von Bergersdorf wurden eine Studentin und ein Student von der Universität München zugewiesen. Herzlich hieß er die beiden willkommen und lud sie zum Mittagessen. Theresia hatte Kartoffelsuppe zubereitet, als Hauptgang Koteletts mit Kartoffeln und Erbsen.

Die beiden Gäste staunten: „Wir dachten alle, hinter Pilsen beginnt Sibirien", gestanden sie. „Als unser Zug in Iglau einfuhr, hatten wir immer noch das Gefühl, daheim zu sein. Und die Menschen sprechen hier akzentfreies Hochdeutsch!"

Um den großen Eßtisch in der Küche hatten die beiden Gäste, Maria, Wenzi, Kathi und Mitzi sowie die Knechte Platz genommen. Vater und Mutter saßen, wie immer getrennt von den anderen, am kleinen Seitentisch neben dem Sommerofen.

Kathi Hondl fehlte. Sie nahm an der Großfahrt von BDM und HJ nach Schleswig-Holstein teil und sollte am Freitag mit dem Sonderzug zurückkommen.

Der Student hieß Werner, studierte Medizin und sollte im ausgebauten Dachboden wohnen. Er hatte diese weichen Daunendecken in den Damastbezügen auf den Mahagoniholzbetten nicht erwartet und vorsorglich eine Zudecke mitgebracht, worüber Theresia herzlich lachen mußte. „Packen Sie Ihre Decke wieder ein", hatte sie gescherzt. „Wenn Sie wollen, gebe ich Ihnen noch drei dazu."

Die Studentin sollte zusammen mit ihren Kommilitoninnen in den Räumen der ehemaligen tschechischen Schule übernachten.

Wenzi hatte von den größeren Burschen im Dorf den Auftrag erhalten, die Studentin in Augenschein zu nehmen, ob es sich lohne, bei ihr zu fensterln.

„Die ist zu kräftig", hatte Wenzi ihnen ausgerichtet. „Das lohnt sich nicht."

Die Erntehelfer mühten sich redlich. „Eigentlich ist ihre Hilfe überflüssig", sagte Wenzi einmal zum Vater. „Die sind uns nur im Weg, und wir kommen besser ohne sie zurecht!"

Der Vater stimmte ihm zu, meinte aber, er sehe es als seine Christenpflicht an: „Die jungen Leute sollen etwas anderes erleben, sie sollen kräftig essen, und die frische Landluft wird den blassen Stadtleuten guttun."

Inzwischen war Kathi von der dreiwöchigen „Großfahrt in die Nordmark" zurückgekehrt. Am Bahnhof Iglau waren die tausend Mädels und Burschen des BDM und der HJ von Kreisleiter, Bürgermeister, SS-Sturmbannführer Sladek sowie offiziellen Vertretern der Stadt- und Kreisleitung empfangen worden. Zu Hause angekommen, erzählte Kathi, sonnengebräunt und mit leuchtenden Augen, von dieser Großfahrt, die für alle Teilnehmer unvergeßlich bleiben sollte.

Während der Zeit des Ernteeinsatzes der Studenten in Bergersdorf wurde an fast jedem Abend Fußball gespielt. Die Jungen der HJ spielten barfuß gegen die gut beschuhten Studenten aus der Stadt.

In dieser Zeit nahm ein Sportstudent das Leistungsabzeichen von den Jungen der HJ ab, zu denen auch Wenzi gehörte. Gefordert waren: Weitsprung, Hochsprung, Keulen-Weitwurf, Schwimmen im Weiher, Hundert-Meter-Lauf und Dreitausend-Meter-Lauf in vierzehn Minuten. Der Sportstudent war verblüfft über die hohe Leistungsfähigkeit und Kondition der jungen Burschen. „Warum wundert Ihr Euch?" meinte Wenzi zu ihm. „Wir sind trainiert, harte Arbeit und weite Strecken gewohnt."

Die beiden Söhne des Schulleiters gaben die Führung der Pimpfe und der HJ an ihre Nachfolger weiter. Ihr Vater war als Leiter an die deutsche Schule Friedrichsdorf berufen worden. Neuer Direktor in Bergersdorf wurde Josef Ripper.

Der Schulbeginn war vom Kreisamt für Erzieher des Bezirks Iglau/Deutsch-Brod auf Mittwoch, den 16. August, festgesetzt. In diesen Tagen fanden feierliche Wiedereröffnungen deutscher Schulen in Fußdorf, Jesau, Höfen und Seelenz statt. Neue Schulen waren errichtet worden, so auch eine Bürgerschule in Stannern.

In Bergersdorf wurden im Beisein des Bürgermeisters und der Dorfbevölkerung zwanzig Mädchen und fünfzehn Knaben in das neue Schuljahr eingeführt. Die Studenten nahmen an der Feier und dem Hissen der Hakenkreuzflagge vor dem Schulhaus teil, ebenso die jungen SS-Männer in ihren Uniformen. Zehn Tage später wurde der Schulleiter zum SS-Einsatz eingezogen.

12

Jedes Jahr im Spätsommer gab es in Bergersdorf die Versteigerung der Apfelbäume. Der Gemeindediener, von allen „Friedl" genannt, ging mit einer Glocke durch das Dorf. An drei Plätzen blieb er stehen und verkündete:

> „Achtung! Achtung! Morgen um sieben Uhr abends findet die Lizitation der Apfelbäume statt. Alle Interessierten sollen daselbst beim Kaufmo sein. Sollte es regnen, wird sie auf den nächsten Abend verlegt!"

Zwanzig bis dreißig Bergersdorfer kamen zur Versteigerung, die der Bürgermeister leitete. Friedl führte Buch darüber. Jeder Baum war mit einer Nummer versehen.

„Hier sind drei Apfelbäume, wer möchte sie lizitieren?"

„Die möchte ich steigern, ich setze zwanzig Kronen!"

„Wer gibt mehr?"

Manchmal erging ein Gegenangebot auf bis zu dreißig Kronen, ein höherer Betrag hätte sich jedoch nicht mehr rentiert. Der Gemeindediener trug Namen und Hausnummer des Steigerers ein und ließ sich den Obolus auszahlen. Die Apfelbäume waren im Gemeindebesitz.

Der Gemeindediener war unentbehrlich und für fast alles zuständig: Er konnte Fenster einglasen, Töpfe löten, Uhren reparieren, Schlitten instandsetzen, Skier herstellen und Erste Hilfe leisten, da er Sanitäter bei der Freiwilligen Feuerwehr Bergersdorf war. Beim Feuerwehrball in der Faschingszeit spielte er die Baßgeige in der Musikkapelle und trat auch bei Hochzeiten damit auf. Er war für die Viehzählung einmal im Jahr verantwortlich und war auch der Friseur von Bergersdorf. Seine große Wohnküche war beliebter Treffpunkt der Männer, die sich nur von ihm die Haare schneiden ließen. Die Kinder nahmen zum Haareschneiden auf dem Küchenstuhl Platz. Ängstliche beruhigte Friedl mit einem Bonbon. Für seine Friseurdienste verlangte er nichts, nur eine Schale für Trinkgeld stand unauffällig bereit.

13

Am 20. August fand in Iglau die feierliche Vereidigung der SS des Protektorates statt. Mehr als zweitausendfünfhundert SS-Männer waren zur Vereidigung angetreten. Die Häuser waren beflaggt und reich geschmückt. Den vorderen Teil des Adolf-Hitler-Platzes umgaben abwechselnd Hakenkreuzfahnen und die Fahnen der SS. Hinter der Festtribüne leuchtete ein übergroßes SS-Emblem auf dunklem Hintergrund, und auf der Vorderseite des Rednerpultes prangte ein Hakenkreuz auf hellem Grund. Eine Portraitbüste Adolf Hitlers auf hohem Sockel, der in einem Blütenmeer einzutauchen schien, war vor dem Rednerpult aufgestellt. Gebundene und geflochtene Blätterbahnen umrandeten die Tribüne, zu der fünf breite Stufen hochführten.

Es war ein heißer Sonntag im August. Aus der gesamten Sprachinsel waren die Menschen nach Iglau gefahren, um den Festakt mitzuerleben. Aus Bergersdorf und den dazugehörenden Ortschaften waren siebenundvierzig Männer zur Vereidigung gekommen.

Inzwischen hatte sich Wenzel Hondl dazu durchgerungen, Mitglied der Allgemeinen SS zu werden. Einige Mitglieder des Gemeinderats hatten ihn bedrängt: als Bürgermeister dürfe er nicht abseits stehen, wenn so viele Bergersdorfer Männer bereit seien, der Allgemeinen SS beizutreten und damit dem Führer ihren Dank für die Befreiung und ihre Treue zum deutschen Volk zu beweisen. Außerdem dürfe man SS-Gruppenführer Berger nicht enttäuschen, der für das Dorf vielleicht noch nützlich sein könne.

Nachdem die SS-Kolonnen Aufstellung bezogen hatten, traf in Vertretung Heinrich Himmlers SS-Obergruppenführer Heißmeyer ein. In seiner Begleitung befanden sich Reichsminister Seyß-Inquart und der Staatssekretär beim Reichsprotektor Böhmen und Mähren SS-Brigadeführer Karl Hermann Frank. Er eröffnete den Festakt mit einer Ansprache:

> „Fünf Monate sind es heute her, daß die SS mit dem Führer in Prag eingezogen ist, seit fünf Monaten hat der Führer diesem Lande eine neue Ordnung und den Frieden geschenkt. ... Denkt auch daran, daß ihr Männer

der SS dazu auserwählt seid, den Kampf zu führen und besondere Aufgaben zu lösen! Und wenn in den nächsten Tagen und Wochen hier in diesem Frontabschnitt der Führer besondere Aufgaben stellt, so ist jedem Befehl nachzukommen ... und alles hinzugeben für den Führer und das Reich."

Ein Rundfunkwagen des Reichssenders „Böhmen" zeichnete diese Ansprache und auch die folgende Rede von Reichsminister Seyß-Inquart auf:

„Ihr seid hier auf eurem alten Heimatboden, heute im Großdeutschen Reiche angetreten zur Vereidigung auf Führer und Reich. Wenn diese feierliche Stunde beendet sein wird, dann werdet ihr euch als Standarten 107 und 108 der Schutzstaffel bei eurem Manneswort mit dem heiligen Gelöbnis, das ihr je geben könnt, verschworen haben, kein höheres Gut zu haben als das deutsche Volk und das Reich, keinen höheren Willen zu kennen als den Willen des Führers, auch dann, wenn er von euch den letzten Einsatz fordert. ... Aus deutschem Blut ist dieses Reich nach dem Willen des Führers gebaut. Unser Glaube wird gekrönt durch die Dreieinigkeit: Volk, Reich und Führer."

Dieses Bekenntnis löste spontane „Heil!"-Rufe aus. Mit tiefer Ergriffenheit hoben die Zuhörer die Arme zum Deutschen Gruß, erfüllt von Dankbarkeit, daß sie endlich dem Großdeutschen Reich angehörten. Mit Erlaß des Führers vom 16. März 1939 waren sie Deutsche geworden, seit fünf Wochen waren die deutschen Staatsangehörigen im Bezirk des Oberlandratsamtes Iglau erfaßt. Nachdrücklich war darauf hingewiesen worden, daß „Juden nicht Reichsbürger sein können".

Oberlandrat Fiechtner brachte in einer kurzen Ansprache seine Freude darüber zum Ausdruck, daß „Iglau dazu ausersehen worden war, Stätte der Vereidigung der SS des Protektorates zu sein". Gerade Iglau habe besondere volkspolitische Aufgaben zu erfüllen, wobei der deutsche Besitzstand wieder herzustellen sei. „Die Spitzenstellen der Verwaltung", so führte er aus, „müssen in die Hand von Deutschen gelegt werden; es ist notwendig, daß auch die letzte Verwaltungsstelle in Besitz der Deutschen kommt".

Oberlandrat Fiechtner gab abschließend bekannt, daß es ihn „mit freudiger Genugtuung" erfülle, demnächst in das Amt des Polizeidirektors von Iglau auch einen Volksdeutschen, Emanuel Sladek, einführen zu können. Zu dessen erster Amtshandlung solle eine „Verordnung betr. den Verkehr zwischen der jüdischen und der arischen Bevölkerung der Stadt" zählen, womit der „Forderung nach reinlicher Scheidung Rechnung getragen" werde.

Höhepunkt dieses Tages war jetzt die Ansprache von SS-Obergruppenführer Heißmeyer, der als Vertreter des Reichsführers SS Heinrich Himmler mahnende Worte an die SS-Männer richtete:

> „Alles, was wir jetzt tun, muß aus dem Glauben kommen, daß unser Volk, wenn wir wollen, unbesiegbar ist. Wir glauben unerschütterlich an die Sieghaftigkeit unserer Bewegung. So mögen denn auch diese neuen Einheiten der SS nach denselben Grundsätzen den Marschtritt in die kommende Zeit antreten. ... Ihr seid hierhergekommen in diese deutsche Stadt, wo Menschen deutschen Blutes wohnen, die auch in schwerer Zeit ihr Blut nicht verleugnet haben. Daß wir hierhergekommen sind, soll der Ausdruck unseres Dankes dafür sein, zugleich aber auch unser Bekenntnis zu euch und das Zeichen, daß wir jeden Tropfen deutschen Blutes schützen werden."

Nach diesen Worten sprach SS-Obergruppenführer Heißmeyer die Eidesformel auf den Führer vor, die die SS-Männer mit erhobenen rechten Armen nachsprachen. Darauf spielte der Musikzug das Lied *Wenn alle untreu werden.* Mit einem dreifachen „Sieg Heil!" und dem Deutschlandlied endete die feierliche Vereidigung der SS des Protektorates.

Für den kommenden November war die feierliche Vereidigung von zweitausend Männern der SA in Iglau anberaumt worden.

Dritter Teil

1

Am 1. September 1939 wurde über den Rundfunk in einer Sondermeldung bekanntgegeben, daß deutsche Truppen in Polen einmarschiert seien. „Alle erwarteten Erfolge erzielt!" lautete der erste Bericht des Oberkommandos der Wehrmacht.

Es war die Zeit der zweiten Heuernte, Grummet genannt. In Bergersdorf waren Frauen und Männer auf den Feldern, es war Freitag, und das Heu sollte noch vor dem Wochenende eingefahren werden. Ein junger Mann überbrachte von Feld zu Feld die Nachricht: „Die Polen haben geschossen, und der Führer spricht um zwei Uhr im Radio. Kommt alle zum Kaufmo!" Der Kaufmann besaß als einer der wenigen in Bergersdorf ein Rundfunkgerät.

Mit Begeisterung meinten einige: „In drei Wochen haben wir Polen erobert, und in einem Jahr ist der Krieg zu Ende!"

Die Alten jedoch waren besorgt: „Jetzt fangen die schon wieder mit dem Krieg an! Ist schon mal schiefgegangen!" raunten sie sich zu.

In Iglau war es am Abend des 1. September zum ersten Male finster. Eine Gruppe der HJ war vom Ernteeinsatz in Zeisau nach Iglau zurückgekehrt. Die Gaslaternen, die bei Einbruch der Dämmerung jeden Abend gezündet worden waren, blieben dunkel. In bedrückter Stimmung gingen die jungen Burschen nach Hause.

Die „Verdunklungsvorschriften für das Protektorat" waren zweisprachig am 25. August in den Tagesblättern veröffentlicht worden. Jetzt war nochmals durch den Polizeidirektor von Iglau eine sofortige „Abschirmung der Lichtquellen und Verdunkelung der Lichtaustrittsöffnungen" gefordert worden. Kontrollorgane, auch der SS und der HJ, würden verschärft die Einhaltung der Vorschriften überwachen. Allen Anordnungen müsse bedingungslos sofort Folge geleistet werden, gegen Zuwiderhandelnde werde mit aller Schärfe vorgegangen.

Inzwischen waren alle Bürgermeister des Kreises nach Iglau beordert worden. Sie erhielten Listen, in die sie die Namen der wehrfähigen Männer ihres Ortes, auch die der Knechte, eintragen mußten. Der Bürgermeister Bergersdorfs tat dies mit unguten Gefühlen.

Auf einer gesonderten Liste waren die Namen aller tschechischen Männer des Ortes im wehrfähigen Alter für den „Ersatzdienst in der Landwirtschaft“ einzutragen.

Nach Bergersdorf zurückgekehrt, meinte er: „Es kann nicht mehr lange dauern, dann kommt die Einberufung vom Amt.“

„Wenn alle einrücken müssen, wer betreut dann die Höfe?“ fragte Theresia.

Kathi befürchtete ein Verbot von Tanzunterhaltungen: „Was sollen wir machen, wenn wir nicht mehr auf den Tanzboden dürfen?“

Maria bedrückten andere Gedanken: „Die Burschen werden fallen, und unsere Heiratsaussichten werden schlechter“, sagte sie.

Am 1. September waren einige junge Männer sofort nach Iglau befohlen worden, auch der ältere Sohn des ehemaligen Schulleiters von Bergersdorf. Sie waren in der Wohnung eines ausquartierten jüdischen Besitzers untergebracht. Hier hatten sie sich für einen möglichen Einsatz als Kuriere in die umliegenden Dörfer bereitzuhalten, da Sabotageakte von tschechischer Seite zu befürchten waren. Die jungen Männer nächtigten, in Teppiche eingerollt, und vertrieben sich die Zeit mit Kartenspielen. Nach einer Woche vergeblichen Wartens wurden sie nach Hause entlassen.

Ein „Aufruf zur Meldung für den freiwilligen Eintritt in die deutsche Wehrmacht zum Herbst 1940“ verkündete, „alle ungedienten Volksdeutschen – jetzt Reichsdeutsche – aus dem Protektorat Böhmen und Mähren“ könnten sich bis zum 5. Januar 1940 beim zuständigen Wehrbezirks-Kommando melden. Die Bewerbungen zur Ausbildung in den Heeresunteroffiziersschulen mußten kurzfristig bis Ende September eingereicht werden.

In Bergersdorf meldeten sich sofort junge Männer zur Wehrmacht, da sie befürchteten, den Krieg zu versäumen. Wenzels Neffe Franz aus dem Hause 5 erwog eine Bewerbung.

Der Bürgermeister warnte ihn: „Franz, glaub' mir, wir haben immer gesiegt und den Krieg verloren. Und das kommt jetzt wieder!“

Franz war Mitte Zwanzig und voller Optimismus: „So wird's nicht kommen! Laßt uns das mal machen! Diesmal werden wir siegen!“ versprach er seinem Onkel.

Landwirtschaftliche Arbeitskräfte hatten sich bis zum 15. September bei den Wehrmeldeämtern zu melden.

Am 14. September erfolgte ein Aufruf der Hitlerjugend, Bann 489 Iglau, zur „Erntehilfe“, in dem es abschließend hieß:

> „Wenn wir schon nicht das Glück haben, als Soldat draußen an der Front unser Leben für unser Volk einzusetzen, dann müssen wir erst recht in unserer engeren Heimat unseren Mann stellen.
> Es ist daher eine Selbstverständlichkeit, daß jeder … bei der Hackfrucht- und Kartoffelernte in der Iglauer Volksinsel mithilft. Die gesamte Hitlerjugend und der Bund Deutscher Mädel in der HJ werden sich freudig an der Ernte beteiligen und helfen dadurch, die Ernährung unseres Volkes sicherzustellen.“

2

Um eine „gerechte Belieferung der Bevölkerung mit Lebensmitteln“ zu sichern, wurden jetzt Lebensmittelstammkarten eingeführt. Eine Bezugscheinpflicht für Treibstoffe gab es bereits seit 6. September. Wegen „Papierknappheit“ verringerte sich der Umfang der Zeitungen, auch der des Mährischen Grenzboten.

Es wurde Aufgabe der Gemeindevorsteher, den Bewohnern die Bezugscheine zum Kauf von Grundnahrungsmitteln allmonatlich auszuhändigen.

„Es gibt immer mehr Arbeit“, dachte Wenzel, „aber nichts wird besser“. Er vermied es, über seine Arbeit zu sprechen, nahm aber den Besuch der Bewohner gerne zum Anlaß, um mit ihnen zu plauschen. Zu jeder Tageszeit konnten sie zu ihm kommen.

Einmal gingen Katharina aus dem Hause 38 und ihre Freundin Liesl zum Bürgermeister. Liesl, die auf der Hauswirtschaftsschule Iglau angemeldet war, sollte im Auftrag ihrer Eltern die Bezugscheine abholen.

„No, Liesl, ich hab gehört, du wirst jetzt in Iglau zur Schule gehen“, begann er.

Mürrisch nickte das junge Mädchen.

„Wirst aber eine G’scheite jetzt!“ scherzte er.

„Reds net so viel“, unterbrach ihn Liesl.

Erschrocken über die Unhöflichkeit ihrer Freundin, fuhr sich Katharina über den Mund.

„Reds net so viel!“ wiederholte Liesl. „Und gebts mir lieber die Bezugscheine!“

Katharina erwartete ein Donnerwetter des Bürgermeisters. Er aber lachte und übergab ihr die Scheine. Die beiden Mädchen verließen das Haus und hörten sein Lachen noch immer, auch als sie nach rechts die Straße zum Heiligen Nepomuk einbogen.

3

Das Verhältnis zwischen Wenzel Hondl und dem vierzehn Jahre jüngeren Ortsgruppenleiter der NSDAP Heinz Frey war oft gespannt. Im Gegensatz zum Bürgermeister war der kinderlose Frey in Bergersdorf unbeliebt. „Der tritt auf wie Hitler selbst“, kritisierten ihn die Bewohner.

Bis vor knapp drei Jahren war Frey Obmann bei der Raiffeisenkasse gewesen. Der Bürgermeister als Vorsitzender des Aufsichtsrates leitete die Hauptversammlungen. Die Mitglieder hatten die Abwahl Freys beschlossen und auf Vorschlag Wenzels den jungen Franz Freudenreich aus dem Hause 27 zum Nachfolger gewählt, obwohl Franz nur widerwillig dieses Amt annahm. Von da an leitete er die Versammlungen.

„Paß auf“, hatte der Kaufmann den Bürgermeister immer wieder gewarnt. „Paß auf, der Frey ist falsch! Ich weiß auch nicht, warum, aber der spielt ein falsches Spiel!“

„Das ficht mich nicht an“, hatte Hondl geantwortet. „Der kann mir nichts anhaben!“

Vor kurzem war eine leergewordene Wohnung im Gebäude der Raiffeisenkasse in Bergersdorf neu zur Pacht ausgeschrieben worden. Heinz Frey hatte alles versucht, um einen tschechischen Pächter in diese Wohnung zu bekommen.

Daraufhin hatten der Bürgermeister und die Mitglieder des Aufsichtsrates in einem Handstreich den Verpächter selbst zum Pächter seiner eigenen Wohnung gemacht und Frey vor vollendete Tatsachen gestellt.

Die Brüder Franz und Johann Tondl beim tschechischen Militär Mitte der dreißiger Jahre.

Franz Tondl
im August 1940.

Emil Strowik – Direktor
der Zentralmolkerei Iglau.

Seit einiger Zeit kam Frey an fast jedem Montagabend zum Bürgermeister. Er ließ sich einen Krug frischen Bieres auftischen, den Maria aus dem Wirtshaus geholt hatte.

„Der will nur wissen, was ihr Männer gestern abend im Wirtshaus beredet habt", warnte sie ihren Vater.

„Der kann kommen, sooft er will, ich muß mit ihm zu Rande kommen", hatte der Vater geantwortet.

Nach zwei Stunden, in denen Frey meist Unwesentliches erfahren hatte, dankte er für die Gastfreundschaft und das köstliche Bier. Er verabschiedete sich und ging zur Tür. Dort blieb er stehen, drehte sich um, schlug heftig die Hacken zusammen, hob den rechten Arm und rief: „Heil Hitler!"

Die Stimme Freys war bis in die Schlafkammern der Mädchen gedrungen.

„Behüt dich", antwortete der Bürgermeister gelassen.

„Paßt auf!" flüsterte Kathi, „gleich ruft er's wieder!"

„Heil Hitler!" wiederholte Heinz Frey mit lauter Stimme.

„In Gottes Namen, ist schon recht!" winkte der Bürgermeister ab.

Wütend zog Frey davon und schlug heftig das Tor zu. Lachend preßten die Mädchen ihre Gesichter in die Kopfkissen.

4

Seit Mitte März hing an einigen Bauernhäusern ein Schild über der Eingangstür: „Trittst Du hier als Deutscher ein, soll Dein Gruß ‚Heil Hitler!' sein!" In Bergersdorf grüßten die meisten Bewohner auf der Straße einander wie zuvor mit „Grüß Gott". Heinz Frey gebrauchte immer den Deutschen Gruß.

In Ranzern grüßten sich die Bewohner mit „Grüß Gott mitanand'". Einer der Bewohner hatte seiner Familie den Deutschen Gruß untersagt: „In meinem Hause wird nicht ‚Heil Hitler!' gesagt!" Auch im Wirtshaus hatte er, der einst zur Leibstandarte von Kaiser Franz Josef gehört hatte, dies wiederholt und hinzugefügt: „Hitler hat sich als Österreicher reingeschmuggelt und will uns hier führen! Wie kommt ein Gefreiter dazu, gegen die ganze Welt zu kämpfen!"

Diese Äußerungen brachten ihn für zwei Tage ins Gefängnis.

Nach seiner Entlassung blieb er bei seiner Aussage und fügte hinzu: „Ich habe in der Österreichisch-Ungarischen Monarchie und später in der tschechischen Armee gedient. Ich habe bei der Mobilisierung im September Achtunddreißig mitgemacht. Aber eins möcht' ich euch noch mal sagen: Wie kann der Hitler, dieser Narr, gegen die ganze Welt kämpfen?!"

Seiner Familie befahl er nochmals: „In meinem Hause wird nicht ‚Heil Hitler!' gesagt, und ein Hitlerbild kommt mir nicht ins Haus!"

Seit dem 15. März hatten Vertreter Haus für Haus Hitler-Bilder angeboten. Bei Mehrfachbestellungen verringerte sich der Preis pro Stück: Fünf Bilder kosteten fünfundzwanzig Kronen. In Bergersdorf kümmerte sich Heinz Frey um die Beschaffung. Die Familie aus dem Hause 24 war strikt dagegen: „Hört mir damit auf!" wehrte ein Familienmitglied ab. „Wenn die Heiligenbilder von der Wand genommen werden, um das Hitlerbild aufzuhängen, dann wird uns das nichts Gutes bringen!"

In fast allen Geschäften wurde nach dem 15. März ein Bild Adolf Hitlers sichtbar aufgehängt. Auch den Inhabern eines Lebensmittelladens in Dobrenz, einem Dorf, fünf Kilometer von Bergersdorf entfernt, wurde ein solches Bild zugestellt. Die deutschen Ladenbesitzer hatten zwischen deutschen und tschechischen Kunden nie einen Unterschied gemacht, tschechische Kinder hatten nach dem Einkauf ebenso ihr Bonbon erhalten wie deutsche Kinder. Lebensmittel auf die neueingeführten Bezugscheine wurden für alle korrekt ausgegeben.

Jetzt brachte das Hitlerbild die Geschäftsleute in Verlegenheit: „Wir haben tschechische Kunden, die wollen wir nicht provozieren", war die Meinung der Ladeninhaberin. „Ich häng' das Bild nicht ins Geschäft und schon gar nicht ins Fenster!"

Sie beförderte es in die Vitrine ihrer Wohnstube. „Da fällt es am wenigsten auf", erklärte sie ihrem Mann.

Der aber warnte sie: „Wenn du so weitermachst, führen sie dich noch ab!"

„Unser Kreuz bleibt im Geschäft hängen!" sagte sie entschieden. „Aber das Hitlerbild kommt mir nicht dazu!"

„Mach' du so weiter", sorgte er sich um seine Frau, „dann werden sie dich noch holen!"

Der deutsche Lehrer in Dobrenz hatte Kontrollen durchzuführen. Im Laden beanstandete er das fehlende Hitlerbild.

„Aber schaun Sie doch mal", erwiderte die Geschäftsfrau geschickt. „Bei uns hat es einen Ehrenplatz bekommen! In unserer Vitrine in der Wohnstube, da kommt es doch viel besser zur Geltung als hier im Laden!"

Der Kontrolleur ließ sich das Bild in der Vitrine zeigen, bestätigte ihre Aussage verabschiedete sich und zog davon.

Bereits vor einem Jahr war in manchem Haus ein Bild Adolf Hitlers aufgehängt worden. Der damalige Leiter der deutschen Schule hatte im September des vergangenen Jahres in seiner Wohnküche ein Bildnis Adolf Hitlers angebracht.

5

Ein Jahr zuvor, am 27. September, war der Leiter der deutschen Schule Bergersdorf verhaftet worden. Es war fünf Uhr. Der Gendarm der Gendarmerie Deutsch-Schützendorf hatte mit den Worten „Veřejná bezpečnost!"[7] gegen die Tür des Schulhauses gepocht und den Leiter aufgefordert, er möge Utensilien des täglichen Gebrauchs sowie Leibwäsche in einen Beutel packen und ihm folgen. Die Kinder im Alter von dreizehn, vierzehn und sechzehn Jahren reagierten verstört, die Ehefrau war in Tränen aufgelöst. Der Gendarm hatte sie mit den Worten: „Der kommt schon wieder" besänftigt, und der Schulleiter versuchte seine Familie zu beruhigen: „Ihr sollt euch nicht ängstigen, bald bin ich wieder zu Hause!"

Der Gendarm hatte zur Eile gedrängt, er habe noch viel zu tun. Mit dem Verhafteten war er in der Dunkelheit entschwunden.

Auf der Fahrt, deren Ziel ihm nicht genannt worden war, hatte der Schulleiter Zeit, über den Grund seiner Verhaftung nachzudenken. Er war sich keiner Schuld bewußt. Vor dreizehn Tagen hatte er anläßlich des einjährigen Todestages des ersten Präsidenten der Tschechoslowakischen Republik, Tomaš Garrigue Masaryk, eine Gedenkfeier in der Schule abgehalten, in der er auch über die Pflichten gegenüber diesem Staat gesprochen und mit

---

[7] „Öffentliche Sicherheit!"

seinen siebenundzwanzig Schülerinnen und Schülern die tschechoslowakische Staatshymne angestimmt hatte. Trotz kritischer Distanz war er um Loyalität zum Staat bemüht gewesen und fühlte sich zu Unrecht verhaftet. Ihm war nicht bekannt, daß die tschechische Lehrerin von Bergersdorf Anzeige gegen ihn erstattet hatte.

Sie war dem Sohn des Müllers Jaroslav Vomela begegnet und erkundigte sich nach Äußerungen des Schulleiters.

Wahrheitsgemäß hatte der Schüler geantwortet: „Der Lehrer hat uns gesagt, daß, wenn der Hitler kommen sollte, sich die Kinder anständig benehmen sollen!"

„Das hat er gesagt?"

„Ja!"

Nachdem die Lehrerin diese Aussage weitergeleitet hatte, war der Schulleiter wegen „Verdachts auf staatsfeindliche Tätigkeit" verhaftet worden.

In jenen Tagen wurden durch die tschechischen Behörden Verhaftungen von Deutschen angeordnet, die sie der staatsfeindlichen Tätigkeit verdächtigten. In Iglau gab es sechsundzwanzig Festnahmen, zu denen auch der Hauptschriftleiter des *Mährischen Grenzboten* gehörte. Viele waren durch Flucht, auch in die Wälder, einer Verhaftung entgangen. Der Führer der SdP, Konrad Henlein, hatte sich nach Auflösung seiner Partei durch Beschluß der Prager Regierung in das Reich abgesetzt. Führende Funktionäre der SdP waren untergetaucht, ihre Häuser durchsucht worden. In Iglau war die Bezirksstelle der SdP polizeilich besetzt sowie Material und Schriften beschlagnahmt worden. Zeitungen, auch der *Mährische Grenzbote*, unterlagen einer verschärften Pressezensur. Alle jungen Männer im wehrfähigen Alter wurden zum Dienst in die tschechische Armee eingezogen.

Am 23. September war die Mobilisation ausgerufen worden, nachdem es in den Grenzgebieten zu bewaffneten Zusammenstößen zwischen Deutschen und Tschechen gekommen war. In gemischtsprachigen Gebieten waren bei Demonstrationen tschechische Schriften heruntergerissen und Wegweiser übermalt worden. Das Hören deutscher Radiosender war unter Strafe gestellt, die Ablieferung der Rundfunkgeräte befohlen worden.

In sechzehn Grenzgebieten war das Standrecht, später in der gesamten Republik der Ausnahmezustand verhängt worden. In den Gebieten des Sudetenlandes, so hatte es geheißen, seien in einer Verhaftungswelle zwanzigtausend Deutsche als „Geiseln" interniert, ihre Erschießung im Falle des Einmarsches deutscher Truppen angedroht worden. Deutsche Bewohner des Sudetenlandes waren daraufhin hastig über die Reichsgrenze geflohen.

Einige männliche Bergersdorfer hatten sich im Wald versteckt gehalten, auch der ältere Sohn des verhafteten Schuldirektors. Der Leiter der tschechischen Schule Bergersdorf organisierte die Bewachung einer nahegelegenen Eisenbahnbrücke. Tschechische Gendarmerie hatte Patrouille am Bahndamm bezogen, so daß deutsche Dorfbewohner nicht wagten, ihre anliegenden Felder und Wiesen zu begehen. Die tschechischen Einwohner hatten an Schulungen für den zivilen Luftschutz teilgenommen, Schüler der tschechischen Schule legten einen Luftschutzbunker an. In der Nacht zum 1. Oktober waren in Bergersdorf tschechische Häuser und die tschechische Schule mit Hakenkreuzen beschmiert worden. Kurz darauf wurden bei einer nächtlichen Aktion in Iglau einige deutsche Firmenschilder zerstört und Geschäftstafeln deutscher Inhaber mit schwarzer Farbe überschmiert.

Am 27. September war auch der Bergersdorfer Bürgermeister vom Postenkommandanten der Gendarmerie aus Deutsch-Schützendorf verhaftet worden. Zusammen mit dem Gemeinderatsmitglied Matthias Reichtomann jun. aus dem Hause 7 wurde Wenzel Hondl in das Kreisgericht nach Kuttenberg eingeliefert. Er hatte über den Grund seiner Verhaftung gegrübelt, ohne jedoch eine Erklärung dafür zu finden.

Der Postenkommandant der Gendarmerie Deutsch-Schützendorf war während der Herbstmobilisation bei Jaroslav Vomela erschienen und hatte gefragt: „Kannst du mir sagen, welche Deutschen in Bergersdorf den meisten Einfluß auf die Bevölkerung haben?“

Ohne zu zögern konnte Vomela antworten: „Auf den Bürgermeister Hondl hören alle im Dorf!“

„Kannst du mir noch jemanden nennen?“

„Den Landwirt Matthias Reichtomann junior!“

Mit den Worten „Das genügt!“ war der Postenkommandant abgezogen, um die Verhaftung dieser beiden Männer wegen „Verdachts auf staatsfeindliche Tätigkeit“ vorzunehmen.

Mit großer Bestürzung hatte die Bergersdorfer Bevölkerung auf die Verhaftung reagiert. Der Gemeinderat, dem auch zwei tschechische Mitglieder angehörten, sandte am 7. Oktober ein Telegramm an die Landesbehörde Prag ab:

„Die gesamte Bevoelkerung Bergersdorf Bezirk Nem Brod ersucht dringend um unverzuegliche Freilassung ihres ohne Beschuldigung verhafteten Gemeindevorstehers Wenzel Hondl sowie der uebrigen verhafteten Personen aus Bergersdorf Mathias Reichtomann und Oberlehrer Laurenz Hawelka.
Gemeindevertretungsmitglied Franz Altrichter“

Noch am selben Tag waren die drei Verhafteten aus dem Kreisgericht Kuttenberg, in dem sie mit vierundsechzig Deutschen des Bezirks Deutsch-Brod interniert waren, entlassen worden. Nach Bergersdorf zurückgekehrt, erfuhren sie Einzelheiten zum Münchner Abkommen vom 29. September, in dem die Abtretung der sudetendeutschen Gebiete an das Reich durch die vier Großmächte beschlossen wurde und daß die etappenweise Besetzung dieser Gebiete durch deutsche Truppen am 1. Oktober begonnen habe. Jetzt würde die tschechische Bevölkerung diese Gebiete „räumen“, hieß es offiziell, Präsident Beneš[8] sei zurückgetreten. Die tschechischen Bewohner Bergersdorfs hatten auf das, wie sie es bezeichnet hatten, „Schanddiktat von München“ mit Fassungslosigkeit reagiert. Einige von ihnen waren für kurze Zeit untergetaucht, da sie Rache deutscher Dorfbewohner befürchteten.

Der Bürgermeister war erleichtert, wieder in Bergersdorf zu sein. Seine Familie hatte ihn bestürmt, er möge berichten, wie es ihm im Gefängnis ergangen sei. Theresia hatte ihm sofort Kaffee zubereitet, den er andächtig schlürfte: „Was soll ich sagen?“ war seine Antwort. „Es ist vorbei, ich bin wieder da! Was gibt es Neues daheim?“

Froh, wieder zu Hause sein zu können, hatte er nie über seinen Gefängnisaufenthalt, den er unbeschadet überstanden hatte, gesprochen.

Der Schulleiter von Bergersdorf aber mußte als Folge der Haft einen Krankenurlaub vom 1. November bis 31. Dezember

---

[8] Der tschechoslowakische Staatspräsident Dr. Edvard Beneš ging am 22. Oktober 1938 ins Exil. Ab Sommer 1939 baute er in London eine Widerstandsbewegung gegen die deutschen Okkupanten auf. Sein Nachfolger im Amt des tschechoslowakischen Staatspräsidenten wurde Dr. Emil Hácha.

antreten. Eine Entschuldigung, gar eine Entschädigung für die Inhaftierung hatten weder er noch der Bürgermeister erwartet.

6

Ein Jahr danach durften ausschließlich Reichsdeutsche Rundfunksender gehört werden. Nach einer vom Ministerrat für die Reichsverteidigung erlassenen Verordnung vom 1. September 1939 war das Einschalten ausländischer Sender verboten. Zur Anstandspflicht eines jeden Deutschen gehöre es, das Abhören fremder Sender grundsätzlich zu unterlassen. In einigen Dörfern waren Abordnungen der HJ unterwegs, um auszuhorchen, ob die Verordnung eingehalten wurde. Protektoratsangehörige waren ebenfalls von dem Verbot betroffen.

Der Bergersdorfer Bürgermeister war verstimmt: „Wir lassen uns doch nicht vorschreiben, was wir hören dürfen und was nicht!" polterte er. „Wir hören Radio Wien wie bislang und nichts anderes!"

Nach dem Abendessen meinte er zu seiner Familie: „Ich werde euch die Verordnung aus dem *Grenzboten* vorlesen, damit ihr Bescheid wißt."

Mit spöttischem Unterton zitierte er: „Wer Nachrichten ausländischer Sender, die geeignet sind, die Widerstandskraft des deutschen Volkes zu gefährden, vorsätzlich verbreitet, wird mit Zuchthaus, in besonders schweren Fällen mit dem Tode bestraft. Ausnahme gilt nur für Handlungen, die in Ausübung des Dienstes vorgenommen werden. ... Es wird darauf aufmerksam gemacht, daß im Protektorat Böhmen und Mähren das absichtliche Abhören ausländischer Sender entsprechend den reichsrechtlichen Vorschriften ebenfalls verboten und unter Strafe gestellt ist. Der komm. Polizeidirektor: Sladek, SS-Sturmbannführer."

Kathi reagierte zuerst: „Halten sie uns für blöd? Als ob wirs nicht selber wüßten!"

Der Vater wandte sich an seine Tochter: „Da steht noch was im *Mährischen Grenzboten*, auf der anderen Seite, grad' für dich, Kathi, hör zu! ‚Die staatliche Polizeibehörde in Iglau erläßt nachstehendes Verbot: Die gegenwärtigen Verhältnisse erheischen es, daß Tanzunterhaltungen nicht veranstaltet werden.'"

Kathi war bestürzt: „Jetzt ist es amtlich!“ sagte sie. „Wir dürfen nicht mehr auf den Tanzboden gehen.“

Vor drei Wochen war in Bergersdorf auch der Tanz der Jugend am Sonntagabend eingestellt worden. Jeden Sonntagabend hatten sich die jungen Leute in ihren Trachten am großen Dorfweiher, Mittlerer Weiher genannt, getroffen. Eingehängt waren sie singend durch das Dorf gezogen und hatten vor den Häusern getanzt. Die Alten schauten auf ihren Bänken vor dem Haus den Tanzdarbietungen der jungen Leute zu. In der kalten Jahreszeit waren die Tänze in die Wohnküchen der Bauernhäuser verlegt worden. Schmerzlich vermißten die Alten jetzt diesen schönen Brauch, den sie von Sonntag zu Sonntag heftig erwartet hatten.

Kathi hatte sich schon auf ihren Namenstag am 25. November gefreut. Jedes Jahr fand am Katharinentag ein großer Tanzabend im Kschischn statt. Es war immer der letzte Tanz vor der Adventszeit. Eine Regel seit alters her lautete: „Kathrein stellt Musi und Hochzeit ein.“

Der, wie er bezeichnet wurde, „siegreiche Vormarsch in Polen“ hatte auf ein „baldiges Ende des Krieges“ schließen lassen. Im *Mährischen Grenzboten* hieß es dazu: „Die Kanonen schweigen. Der Feind liegt am Boden. Der polnische Feldzug ist geschlagen, der erste Blitzkrieg der Weltgeschichte vollzogen.“ Daher wurden Tanzveranstaltungen ab Oktober wieder erlaubt, doch die Tanzmusik sollte so sein, daß sie „die Ohren nicht beleidigt“.

Ende Oktober fand eine große Veranstaltung in Schlappenz statt. Kathi konnte es kaum noch erwarten. Endlich durfte sie wieder tanzen. Gegen Ende dieses Abends trat unvermutet Heinz Frey auf.

„Was geht hier vor?“ schrie er.

Jäh verstummte die Musik.

„Wenn unsere Soldaten draußen sterben, werden wir hier nicht tanzen!“

Betroffen starrten ihn alle an.

„Es ist Krieg! Und solange Krieg ist, wird nicht getanzt! Schluß, aus! Gehts heim!“

Damit war die letzte deutsche Tanzveranstaltung in Schlappenz zu Ende gegangen.

7

SS-Brigadeführer Gottlob Berger besuchte Bergersdorf zum zweiten Male. Im Rahmen einer Reise, auch in das Protektorat, wollte er einen kurzen Abstecher in das ihm liebgewordene Dorf machen. Es war kalt geworden. Eisiger Wind fegte über die Dächer hinweg und riß die letzten Blätter von den Bäumen. Theresia hatte den Kachelofen in der Stube und den Herd in der Wohnküche fest eingeheizt und den hohen Gast herzlich willkommen geheißen, er möge sich hier wie zu Hause fühlen. Gottlob Berger nahm in der Wohnstube Platz. Sein Adjutant, der einen Tag zuvor den Besuch angemeldet hatte, kehrte im Hause 7 ein. Theresia servierte heißen Tee mit Rum. Gottlob Berger, der aus Iglau gekommen war, genoß das wärmende Getränk.

Theresia hatte sich in die Küche zurückgezogen, um das Mittagessen vorzubereiten. Heute war sie alleine. Maria, inzwischen neunzehn Jahre alt, war nach Iglau gefahren, um sich nach den Möglichkeiten einer weiterführenden Ausbildung zu erkundigen. Im nächsten Jahr würde sie ihre Lehre in der ländlichen Hauswirtschaft auf dem Hof ihrer Eltern mit einer Prüfung abschließen. Daß sie heute nicht da war, bedauerte Gottlob Berger, doch werde er bald wiederkommen und hoffe sie zu sehen.

Berger berichtete in aufgeräumter Stimmung, er habe gestern in Iglau Kleider, Kostüme und einen Mantel für seine Frau gekauft. „Die Gattin eines Iglauer Kameraden mit der Figur meiner Frau hat die Kleidungsstücke anprobiert und vorgeführt. Ich bin von der Eleganz einfach begeistert! Nirgendwo habe ich eine größere Auswahl an guten Stoffen gesehen als hier in Iglau!"

Dies habe, so erklärte der Bürgermeister, eine lange Tradition. „Schon im Mittelalter führten siebenhundert Iglauer Tuchmacher den Meistertitel."

Diese Tradition sei noch heute zu spüren, unterbrach ihn Gottlob Berger.

„Durch die schwedische Besetzung", fuhr Wenzel Hondl fort, „wurde die Stadt im Dreißigjährigen Krieg größtenteils verwüstet und verlor Tausende ihrer Einwohner. Sie brauchte hundertfünfzig Jahre, um sich davon zu erholen. Doch der Iglauer läßt sich nicht unterkriegen. Ab 1798 gelang erneut der Aufschwung des Tuchmacherhandwerks mit fünfhundert Meistern.

Heute gibt es die Weberei und Spinnerei Adam & Seidner im Heulos, die Tuchfabrik Löw & Co. in Helenental sowie die Kernsche Tuchfabrik in Altenberg. Dort wird derzeit aber kriegsbedingt eine Motorenfabrik betrieben."

Gottlob Berger stellte fest: „Meiner Ansicht nach ist die Iglauer Volksinsel auf manchen Gebieten, zum Beispiel in der Landwirtschaft, fortschrittlicher als im Reich. Woran liegt das?"

Dafür gebe es eine ganz einfache Erklärung, antwortete der Bürgermeister. „Es ist der Volkstumskampf, der uns wach gehalten hat. Wir mußten immer besser und schneller als die anderen sein, um uns behaupten zu können."

Berger wollte wissen, wie der Volkstumskampf in Bergersdorf ausgesehen habe. „Was haben Sie gegen die Tschechisierungsmaßnahmen unternommen?"

Wenzel antwortete, das wichtigste sei der Zusammenhalt gewesen. Als Bürgermeister sei er wie schon sein Vater immer dafür eingetreten, nicht gegeneinander, sondern miteinander zu arbeiten. „Nach der Gründung der Tschechoslowakischen Republik haben die tschechischen Behörden den deutschen Bauern manch erschwerende Maßnahme auferlegt. Gerade weil wir unter dem tschechischen nationalen Druck standen, mußten wir zur Selbsthilfe greifen und uns genossenschaftlich organisieren, um wirtschaftlich unabhängig zu werden. Wie ich schon beim letzten Male sagte, haben wir in Bergersdorf den Landwirtschaftlichen Verein gegründet. Anfang der Dreißiger Jahre kam die Viehverwertungsgenossenschaft Bergersdorf hinzu. Ab dann konnten wir auf dem Prager Markt unsere Schlachtschweine, die wir auch aus anderen Orten eingesammelt hatten, mit gutem Gewinn verkaufen. Mitte der Dreißiger Jahre haben wir in Bergersdorf sogar eine Weidengenossenschaft gegründet", fuhr Wenzel fort. „Ein tschechischer Bauer in unserem Ort mußte seinen Hof wegen Zahlungsunfähigkeit aufgeben. Um zu verhindern, daß wieder ein tschechischer Bauer diesen Hof übernimmt, haben wir eine Genossenschaft für die siebzehn Hektar große landwirtschaftliche Fläche gegründet. Die Raiffeisenkassa Bergersdorf kaufte die Anteile. Der größte Bauer im Dorf, Reznik, war mit sieben, ich mit sechs, mein Nachbar aus Nr. 24 mit fünf Anteilen daran beteiligt. Er war auch Obmann dieser Weidenpacht gewesen. Wir stellten einen Kutscher ein, der von der Genossenschaft bezahlt wurde. Er betreute dreißig bis vierzig Jungrinder, die ihm die Bauern von Frühjahr bis Herbst anvertrauten.

Alle Männer im Dorf haben mitgeholfen, Holz für die Pflöcke der Umzäunungen zu schlagen und für das Vieh überdachte Unterstellmöglichkeiten zu zimmern. Mit der Weidenpacht war es uns gelungen, vormals deutschen Besitz zurückzukaufen. Es war ja oft ein Kampf um jedes Feld, um jede Parzelle, um jedes Wäldchen. Um dieses Kapitel abzuschließen, darf ich sagen, daß sich kurz vor dem Einmarsch ein volksdeutscher Käufer gefunden hat."

Zum Mittagessen wurde Rindsuppe mit Leberknödel, als Hauptgang gekochtes Rindfleisch mit Zwiebelsoße und Semmelknödel gereicht. Die beiden Mägde Kathi und Mitzi trugen zwei Krüge mit frisch gezapftem Bier aus dem Wirtshaus auf. Gottlob Berger lobte die böhmische Küche, hier jedoch werde sie von der Frau des Hauses besonders gut zubereitet.

Während des Essens wollte er wissen, ob es Unterschiede zwischen deutschen und tschechischen bäuerlichen Betrieben gegeben habe.

„Die tschechischen Bauernhöfe wurden nicht besser und nicht schlechter als die deutschen, sondern anders bewirtschaftet", antwortete der Bürgermeister und fuhr fort: „Die tschechischen Landwirte hatten sich auf den Ackerbau, bei dem sie viel mehr Kunstdünger verwendeten, die deutschen auf die Viehzucht spezialisiert. In der Milchviehzucht waren viele deutsche Bauern erfolgreich, vor allem mit dem Schönhengstgauer Zuchtvieh, dessen Milchleistung besonders ertragreich war. Erfolge wurden auch mit der Zucht des deutschen Edelschweines und des veredelten Landschweines erzielt. Für die Pferdezüchtung war der Pferdezuchtverein Stecken ins Leben gerufen worden. Man muß sagen, daß es auf beiden Seiten fortschrittliche und rückständige Landwirte gegeben hat und auch immer geben wird. Eine gute Ausbildung ist aber für beide Seiten geschaffen worden. Für die deutschen Bauernsöhne gibt es die deutsche Landwirtschaftliche Landesfachschule in Iglau, auf die ich meinen Sohn nach seinem Abschluß an der Bürgerschule schicken werde. Für die Söhne tschechischer Bauern gab es die Landwirtschaftliche Fachschule in Iglau, die allerdings nach dem Einmarsch geschlossen wurde. In dem Gebäude wurde von reichsdeutscher Seite eine Polizeidienststelle untergebracht."

„Zum Schluß noch eine Frage", sagte Gottlob Berger. „Wie sind die Beziehungen zwischen deutschen und tschechischen Bauern in der Sprachinsel?"

„Generell sind sie nicht schlecht gewesen“, antwortete der Bürgermeister. „Die Národní Jednota Pošumavská trübte aber in etlichen Fällen das gute Verhältnis durch Tschechisierungsmaßnahmen. Ich bin übrigens seit langem mit einem tschechischen Gutsbesitzer befreundet. Er betreibt eine Schweinezucht. Vor kurzem sagte er zu mir: ‚So gut wie in der Hitlerzeit ist es uns noch nie gegangen. Unter der tschechischen Regierung war es nicht möglich, aber jetzt habe ich meinen Schweinestall ausbauen können.‘“

Zum Nachtisch servierte Theresia Brandteigkrapferl mit Vanille-Creme. Sie bat Gottlob Berger, kräftig zuzulangen, in der Küche sei noch recht viel Nachschub. Sie trug ihre Wintertracht mit dem kragenlosen Oberteil und den bauschigen Oberärmeln. Wie immer zu besonderen Anlässen trug sie den weißen geklöppelten Spitzenkragen, „Überschlägl“ genannt, der in mit einer Brennschere gedrehte Wellen gelegt war. Sie hatte eine große Kanne Kaffee aufgebrüht und die beiden Männer in die Wohnküche gebeten. Gottlob Berger dankte für die Gastfreundschaft, eine Tasse Kaffee werde er gerne noch trinken, bevor er aufbrechen müsse; sein Adjutant erwarte ihn bereits.

Kathi lag seit gestern mit einer Bronchitis im Bett. Ihre Hustenanfälle waren bis unten zu hören. Ihre Mutter hatte geschnittenen Knoblauch in ein Leinentuch eingeschlagen und es Kathi auf Hals und Oberkörper gelegt. Gottlob Berger, selbst Vater von vier Kindern, empfand Mitgefühl. Seine älteste Tochter Krista war ebenso alt wie Kathi. Theresia versicherte scherzend, sie werde ihr Bestes tun, damit Kathi beim nächsten Besuch genesen sei, ihre Hausrezeptur habe sich bis heute bewährt. „Vor dreieinhalb Jahren“, so schilderte sie, „war Kathi schwer an Tuberkulose erkrankt. Der Doktor kam und sagte, er könne nichts mehr ändern, das Kind werde morgen nicht mehr leben, wir sollten den Pfarrer für die letzte Ölung rufen. Eine Magd“, so fuhr Theresia fort, „war an Tuberkulose gestorben. Ich habe sofort Meerrettich feingerieben und mit Roggenmehl zu einem Teig verarbeitet. Diesen Teig habe ich in lange Leinenbahnen geschlagen und um ihren Oberkörper gebunden. Am nächsten Tag kam der Doktor zur Leichenschau. Er hat es nicht glauben können, daß Kathi gesund geworden war. Jetzt mußte er nur die vielen Brandblasen behandeln.“

Schmunzelnd hatte Gottlob Berger zugehört. Beim nächsten Besuch, so versicherte er, werde er mit seiner Frau kommen.

Vielleicht habe Theresia noch weitere Geheimrezepte auf Lager und könne sie verraten.

8

Wieder war ein „Eintopfsonntag" angeordnet worden. „Jeder deutsche Haushalt, jedes deutsche Gasthaus kocht am nächsten Sonntag nur Eintopf!" hieß es im *Mährischen Grenzboten.* Die mit einem Eintopfessen ersparte Differenz zum Sonntagsgericht mußte diesmal dem Kriegswinter-Hilfswerk als Spende zugeführt werden. Beim vergangenen Eintopfsonntag am 19. März waren in Bergersdorf 335 Kronen dem Deutschen Kulturverband gespendet worden.

In vielen Familien wurde der Eintopfappell befolgt: „Wir tun doch alles, was sie uns sagen!" war zu hören.

Heinz Frey hatte seine Frau angewiesen, das Eintopfgericht zu kochen, auch wenn es ihm nicht schmecken sollte.

Der Bürgermeister überließ diese Entscheidung seiner Frau. „Das würden unsere Knechte nicht dulden", sagte sie entschieden. „Die müssen die ganze Woche hart arbeiten, dann sollen sie wenigstens am Sonntag gut essen! Ich koche Schweinebraten mit Knödel und nicht das, was sie oben vorschreiben! Spenden können wir ja trotzdem."

Die meisten standen dem Eintopfgericht skeptisch gegenüber: „Schmeckt das, kann man das überhaupt essen?" war die bange Frage.

„Wir alle wollen … die schmackhaften und dabei wohlfeilen Gerichte, Pichelsteiner mit und ohne Fleisch, nicht mehr missen", verkündete dagegen der *Mährische Grenzbote.* „Als das deutsche Volk sich erstmals in der Gemeinschaft des Winterhilfswerks zusammenfand, saßen Tausende, Millionen am Tisch um den symbolisch gewordenen Eintopf."

Kontrolleure hatten stichprobenartig zu überprüfen, ob die Verordnung eingehalten wurde.

Sie verlangten, bei einer Bäuerin in die Töpfe sehen zu können.

„I koch dös, wos i will!" herrschte sie die verblüfften Männer an. „I koch net dös, wos die do ob'n mir vorschreib'n!"

Sie fiel den Kontrolleuren, die ihr eine Rüge erteilen wollten, ins Wort: „Gejt's enk mit mir! Nejmt's in Kejchn Platz un aßt mit!"

Die Kontrolleure folgten ihr, setzten sich an den Küchentisch und ließen sich Schweinebraten mit Knödel und Sauerkraut schmecken. Zum Nachtisch ließen sie sich heiße Kartoffelnudeln mit zerlassener Butter, Zucker und Mohn servieren.

„Ein köstliches Essen!" lobten die beiden Männer. Nach dieser üppigen Mahlzeit machten sie sich rasch zu weiteren Eintopf-Kontrollen auf.

Jeder Eintopf-Opfersonntag wurde im *Mährischen Grenzboten* angekündigt. Ein Kommentar dazu lautete:

> „Unter den zahlreichen Beweisen der tatsächlichen Volksgemeinschaft, die außer den Deutschen kein Volk der Erde erbringt, ist der Opfersonntag in seiner schlichten Einfachheit der eindrucksvollste. Nach dem Willen des Führers und in Erfüllung nationalsozialistischer Grundsätze bringt das deutsche Volk in den Wintermonaten dem Gemeinschaftsgedanken ohne großen Lärmaufwand sein stilles Opfer am Opfersonntag dar.
> In dem uns von den Plutokraten aufgezwungenen Krieg erfüllt der Eintopf fast täglich den Speisezettel und ist auch symbolisch die Verbundenheit zwischen Front und Heimat geworden. Mehr als je erkennt das Volk die Notwendigkeit des erhöhten Opfers und steigert im Gedenken an seine Soldaten und in seiner großen Liebe zum Führer die Gebefreudigkeit."

9

Seit einigen Monaten machte das neue Schimpfwort „Piefke" die Runde. Es bezog sich auf die Reichsdeutschen, die zum Dienst im Protektorat verpflichtet worden waren.

Maria hatte es zuerst bemerkt und mit Verwunderung ihren Eltern davon berichtet. In Iglau habe sie einen Soldaten der Wehrmacht beobachtet, der dreißig Paar Schuhe von Baťa kaufte. Wegen des günstigen Wechselkurses der Reichsmark zur Krone von eins zu zehn war dieser Kauf ein lohnendes Geschäft.

„Sind sie nur deshalb zu uns gekommen?“ war die Frage vieler Sprachinsler. „Sie kaufen uns die Geschäfte leer!“

Vielleicht, so hatte Marias Vater gehofft, seien dies Einzelfälle. „Schwarze Schafe gibt es überall!“ Es war ihm schwergefallen, die Habgier einiger Altreichsdeutscher, die das Protektorat als privates Bereicherungsfeld betrachteten, wahrhaben zu wollen.

Doch es gab immer mehr Fälle, die dies bestätigten.

„Wir sparen, und sie verschwenden“, sagte die Mutter. „Das kann nicht rechtens sein.“

Es war Sonntag. Maria war erkältet und heute bei ihren Eltern geblieben. Kathi, Kathi und Mitzi waren nach Iglau gefahren. Im Theater fand für BDM und HJ eine geschlossene Vorstellung des Schauspiels *Der Reiter* von Heinrich Zerkaulen statt. Auch Wenzi und sein Freund Hans vom Hause 24 waren dabei. Die Knechte hatten sich zum Kinobesuch nach Deutsch-Schützendorf aufgemacht.

„Wir haben die Leute aus dem Altreich wie Halbgötter verehrt“, machte Maria zum ersten Mal ihrem Herzen Luft. „Aber die Liebe war einseitig, sie haben sie nicht erwidert.“

Nach dem Abzug der Wehrmachtstruppen aus Iglau waren aus dem Altreich Polizei- und Verwaltungsbeamte nachgerückt, viele auch zum Austausch von tschechischen Dienststellenleitern, die ihres Postens enthoben worden waren.

Mit Erstaunen mußten die Sprachinsler zur Kenntnis nehmen, daß zahlreiche Posten mit Deutschen aus dem Altreich besetzt, Bewerbungen von hiesigen Einwohnern jedoch nicht berücksichtigt wurden.

Hinzu kamen Besoldungsunterschiede.

„Sie beziehen das doppelte Gehalt, wissen aber nur halb so viel über uns“, sagte der Vater zynisch. „Jemand aus dem Altreich hat eine andere Einstellung zu seinem Volk als wir.“

Die Mutter servierte Streuselkuchen und frisch aufgebrühten Kaffee. Sie hatte gehört, daß einige von ihnen mit Tschechen gegen Sprachinsler paktieren würden. „Was wollt ihr denn?“ hätten sie gerügt. „Die Tschechen sind doch nett!“

Das mangelnde Verständnis der Altreichsdeutschen für ihre Lage machte ihnen schmerzlich klar, daß sie mit ihren Problemen alleine gelassen wurden.

Einige Bewohner mußten ernüchtert feststellen: „Die benehmen sich bei uns ja wie der Herrgott!“

In Iglau hörte der Vater Klagen über die sich zunehmend verschlechternde wirtschaftliche Lage. Vor einer Woche hatte er an der „Ersten Bauern-Großkundgebung der Iglauer Volksinsel“ teilgenommen und eine Rede des Staatskommissärs beim Reichsprotektor kritisch verfolgt, wonach in der Ernährungssicherung des Reiches der Grundsatz gelte, das Protektorat dürfe dem Reiche nicht zur Last fallen. Die Bewirtschaftung im Protektorat müsse gleichermaßen wie im Reich erfolgen, wobei es eine Besserstellung nicht geben werde. Hilfsmöglichkeiten, etwa „durch Kredite, die Schaffung eines Verbandes in Böhmen und Mähren als Dachorganisation, die Befreiung des Bauernstandes von der Willkür jüdischer Mächte, die tierzüchterischen Möglichkeiten der Volksinsel, die Segnungen der Gemeinschaftsarbeit“, so der Redner wörtlich, seien vorgesehen.

Doch die in Aussicht gestellte „Reichskredithilfe“ ließ auf sich warten. Wenzel fand sich in seiner Vermutung bestärkt, daß die Hilfe des Reiches in keinem Verhältnis zu den Reglementierungen stünden, die mehr und mehr in das Alltags- und Berufsleben eingriffen. „Erst haben uns die Tschechen Vorschriften gemacht“, kritisierte er. „Jetzt sind es die Reichsdeutschen.“

Andererseits, so wog er ab, könnten dies vorübergehende Erscheinungen sein: „Vielleicht sollten wir uns in Geduld üben“, sagte er. „Auch Rom wurde nicht an einem Tage erbaut.“

10

In dieser Zeit erschien die Gestapo bei dem Geschäftsführer einer Kartenfirma in der Iglauer Innenstadt: „Wie kommt es, daß Sie jeden Monat zweitausend Kronen in die Schweiz überweisen?“ wollten die Beamten wissen.

Der fünfundzwanzigjährige Geschäftsführer hieß Willi Röhrich. Er antwortete ihnen: „Ich habe das Geschäft von Pokorný gepachtet.“

„Dem Saujuden Pokorný brauchst du keine Kronen zu zahlen!“

„Meine Herren, ich möchte Ihnen etwas erklären: Ich habe das Geschäft gepachtet! Mit Handschlag und mit Ehrenwort ...“

„Das darfst du nicht tun“, unterbrachen sie ihn.

„Doch, das darf ich tun!" beharrte er. „Ich habe Herrn Pokorný mein Ehrenwort gegeben. Und mein Ehrenwort breche ich nicht!"

„Sie sind bei der Schwarzen SS. Und Pokorný ist Jude. Wie paßt das zusammen?"

„Ich habe Herrn Pokorný mein Ehrenwort gegeben. Ein Ehrenwort zu brechen wäre das schlimmste!"

Es war im Herbst 1938 gewesen. Willi Röhrich war nach der Septembermobilisation aus der tschechischen Armee wie alle Deutschen auch entlassen worden. Er hatte von 1935 bis 1937 in der tschechischen Armee gedient und es bis zum Offizier der Reserve gebracht. Danach war er Adjutant bei Emanuel Sladek gewesen. Im Spätherbst 1938 hatte er seinen ersten Arbeitgeber Pokorný, bei dem er nach dem Abitur als Geschäftsführer gearbeitet hatte, aufgesucht. „Ich bin wieder da! Können Sie mich wieder einstellen?" hatte er gefragt. Doch Pokorný hatte ihm geantwortet: „Herr Röhrich, wir haben uns immer gut verstanden. Ich habe Schwarzsender gehört und weiß, daß der Hitler im nächsten Frühjahr in Böhmen und Mähren einmarschieren wird. Geben Sie mir Ihr Ehrenwort, daß Sie mich nicht verraten ... Sie wissen, ich bin Jude", fuhr Pokorný fort. „Die Zeiten werden für uns Juden schlecht. Ich muß von hier verschwinden und gehe nach England. Und Sie, Röhrich, übernehmen meine Firma ab 1. Januar. Sollten die Geschäfte gut laufen, überweisen Sie mir jeden Monat tausend oder zweitausend Kronen auf mein Konto in der Schweiz."

Mit Handschlag hatte Willi Röhrich sein Ehrenwort gegeben.

Im Dezember 1938 war Pokorný nach England emigriert. Wie vereinbart hatte Willi Röhrich die Firma ab 1. Januar 1939 geleitet.

Jetzt, ein gutes Jahr später, war die Gestapo bei Röhrich erschienen. Von diesem Tage an wurde er überwacht. Seine Freundin war Tschechin, und der Umgang mit ihr wurde ihm untersagt.

„In der Liebe lasse ich mir nicht reinreden!" widersetzte er sich und traf seine Freundin heimlich in Brünn.

Willi Röhrich erhielt einen Einberufungsbefehl zur Wehrmacht. Er kam nach Ostpreußen in eine Strafkompanie. Seine Vorgesetzten konnten sich nicht erklären, wieso ein Offizier der tschechischen Armee dahin geraten konnte. Nach vier Wochen wurde Röhrich zu seinen Vorgesetzen befohlen: „Wir haben uns immer gefragt, was Sie in einer Strafkompanie zu suchen haben. Seit heute wissen wir es, denn es ist ein Schreiben gekommen, in dem steht, daß Sie einen Juden unterstützt haben. Das ist doch kein Grund! Ich werde Sie sofort einer richtigen Einheit überstellen!"

Der einen Meter achtundneunzig große Röhrich wurde versetzt und bald darauf zum Offizier ernannt. Er erhielt das „Deutsche Kreuz in Silber". Später wurde er für das Ritterkreuz vorgeschlagen. Wenn er auf Heimaturlaub in Iglau war, wurde er sehr streng überwacht. Dennoch gelang es ihm, seine Bewacher abzuhängen, um seine tschechische Freundin noch immer heimlich in Brünn zu treffen.

11

Vor einem Jahr am 13. März – zwei Tage vor dem Einmarsch deutscher Truppen – waren Wenzi und sein Freund Hans wie an jedem Werktag nach Iglau zur Knabenbürgerschule in der Wallgrabengasse gefahren. Der Unterricht hatte begonnen, als plötzlich eine Stimme durch das Gebäude schallte: „Alle raus! Alle raus!"

Sofort hatten die Burschen, die älteren voraus, nach draußen stürmen wollen. Der Direktor hatte sich ihnen in den Weg gestellt und die Schüler beschworen: „Geht nicht raus! Geht nicht raus!" Widerwillig hatten sie sich dem Befehl beugen müssen und waren in die Klassenräume zurückgekehrt. Durch die Fenster hatten sie sehnsüchtig einer großen Schar jüngerer männlicher Demonstranten, einheitlich in feldgraue Jacken mit grünen Kragen, Stiefelhosen und Reitstiefeln gekleidet, so lange nachgeschaut, bis sie nicht mehr zu sehen und der Marschtritt ihrer Stiefel nicht mehr zu hören waren.

Die Demonstranten waren zur Schillerstraße gezogen. Beim Geschäft Goldreich hatten sie heftig gegen das Blechrollo, das zum Schutz des Schaufensters heruntergelassen war, getreten und gebrüllt: „Juden raus! Juden raus!"

Ein Vierzehnjähriger aus Ranzern hatte sich dazwischengeworfen: „Was macht ihr da? Das sind Freunde meines Vaters!"

„Das sind Juden!“ war er angeschrien worden.

„Das hab ich ja nicht gewußt, die waren immer freundlich!“ hatte er entnervt zurückgeschrien.

Klirrend gingen die Scheiben zu Bruch. Die Demonstranten waren weiter in Richtung Frauengasse gezogen und hatten die Schaufensterscheiben mehrerer Geschäfte eingetreten.

„Sind das auch Juden?“ hatte der Vierzehnjährige gefragt.

„Ja sicher, sonst würden wir es ja nicht machen!“

Am Ende der Frauengasse stand die Bude „Horké párky“, deren Inhaber nur „Würstelmann“ genannt wurde. Sie war von uniformierten Demonstranten umstellt worden, bis plötzlich ein Kommando den Befehl gegeben hatte: „Jetzt!“

Sofort waren fünf junge Männer hineingestürmt, hatten lautstark „Hauruck!“ gerufen und die Bude umgeworfen.

„Vorsicht, das Kesselwasser!“ schrie der Vierzehnjährige.

„Das macht nichts!“

„Bei dem haben wir immer heiße Wurst gekauft!“

„Das ist ein Jude!“

„Das hab ich ja nicht gewußt, der war immer freundlich!“

„Sei jetzt ruhig oder hau ab!“

Der Wurstbudenbesitzer hatte sich festzuhalten versucht, war aber zu Boden gestürzt.

„Jude raus!“ war er angeschrien worden.

Das heiße Wasser aus dem Kessel ergoß sich über ihn, die Würste rollten auf das Pflaster.

Gleich waren Gendarmen mit Gummiknüppeln eingeschritten und hatten die Jugendlichen aufgefordert, den Platz zu räumen. Doch sie wurden umzingelt und entwaffnet.

„Alle zum Rathaus!“ hatte es plötzlich geheißen. Dort waren die Demonstranten auf eine Truppe von Gendarmen gestoßen, die versucht hatten, die Jugendlichen in die Seitengassen abzudrängen. Das Rathaus war inzwischen von Mitgliedern der Volksdeutschen Mannschaft besetzt. Sie hatten auf das Eintreffen eines Kameradschaftsführers aus Prag gewartet, der ihnen weitere Befehle erteilen sollte. Den Arm zum Deutschen Gruß erhoben, war er mit einem Motorrad auf dem Masarykplatz eingefahren.

Rasch waren weitere Gendarmen zur Unterstützung ihrer Kollegen herbeibefohlen worden. Ihnen hatten sich uniformierte Demonstranten entgegengestellt und gerufen: „Wir wollen heim ins Reich!“ Mehr als vierhundert Schüler der Gymnasien, von der vierten Klasse aufwärts, hatten vor der Post und der Sparkasse

Stellung bezogen. Die älteren hatten sich eine Schlägerei mit den tschechischen Gendarmen geliefert, die mit Gummiknüppeln gegen sie vorgingen. Dann war vom Gebäude der Sparkasse herab eine Hakenkreuzflagge entfaltet worden. „Ein Volk, ein Reich, ein Führer!“ hatte es dazu in Sprechchören geheißen.

Schüsse waren gefallen, einem deutschen Bauern, so war zu hören, seien beide Beine durchschossen worden. Daraufhin hatten uniformierte Burschen einen Gendarm von hinten zu Boden gerissen, geschlagen, entwaffnet und mit Fußtritten bis zur Bewußtlosigkeit traktiert.

Die Gendarmen ließen sich von der Menschenmenge in die Tiefe Gasse zurückdrängen, von wo weitere mit gezogenen Pistolen auftraten.

Plötzlich hatte ein Schrei gewarnt: „Haut ab, die schießen!“ Die Demonstranten waren auseinandergestoben. Nach eineinhalb Stunden war es schlagartig ruhig, der Masarykplatz menschenleer. Einige der Demonstranten, auch der verletzte deutsche Bauer, wurden verhaftet und eingesperrt.

Es hatte geheißen, sechs tschechische Gendarmen seien schwer und drei leicht verletzt worden, auf deutscher Seite wären fünf Demonstranten verwundet. Diese hätten Zuflucht in umliegenden Hauseingängen gesucht, wo ihnen Frauen Erste Hilfe leisteten.

Der verletzte deutsche Bauer durfte bei späteren Feierlichkeiten auf Krücken einen Ehrenplatz einnehmen.

Regierungskommissär Leo Engelmann, so ein Gerücht, sei auf dem Weg zu seiner Dienststelle durch tschechische Gendarmen verletzt und schließlich bandagiert zum Krankenhaus transportiert worden. Ein eilfertiger tschechischer Sanitäter habe den Verband aufrollen und nach den Verletzungen sehen wollen. Sofort seien deutsche Sicherheitskräfte dagegen eingeschritten: „Das lassen wir mal schön bleiben!“

Der Regierungskommissär sei daraufhin unversehrt rasch mit seiner Begleitung entschwunden.

Am 13. März wurden in mehreren Orten tschechische Volksschulen durch junge Männer der Volksdeutschen Mannschaft besetzt und der Unterricht an den tschechischen wie auch den deutschen Schulen untersagt – so auch in Seelenz. Unbekannte Täter hatten Hakenkreuzfahnen herabgerissen und in den Dorfweiher geschleudert. Zwei deutsche Firmenschilder wurden entfernt, einige Häuser von deutschen Bewohnern mit Schmähschriften besudelt. In Deutsch-Schützendorf waren die Fenster zweier deutscher Hausbesitzer zertrümmert, in Misching die Scheiben des deutschen Wirtshauses eingeschlagen worden. Auf den Toren sechs deutscher Bauernhäuser war weithin zu lesen: „Deutsche raus!"

Täter konnten nicht ermittelt werden.

In Ranzern war es an diesem Tage ruhig geblieben. Der Vierzehnjährige, der das Geschäft der Goldreichs schützen wollte, war mit seinem Fahrrad nach Hause zurückgekehrt. Am Vorabend hatten ihm junge Männer ausgerichtet, er solle am nächsten Morgen in Iglau sein, dort fände eine kleine Demonstration statt. „Du bist um zehn Uhr auch dabei!" befahlen sie. Er glaubte, es handle sich um die Feier zum einjährigen „Anschluß Österreichs an das Deutsche Reich" vom 13. März 1938. Statt zur Knabenbürgerschule hatte er sich am Morgen voller Erwartung zur Demonstration aufgemacht. Jetzt, noch unter Schock stehend, informierte er seinen Vater über die Ereignisse in Iglau. Der ehemalige Vorsitzende des Bundes der Landwirte, ein politischer Weggefährte Wenzel Hondls, war zutiefst bestürzt: „Wir müssen uns mit den Tschechen und den Juden vertragen", sagte er. „Das war nichts Gutes heute! Das wird uns noch viel Unheil bringen!"

Wenzi und Hans blieben die Ereignisse in Iglau, an denen sie nicht hatten teilnehmen dürfen, rätselhaft. Mit Schulkameraden waren sie nach Bergersdorf zurückgefahren. Dort patrouillierten vier- bis fünfköpfige Ordnerstreifen der Volksdeutschen Mannschaft durch das Dorf.

Was hier los sei, hatten die Schüler wissen wollen.

„Wir sorgen für Sicherheit!" erfuhren sie.

Die Nachricht: „In Iglau machen die Juden und die Tschechen Aufstand!" sorgte seit den Mittagsstunden in Bergersdorf für Unruhe.

„Jetzt muß aber der Führer kommen, um aufzuräumen!" hieß es dazu.

12

Anläßlich der, wie es hieß, „geschichtlichen Tat des Führers vom 15. März 1939“ wurde in der Schule Bergersdorf am 14. März 1940 eine schlichte Feier abgehalten.

Zum „Jahrestag der Befreiung“ brachte der *Mährische Grenzbote* auf seiner ersten Seite ein Bildnis Adolf Hitlers mit der Überschrift: „Wir danken unserem Führer!“

Für Iglau wurde eine Großkundgebung der NSDAP und der Kreisleitung für Samstag, den 16. März, auf dem Adolf-Hitler-Platz anberaumt. Die deutsche Bevölkerung Iglaus war aufgefordert worden, die Häuser zu beflaggen, die Verdunklungsvorschrift wurde bis zweiundzwanzig Uhr aufgehoben. Zehntausende von Menschen fanden sich am Nachmittag ein. Der Kreisleiter hatte während der Festveranstaltung ein Telegramm an die Reichskanzlei nach Berlin absenden lassen, in dem es hieß: „Die zur Großkundgebung der NSDAP des Kreises Iglau angetretenen deutschen Volksgenossen grüßen aus Anlaß des ersten Jahrestages der Befreiung ihren Führer und gedenken in tiefer Dankbarkeit seiner großen und befreienden Tat. Unwandelbare Treue und strenge Pflichterfüllung ist unser Dank.“

In Bergersdorf wurde an diesem Tage über die Kreisfilmstelle der Tonfilm *Der Jäger von Fall*, nach dem gleichnamigen Roman von Ludwig Ganghofer, mit Hansi Knotek und Paul Richter in den Hauptrollen vorgeführt.

Maria, Kathi, Kathi und Mitzi hatten den Film über „die Schönheit der Bergwelt“, wie es in der Vorankündigung geheißen hatte, besucht. Am nächsten Vormittag fuhren sie nach Iglau. Im großen Saale des Deutschen Hauses fand eine „Morgenfeier“ zum Abschluß des Jahrestages der Befreiung statt. HJ und BDM hatten auf den Galerien Stellung bezogen. Die Mädels des BDM, unter Leitung ihrer Untergauführerin Ulla Theurer, standen dicht aneinandergedrängt. Erwartungsvoll sahen sie auf die SS-Züge vor dem Podium herab. Gleich würden Sprechchöre und Lieder erklingen. Kathi Hondl trug voller Stolz ihre BDM-Uniform. Sie hatte sich im Fotoatelier Musil in Stecken damit ablichten lassen und das Bild ihrem Hans geschickt. Er hatte ihr versprochen, es werde geheiratet, sobald der Krieg beendet sei. Kathi hoffte bis dahin auch ihre Abschlußprüfung in der „Ländlichen Hauswirtschaft“ bestanden zu haben. Hoffentlich würde der Vater sie dann ziehen lassen. In letzter Zeit ließ er manchmal kritische Äußerungen zur politischen Entwicklung durchklingen, die ihr nicht gefallen hatten. „Es ist halt Krieg! Und wo gehobelt wird, da fallen Späne!“ hatte sie entgegnet und ihm wiederholt empfohlen: „Warte den Sieg ab, ist ja nicht mehr lange hin!“

Der Staatsschauspieler Huber eröffnete den Festakt mit dem Satz: „Wer sich dem Reich verschrieb, ist ein Gezeichneter.“ Von der Bühne herab begeisterte sodann die Kapelle Honsig mit Musikstücken die Zuhörer. Kathi fühlte sich von der Musik wie berauscht. Es war doch so vieles besser geworden! Sie sah auf die prächtigen Fahnen der Ortsgruppen herab, deren Träger an den Seiten Aufstellung genommen hatten. Nach einer Rede des Leiters der Gauschulungsburg Niederdonau stimmten alle die Nationalhymne an. In Sprechchören klang der Schlußsatz des niederländischen Dankgebetes: „Aus tausend Kehlen klang der Schrei: ‚Herr, mach uns frei!‘“

Den „Jahrestag der Befreiung“ kommentierte der Kreisleiter mit den Worten:

> „Mit diesem Führer und mit dieser Fahne fing ein junges und größtes allerheiligstes Jahrtausend an … Gottlob, daß wir in dieser entscheidenden Zeit Adolf Hitler als Führer haben. Die jetzt Lebenden ahnen nur die geschichtliche Größe des Führers. Kommende Generationen werden in ihm das Symbol einer neuen hohen Zeit des germanisch-deutschen Lebens ehren. … Wir Volksdeutsche in unserer Heimat vereinen uns alle in dem Bekenntnis, das lautet: Ich glaube an einen ewigen Gott, dessen mächtiger Wille mich in mein Volk gestellt hat, aus dessen edlem Blute ich entsprungen bin und in dessen heilige Erde ich einst gehen werde. Ich glaube an meinen Führer Adolf Hitler, den Gott gesendet und gesegnet hat, daß er dies Volk von den satanischen Gewalten befreie. Ich glaube an den heiligen Geist dieses Volkes, dessen Sinnbild das leuchtende Sonnenbanner ist, der zum Licht hinstrebt, dem wir alle entstammen, und der niemals, niemals untergehen wird. Das glaube ich, dafür lebe ich, und dafür sterbe ich!“

13

Am 15. März, dem „Jahrestag der Okkupation", verhielten sich die tschechischen Bewohner der Städte zurückhaltend.

Zur Teilnahme an deutschen Feierlichkeiten anläßlich der Errichtung des Protektorates ließ nur eine tschechische Organisation, die CNS-Volksgemeinschaft, mitteilen, die Ausschußmitglieder hätten sich gegen eine Abgabe von Erklärungen jeglicher Art entschieden. Eine solche Teilnahme würde nur eine „überflüssige Selbsterniedrigung" darstellen. Dagegen kündigte sie für den 6. April eine große „Národní Beseda"[9] in Iglau an, bei der die Schönheit der tschechischen Trachten und Tänze gezeigt und vorgeführt werden sollte.

In den Dörfern ignorierten die tschechischen Bewohner den 15. März, gingen ihrer gewohnten Arbeit nach und hofften im Stillen auf eine für die Deutschen ungünstige Wendung des Kriegsverlaufs.

In Bergersdorf war der 15. März ein Tag wie jeder andere. Nichts erinnerte an den „Jahrestag der Befreiung". Der Bürgermeister hatte auf eine feierliche Veranstaltung, die eine Provokation für die tschechischen Bewohner sein würde, verzichtet. Anfang März war an ihn wie an alle Gemeindevorsteher eine Kundmachung der Landesbehörde ergangen. Darin waren die Bürgermeister aufgefordert worden, bei Feierlichkeiten zum Jahrestag des Einmarsches darauf zu achten, daß die „nichtdeutsche Bevölkerung den Reichssymbolen die vorgeschriebene Achtung bezeuge". Diese zweisprachig abgefaßte Anweisung hatte er, wie verlangt, am Gemeindeaushang des Feuerwehrhauses anbringen lassen.

Ein „Tschechischer Bezirksverband für die Mitarbeit mit den Deutschen in Iglau" wurde gegründet. Eine seiner Hauptaufgaben sollte künftig darin bestehen, „Feierlichkeiten für die tschechische Bevölkerung anläßlich der Errichtung des Protektorates Böhmen und Mähren" zu organisieren und durchzuführen.

In deutschen Zeitungsmeldungen zum Thema „Großdeutschland und das Protektorat" wurde daran erinnert, wie immer und immer wieder sich der Führer um eine friedliche Lösung bemüht

[9] „Nationaler Gesprächskreis"

habe. Die Errichtung des Protektorates habe erweisen können, daß die nationalsozialistische Staatsidee eine klarere und bessere Möglichkeit der ruhigen und friedlichen Zusammenarbeit von Völkern darstelle, als die Konferenzen der Weltmächte es jemals fertig gebracht hätten.

Zum „Jahrestag der Okkupation“ fanden vereinzelt Protestaktionen in verschiedenen Gebieten des Protektorates statt. In einigen Dörfern außerhalb der Iglauer Sprachinsel waren aufgespießte Hühner auf Zäunen entdeckt worden. Auf beigefügten Schriftstücken war zu lesen: „Ehe ich ein Ei für Hitler lege, hänge ich mich lieber auf!“

Zunehmend waren illegale Schriftstücke aufgetaucht. Tschechisch verfaßte Flugblätter, die aus Flugzeugen oder Ballons abgeworfen wurden, forderten das tschechische Volk auf, die Ernährungswirtschaft zu sabotieren. Andere Zettel, die vor einiger Zeit bei Prag gefunden worden waren, lauteten:

> „Nazideutsche! Wir danken eurem Führer dafür, daß er uns durch die Entwicklung der Ereignisse nach dem 15. März 1939, besonders am 28. Oktober und 15. November[10] die Höhe der deutschen Kultur sowie auch die Art und Weise des deutschen Einschreitens gegen die Nationalminderheit zu erkennen ermöglichte. Wir wurden vollkommen belehrt und werden nichts vergessen.“

---

[10] Bei Demonstrationen tschechischer Studenten gegen die deutschen Okkupanten am 28. Oktober 1939 in Prag kam es zu heftigen Zusammenstößen zwischen Deutschen und Tschechen. Die Beerdigung eines Studenten, der an einer Schußverletzung gestorben war, löste am 15. November erneute Unruhen aus. Zwei Tage später wurden die vermuteten Anführer erschossen. Die Hochschulen in Prag, Brünn, Olmütz und Priban wurden für drei Jahre geschlossen. Die meisten Studenten wurden zum Arbeitseinsatz in der Landwirtschaft verpflichtet. Mehr als 1000 tschechische Studenten kamen in das Konzentrationslager Sachsenhausen bei Berlin.

14

Bergersdorf war festlich geschmückt. Es war Sonntag.

Heute sollte die neue Kindertagesstätte feierlich eröffnet und ihrer Bestimmung übergeben werden. Nahezu alle Bewohner des Dorfes versammelten sich vor dem Gebäude, die Kinder der Tagesstätte sangen zur Eröffnung in ihren Trachten. Dahinter hatten sich die Jungmädel neben ihrer Gruppenführerin Mitzi und die Mädel des BDM unter ihrer Scharführerin Maria der Größe nach aufgestellt. Maria sah ihren Vater erwartungsvoll an, der eine Ansprache vorbereitet hatte. Reden hielt er ungern und überließ sie lieber anderen, doch dieses Mal war der Anlaß für das Dorf zu bedeutsam, als daß er sich dieser Aufgabe hätte entziehen wollen. Nach den Eröffnungsworten vom zuständigen Leiter des Amtes der Nationalsozialistischen Volkswohlfahrt, Steidl, begann er:

> „Werter Parteigenosse Steidl, liebe Gäste, meine lieben Bergersdörfer, liebe Mädels und Knaben! Heute ist ein ganz besonderer Tag, ein Tag, an dem wir allen Grund zur Freude haben dürfen. Am heutigen Tage werden in drei Orten unserer Sprachinsel, in Deutsch-Gießhübel, in Langendorf und in unserem Bergersdorf drei vorbildlich eingerichtete Kindergärten der Benützung übergeben. Daß dies möglich geworden ist, verdanken wir der Förderung durch das Kreisamt der Nationalsozialistischen Volkswohlfahrt. Der Amtsleiter der NSV, Parteigenosse Steidl, hat sich persönlich für die Errichtung unseres Kindergartens eingesetzt. An dieser Stelle möchte ich dem Parteigenossen Steidl für seine Unterstützung im Namen aller Bergersdörfer danken. Die finanziellen Zuschüsse für unseren Kindergarten kamen aus dem Fonds des Kriegswinter-Hilfswerkes. Wir möchten unseren Gönnern und Helfern, die uns diese Einrichtung ermöglicht haben, unseren ganz besonderen Dank abstatten."

Der letzte Satz löste starken Beifall in Richtung des Amtsleiters aus. Steidl dankte mit einem Kopfnicken. Der Bürgermeister fuhr in seiner Rede fort:

„Wenn wir auch heute diesen Tag feiern dürfen, so wollen wir die Schwierigkeiten, die uns die tschechischen Behörden bei der Errichtung der ersten Tagesheimstätte in den Weg gelegt haben, nicht vergessen. Es war schließlich der Deutsche Kulturverein, der mit finanzieller Unterstützung dazu beigetragen hat, daß am 3. Jänner 1932 im Haus 21 die erste Tagesheimstätte, deren Leitung Fräulein Wilhelmine Pauser innehatte, eröffnet wurde. Im selben Gebäude war die Raiffeisenkassa untergebracht und seit 1925 die tschechische Schule, die uns Bergersdörfern, wie wir alle wissen, aufgezwungen wurde."

Für einen Moment schweiften die Gedanken vieler Zuhörer Jahre zurück: „Wie gut geht es uns doch, seitdem der Führer uns befreit hat", dachten sie. Gestern war des einundfünfzigsten Geburtstages Adolf Hitlers gedacht worden. „Jedes Volk hat seine Heroen; der Heros des deutschen Volkes ist Adolf Hitler!" hatte der Leitartikel im Mährischen Grenzboten dazu vermerkt.

Kathi, die sich inzwischen mit dem Tanzverbot abgefunden hatte, war besonders dankbar. Am vergangenen Sonntag hatte sie mit tausendsechshundert Jugendlichen in Iglau am „Großappell der HJ" begeistert teilgenommen. „Alles ist besser geworden!" dachte sie jetzt wieder. „Wir haben so viel Neues und Schönes! Wir sind die erste Mädchengeneration in kurzen Hosen im Turnverein. Wir sind die erste Mädchengeneration, die einen Badeanzug tragen und im Weiher schwimmen darf." Bis vor einem Jahr war den Frauen und Mädchen nur das Waschen im Goldebach am Bahndamm gestattet. Auch Radfahren und Schlittschuhlaufen waren Privilegien der männlichen Jugend gewesen. „Das schickt sich nicht für ein Mädel", hatte es geheißen. Um mit den Burschen mithalten zu können, waren die Mädchen in Holzpantoletten über einen der zugefrorenen Weiher in Bergersdorf geschlittert. Zuvor hatte Kathi eimerweise Wasser darüber geschüttet, um die Oberfläche noch glatter zu machen. Während Kathi ihren Gedanken nachhing, sprach ihr Vater weiter:

„Heute, meine lieben Bergersdörfer, dürfen wir stolz und froh sein. Der neue Kindergarten kann nach langen Vorbereitungen eröffnet und seiner Benützung übergeben werden. Ich möchte allen Bergersdörfern, die bei dem

> Zustandekommen dieser Einrichtung tatkräftig mitgewirkt haben, danken! Wie schon oftmals zuvor, so auch hier, ist die Hilfsbereitschaft und der Zusammenhalt unserer Dorfbewohner grenzenlos. Ihnen allen gilt meine Anerkennung. Besonders hervorheben möchte ich die hilfreiche Unterstützung durch Johann Reznik aus dem Hause Nr. 6, der die beiden Räume seines ausgedienten Hauses für uns freigegeben hat. Große Verdienste hat unser Parteigenosse Heinz Frey erworben, weil er sich um die geldlichen Belange gekümmert und sich für die bestmögliche Einrichtung des Kindergartens eingesetzt hat."

Heinz Frey genoß den Beifall. Vor genau einer Woche war ihm die „Sudetendeutsche Erinnerungsmedaille" verliehen worden. SS-Sturmbannführer Sladek hatte neunundvierzig Angehörige der 107. SS-Standarte in Iglau ausgezeichnet. Auch der Neffe des Bürgermeisters, Johann Tondl aus dem Hause 5, war als SS-Oberscharführer mit der von Adolf Hitler verliehenen Medaille geehrt worden. Zusammen mit seinen Kameraden hatte Johann sich jetzt in seiner SS-Uniform aufgestellt, um der Ansprache seines Onkels einen, wie er es ihm versprochen hatte, „würdigen Rahmen" zu verleihen. Dieser beendete seine kurze Rede mit der Hoffnung:

> „Möge der Geist, der aus dieser Kindertagesstätte in die Dorfgemeinschaft herausstrahlen soll, für die Hinkunft vorbildlich und uns nur Freude und Bereicherung sein.
> Ich danke Ihnen!"

15

Jedes Jahr zu Pfingsten wurde „Kroulos" gefeiert.

Es begann mit den ersten Frühjahrsarbeiten auf den Feldern, die von Mädchen und Frauen verrichtet wurden. Mit Harken mußten sie Felder und Wiesen von Steinen „reinigen". Dabei gerieten sie oft ins Schwitzen, entledigten sich ihrer Überbekleidung und legten sie an den Feld- und Wiesenrändern ab. Die vorbeifahrenden Pferdeknechte stahlen einige Kleidungsstücke. Auch junge Burschen erspähten durch die Kammerfenster der Mädels Lohnenswertes. Sie angelten die Kleider mit einer langen Stange durch das Gitter. Viele Fenster der Mädchenkammern waren, um das „Fensterln" zu unterbinden, vorsorglich vergittert worden.

Hatten die Burschen auf diese Weise genügend Sachen gesammelt, fertigten sie eine lebensgroße Puppe aus Stroh, der sie einen kräftigen Busen verpaßten. Sie statteten sie sogar mit einem Gesicht aus und setzten ihr ein Kopftuch auf. Danach wurde ihr sämtliche gestohlene Kleidung übereinander angezogen.

An Pfingstsonntag nach dem Kirchenbesuch war es endlich soweit.

„Wo ist der Kroulos?" war die erste Frage.

„Wir hab'n ihn schon g'sehn!" riefen einige Buben. „Wir hab'n ihn schon g'sehn, aber wir verraten's nicht!"

Das ganze Dorf hatte sich erwartungsvoll in der Mitte versammelt. Richters Schanni vom Hause 6 begleitete das Spektakel auf der Ziehharmonika. Die Mädchen in ihren Trachten tanzten dazu. Die Männer tranken kühles Bier aus dem Wirtshaus. Heute stand der Kroulos inmitten des großen Weihers. Im vergangenen Jahr war er auf die höchste Eiche, beim Hause 37, geschafft worden.

„Los, los!" feuerten die Burschen an. „Holt's den Kroulos!"

Die Mädchen schleppten zwei Holztröge heran. In jedem nahmen zwei Mädchen Platz und ruderten dem Kroulos entgegen. Dort angekommen, wollten sie den Holzpfahl, an dem die Strohpuppe festgebunden war, mit einem Fuchsschwanz durchsägen. Doch diesmal hatten die Burschen den Pfahl mit Blech beschlagen. Unter großem Hallo mußten sie zurückrudern, um die Eisensäge bei Charaus, dem Schlosser, zu holen.

Der Schanni würzte dabei seine Musik mit langgezogenen Tönen in Moll, um die Schadenfreude der Burschen zu unterstreichen.

Im Schuppen des Schlossers suchten die Mädchen nach der Eisensäge. Diese aber war von den Burschen unauffindbar versteckt worden.

Unverrichteter Dinge kehrten die Mädchen zurück. Dann versuchten sie ein zweites Mal ihr Glück. Doch ohne Eisensäge war der Kroulos nicht zu bekommen. Unter Molltönen erreichten sie das Ufer.

Jetzt übernahmen die Burschen das Ruder. In Windeseile hatten sie mit der vermißten Eisensäge den Pfahl durchtrennt. Bei temperamentvoller Musik ruderten sie mit ihrer Beute dem Ufer zu und wurden mit Beifall, von den Mädchen aber mit Buhrufen empfangen.

„Ein Faß Bier!“ hieß es jetzt.

Weil die Mädchen das Spiel verloren hatten, mußten sie den Burschen ein Faß Bier spendieren.

Bei Bier feierten sie ihren Sieg im Wirtshaus.

War es den Mädchen gelungen, den Kroulos zu holen, riefen die Burschen: „Sollt' Gnade erlassen und uns den Kroulos geben, damit wir Bier bekommen!“

Doch die Mädchen lachten die Burschen aus: „Jetzt müßt *ihr* zahlen!“

Darauf schlugen die Burschen den Mädchen vor: „Wir helfen euch auch beim Trinken!“

„Beim nächsten Mal“, scherzten die Mädchen, „machen *wir* den Kroulos! Den müßt ihr dann holen!“

Sie zogen die vermißten Kleidungsstücke wieder an, musikalisch begleitet vom schönen Schanni, dem eine große Verehrung von Schürzenträgerinnen nachgesagt wurde.

Es sollte der letzte Kroulos in Bergersdorf sein. Fünf Tage danach marschierten die deutschen Truppen in Brüssel und am 14. Juni in Paris ein. Die ersten Soldaten aus der Iglauer Sprachinsel fanden dabei, so eine Traueranzeige, „den Heldentod für Führer, Volk und Großdeutschland“. Tanzunterhaltungen, auch bereits genehmigte, wurden „mit sofortiger Wirkung“ verboten.

16

Bergersdorf war wieder festlich geschmückt und beflaggt. Vor einigen Tagen war der Krieg im Westen mit der Unterzeichnung des Waffenstillstandsvertrages zwischen Frankreich und Italien für beendet erklärt worden. Das Tanzverbot wurde auf Anordnung Adolf Hitlers gelockert. Mittwoch und Samstag waren „öffentliche Tanzlustbarkeiten nach neunzehn Uhr zugelassen“.

Kathi sah sich in ihrer Voraussage bestätigt: „Ich hab doch gleich gewußt, daß es zum Sieg nicht mehr lang hin ist!“

In einem „Aufruf an das deutsche Volk“ hatte Adolf Hitler am 25. Juni bekanntgegeben:

„Deutsches Volk!
Deine Soldaten haben in knapp sechs Wochen nach einem heldenmütigen Kampf den Krieg im Westen mit einem tapferen Gegner beendet. Ihre Taten werden in die Geschichte eingehen als der glorreichste Sieg aller Zeiten. In Demut danken wir dem Herrgott für seinen Segen. Ich befehle die Beflaggung in Deutschland für zehn Tage, das Läuten der Glocken durch sieben Tage. Adolf Hitler.“

Einige Zeit danach war Besuch aus Berlin angemeldet worden. Gottlob Berger sollte mit seiner Frau Maria zu einem Abstecher nach Bergersdorf kommen. Rasch wurden einige Vorbereitungen getroffen, obwohl der Adjutant den ausdrücklichen Wunsch Bergers weitergegeben hatte, kein Aufhebens wegen seines Kommens zu machen, schließlich sei es ein kurzer Privatbesuch.

Endlich war es soweit. Die vier Mädchen hatten ihre Tracht angelegt und sich zur Begrüßung vor dem großen Hoftor aufgestellt. Die Mutter hatte das Essen vorbereitet, um Zeit für die Gäste zu haben. Kathi war besonders neugierig, denn der letzte Besuch Bergers war ihr ja wegen ihrer Krankheit entgangen. Gestern hatte sie einen Brief von Hans erhalten. Da der Feldzug im Westen erfolgreich abgeschlossen sei, so hatte er geschrieben, würden bald auch an anderen Fronten die Waffen siegreich niedergelegt. „Dann kann ich wieder die Arbeit an unserem Hof aufnehmen und Deinen Vater bitten, Dich heiraten zu dürfen!“ Diesen Satz hatte Kathi mindestens zehn Mal gelesen. Unter den vier Mädchen war sie fast die Jüngste, würde aber als erste heiraten. Ihre ältere Schwester Maria hatte am selben Tag Geburtstag wie die Magd Mizzi. Beide waren am 31. Oktober 1920 zur Welt gekommen.

Jetzt fuhr der Wagen aus Berlin vor. Mit Herzklopfen begrüßten die vier Mädchen die hohen Gäste. Gottlob Berger, der vor zwei Monaten von Adolf Hitler die Dienststellung eines Generalmajors erhalten hatte, war angetan vom frischen Charme der Mädchen. Sie geleiteten ihn und seine Frau, die von der Iglauer Tracht begeistert war, zu den Eltern. Den Adjutanten zog es wie auch beim letzten Male in das Haus Nr. 7.

Die Mutter hatte ein Festtagsgericht zubereitet. In der Wohnküche bat sie die Gäste an den reich gedeckten Tisch, den kleine Sträuße aus Mohn- und Kornblumen zierten. Sie sprach andächtig das Tischgebet, bekreuzigte sich und schenkte Kartoffelsuppe mit Pilzen aus. Als Hauptgang servierte sie magere Schweinskeule mit Kümmel in Biersoße, dazu Servietten-Semmelknödel. Maria Berger, selbst eine gute Köchin, fand anerkennende Worte für die böhmische Küche, später wolle sie das Rezept erfahren. Die Mädchen trugen frisch gezapftes Bier aus dem Wirtshaus auf. Gottlob Berger genoß das erfrischende Getränk. Weshalb es trotz hochsommerlicher Temperaturen so angenehm kühl sei, wollte er wissen.

Wenzel Hondl antwortete humorvoll, es liege an der dicken Eisdecke der Dorfweiher. „Im Januar sägen unsere Männer die Eisblöcke heraus und befördern sie auf Pferdeschlitten zu den einzelnen Häusern. Der Wirt lagert die Eisblöcke, mit Reisig überdeckt, an der schattigsten Stelle seines Gartens. In seinem Bierkeller liegen die Eisblöcke zwischen den Fässern und geben dem Bier die richtige Temperatur. Bei uns werden die Eisblöcke im Eiskeller aufbewahrt und machen Fleisch- und Wurstvorräte bis in den Hochsommer hinein, oftmals bis zur Kartoffelernte haltbar."

Zum Nachtisch gab es heiße Powidltascherl. Theresia bat die Gäste, kräftig zuzulangen.

Nach dem Essen zogen sich die beiden Männer zu einem Gespräch in die Wohnstube zurück. Aufgeräumt erkundigte sich Gottlob Berger: „Was macht mein Bergersdorf?"

Wenzel schenkte zwei Stamperl mit Kartoffelschnaps ein. „Ihrem Bergersdorf geht es gut", meinte er. „Es könnte ihm beinahe nicht besser gehen!"

Die Mädchen hatten die Küchenarbeit übernommen, während die Mutter Frau Berger, die Blumen sehr liebte, zum Garten führte.

„Was heißt *beinahe?*" fragte Gottlob Berger.

„Der Einmarsch vor sechzehn Monaten brachte uns Befreiung!" antwortete der Bürgermeister. „Unsere Dankbarkeit war schier grenzenlos. Mit einem Male unterstanden wir nicht mehr tschechischer Gesetzgebung und Bevormundung, fühlten uns endlich frei und beschützt zugleich durch das Altreich. Doch damit begannen auch Probleme ganz anderer Art, die uns bis dahin unbekannt waren. Im Protektorat gelten durch das Streudeutschtum andere Gesetzmäßigkeiten als im Altreich, und nicht alles, was für das Altreich richtig ist, kann auf das Protektorat übertragen werden."

In der Küche bereiteten die Mädchen den Mittagstisch für Wenzi und die drei Knechte vor. Ihr Scherzen war bis zum Garten zu hören.

Frau Berger beeindruckte die Ordnung des großen Gartens, der getrennt als Zier- und Gemüsegarten angelegt war. Hinter den Wirtschaftsräumen war der Auslauf für die Schweine, an den ein kleiner Lärchenwald grenzte. Aus Lärchenholz gezimmerte Möbel, so erklärte Theresia, seien durch ihre unverkennbare Maserung wunderschön. „Wir wollen unseren Töchtern und den Mägden, die beide jeweils gleich alt sind, einige Lärchenholzmöbelstücke als Aussteuer mitgeben."

Am Lärchenwald vorbei führte der Feldweg an einem Kartoffelacker entlang zur Anhöhe hinauf. Oben angekommen, bot sich ein Panoramablick auf das Dorf und den gegenüberliegenden Hügel mit Feldern und Wiesen, die an die Wälder nach Bosowitz und Schlappenz grenzten. Es war die Zeit der Frühkartoffelernte. Nach der Mittagspause waren Mägde und Knechte mit den Pferdewagen auf die Felder zurückgekehrt, um die Hackfrucht noch vor dem Abend einzubringen. Das muntere Geplauder ringsum klang bis zur Anhöhe und wurde durch das Rattern der Eisenbahn, die von Schlappenz nach Iglau fuhr, übertönt.

Theresia wies in diese Richtung. Alleebäume rahmten die Straße, die von Bergersdorf aus durch kleine Wälder, Weiden und Äcker in der Ferne links nach Deutsch-Schützendorf und Polna führte. Im gleißenden Sonnenlicht kreiste ein Bussard über dem Wald Richtung Neuhof.

Maria Berger war von der Schönheit dieser Landschaft ergriffen: „Welch ein idyllisches Fleckchen Erde", sagte sie.

Nach dem Mittagessen fuhren die drei Knechte zum Kartoffelfeld, während die Mädchen den Kaffeetisch vorbereiteten und eine Kanne Kaffee aufbrühten.

Gottlob Berger wollte wissen, *was* sich im Protektorat negativ verändert habe.

„Die deutsche Bevölkerung sieht sich in den Hoffnungen getäuscht, die sie auf die Errichtung des Protektorates durch das Großdeutsche Reich gesetzt hat. Sie macht aus ihrer Verbitterung keinen Hehl mehr", antwortete der Bürgermeister.

„Bei kommunalpolitischen Versammlungen in Iglau wird am stärksten der Vorwurf laut, daß Hilfsmaßnahmen wie die zugesicherte Reichskredithilfe für das stark verschuldete Bauerntum der Iglauer Sprachinsel ausgeblieben oder nur schleppend angelaufen sind. Einige Wirtschaften stehen vor der Zwangsversteigerung, zwar nicht in Bergersdorf, die Gemeinde ist nach wie vor sehr wohlhabend und kann sich selbst tragen, aber im weiteren Umfeld." In seiner Kritik führte der Bürgermeister weiter aus, daß das Lohnniveau den gestiegenen Preisen noch nicht angeglichen sei und viele Arbeiterfamilien, die keine anderen Einnahmemöglichkeiten hätten, verarmen lasse. Der dritte Punkt sei seiner Meinung nach der schwerwiegendste, es gehe um die vielen Einberufungen von Volksdeutschen zur Wehrmacht, in Iglau seien es achthundert gewesen, von denen sechshundert Rückstellung beantragt hätten. „Hier komme ich zum Ausgangspunkt zurück", sagte Wenzel. „Auf das Protektorat darf nicht übertragen werden, was für das Altreich richtig ist. Durch das Streudeutschtum bestehen bei uns andere Voraussetzungen als im Altreich. Es liegt nicht daran, daß unsere Männer sich der Einberufung entziehen wollen, im Gegenteil, es drängt sie zur Wehrmacht. Einer meiner Neffen ist SS-Oberscharführer und würde lieber heute als morgen einrücken. Er ist Bauer, sein jüngerer Bruder arbeitet als Molkereifachmann in Iglau, und weil die Mutter verwitwet ist, müßte nach seinem Weggang ein Tscheche seine Arbeit übernehmen. Einer meiner Knechte muß bald zur Assentierung. Wenn er tauglich ist, wird er einrücken, und ich werde einen tschechischen Knecht einstellen. Bei den deutschen Lehrern ist es das gleiche wie auch bei den männlichen deutschen Arbeitskräften in der Wirtschaft, in Handwerksbetrieben, auf Ämtern und Behörden. Sie werden nach der Einziehung zur Wehrmacht durch tschechische Lehrer, tschechische Arbeitskräfte, tschechische Handwerker und tschechische Angestellte ersetzt. Und damit ist auf eine schleichende Art und Weise zurückgekehrt, was wir durch Bildung von Genossenschaften, Weidenpachten und Verbänden mühsam zu verhindern wußten. Unsere bisherigen nationalpolitischen Bemühungen wären ernstlich gefährdet, wenn Tschechen unsere Posten übernähmen. Ich gehe sogar so weit, zu sagen, daß unsere jahrelange Arbeit infolge mangelnder Kenntnis über unsere Lage zunichte gemacht wird."

Die vier Mädchen baten zum Kaffeetisch.

Kathi Hondl erspürte die ernsthafte Atmosphäre und strahlte die beiden Männer an.

Gottlob Berger konnte sich ihrem Charme nicht entziehen und erwiderte ihr Lächeln. Zum Kaffee servierten die Mädchen doppelten Schirmkuchen, den die Mutter gebacken hatte.

„Sonntags am Nachmittag kommen oft Soldaten aus Iglau zu uns", erzählte die Mutter lachend. „Sie werden von uns mit doppeltem Schirmkuchen bewirtet. Mein Mann und ich aber haben den Verdacht, daß sie nur der Mädels wegen hierherkommen!"

„Sie besuchen Sie aus zweierlei Gründen", machte Gottlob Berger ein Kompliment. „Wegen des köstlichen Kuchens *und* des Viermäderlhauses!"

Der Adjutant wartete bereits. Beim Abschied dankte Maria Berger für die Bewirtung, beim nächsten Besuch werde ihre Tochter Krista, die ebenso alt wie Kathi und Kathi sei, sicher mitfahren.

Gottlob Berger sagte dem Bürgermeister zu, seine Kritik weiterzuleiten.

Die Mädchen winkten dem Wagen nach, bis er nicht mehr zu sehen war.

17

Vor vier Jahren hatte Wenzel Hondl als Mitglied im Aufsichtsrat der Molkereigenossenschaft Iglau gemeinsam mit dem technischen Leiter der Zentralmolkerei Iglau, Emil Strowik, eine Reise nach St. Pölten geplant. Das niederösterreichische St. Pölten war bekannt für seine große und moderne Molkerei. „Wir müssen auch schauen, wie es woanders ist!" hatte die Devise der beiden Männer geheißen. „Vielleicht können wir von den anderen etwas für unseren Betrieb lernen."

Wenzel Hondl hatte sich von der Reise nach St. Pölten neue Erkenntnisse erhofft, die auf die Molkerei in Iglau übertragen werden könnten. Die Gründung der Zentralmolkerei für Iglau und Umgebung GmbH hatte er als sein Lebenswerk angesehen.

Mitte der Zwanziger Jahre hatte Wenzel Hondl nach Wegen gesucht, wie den Bauern der Absatz ihrer Produkte, die sie auf den Iglauer Wochenmärkten und bei Privathaushalten angeboten hatten, erleichtert werden könne. Mit vier Gleichgesinnten gründete er die Molkereigenossenschaft Iglau. Nach zweijähriger Bauzeit hatte die Molkerei am 30. Dezember 1927 ihren Betrieb aufgenommen. Für den Posten als technischer Betriebsleiter konnte Emil Strowik, der zuvor in einer Preßburger Molkerei gearbeitet hatte, gewonnen werden. Unter seiner klugen und tüchtigen Leitung war in kurzer Zeit die Milchverwertung in Iglau so erfolgreich angelaufen, daß die tägliche Verarbeitung auf viertausend Liter gesteigert werden konnte. Mehrere Milchverkaufsstellen waren errichtet, eine Eiersammelstelle der Zentralmolkerei angegliedert worden.

Auf der Reise nach St. Pölten hatte Wenzel Hondl Bilanz aus den letzten Jahren gezogen und mit Emil Strowik, der den Wagen chauffierte, darüber gesprochen.

Am liebsten würde er wieder nur Bauer sein, hatte er gemeint. „Ich habe viel geschaffen und viel erreicht, doch jetzt sollen einmal die Jungen drankommen."

In St. Pölten waren Wenzel Hondl und Emil Strowik, der seine sechsjährige Tochter mitgenommen hatte, vom Direktor der Molkerei herzlich willkommen geheißen. Sie wurden durch den Betrieb geführt und ließen sich die Anlagen zeigen. Anschließend besichtigten sie einen der Musterhöfe, der die Molkerei mit Milch belieferte.

Ein in der Nähe liegender kürzlich stillgelegter Musterhof war zum Verkauf ausgeschrieben worden. Er lag auf einer Anhöhe zur Südseite und schien bestens erhalten zu sein.

Der Besitzer des Hofes, so hatten die Besucher erfahren, sei betagt, habe weder Kinder noch Erben und wolle den Hof rasch loswerden. Wenzel Hondl hatte sofort darum gebeten, den Hof besichtigen zu können. Wohnhaus, Stallungen und Scheunen waren großräumig angelegt. Die umliegenden Felder und Weiden waren größer, der Boden fruchtbarer, das Klima lieblicher als in Bergersdorf.

Auf der Heimreise hatte ihn nur ein Gedanke beschäftigt: der Erwerb dieses Musterhofes. In Bergersdorf angekommen, hatte er mit seiner Frau darüber gesprochen und ihr Bilder des Gutes und seiner Umgebung gezeigt. Theresia war mit dem Kauf einverstanden.

„Wir können einen großen Hof kaufen", hatte sie den vier Mädchen mitgeteilt. „Größer und schöner als unserer hier!"

Auf der Sitzung des Gemeinderates hatte der Bürgermeister verkündet, daß er seinen Hof verkaufen und mit seiner Familie nach Österreich ziehen wolle.

„Du hast den zweitgrößten Hof und willst das Dorf verlassen?“ war er gefragt worden. „Weißt du, was passieren wird? Die Národní Jednota Pošumavská[11] setzt Tschechen in deinen Hof. Bald auch in den Nachbarhof linker Seite, dann rechter Seite. Und irgendwann ist das Dorf tschechisch!“

„Hier wird's nichts mehr!“ hatte er resigniert geantwortet. „Dort wären wir allen Streit mit den Tschechen los, endlich frei, und ich brauchte wieder nur als Bauer zu arbeiten, so wie es schon lange mein Wunsch ist!“

„Du kannst uns nicht verlassen, wir brauchen dich!“ hatten sie ihn bestürmt. „Wenn du das machst, dann bist du ein Volksverräter!“

Bei der Mitgliederversammlung der Lagerhausgenossenschaft hatte er über seine Pläne gesprochen.

Doch auch hier war er bedrängt worden: „Halte die Treue zur Scholle der Heimat! Bleibe hier!“

Auf dem Kameradschaftstreffen der Feuerwehr in Bergersdorf hatte er mitgeteilt, er plane, einen Hof in Österreich zu kaufen.

„Ausgerechnet du willst uns verlassen?“ war die bestürzte Reaktion gewesen. „Das kannst du unserem Bergersdorf nicht antun!“

An den folgenden Abenden, wenn im Hause Ruhe eingekehrt war, hatten Theresia und Wenzel darüber beraten, wie sie sich entscheiden sollten. Sie war neununddreißig, er fünfzig Jahre alt, ein neuer Anfang wäre noch gut möglich gewesen. Nach langem Abwägen hatten sie sich dennoch zum Bleiben entschlossen.

„Es ist unsere Pflicht, der Heimat treu zu bleiben“, sagten sie sich. „Wir bleiben hier und arrangieren uns wie bislang mit den Tschechen!“

---

[11] Diese tschechische Organisation (übersetzt: Nationale Einheit Südböhmen) war 1884 mit dem Ziel gegründet worden, die gemischten deutsch-tschechischen Dörfer durch Ansiedlung von Tschechen sowie Errichtungen von Schulen und Kindergärten für diese weitgehend zu tschechisieren.

18

Die Reibereien begannen schon in der Schule: Tschechische Schüler aus Bergersdorf gingen langsam vor deutschen Schülern. Plötzlich blieben sie stehen und ließen sich von den deutschen Schülern anrempeln. Diese begannen eine Rauferei, die auf beiden Seiten mit blauen Flecken und Striemen endete.

Der tschechische Schulleiter hatte sich beim deutschen Direktor schriftlich beschwert. Daraufhin hatte dieser die Schüler damit bestraft, einen Nachmittag lang den Schulgarten umzugraben.

Im Winter, wenn der verhaßte Schulgarten endlich unter einer dicken Schneedecke lag, war die Strafe noch schlimmer: „Hundertmal in Schönschrift schreiben: ‚Ich darf nicht mit den Tschechen streiten!'"

In der Schlappenzer Schule wurden deutsche und tschechische Schüler im selben Gebäude, doch in verschiedenen Klassen unterrichtet. Sie verbrachten auch die Pausen getrennt voneinander. Der deutsche Lehrer hatte seinen Schülern befohlen: „Grüßt immer den tschechischen Lehrer und rauft nicht mit den tschechischen Kindern, sonst gibts Ärger!"

In Iglau waren deutsche Schülerinnen in weißen Kniestrümpfen, als Zeichen ihres Deutschseins, zur Schule gegangen. Die tschechischen Arbeiter begegneten den Schülerinnen auf dem Weg zur Fabrik. Wenn sie auf derselben Höhe waren, hatten ihnen die Arbeiter im Vorübergehen gelegentlich mit der Zeitung eins auf den Kopf gegeben.

Die weißen Kniestrümpfe der „Pajráci", so das Schimpfwort für die Deutschen, waren oft eine Provokation: Der „Würstelmann" am Masarykplatz hatte schon mal mit Wasser auf die Kniestrümpfe gezielt. Tschechische Buben besorgten das viel wirkungsvoller mit der Tintenspritze.

An Sonn- und Feiertagen trugen die meisten Knaben die „Masarykmütze" mit der tschechischen Trikolore. Der Präsident selbst war mit dieser Mütze durch das Land geritten. Im Jahre 1934 jedoch hatte ein Sechsjähriger von einem Anhänger der Sudetendeutschen Heimatfront zu hören bekommen: „Jetzt mußt du das herunternehmen, denn bald kommt Henlein!"

In Iglau gab es den tschechischen Fußballclub SK Jihlava und den DFC Iglau. In den Deutschen Fußballclub konnten auch tschechische Spieler aufgenommen werden. Im tschechischen

Sportovní klub spielten keine Deutschen. Weil aber ein deutscher Bursche aus Ranzern hervorragend Fußball spielte, hatte ihn der SK Jihlava für auswärtige Spiele abgeworben. Für zwanzig Kronen pro Spiel schoß der Ranzener Tore für den SK Jihlava. Nach jedem Spiel aber war er daheim gerügt worden: „Du Bazi, hast wieder bei den Tschechen gespielt!"

Die tschechische Bauernreiterei Selská Jízda war sehr populär gewesen. Jedes Jahr fand dieses Turnier auf dem Exerzierplatz in Iglau statt. Zu Springreiten, Galopp- und Trabrennen waren auch deutsche Bauern eingeladen. Obwohl einer von ihnen, Franz Rinagel aus Altenberg, jedesmal als Sieger beim Trabrennen und beim Springturnier gefeiert wurde, luden ihn die tschechischen Veranstalter im nächsten Jahr wieder ein.

Vor dem Iglauer Rathaus hatte eine tschechische Militärkapelle an jedem Sonntag zwischen elf und zwölf Uhr ein Platzkonzert gegeben. Da sie sehr gut spielte, waren viele deutsche Zuhörer gekommen. Einige hatten auch mitgesungen. Unter Musikbegleitung waren die deutschen Mädchen auf dem Masarykplatz im Kreis spazierengegangen, hinter ihnen die deutschen Knaben in weißen Kniestrümpfen.

Unter den Deutschen war der tschechische Pfarrer Hypš aus Schlappenz sehr beliebt gewesen. Seine Predigten waren kurz, doch nach dem Hochamt hatte er sich um so länger mit den deutschen Bauern vor der Kirche unterhalten. Einer Einladung zum Mittagessen war er stets gefolgt, wobei er kräftig dem Weine zusprach.

Wenn er des abends immer noch nicht ins Pfarrhaus zurückgekehrt war, hatte sich die treue Pfarrersköchin mit dem Handwagen auf die Suche nach ihrem geselligen Herrn gemacht.

Einmal war ein deutscher Schüler aus Bergersdorf zum Pfarrhaus gekommen. Da auf sein Läuten niemand reagierte, hatte er das Haus betreten. Er war den Geräuschen aus dem oberen Stockwerk nachgegangen und erblickte durch die offene Schlafzimmertür ein Liebespaar. Er hatte die Stimme der Pfarrersköchin vernommen, die zu ihrem Herrn sagte: „Hier hast du dein Himmelreich!"

Verstört berichtete er seinen Eltern davon.

„Der Herr Pfarrer ist halt auch nur ein Mensch, das wird ihm der liebe Gott schon verzeihen!" hatten sie ihn entschuldigt.

Von 1925 bis zum Jahre 1936 erteilte Pfarrer Hypš in Bergersdorf Religionsunterricht, den die deutschen Schüler überaus schätzten: Er hatte sich an das Pult gesetzt und die Schüler angewiesen, den Katechismus zu lesen. Während sie eifrig im Buch blätterten, holte er seine Schnupftabakdose hervor, schnupfte kräftig Tabak und schlug seine Zeitung auf.

Wenn er gänzlich dahinter versunken war, hatten die Schüler ihre Hausaufgaben gemacht. Danach hatten sie zuerst kleine, dann größere Zettel beschrieben, sie zu Wurfgeschossen gefaltet und sich bald eine heftige Schlacht geliefert. Beim Schrillen der Glocke war der Pfarrer erschrocken hochgeschnellt, faltete die Zeitung zusammen, murmelte ein kurzes Gebet und hoffte: „Dej pán, že jste se dnes stali zbožnějšími!“ („Gebe der Herr, daß ihr heute frommer geworden seid!“)

Nachdem er im November 1937 das Zeitliche gesegnet hatte, war die Trauer unter den Deutschen groß.

Bis zum Jahre 1938 war das deutsche Schulhaus Bergersdorf in den Sommerferien für deutsche und tschechische Stadtkinder reserviert. Mindestens ein tschechisches Kind mußte darunter sein, denn jeder sollte die Sprache des anderen lernen. Zum Schlafen war ein Klassenraum mit Strohsäcken ausgelegt worden. Der jüngste Sohn des Schulleiters war auch dabei. Er hatte sich mit dem gleichaltrigen tschechischen Burschen aus Prag, dessen Vater Versicherungsbeamter war, angefreundet. Die Ehefrau des Schulleiters hatte die fünf bis zehn Kinder verköstigt und für diese Zeit auch die Rolle der Mutter übernommen. Beim Abschied zum Ferienende hatte es Tränen auf beiden Seiten gegeben.

Auch 1940 und 1941 war der jüngste Sohn des Schulleiters zu seinem Freund nach Prag geschickt worden, damit er die tschechische Sprache besser beherrschen lerne.

In Bergersdorf hatte eine tschechische Kindergärtnerin gearbeitet. Sie war bildhübsch, was bei den deutschen jungen Männern große Erwartungen ausgelöst hatte. Sie hatten heftig um die Vierundzwanzigjährige geworben, bis drei von ihnen die Gunst der Schönen erlangten. Sie wurde schwanger und wußte nicht, von wem. Ihr Bruder war Arzt in Deutsch-Schützendorf. Er forderte die drei auf, sich bei ihm zu melden. Keiner tat es. Daß sie ein „lediges“ Kind erwartete, noch dazu von einem Deutschen, glich einer nationalen Schande. Sie war zum 1. Januar 1939 aus dem tschechischen Kindergarten entlassen worden. Sie verließ das Dorf und zog zu ihrem Bruder. Danach verlor sich ihre Spur.

Unter den Deutschen hatte einst ein Spruch geheißen: „Ein anständiger Deutscher hält Distanz zu den Tschechen!"

Die Schriftstellerin Božena Němcová, die mit ihrem Roman *Babička* Berühmtheit erlangte, war 1840 mit ihrem Mann, einem hohen Zollbeamten, nach Polna gezogen. Hier begann sie, sich auch für tschechische Literatur zu interessieren. Zuvor hatte sie Schiller, Goethe und Heine gelesen. Bei einer Bauernhochzeit in Bergersdorf, zu der sie und ihr Mann geladen waren, hatte sie zum ersten Mal die Iglauer Tracht, „Baierische Tracht" genannt, gesehen. Begeistert war sie damit im Februar 1843 auf einem großen Trachtenball in Prag aufgetreten und hatte den ersten Preis errungen. Die Anwesenden waren nicht nur von ihrer Schönheit, sondern auch von ihrer Iglauer Tracht, die sie sich in Bergersdorf geliehen hatte, bezaubert.

Nach 1918 hatte es jedoch bei vielen Tschechen geheißen: „Jeder bei seinen!"

19

Jeden Morgen um fünf Uhr begann der Arbeitstag.

Wenzel Hondl stand zuerst auf und weckte die vier Mädchen. „Hallo Moidla!" rief er. Bekam er keine Antwort, klopfte er energisch gegen ihre Kammertür: „Moidla, aufstehn!"

Die Knechte im ausgebauten Dachgeschoß weckte er, indem er den Namen des ältesten nach oben rief: „Pauser!"

Danach begann er mit der Stallarbeit.

Wenn sich nichts rührte, ging er ins Haus: „Ja, was ist denn los!" brüllte er so laut, daß alle Kammertüren aufgerissen wurden: „Jo Vota, mir kemm!" hallte es erschreckt nach unten.

Die Mutter stand ebenfalls auf, obwohl die Mädchen ihr immer wieder angeboten hatten, die Arbeit im Stall alleine auszuführen, sie könne noch liegenbleiben. Sie half den Mädchen beim Melken, denn deren Kräfte waren nach der dritten Kuh erschöpft.

Die vollen Milchkannen wurden vor dem Hause 24 auf der Bank abgestellt. Der Milchfahrer Friedl aus Neuhof sammelte die Kannen im Dorf ein und fuhr sie zur Molkerei nach Iglau.

Nach dem Frühstück mit Kartoffelsuppe und Kaffee räumten die vier Mädchen die Küche auf und machten in den

Schlafkammern die Betten, auch die der Knechte. Die prall mit Gänsefedern gefüllten Bettdecken mußten, darauf hatte die Mutter streng geachtet, mit dem Besenstiel so glatt gestrichen werden, daß Oberflächen und Seiten faltenfrei wurden.

Danach holten sich die vier Mädchen den Arbeitsauftrag für den Vormittag, nahmen ihre Arbeitsgeräte und führten Vaters Auftrag aus.

Während der Feldarbeit richteten sich alle nach den Zügen. Beim Zwölf-Uhr-Zug mußte zur Stallarbeit und zum Mittagessen nach Hause aufgebrochen werden.

Vor einem Jahr hatten die vier Mädchen in Schlappenz beim Kirchweihfest St. Peter und Paul, „Kirfort" genannt, bis zum Schluß getanzt. Danach waren sie nach Bergersdorf gegangen, hatten sich umgezogen und sofort mit der Stallarbeit begonnen. Der Vater wies sie an, am Vormittag den Mohn zu jäten. Mit ihrer Hacke waren sie zum Mohnfeld gegangen und hatten sich erst einmal zum Schlafen niedergelegt. Danach wollten sie arbeiten. Sie hatten so fest geschlafen, daß sie den Zwölf-Uhr-Zug und auch den darauffolgenden nicht gehört hatten.

Plötzlich hatte Vaters Stimme sie hochgeschreckt: „Moidla, heimgehen zum Mittagessen!"

Verstört waren sie aufgesprungen und am Vater vorbei nach Hause gerannt.

Er hatte kein Wort gesagt.

Zerknirscht nahmen sie das Mittagessen ein und wagten nicht, ihn anzusehen. Er hatte den ganzen Tag geschwiegen. Erst am nächsten Morgen sprach er wieder mit ihnen.

Nach dem Essen trank der Vater als einziger eine Tasse schwarzen Kaffees. Dabei blätterte er im *Mährischen Grenzboten*, der dienstags, donnerstags und sonntags erschien. Jedesmal las er daraus Artikel, Verordnungen oder Kommentare vor.

Im Sommer, wenn alle auf den Feldern arbeiteten, war es zur Nachmittagszeit immer das gleiche: Die Gänse des Schulleiters waren dem Schulgarten entkommen und über die Wiese zum Haferfeld vom „Richterbauern" gewatschelt. Kurz darauf war Rezniks Stimme über das ganze Dorf zu hören: „Jogt's enkare Gäns aus'n Hoban!"

Waren die Mädchen und die Knechte von der Feldarbeit zurückgekehrt, gingen sie in die Ställe. Die Mutter hatte bereits alle Vorarbeiten wie Ausmisten und Einfüttern im Kuhstall erledigt, damit die Mädchen die Kühe, die abends mehr Milch abgaben, nur noch melken mußten. Die vollen Milchkannen wurden bis zum nächsten Morgen im kleinen Eiskeller aufbewahrt. Um neunzehn Uhr war die Zeit des Abendessens. Danach war Feierabend, worüber der Vater streng wachte.

Jeden Abend um zwanzig Uhr läutete Marie Tondl, die Schwester des Vaters, in der Kapelle die Glocke zum „Engel des Herrn". Während dieser drei Minuten wurde in vielen Familien zum Gebet niedergekniet.

Wenn es heiß war, amüsierte sich die Dorfjugend im obersten Weiher, „Richterteich" genannt. Kathi schwamm besonders gerne. Sie hatte auf die Äste der Bäume Bretter gelegt, um sich von ihnen kopfüber ins Wasser stürzen zu können. Maria war Nichtschwimmerin und watete lieber am Rand. Die Alten saßen auf den Bänken und lauschten dem fröhlichen Treiben der Jugend. Um zweiundzwanzig Uhr mußten alle zu Hause sein. Einmal waren die Mädchen erst nach dem Vater heimgekommen. Gleich hatte er seinen beiden Töchtern eine „Kopfnuß" gegeben, während Kathi und Mitzi hastig nach oben in ihre Kammer huschten.

Um zweiundzwanzig Uhr besah der Vater ein letztes Mal die Ställe, entfernte frische Kuhfladen und Pferdeäpfel und beruhigte die Tiere. Er schloß das Tor und schaltete alle Lichter aus. Es mußte absolute Ruhe herrschen. Nur das Zirpen der Grillen im Gras war noch lange zu hören.

20

Wenzel Hondl traf sich mit seinem Bruder Ferdinand, der im Hause 31 wohnte. An fast jedem Werktag machten beide einen kurzen Spaziergang über die Felder. Ferdinand war besorgt, sein ältester Sohn Hans könne bald zur Wehrmacht einberufen werden. Er wollte wissen, wie es gestern in Iglau gewesen sei.

Gestern hatte Wenzel an der „Dienstbesprechung der deutschen Regierungskommissäre und Gemeindevorsteher aus Böhmen" teilgenommen. Es war das erste Mal, daß diese in Iglau stattfand. Bis jetzt wurden die Besprechungen im böhmischen Deutsch-Brod abgehalten. Doch seit November waren der böhmische und der mährische Teil der Iglauer Sprachinsel, deren

Zusammenschluß bereits 1918 gefordert wurde, politisch und wirtschaftlich vereint. Seit jeher war das in Mähren gelegene Iglau ohnehin Zentrum der Iglauer Sprachinsel gewesen. Im festlich geschmückten Saal des Oberlandratsamtes Iglau hatte Oberlandrat Fiechtner begonnen, diese Besprechungen dienten dazu, „den Kontakt zwischen Kommandostellen und Ausführungsinstanzen zu festigen".

„Was hast du gestern in Iglau erfahren?" fragte Ferdinand jetzt nochmals.

„Der Bezirkshauptmann hat die Herren Bürgermeister ersucht, strengste Aufsicht zu üben, daß in Gaststätten und Kaffeehäusern die tschechische Bevölkerung beim Spielen und Singen der Nationalhymne und des Horst-Wessel-Liedes die gebührende Ehrenbezeigung leistet", antwortete Wenzel mit spöttischem Unterton. „Die Grußentbietung muß stehend, in gesammelter Haltung und unter Abnehmen der Kopfbedeckung erfolgen, hat man uns erklärt."

„Das kann nicht dein Ernst sein", reagierte Ferdinand.

„Die Respektierung des tschechischen Volkstums setzt als Gegenleistung der Tschechen Loyalität, Pflichterfüllung und Gehorsam voraus. Das Protektorat hat sich der durch den Führer zugebilligten Inschutzstellung als unaufhörlich würdig zu erweisen. Das hat der Bezirkshauptmann hervorgehoben."

Ferdinand fragte nach konkreten Ergebnissen.

„Es war eindrucksvoll wie alles, was sie machen", antwortete Wenzel ironisch. „Das Ergebnis der Tagung hat der Oberlandrat in drei Leitsätzen aufgeführt: Erstens sollen in sämtlichen deutsch geleiteten Gemeinden Maßnahmen zur Verbesserung des wirtschaftlichen, sozialen und kulturellen Niveaus ergriffen werden. Die Hebung der deutschen Volkskraft ist stark voranzutreiben. Zweitens hat sich der Gemeindeleiter nationalsozialistischer Haltung, Objektivität und aktiver Anteilnahme am Leben der Partei zu befleißigen. Drittens muß das Problem der Verwaltungseinheit der Iglauer Sprachinsel in einem glücklichen Sinne gelöst werden."

„Und über die Einberufungen wurde nicht gesprochen?" wiederholte Ferdinand.

„Nein", antwortete Wenzel. „Sie haben viel geredet, aber nichts Neues gesagt."

21

Die Einberufungen hatten zugenommen, auch in Iglau.

Der Arzt Dr. Hansmann löste seine Praxis auf, um seine militärische Dienstzeit anzutreten. Der Kreisleiter hatte einen Tag nach seiner Eheweihe dem Befehl zur Einberufung Folge leisten müssen.

In Bergersdorf waren jetzt Männer der jüngeren Jahrgänge erfaßt worden, auch Hans Hondl aus dem Hause 31 und Anderl, der Ochsenknecht, der aus Neuhof stammte. Der Bürgermeister war besorgt. „Anstatt besser wird alles schlechter!" sagte er.

Maria versprach ihrem Vater, bei ihm zu bleiben. Sie hatte die Landfrauenschule in Budweis besucht und jetzt ihre Abschlußprüfung in der „Ländlichen Hauswirtschaft" mit großem Erfolg bestanden. Ihr Berufsziel, Lehrerin zu werden, hatte sie auf unbestimmte Zeit verschoben.

Vater hatte andere Pläne: „Wenn der Krieg vorbei ist", sagte er zu ihr, „gehst du zu einem tschechischen Gutsbesitzer, und seine Tochter kommt zu uns. Du sollst schnell Tschechisch lernen. Und die junge Tschechin lernt bei uns Deutsch. Wir Väter haben uns schon abgesprochen."

Maria war auch damit einverstanden.

Jetzt wollte sie so lange zu Hause mithelfen, bis Anderl zurückkehrte, denn seine Arbeit würde auf die anderen verteilt werden müssen. Er war für die Stiere, die im Gemeindebesitz waren, verantwortlich und für die Instandhaltung ihrer Ställe. Kein anderer wußte so gut mit den Tieren umzugehen wie er. Da die Stiere seine Befehle befolgten, mußten sie nicht, wie sonst üblich, Nasenringe tragen.

Jeden Tag außer sonntags war ein Bauer mit einer seiner Kühe zum Hof des Bürgermeisters gekommen. Manchmal wurde auch der Sohn des Bauern mit den Worten: „Hejt gejhst dou zum Vorsteiha mit de Khou", losgeschickt. Anderl hatte einen Stier aus dem Stall geholt und der Kuh zugeführt. Der Stier hatte zum „Sprung" auf die Kuh angesetzt, was fast immer erfolgreich war. Kurze Zeit später war die Kuh trächtig.

Wenn die Stiere alt waren, wurden sie zum Schlachten in das acht Kilometer entfernte Polna getrieben. Der junge Wenzi war mitgegangen, auch um Vater das Geld zu geben, das er vom Schlachter erhielt. Da die Tiere keinen Nasenring trugen, wurden die Vorderbeine mit einem Riemen festgebunden, dessen Ende der Ochsenknecht hielt. Sobald ein Stier auf dem ungewohnt langen Weg unter Gebrüll ausreißen wollte, hatte der Knecht von hinten am Riemen gezurrt, und der Stier war vornüber auf die Knie gestürzt. Die Straße war mit Schottersteinen bestreut. In Polna angekommen, hatte der Stier blutig aufgeschundene Vorderbeine.

Anderl, der sich nicht freiwillig gemeldet hatte, sollte nach Jugoslawien einrücken. Ein letztes Mal nahm er Abschied. Kathi umarmte ihn heftig: „Bald bist wieder bei uns!" sagte sie zuversichtlich.

„Hast gut reden, Kathi", antwortete er.

Kathi sprach ihm Mut zu: „Wenn man an den Sieg glaubt, so kommt er auch!"

„Wir müssen den sieghaften Glauben in uns stärken", hatte der Kreisleiter in seiner Botschaft zur „Zweiten Kriegsweihnacht im Großdeutschen Reich" geschrieben und weiter ausgeführt: „Das Fest bringt uns die Gewißheit, daß der Sieg kommt, weil es der Führer sagt und weil seine Worte durch hunderte Tatsachen erhärtet sind."

Der Kreisleiter hatte seinen Appell wiederholt, nicht zu verzagen: „Die Zweifel zerrinnen, wenn der Führer zu uns spricht, und sein unerschütterlicher Glaube an Deutschland, an das Reich, an die glückliche Zukunft erfüllt neu alle Herzen."

22

Der Neffe des Bürgermeisters, Franz Tondl aus dem Hause Nr. 5, hatte den Entschluß gefaßt, sich freiwillig zur Wehrmacht zu melden. Als Stellvertreter von Emil Strowik, inzwischen Direktor der Iglauer Zentralmolkerei, war Franz Tondl UK – unabkömmlich – gestellt.

Heute endlich wollte er bei der Wehrbereichskommandostelle in Iglau vorstellig werden. Er ließ sich für seine Abwesenheit entschuldigen und machte sich auf den Weg zur Stadtmitte.

Nachdem Strowik davon erfahren hatte, rannte er sofort los und holte seinen Mitarbeiter ein: „Franz, ich bitte dich, bleibe hier!" bat er.

„Was soll das?“ reagierte dieser überrascht.
„Ich bitte dich, bleibe hier. Ich brauche dich!“
„Ich habe es mir lange genug überlegt!“
„Franz, du weißt, daß in der Molkerei die Anstrengungen so groß geworden sind, daß sie nur durch viel Arbeit aufrechtgehalten werden kann. Daher brauche ich dich!“
„Schau, ich kann net dableiben“, unterbrach ihn Franz.
„Wenn du gehst, kommt ein Tscheche auf deinen Platz …“
„Der wird“, erklärte Franz, „es genauso gut machen!“
„Auf dich war immer Verlaß“, sagte der Direktor. „Bei einem Fremden ist es fraglich!“
„Es ist ja nur vorübergehend!“
„Was meinst du damit?“
„Wenn der Krieg vorbei ist, bin ich wieder da“, versprach Franz.
„Glaubst du wirklich daran?“
„In einem Jahr ist der Krieg zu Ende!“
„Glaube doch das nicht!“
„Überall siegen wir! Es wird nicht mehr lange dauern, dann ist der Krieg vorbei!“
„Franz, ich selber wäre schon hundert Mal lieber an die Front gegangen, als hier zu arbeiten! Es war aber doch nicht möglich, denn nur hier in dem von mir geführten Unternehmen ist meine Aufgabe und meine Verantwortung! Und es ist auch *deine* Verpflichtung, hierzubleiben!“
Franz ließ sich nicht beirren. „Ich gehe!“
Der Direktor unternahm einen letzten Versuch: „Du sollst doch mein Nachfolger werden“, bestimmte er.
„Bis dahin“, versprach Franz, „bin ich längst zurück!“
Emil Strowik gab auf: „Ich hoffe, du wirst recht behalten“, meinte er. „Es bleibt mir nichts übrig, als dir Glück zu wünschen!“
Am folgenden Sonntag fand auf dem Adolf-Hitler-Platz eine „Gedenkstunde“ der NSDAP-Kreisleitung zum „Zweiten Jahrestag der Übernahme des Protektorates Böhmen und Mähren in das Großdeutsche Reich“ statt. Die deutsche Bevölkerung Iglaus war aufgefordert worden, ihre Häuser für zwei Tage zu beflaggen. Franz wollte, wie Hunderte von Neugierigen auch, die erste Ansprache des neuen Kreisleiters, Rudolf Letz, hören, die mit Fanfarenklängen der HJ eingeleitet wurde. „Wo einmal das Banner des Reiches steht, wird es niemals mehr gestrichen“, verhieß dieser. Rudolf Letz hatte als Soldat an den „Einkreisungs-

kämpfen der Maginotlinie zwischen Rhein und Mosel" von März bis Dezember 1940 erfolgreich teilgenommen.

Franz war guter Stimmung.

Im nächsten Monat, so war ihm mitgeteilt worden, würde er einrücken und seine Ausbildung beginnen können. Da Franz wie sein Bruder Johann zwischen 1932 und 1935 in der tschechischen Armee gedient hatte, war für ihn nur eine kurze Ausbildungszeit vorgesehen. Sein Bruder beneidete ihn darum.

Gestern abend war Johann in Iglau gewesen. Er hatte auf der Schützenwiese an einer Gedenkstunde für die ehemaligen Mitglieder der im Mai 1939 aufgelösten Volksdeutschen Mannschaft teilgenommen. SS-Obersturmbannführer Sladek und sein damaliger Schulungsleiter, Dr. Stephan, hatten den jungen Männern, unter ihnen auch Johann Tondl, nochmals für ihren mutigen Einsatz vor zwei Jahren gedankt. Franz hatte sich nicht der Volksdeutschen Mannschaft angeschlossen: „Nichts für mich!" wehrte er damals ab.

Jetzt hörte Franz aufmerksam zu, als der neue Kreisleiter auch auf den „Opfertod unserer Helden" einging: „Wir weilen in Gedanken bei den stillen Gräbern in Polen, in Norwegen und im Westen", sagte er und fuhr fort: „Diese Gräber sind nicht allein, sondern sind umgeben von der Liebe einer Mutter, eines Vaters, einer trauernden Frau und dem ehrenvollen Gedächtnis der lebenden Kameraden der Gefallenen, die um sie waren in den Stunden des Kampfes und des Todes. Eingebettet und umgeben sind sie auch von der Liebe und der stolzen Verehrung unseres ganzen Volkes, das in seinen toten Soldaten die besten Träger eines kämpferisch-heldischen Geistes erkennt, der unsere Weltanschauung geformt hat und den gegenwärtigen Kampf um das Leben unseres Volkes zum Sieg werden läßt."

Mit dem Satz: „Solange Bruder zum Bruder steht, ist unser das Leben, ist unser die Zeit", beendete der Kreisleiter seine erste Ansprache.

In Bergersdorf erinnerte nichts an den „Zweiten Jahrestag des Einmarsches".

„Solange Krieg ist, gibt es zum Feiern keinen Anlaß", war die Meinung des Bürgermeisters. Noch in diesem Jahr, so hieß es von offizieller Seite, würde der Krieg siegreich beendet werden. Er bezweifelte dies, denn bei der letzten Dienstversammlung der Bürgermeister im Januar hatte er gerüchteweise gehört, im kommenden Frühsommer stünde die Erfassung des Geburtsjahrganges 1923 bevor.

Franz suchte seinen Onkel Wenzel auf.

Froh erklärte er: „Ihr könnt mich schon beglückwünschen!“

Wenzel reagierte bestürzt: „Franz, Franz, hoffentlich wirst's nicht bereuen!“

„Am 10. April geht's ab. Richtung Osten!“

„Denk doch an deine Mutter!“ bat Wenzel.

„Der Johann ist ja bei ihr!“

„Wer weiß, wie lange noch?“

„Schauts, ich kann net dableiben!“ sagte Franz ungeduldig.

„Franz, glaube mir, das geht nicht gut aus!“

„Ihr müßt nicht so bang sein“, riet Franz.

„Ich habe es dir schon mal gesagt“, erklärte Wenzel. „Wir haben immer gesiegt und den Krieg verloren. Und das kommt jetzt wieder!“

Drei Wochen später reiste Franz ab.

Endlich konnte er einrücken. Als einziges bedauerte er, den Fliegerfilm *D III 88*, der am 17. April in Bergersdorf im Filmwagen der Kreisfilmstelle gespielt werden sollte, zu versäumen.

23

Iglau war in den Tagen vom 20. bis zum 24. Juni festlich geschmückt. „Hißt die Flagge des Reiches, unser Hakenkreuzbanner!“ hatte die Aufforderung dazu gelautet. Die Iglauer Heimattage mit dem Berghäuerzug am Sonntagvormittag fanden bei heißen Temperaturen unter strahlend blauem Himmel statt. Die Anmarschstrecke von zwei Kilometern war mit dreihundert Fahnenmasten geschmückt. Der Zug bewegte sich durch die Steingasse, Schillergasse und Separatiusgasse zur Altenberger Straße nach Altenberg, da dort der Sage nach das erste Silber gefunden wurde. Bis vor zwei Jahren war der Berghäuerzug durch die Schillergasse vor das Rathaus gezogen. Der Bischöfliche Rat Stadtpfarrer Honsig hatte mit Himmel und Monstranz den Zug erwartet und war mit ihm durch die Spitalgasse zur Bahnhofstraße, weiter über die Igelbrücke auf den Johannishügel gezogen, wo er im Johanneskirchlein einen Festgottesdienst abgehalten hatte.

Dieser Festgottesdienst durfte ab 1940 nicht mehr stattfinden. Zur gleichen Zeit war eine Kundgebung des Kreisleiters in Altenberg und unter musikalischer Begleitung des RAD-Musikzuges die Morgenfeier der HJ mit einer Ansprache des Bannführers angesetzt. Nach der Gründung der HJ war der Bannführer aus der Kirche ausgetreten. Er hatte damals zu seiner Gefolgschaft gesagt: „Das macht ihr nicht, denn die Leute in den Dörfern sind christlich eingestellt! Aber ich mußte es machen. Ich bin für euch alle aus der Kirche mit ausgetreten!"

Für den heutigen Sonntagnachmittag war die Großkundgebung der NSDAP geplant. Hunderte von Menschen hatten sich auf dem Adolf-Hitler-Platz versammelt, um den Aufmarsch der Parteiformationen mit ihren Fahnen zu bewundern. Der stellvertretende Gauleiter schritt den Festplatz ab. Die Staffel der 107. SS-Standarte Iglau hatte Aufstellung bezogen, Johann Tondl war dabei. Heute früh hatte das Oberkommando der Wehrmacht bekanntgegeben, daß es an der sowjetrussischen Grenze zu Kampfhandlungen gekommen sei.

Am Abend sollten im Stadttheater in einer Festveranstaltung *Nibelungen, Der gehörnte Siegfried* und *Siegfrieds Tod* aufgeführt, im Adria-Kino der Varieté-Film *Kora Terry* mit Marika Rökk in der Hauptrolle gezeigt werden. Im Deutschen Volkskino stand der Film *Wunschkonzert – Gemeinschaft der Heimat und Kameradschaft der Front* auf dem Programm. In den Hauptrollen waren Marika Rökk, Ilse Werner, Carl Raddatz, Heinz Rühmann, Paul Hörbiger und Weiß Ferdl zu sehen.

Gestern hatte in Iglau das Bann- und Untergausportfest der Hitlerjugend stattgefunden. Jetzt begleitete die HJ diese Großkundgebung und sang vor der Rede des Stellvertretenden Gauleiters das Lied von Hans Baumann *In den Ostwind hebt die Fahnen,* in das die männliche Jugend begeistert einstimmte: *„... denn im Osten stehn sie gut, dann befehlen sie zum Aufbruch, und den Ruf hört unser Blut. Denn ein Land gibt uns die Antwort, und das trägt ein deutsch Gesicht, dafür haben viel geblutet, und drum schweigt der Boden nicht."*

Johann Tondl war voller Ungeduld. Vor drei Wochen war er siebenundzwanzig Jahre alt geworden und noch immer zu Hause. „Seit heute gibt es eine neue Front", dachte er. „Aber ich bin nicht dabei!"

Nach Bergersdorf zurückgekehrt, bat er seinen Onkel darum, das Rundfunkgerät einzuschalten.

Der Bürgermeister und seine Frau waren heute Nachmittag nicht nach Iglau gefahren. „Laßt nur die Jugend das Fest feiern", hatte er gesagt. Theresia wollte die Stallarbeit übernehmen und damit den vier Mädchen ungetrübte Stunden in Iglau ermöglichen. Am Abend wollten diese den Film *Wunschkonzert* besuchen. Sie schwärmten für Paul Hörbiger und versäumten keinen seiner Filme.

Theresia lud ihren Neffen kurzentschlossen zum Abendessen ein, sicher sei er hungrig. Sie tischte Putenschnitzel mit Kartoffel- und Gurkensalat auf, dazu kühles Bier aus dem Eiskeller. Im Rundfunk wurde ein „Aufruf des Führers an das deutsche Volk in wenigen Minuten" angekündigt. Erwartungsvoll sah Johann Tondl auf das Empfangsgerät. Der Bürgermeister spürte die Ungeduld seines Neffen: „Bleibe hier! Du wirst hier gebraucht!" bat er.

„Hier verliere ich meine Zeit", widersprach Johann. „Ich will beim Sieg dabeisein!"

Sein Onkel warnte ihn: „Wir haben immer Meldungen über den Sieg gehört und den Krieg verloren. Glaube mir, das wird sich wiederholen!"

„Jetzt wird alles anders, weil wir den Führer haben!"

„Der Gegner ist zu stark! Schon Napoleon ist an ihm gescheitert!"

Johann machte eine verächtliche Handbewegung.

„Laß die anderen ziehen!" riet sein Onkel. „Du mußt den Hof bewirtschaften, denke an deine Mutter!"

Johann blieb beharrlich: „Ich will den Sieg erleben!" sagte er.

Endlich war es soweit. Aus dem Rundfunkgerät erklang die Hitler-Fanfare. Machtvoll leitete sie den Aufruf Adolf Hitlers ein, den Propagandaminister Joseph Goebbels verlas:

> „Deutsches Volk! In diesem Augenblick vollzieht sich ein Aufmarsch, der an Ausdehnung und Umfang der größte ist, den die Welt bisher gesehen hat. Im Verein mit finnischen Kameraden stehen die Kämpfer des Sieges von Narwik am nördlichen Eismeer. Deutsche Divisionen unter dem Befehle des Eroberers von Norwegen schützen gemeinsam mit den finnischen Freiheitshelden unter ihrem Marschall den finnischen Boden. Von Ostpreußen bis zu den Karpaten reichen die Formationen der deutschen Ostfront, an den Ufern des Pruth, am Unterlauf

der Donau bis zu den Gestaden des Schwarzen Meeres vereinen sich unter dem Staatschef Antonescu deutsche und rumänische Soldaten. Die Aufgabe dieser Front ist daher nicht mehr der Schutz einzelner Länder, sondern die Sicherung Europas und damit die Rettung aller. Ich habe mich deshalb heute entschlossen, das Schicksal und die Zukunft des Deutschen Reiches und unseres Volkes wieder in die Hand unserer Soldaten zu legen. Möge uns der Herrgott gerade in diesem Kampf helfen!"

Vierter Teil

1

Bergersdorf, 13. August 1941.

Zwei Dienstfahrzeuge der Geheimen Staatspolizei, Staatspolizeileitstelle Brünn, Außendienststelle Iglau, fuhren in raschem Tempo durch die Ortschaft. Einer der Wagen hielt vor dem Hause 23, der Fahrer des zweiten Wagens raste zum Hause 15.

Jaroslav Vomela hatte die Arbeit an seinen Bienenstöcken beendet. Er wollte zu seinem Wohnhaus zurückkehren, als plötzlich zwei Herren der Gestapo vor ihm auftauchten. Einer von ihnen drehte mit festem Griff seine Arme auf den Rücken. Die Bienenwaben fielen auf die Erde und brachen auseinander.

„Mitkommen!“ befahl er.

Jaroslav Vomela verstummte vor Erschrecken.

„Wo hast du dein Radiogerät!“

Er hustete und vermochte nicht zu antworten.

„Wo hast du dein Radiogerät versteckt?“

Franziska Vomela war mit der Zubereitung des Essens beschäftigt. Sie erschrak über die beiden Fremden, die unvermutet in ihrer Küche standen. Der Anblick ihres Mannes bestürzte sie, und sie wollte auf ihn zugehen. Der Polizist hinderte sie daran, zog seine Pistole und befahl ihr, sofort auf dem Küchenstuhl Platz zu nehmen. Mit aufgerissenen Augen sah sie in die Mündung der Waffe.

„Wo hast du das Radiogerät!“ wiederholte der Inspektor.

Jaroslav Vomela versuchte eine Antwort zu geben.

„Wo hast du dein Radiogerät versteckt!“

Jaroslav Vomela wies mit dem Finger nach oben.

Der Inspektor stieß ihn heftig zur Treppe, die ins erste Stockwerk führte.

Jaroslav Vomela hastete mit nach vorn gebeugtem Rücken die Treppen zum Speicher hoch. Dort lag das Radiogerät, umhüllt von Spinnweben und Staub.

Er hob es auf, besah es von allen Seiten, trug es hinab und stellte es auf den Küchentisch.

Vomela war übel. Er griff mit zitternden Händen nach seinem Taschentuch, hielt es vor seinen Mund und ließ Schleim hineinrinnen.

Der Inspektor räusperte sich vor Ekel und drehte sich ruckartig dem Fenster zu. Franziska Vomela wollte ihrem Mann helfen.

Der Polizist fuhr sie an, sie solle sitzen bleiben und sich ruhig verhalten.

Jaroslav Vomela schob das nasse Taschentuch in seine Hosentasche.

Der Inspektor begann das Verhör: „Mit Verordnung vom 1. September 1939 über außerordentliche Rundfunkmaßnahmen, ist das absichtliche Abhören ausländischer Rundfunksender verboten! Ist dir das bekannt?"

„Ja."

Der Polizist protokollierte die Antworten des Verhörten in tschechischer Sprache. „Du hast ausländische Sender gehört, obwohl du weißt, daß es verboten ist!"

Jaroslav Vomela bat darum, sich setzen zu dürfen.

„Wer Nachrichten ausländischer Sender vorsätzlich verbreitet, die geeignet sind, die Widerstandskraft des deutschen Volkes zu gefährden, wird mit Zuchthaus, in besonders schweren Fällen mit dem Tode bestraft! Ist dir das bekannt?"

„Ja."

In einem Weinkrampf brach Franziska Vomela zusammen.

„Ich habe zwar das alte Gerät hier", antwortete er mit schwacher Stimme, „aber im Mai 1939 habe ich es abgemeldet".

„Du lügst!" schrie ihn der Inspektor an.

„Ich habe keine ausländischen Nachrichten gehört."

„Du lügst!" wiederholte der Inspektor.

„Das Empfangsgerät ist alt und kann nur mit Batteriebetrieb laufen."

„Legescic-Karolina hat ausgesagt, daß du Feindsender gehört hast!"

„Die Magd Legescic-Karolina lügt! Ich habe sie zweimal in meiner Wohnung gesehen, habe aber mit ihr nie gesprochen!"

„Des weiteren wird dir deutschfeindliches Verhalten vorgeworfen! Du hast die slowakischen Arbeiter gegen die deutschen Bauern aufgehetzt!"

„Das ist nicht wahr!"

„Du hast die Landarbeiter angestiftet, ihre Arbeit niederzulegen!"

„Das ist eine Lüge! Mir ist bekannt, daß einige slowakische Arbeiter unzufrieden waren und daß die Gendarmerie Ordnung schaffen mußte."

Seine Worte erstickten.

Unbeholfen griff er in seine Hosentasche, um das Taschentuch hervorzuziehen.

Voller Abscheu richtete der Inspektor seinen Blick wieder dem Fenster zu. Mit überlauter Stimme, um zu erwartende Geräusche zu übertönen, fuhr er fort: „Während der Herbstmobilisation 1938 hast du veranlaßt, daß die drei angesehensten Männer dieser Gemeinde verhaftet und in das Kreisgericht Kuttenberg eingeliefert werden. Was hast du dazu zu sagen?"

Jaroslav Vomela hielt das Taschentuch vor seinen Mund und entleerte ihn. „Antworte!" forderte der Inspektor ungehalten.

„Ich bestreite dies auf das entschiedenste!" verteidigte sich Jaroslav Vomela mit röchelnder Stimme.

„Antworte!"

„Ich muß zugeben, daß während der Mobilisation im Herbst der Postenkommandant aus Deutsch-Schützendorf bei mir war und gefragt hat, wer von den Deutschen den größten Einfluß auf die deutsche Bevölkerung ausübe. Ich sagte, daß der Hondl und der Reichtomann den größten Einfluß haben. Der Gendarm hat mir nicht gesagt, weshalb er das wissen will. Ich kann nichts dafür, daß die zwei abgeführt wurden."

„Und was ist mit dem Lehrer? Kannst du mir sagen, warum der verhaftet wurde?"

„Meinen Sohn habe ich in die deutsche Volksschule geschickt, damit er Deutsch lernt. Der Lehrer Hawelka erzählte den Kindern, wenn der Führer kommt, sollen sie sich anständig verhalten. Die tschechische Lehrerin traf am selben Tag meinen Jungen und fragte ihn, was der Lehrer erzähle. Mein Sohn sagte die Wahrheit. Für die Festnahme des deutschen Lehrers kann ich nicht ... zur Verantwortung gezogen werden ..."

Wieder gingen seine Worte in Röcheln unter.

„Stell dich nicht so an!"

„Ich sage die Wahrheit ..."

„Und warum hast du dich versteckt, wenn du alles so richtig gemacht hast, wie du behauptest!"

„Ich gebe zu, daß ich mich nach der Gründung des Protektorates bei Bekannten in Deutsch-Jablonkau versteckt hielt", antwortete er mit angestrengter Stimme.

„Und warum hast du dich versteckt?"

„Weil einige von den Deutschen mir schon vorher gedroht haben, mich zu hängen."

„Weil du ein schlechtes Gewissen gehabt hast!" unterbrach ihn der Inspektor.

Jaroslav Vomela versuchte zu antworten. Mit einem Hustenanfall beugte er den Kopf zu seinen Knien nieder.

2

Die Insassen des zweiten Dienstfahrzeuges der Geheimen Staatspolizei hatten den Bürgermeister um eine Vernehmung gebeten. Dieser hatte die drei Herren der Gestapo in sein Büro begleitet.

„Wie Sie wissen", begann der Kommissar, „geht es um die Anzeige Reichtomann gegen Vomela. Legescic-Karolina soll jetzt vorgeladen werden sowie der Anzeigenerstatter selbst."

Auf dem Schreibtisch lag die aufgeschlagene Seite des *Mährischen Grenzboten* vom 6. August, „Ungeheure Siegeszahlen" war als Überschrift zu lesen.

Der Bürgermeister beauftragte den Gemeindediener Friedl, die slowakische Arbeiterin aus dem Hause 26 zu holen, auch Mathias Reichtomann aus dem Hause 7 möge kommen.

„Gegen diesen Tschechen müssen Maßnahmen ergriffen werden", wandte sich der Kommissar an den Bürgermeister. „Die Sache muß jetzt durchgezogen werden."

Er warf einen Blick auf den *Mährischen Grenzboten* und las laut: „Erfolgsbericht des OKW über den bisherigen Verlauf des Feldzuges im Osten: 895 000 Gefangene; 13 145 Panzer, 10 388 Geschütze, 9 082 Flugzeuge vernichtet oder erbeutet. Die blutigen Verluste des Gegners betragen ein Vielfaches der Gefangenenzahl."

„Na also", meinte er anerkennend. „Es dauert nicht mehr lange, dann ist der Krieg vorbei!"

Der Bürgermeister dachte an seinen Sohn Wenzi, der es nicht mehr erwarten konnte, endlich zur Wehrmacht einberufen zu werden.

Karolina Legescic betrat das Büro. Sie nahm auf dem Stuhl Platz, den der Bürgermeister ihr anbot. Der Polizist ermahnte sie, die Wahrheit zu sagen, was sie zusicherte. Sie war sich ihrer wichtigen Aufgabe bewußt, diktierte Namen und Geburtsdatum und gab dem Polizisten bereitwillig zu Protokoll: „Als ich vor vier Wochen zwei Mal zu Besuch bei Vomela war, erzählte er mir, daß die Deutschen jetzt alles verspielen werden, daß Hitler ganz Europa bestiehlt und die Deutschen den Krieg verlieren müssen. Er sagte mir, daß er Auslandssender höre. Es waren mehrere Leute anwesend. Er sagte mir, daß wir blöd seien, weil wir uns bei den Bauern plagen und schinden. Er sagte, wir sollten die Arbeit in der Erntezeit einstellen. Durch die ewige Hetze Vomelas wäre es auch bald zu einer Arbeitseinstellung von Seiten der tschechischen und slowakischen Arbeiter gekommen. Ich habe die Wahrheit gesagt und das in tschechischer Sprache verfaßte Protokoll unterschrieben." Der Kommissar dankte ihr und entließ sie. Mathias Reichtomann begrüßte die Anwesenden mit „Heil Hitler!". Er zeigte sich zufrieden, daß jetzt „mit diesem Tschechen endlich reiner Tisch gemacht" werde. Er gab zu Protokoll: „Den hier ansässigen Protektoratsangehörigen Müller Jaroslav Vomela haben wir seit seiner zehn- bis zwölfjährigen Anwesenheit in Bergersdorf nur als einen fanatischen und deutschenfeindlichen Tschechen kennengelernt. Gerade wir können diese Angaben damit bestätigen, daß Vomela es war, der uns im Jahre 1938 auf seine Veranlassung hin von der tschechischen Gendarmerie verhaften ließ. Bis heute wissen wir nicht, weshalb wir verhaftet wurden. Auf seine Veranlassung hin waren wir acht Tage lang im Kreisgericht Kuttenberg in Haft. Auch nach Errichtung des Protektorates hat Vomela seine politische Einstellung gegenüber den Deutschen nicht geändert. ... Besonders seit Beginn des Rußlandfeldzuges hat sich Vomela in politischer Hinsicht außergewöhnlich hervorgetan. Es kam schließlich so weit, daß die Gendarmerie von Deutsch-Schützendorf vor ungefähr vier Wochen die landwirtschaftlichen Arbeiter ermahnen mußte, ihre Arbeit weiter ordnungsgemäß durchzuführen. Diese Ermahnung war nur wegen Vomelas Verhalten notwendig. Bei ihm verkehren speziell in den Abendstunden und an Sonntagen nicht nur die hier ansässigen Tschechen, sondern auch auswärtige in größerer Zahl, und wir vermuten, er übermittelt die feindlichen Nachrichten. Heil Hitler!"

Der Bürgermeister, der wie Reichtomann das Protokoll mit seinem Nachnamen unterzeichnete, wurde aufgefordert, zur Hausdurchsuchung mitzukommen. Es wäre ihm lieber gewesen, der Ortsgruppenleiter hätte dies übernommen, doch der hatte sich wegen anderweitiger Verpflichtungen entschuldigen lassen.

3

Jaroslav Vomela krümmte sich vor Schmerzen.

„Was ist mit ihm?“ fragte der Bürgermeister bestürzt.

„Er ist hinterhältig und verlogen“, antwortete der Inspektor.

„Ich will wissen, was er hat!“ forderte der Bürgermeister.

„Das hat er!“ Der Inspektor wies mit triumphierender Gebärde auf das Rundfunkgerät. Er blies den Staub von der Oberfläche.

Jaroslav Vomela hielt sich das nasse Taschentuch vor den Mund. Er hustete und rang erschöpft nach Luft.

Unter Tränen bat Franziska Vomela, ihrem Mann helfen zu dürfen.

„Halt dein Maul und misch dich nicht ein!“ schrie sie einer der Polizisten an.

Der Bürgermeister sah eine blutende Wunde am Hinterkopf des Verhörten und wiederholte seine Frage: „Was ist mit ihm? Was haben Sie mit ihm gemacht?“

„Wir haben ihn zum Reden gebracht!“

„Aber Sie sehen doch, der Mann ist krank!“

„Der soll sich nicht so anstellen!“ antwortete der Inspektor.

Er wies Franziska Vomela an, sofort, sonst werde ihr nachgeholfen, ein Bündel für ihren Mann zu packen. Angstvoll erhob sie sich und kam diesem Befehl nach.

„Der Mann ist krank, lungenkrank“, gab der Bürgermeister zu bedenken.

Der Inspektor machte eine abfällige Handbewegung.

„Ich habe ihn lange nicht mehr gesehen. Wie ich jetzt feststelle, hat sich sein Zustand rapide verschlechtert.“

„Das tut nichts zur Sache!“

„Er wird das Frühjahr nicht mehr erleben.“

„Das werden wir dann sehen!“

Der Bürgermeister unternahm einen letzten Versuch: „Natürlich war er immer wieder eine Belastung für unser Dorf. Doch jetzt ist eine andere Situation. Der Mann ist krank, er ist todkrank! Er wird nicht mehr lange zu leben haben.“

„Ihm allein haben Sie ihren Aufenthalt im Kreisgericht Kuttenberg zu verdanken“, warf der Inspektor zynisch ein.

Er wies die Polizisten an, Jaroslav Vomela abzuführen. Der Verhaftete war nicht mehr in der Lage zu laufen und mußte von den Polizisten zum Auto getragen werden. Die beiden Dienstfahrzeuge fuhren in Richtung Iglau los.

Nach Hause zurückgekehrt, sagte Wenzel zu seiner Familie: „Sie haben den Müller zusammengeschlagen und nach Iglau ins Gefängnis gebracht."

Theresia hatte den Tisch zum Mittagessen gerichtet.

„Der Mann ist krank! Der ist dem Tode näher als dem Leben!"

„Das ist doch nicht Eure Schuld", versuchte Maria ihren Vater zu trösten.

„Was ich mir vorwerfe, ist, daß ich ihn nicht *zuvor* gesprochen habe!"

„Dazu hattest du gar keine Zeit", entschuldigte ihn Theresia.

„Die Verpflichtungen in Iglau und anderen Orten", sagte Wenzel, „haben so zugenommen, daß für die Menschen im Dorfe kaum noch Zeit bleibt!"

Theresia war betroffen.

„Damals vor fünf Jahren wollte mich der Bund der Landwirte als Abgeordneten ins Parlament nach Prag schicken", sagte Wenzel. „Ich habe das damals abgelehnt, weil ich mit diesem Mandat dann gar nicht mehr zu Hause gewesen wäre. Und jetzt bin ich auch ohne dieses Amt mehr als früher unterwegs! Es bleibt kaum noch Zeit für Bergersdorf! Wenn ich gewußt hätte, daß der Müller schon so krank ist, hätte ich die Anzeige von Reichtomann verhindert!"

Maria war über die Selbstvorwürfe ihres Vaters bestürzt.

„Einen Todkranken, was immer er auch angerichtet haben mag, sperrt man nicht ins Gefängnis! Das ist unchristlich!"

Theresia bat alle zum Essen.

„Bei dieser Sache habe ich kein gutes Gefühl", sagte Wenzel. Er erhob sich, ging in die Schlafkammer und ließ die anderen ratlos zurück.

4

Jaroslav Vomela war in einer Gemeinschaftszelle des ehemaligen Kreisgerichtes Iglau untergebracht. Zuvor wurden seine Fingerabdrücke genommen und eine Beschreibung seiner Person protokolliert. Drei Portraitfotos wurden der „Personenbeschreibung" beigeheftet. Der Häftling mit der Nummer 385 fühlte sich elend. Im Januar 1940 war er im Bezirkskrankenhaus Deutsch-Brod an einem Magengeschwür operiert worden.

Nach seiner Festnahme verfaßte seine Frau Franziska ein Schreiben an den Oberlandrat in Iglau, mit dem sie „um die gütige Entlassung des Gatten Jaroslaus Vomela" bat. Durch seine „Abführung in die Untersuchungshaft" sei sein Gesundheitszustand bedroht und die Existenz der vierköpfigen Familie gefährdet. Ihrem Schreiben hatte sie ein ärztliches Attest des Deutsch-Broder Krankenhauses beigefügt. Es wurde an den zuständigen Medizinalrat weitergeleitet. Für den Medizinalrat kam in einem Vermerk an den Leiter der Gestapo „eine Entlassung nicht in Frage", doch sei bei „Auftreten von Beschwerden die Gewährung einer Magenschonkost gerechtfertigt".

Ende August schrieb Franziska Vomela mit Hilfe Steffis, einer Verwandten, die auch in der Mühle wohnte, einen Brief an den Medizinalrat. Darin bat sie „um die gütige Erteilung der Bewilligung zur Benützung der Privatkost im Gefängnisse auf die Dauer der Haft, da mein Gatte an einer schweren Magenkrankheit leidet. Für eine gütige günstige Erledigung dankt bestens Fr. Vomelová ."

Vergebens wartete sie auf Antwort.

Inzwischen hatte der Gemeinderat entschieden, daß die Felder des Protektoratsangehörigen Vomela nicht brachliegen, sondern verpachtet werden sollten. Der Cousin Wenzels, Franz Hondl aus dem Hause 37, erhielt den größten Zuschlag. Er mußte sich jedoch verpflichten, jedes Jahr eine bestimmte Menge an Heu und Stroh bei der Mühle abzuliefern.

Geblieben waren Franziska Vomela, ihren beiden Kindern und Steffi Wohnhaus, Scheune, Stall und Wagenschuppen, eine Kuh und eine Pferdekutsche sowie die Wiese hinter der Mühle. Die beiden Kinder, Luisa und Jaroslav, wechselten zur tschechischen Bürgerschule nach Polna. Der Kontakt zu den deutschen Gleichaltrigen im Dorf brach vollends ab. Die Beziehungen zu den meisten deutschen Dorfbewohnern waren frostig geworden.

Kurz darauf hatte Steffi beobachtet, wie Franz Hondl die Weiden am Goldebach, die ihr gehört hatten, fällte. Entsetzt fragte sie ihn, weshalb er die Weiden absäge.

„Das muß so sein", antwortete der Bauer.

Der tschechische Nachbar vom Haus gegenüber ermahnte sie: „Das sollst du nicht machen!"

„Das darf ich mir schon erlauben", erwiderte Steffi. „Ich bin ja mit ihm zur Schule gegangen!"

Steffi war von ihren Eltern auf die deutsche Schule Bergersdorf geschickt worden. Die inzwischen verstorbenen Eltern waren die einzigen Tschechen im Dorf, die eine Landwirtschaft betrieben und auch deutsche Dienstboten eingestellt hatten. Sie beherrschten die deutsche Sprache so perfekt, daß die meisten Dorfbewohner sie für Deutsche hielten. Auf der Einfahrt zu ihrem Hof Nr. 15 hatten sie zwischen zwei Linden ein Feldkreuz aufgestellt, das die Aufschrift trug: „Errichtet zur Ehre Gottes von Familie Martinek".

5

Bei einer Zusammenkunft der Gemeinderäte, an der auch einige andere Bauern aus Bergersdorf teilnahmen, brachte der Bürgermeister den „Fall Vomela" zur Sprache. Man habe, so meinte er selbstkritisch, einen Kranken ins Gefängnis bringen lassen. Sein Stellvertreter, der Ende Juli unaufgefordert die Gestapo darum gebeten hatte, Vomela festzunehmen „und bis zur Beendigung des Krieges" zu entfernen, widersprach, Vomela sei, wie er sich ausdrückte, „einer der gehässigsten Tschechen unserer Gegend".

„Jetzt ist er so krank, daß er das Frühjahr nicht mehr erleben wird", gab der Bürgermeister zu bedenken.

„Das ist nicht unsere Sache", wurde ihm entgegnet.

„Einen Todkranken, was immer er auch angerichtet hat, läßt man in Ruhe sterben."

„Trotzdem ist er gefährlich und gehört weg!"

„Da bin ich anderer Meinung", sagte der Bürgermeister. „Das hätten wir auch anders lösen können!"

Begonnen hatte es am 14. Juli.

Die sechsundzwanzigjährige slowakische Magd des Bauern aus dem Hause 26 in Bergersdorf hatte ihren Dienstherrn informiert, daß sie während eines Besuches bei Vomela „reichsfeindliche Redensarten" vernommen habe. Vomela habe sie auch davor gewarnt, sich „zu den Deutschen zu bekennen, da die Slowaken mit den Russen in den Krieg gehen werden".

Sogleich suchte ihr Dienstherr den Bauern aus dem Hause 7, Mathias Reichtomann, auf und teilte ihm die Aussagen seiner Bediensteten mit. Noch am selben Tag erhob Reichtomann in einem Schreiben an die Geheime Staatspolizei in Iglau Anzeige gegen den Müller. Seiner Ansicht nach gehöre Vomela „unschädlich gemacht", da er Kommunist sei und seit Beginn des Feldzuges gegen Rußland ein herausforderndes Benehmen an den Tag gelegt habe und mit ihm auch seine Familie und Hausangehörigen. Dies könne er insofern gut beobachten, da er sein Feldnachbar sei. In seinem Schreiben erklärte er abschließend: „Wenn Vomela behauptet, er besitze keinen Apparat, so vermute ich, daß er versteckt fremde Sender horcht. Jedenfalls ist Vomela in der Gemeinde Bergersdorf als nicht verläßlich bekannt und gehört weg."

Der kinderlose Reichtomann hatte den Stellvertreter des Bürgermeisters davon überzeugt, in einem Schreiben an die Geheime Staatspolizei seine Aussagen zu bestätigen.

Dieser kam der Bitte nach. In seiner „Niederschrift" vom 26. Juli teilte er seine Vermutung mit, Vomela höre mit „einer größeren Anzahl gleichgesinnter Tschechen ausländische Rundfunksendungen".

Er hatte die tschechischen Knechte aus Nr. 1, Nr. 7, Nr. 15 und Nr. 24 genannt sowie seinen tschechischen Schwager, der sich zu einem „Gegner des Reiches" entwickelt habe, was auf Vomelas Einfluß zurückzuführen sei.

Vomela verbreite „konstant reichsfeindliche Redensarten", hatte der Stellverteter des Bürgermeisters geschrieben und weiter ausgeführt: „Vomela erzählte, daß die Russen hier sehr bald einmarschieren werden, und die Deutschen wären dann erledigt. Es werde dann auch Beneš zurückkehren, und die ČSR könne wiedererstehen."

Seine Niederschrift hatte er mit der Bitte abgeschlossen, Vomela verhaften zu lassen, um damit „den tschechischen Knechten die Bezugsquelle reichsfeindlicher Nachrichten zu entziehen".

6

Jedes Jahr im August wurden die Panaken aufgestellt. Heute sollte Hafer geerntet werden. Die Knechte spannten die Pferde vor den Bindemäher – seit 1939 die neueste Errungenschaft –, der das Getreide mähte und es sogleich zu Garben band. Wenzi bediente ihn, und der Pferdeknecht lenkte das Gespann. Die vier Mädchen und der Knecht stellten jeweils neun Garben schräg gegeneinander auf, knickten die zehnte in der Mitte und legten sie über die ersten neun; so wurden sie zusammengehalten, und Regenwasser konnte leichter abrinnen. Die Panaken, auch Puppen genannt, sollten bis zur völligen Reife einige Tage stehen bleiben. Dann wurden sie eingefahren und verlorene Körner mit einer Sammelharke aufgelesen.

Heute war es heiß, die Sonne stechend.

Mücken und Bremsen waren besonders aggressiv. Daher waren den Pferden engmaschige Netze über die Ohren gestülpt worden.

„Wir sollten uns beeilen", sagte Kathi. „Es schaut nach Gewitter aus!"

Der Vater war gekommen, um beim Aufstellen der Garben zu helfen. Am strahlend blauen Himmel zog eine dunkle Wolke auf. „Unter der Erde kreuzen sich Wasseradern", sagte der Vater. „Hier hat der Blitz schon öfter eingeschlagen."

Die Wolke war bedrohlich näher gezogen. Rasch stellten sie Garbe gegen Garbe auf. Die Wolke schob sich vor die Sonne. Die Arbeit mit dem Bindemäher war beendet, der Knecht dirigierte die Pferde dem Dorf zu. Die Wolke stand jetzt über dem Feld. Hastig griffen die Mädchen nach den gebundenen Garben. Sie wollten vor Ausbruch des Gewitters fertig werden. Wenzi und der Pferdeknecht waren schon hundertfünfzig Meter entfernt.

Plötzlich schoß aus der Wolke ein Blitz!

Er traf die Panake, die von den Mädchen soeben aufgestellt worden war. Sie stand sofort in Flammen, zwei Schritte von Maria entfernt. Sie war vor Schreck wie erstarrt.

„Moidla, rennt heim!" befahl der Vater. Geistesgegenwärtig griff er nach der Mistgabel und legte die Panake auseinander. Die vier Mädchen rannten los. Mit seinen Stiefeln trat der Vater das Feuer nieder und löschte es. Atemlos berichteten die Mädchen der Mutter, was geschehen war. Sie bekreuzigte sich. Die Wolke hatte sich aufgelöst, der Himmel war wieder strahlend blau.

Vor dem Abendessen sprach der Vater ein Dankgebet. „Stellt euch vor, wir hätten die Panake da aufgestellt, wo ihr gestanden seid“, sagte er. „Und Maria wäre an der Stelle gewesen, in die der Blitz eingeschlagen hat.“

7

Seit April suchte Johann Tondl jeden Montag seinen Onkel auf. Nachdem sein Bruder eingerückt war, wurden das Gespräch und auch der „Trotsch“, wie er allgemein genannt wurde, noch wichtiger für ihn. Es waren die letzten heißen Tage im August. Johann hatte Feldpost von Franz erhalten. Aus dem Absender ging hervor, daß er zum Obergefreiten befördert worden war. Johann beneidete seinen Bruder, der jetzt der „Ersten Infanterie Division Nordrußland“ angehören durfte.

Johann teilte seinem Onkel als zweite Neuigkeit mit, er habe seine Cousine Maria am Sonntag in Polna wieder in Begleitung des Mannes vom letzten Sommer gesehen.

In Iglau hatte ein Sommerfest stattgefunden.

Maria und Kathi waren mit dem Zug nach Iglau gefahren und hatten eine Aufführung auf dem Festplatz besucht. Ein attraktiver Mann, den Maria auf Anfang Dreißig schätzte, stellte sich neben Maria und begann ein Gespräch mit ihr. Er erfuhr, daß sie am nächsten Sonntag zur „Kirfort“ St. Peter und Paul nach Schlappenz fahren wolle.

„Ich komme auch zur Kirchweih“, sagte er zu ihr.

„Das können Sie schon machen“, erwiderte sie kühl.

Zur Kirchweih nach Schlappenz, so erfuhr Wenzel Hondl am Montag darauf von Johann, sei dieser Mann mit seinem Motorrad gekommen, in Begleitung eines Freundes, ebenfalls mit Motorrad. Der Fremde habe Maria eine Tüte Kirschen gekauft. Anschließend hätten sie zwei Stunden lang dem Musiker mit der Ziehharmonika zugeschaut, zu dessen Musik einige Frauen tanzten. Den Namen des Unbekannten, so versprach er seinem Onkel, werde er noch herausfinden.

Am darauffolgenden Montag konnte Johann seinem Onkel bereits die Motorradmarke, eine JAWA 125, mitteilen. Interessiert hatte Wenzel Hondl zugehört. „Es wäre mir lieber, du hättest mal seinen Namen herausgefunden“, meinte er scherzhaft.

Inzwischen waren die Bergersdorfer durch Johann Tondl informiert worden, daß Maria einen „Hochzeiter“ habe. Jeden Sonntagabend, wenn die Stallarbeit beendet war, kam die Dorfjugend zum Hause 23, um Maria abzuholen und zur Straße nach Deutsch-Schützendorf zu begleiten.

Dort wartete bereits der „Hochzeiter“. Bei schönem Wetter kam er mit seinem Motorrad, bei Regenwetter nahm er den Zug nach Bergersdorf. Mit großer Aufmerksamkeit beobachtete die Dorfjugend die Begrüßung des jungen Paares. Danach zogen sich die Burschen zur Dorfmitte zurück, um den neuesten Trotsch auszutauschen. Sie waren sehr an einem glücklichen Ausgang dieser Romanze interessiert, denn der „Hochzeiter“ würde ihnen „Schmusgeld“, ein Faß Bier im Wirtshaus, zahlen müssen, weil er aus einem anderen Dorf kam. Dieser Brauch hatte sich seit Jahrhunderten gehalten.

Um zweiundzwanzig Uhr mußte Maria zu Hause sein.

Johann hatte jetzt den Heimatort herausgefunden und am Montag seinem Onkel mitgeteilt, der „Hochzeiter“ käme aus Zeiau.

Wenzel Hondl fragte seine Tochter: „Hast du dir das gut überlegt?“

„Ja.“

„Überlege es dir noch mal“, riet er ihr.

Maria verneinte.

„Das sind schon wieder ganz andere Menschen als wir hier, das sind Mährer.“

„Ich weiß“, sagte Maria.

„Sie sind vor langer Zeit aus Österreich gekommen“, gab der Vater zu bedenken. „Sie sprechen schon anders als wir, sie haben andere Sitten und Gebräuche … Wie heißt er eigentlich?“

„Er heißt Franz“, antwortete Maria.

„Du könntest ja auch näher einen Hochzeiter haben?“

„Ich will keinen anderen!“

„Ich möchte dir nicht reinreden, aber ich muß dich darauf aufmerksam machen, daß das keine gute Lösung ist!“

„Ich will den Franz, keinen anderen!“

„Das mußt du wissen“, sagte der Vater. „Ich wollte es dir nur klarmachen. Wir reden dir nichts drein.“

Jetzt hatte sich auch Johann Tondl verliebt.

Sie hieß Maria und wohnte im Hause 28. Eines Abends gingen die vier Mädchen zur Dorfmitte. Dort versteckten sie sich hinter einem großen Holzstoß bei der Dorfwaage und warteten auf die jungen Burschen. Von ihnen war der neueste Trotsch zu erfahren, weshalb Kathi sich fest vornahm: „Nie und nimmer heirate ich einen Mann aus Bergersdorf!“

Heute ging es den Burschen nur um Johann Tondl. Jeden Sonntagabend nach dem Kinobesuch in Deutsch-Schützendorf, wenn alle heimkehrten, so erzählten sie sich, ginge „der Tondl-Johann noch zur Altrichters-Maria fensterln“.

„Dem werden wir helfen!“ flüsterten sich die Mädchen zu. „Der verpetzt uns beim Vater, und selber geht er fensterln!“

Sie schmiedeten einen Plan:

Am nächsten Sonntag gaben sie den beiden Hunden kein Futter. Erst gegen Abend überfütterten sie die beiden Tiere, so daß diese erschöpft in ihrer Hütte einschliefen.

Wenzel Hondl ging wie jeden Sonntagabend auf ein Bier ins Wirtshaus Kschischn. Theresia besuchte während dieser Zeit im Hause 6 ihre Schwester, genannt „Richters Tante“, deren Mann ebenfalls im Wirtshaus war. Die beiden Knechte machten sich mit einigen Burschen auf den Weg nach Deutsch-Schützendorf ins Kino.

Nun mußte alles schnellgehen: Die Mädchen holten aus dem Schweinestall Eimer mit Kalk und aus dem Schuppen Sägemehl und vermischten beides miteinander. Um nicht erkannt zu werden, zogen sie die Hosen der Knechte an und setzten sich deren Mützen auf. Sie schlichen zum Hause 5 und streuten von dort bis zum Hause 28 Kalk und Sägespäne auf die Straße. Sie machten die Masse naß und beschmierten damit das große Hoftor der Altrichters sowie Marias Fenster.

Plötzlich vernahmen sie Stimmen. Sie rannten den Weg hinunter und versteckten sich im Gebüsch. Es waren junge Burschen auf dem Heimweg. Als sie die Sägemehlspur sahen, gingen sie ihr nach und lachten über diesen Streich. „Wir wollen warten, bis die aus dem Kino kommen“, freuten sie sich.

Bald darauf kam Johann Tondl von Deutsch-Schützendorf zurück. Er hörte das Lachen der jungen Burschen, sah die Spur und ahnte nichts Gutes.

Sofort stellte er sie zur Rede.

„Wir waren das nicht, wir haben das erst jetzt gesehen“, verteidigten sie sich.

Johann wurde wütend: „Wenn ich den erwische, der das gemacht hat, dann watsch ich dem eine!“

Die vier Mädchen rannten eiligst nach Hause, brachten die Eimer zurück, zogen sich in der Futterkammer um und gingen zu Bett.

Es war zweiundzwanzig Uhr. Der Vater kam zurück, ebenso die beiden Knechte, die noch einen Spaziergang durch das Dorf unternommen hatten. Die Mutter schlief bereits, und der Vater schloß das Tor.

Am nächsten Morgen beschwerte sich Johann bei seinem Onkel. Dieser stellte seine Töchter und die beiden Mägde zur Rede.

„Wir sind nicht lange in der Küche gesessen“, erklärten sie mit unschuldiger Miene. „Wir waren müde und sind bald zu Bett gegangen!“

Die beiden Knechte gaben an, die Mädchen hätten bei ihrer Heimkehr bereits geschlafen. „Alles war dunkel, die waren es nicht!“ sagten sie.

„Berichtet mir, wenn Ihr was erfahrt“, bat Johann seinen Onkel.

„Das geht mich nichts mehr an“, erwiderte Wenzel. „Das mußt du selbst herausfinden!“

Zornig stapfte Johann davon.

Er mußte sein großes Hoftor, das die Mädchen ebenfalls mit Kalk und Sägemehl beschmiert hatten, säubern. Er bat seine Cousine Resi aus Schlappenz, die jetzt zur Unterstützung ihrer Tante auf dem Hof in Bergersdorf mitarbeitete, ihm dabei zu helfen.

„Das fällt mir gar nicht ein“, entgegnete sie. „Wenn sie dein Tor schmutziggemacht haben, dann sollst du es auch selber saubermachen!“

„Das kommt davon, wenn man uns beim Vater verrät!“ lachten die vier Mädchen schadenfroh.

8

Es war ein kühler Tag im September. Heinz Frey hatte zum ersten Mal in seiner Amtszeit eine ihn unbehaglich stimmende Aufgabe zu erfüllen. Den Ortsgruppenleitern der NSDAP war auferlegt worden, Meldungen von Gefallenen den nächsten Angehörigen persönlich zu überbringen.

Heinz Frey machte sich mit der ihm soeben zugestellten Nachricht der NSDAP-Kreisleitung auf den Weg zum Hause 31. Er ließ sich von dem Ehepaar Katharina und Ferdinand Hondl in die Wohnküche bitten. Unwillig war er dieser Aufforderung gefolgt. So schnell wie möglich wollte er die Sache hinter sich bringen.

„Ich muß Euch mitteilen", begann er.

„Nehmt erst mal Platz", bot Ferdinand ihm an.

„Ich muß Euch mitteilen", wiederholte er.

Katharina fragte, ob er einen Kartoffelschnaps wolle.

Dankend lehnte er ab. „Es tut mir leid!" sagte er, ungeduldig geworden. „Ich muß Euch mitteilen, daß Euer Sohn Hans ..."

Jetzt begriff Ferdinand den Anlaß des unerwarteten Besuches.

„... Euer Sohn Hans im Osten gefallen ist."

Katharina war wie benommen. Fassungslos starrte sie den Ortsgruppenleiter an.

„Das ist nicht wahr!" stammelte sie nach einer Weile. „Sagt, daß das nicht wahr ist!"

Wortlos wies Frey auf das Schreiben.

„Das ist ein Mißverständnis, eine Verwechslung!"

Heinz Frey gab ihr das Schreiben.

„Es kann nicht sein!" betonte Katharina.

Stumm las sie: „Hans Hondl, Soldat in einem Infanterieregiment, gefallen am 10. August 1941."

Sie reichte das Blatt zurück.

Plötzlich brach es aus ihr heraus: „Der ist schuld!" schrie sie. Sie zeigte auf die Wand mit dem Hitlerbild. Es war mit getrockneten Alpenblumen verziert. „Der macht sie alle verrückt!"

Sie stieg auf die Bank.

„Unser Hans wollte nicht! Aber der hier?" Sie deutete auf das Bild. „Der holt sie alle zum Sterben!"

Sie riß das Hitlerbild von der Wand und schmetterte es auf den Boden.

„Raus!" schrie sie.

Die Glasscherben zersprangen bis in die hinterste Ecke.

Um den Scherben auszuweichen, machte Heinz Frey einen Satz zurück.

„Schaut's, daß rauskommt's aus der Tür!"

Ferdinand versuchte seine Frau zu beruhigen.

„Raus!" schrie sie. „Ich will Euch nie mehr sehn!"

Fluchtartig verließ der Ortsgruppenleiter das Haus.

„Der hat sie alle am Gewissen!" schrie Katharina ihm nach.

Im Eiltempo steuerte der Ortsgruppenleiter seinem Haus zu. „Ježíš, na!" fluchte er. „So was Hysterisches!"

„Das war", schimpfte er bei seiner Frau, „der erste und hoffentlich letzte Auftrag dieser Art!"

Katharina zertrat den Holzrahmen. Sie zerknüllte das Portrait Adolf Hitlers und trampelte mit ihren Schuhen so lange darauf, bis es nahezu unkenntlich geworden war. Danach ging sie zum Herd, hob mit dem Schürhaken die runde Platte hoch und ließ die zerborstenen Rahmenteile mit dem Bild in das Feuer gleiten. Sofort wurde alles von den Flammen erfaßt und verbrannte.

Schluchzend sank sie in sich zusammen.

9

Die Wetterlage hatte sich geändert, über Nacht war es unerwartet warm geworden. Gestern hatte der Adjutant den Besuch Gottlob Bergers angekündigt. Dieses Mal sollte er nicht nur mit seiner Frau, sondern auch mit seinem Sohn kommen.

Gleich besprach Theresia mit den Mädchen den Speiseplan für den nächsten Tag. Bis Mitternacht buken sie mit der Mutter, reinigten Eßtisch, Bänke, Stühle und den Geschirrschrank mit feuchten Tüchern, putzten die Fenster der Wohnküche und schrubbten zum Schluß den Holzfußboden mit Seifenwasser, bis er hellbeige geworden war.

Gegen Mittag war es soweit.

Am Dachgiebel flatterte eine Hakenkreuzfahne im Wind. Maria, Kathi, Kathi und Mitzi standen in ihren Sonntagstrachten vor dem Tor und warteten gespannt auf die Gäste.

Endlich fuhr der Wagen vor.

Die Begrüßung war dieses Mal besonders herzlich.

„Die vier Mädels haben Namen, die man kaum behalten kann", scherzte Gottlob Berger, an seinen Sohn gewandt.

Wolf Berger trug eine Uniform. Vor kurzem war er zur Ausbildung in die Leibstandarte-SS Adolf Hitler aufgenommen worden. Als er Kathi gegenüberstand, war er augenblicklich von ihr fasziniert.

Gottlob Berger sah sich um. Mit einem tiefen Atemzug sog er die klare Luft ein: „Endlich bin ich wieder in meinem Bergersdorf", sagte er gutgelaunt.

Seine Frau trug einen Pelzmantel. „Es ist wunderschön hier!" lobte sie. Die Mädchen dankten mit einem Lächeln und führten die Gäste in den Innenhof.

Gottlob Berger und Wenzel Hondl begrüßten einander bereits wie Freunde. Theresia hatte den Tisch festlich gedeckt und bat die Gäste zum Essen.

Wie an jedem Tag sprach sie andächtig das Tischgebet. Es interessierte sie nicht, welcher Religion die Gäste angehörten. Vor mehr als fünf Jahren hatte Gottlob Berger beim Eintritt in die SS den Austritt aus der Kirche angemeldet. Von da an war seine Religionszugehörigkeit: „gottgläubig".

Nach einem Moment betretenen Schweigens schenkten die Mädchen rasch Geflügelzungensuppe aus.

Theresia erkundigte sich nach der Tochter Krista: „Beim letzten Male hatten Sie versprochen, sie mitzubringen", sagte sie.

„Unsere Kristel hat geheiratet", antwortete Maria Berger. „So schnell kann's gehen. Jetzt heißt sie Schmidt."

„Ihr Mann Andreas ist Führer der deutschen Volksgruppe in Rumänien", erklärte Gottlob Berger. „Sie wohnen in Kronstadt und sind von der dortigen Bevölkerung mit großer Herzlichkeit aufgenommen worden."

Wolf saß Kathi gegenüber. Er konnte seine Augen kaum von ihr abwenden. „Dieses schöne, stolze Mädel", dachte er.

„Unsere Kristel hat es verstanden", sagte Maria Berger, „in kurzer Zeit die Herzen der Siebenbürger zu erobern."

Als Hauptgang servierten Kathi und Mitzi eine knusprig gebratene Gans mit Kartoffelknödel, dazu Wurzelsalat aus Karotten.

Gottlob Berger genoß das Essen: „Sie sind eine hervorragende Köchin", wandte er sich an Theresia.

Die Blicke Kathis und Wolfs begegneten einander.

Maria Berger schloß sich der Meinung ihres Mannes an, die böhmische Küche sei unübertroffen.

Wolf hoffte darauf, mit Kathi alleine sein zu können.

Nach dem Essen zogen sich Gottlob Berger und Wenzel Hondl in die Wohnstube zurück. Wenzel schenkte zwei Stamperl Kartoffelschnaps ein, „Ublachter" genannt, und stieß mit dem Gast auf dessen Gesundheit an.

„Das kann ich gebrauchen", meinte Gottlob Berger. „Seit geraumer Zeit macht mir das Herz zu schaffen. Mein Doktor in München hat festgestellt, es besteht der Verdacht einer Herzmuskelschädigung. Nach dem Kriege müsse ich einmal gründlich überholt werden, sagt er. Bis dahin solle ich mich schonen, samstags und sonntags nicht mehr im Büro arbeiten. Sogar das Reiten hat er mir verboten."

Der Bürgermeister lud Gottlob Berger und seine Frau sogleich nach Bergersdorf ein: „In unserer frischen Luft werden Sie sich schnell erholen. Hier haben Sie Ruhe und können abschalten. Sie können sich entspannen und neue Kräfte sammeln."

Gottlob Berger dankte. Diesem verlockenden Angebot könne er kaum widerstehen.

„Viele Gäste aus der Stadt kommen am Wochenende und in der Ferienzeit nach Bergersdorf", erklärte Wenzel. „Der Direktor des Iglauer Krankenhauses zum Beispiel besitzt hier eine Wohnung. Er hat eine Jagd gepachtet, denn er ist passionierter Jäger."

Gottlob Berger war überrascht. Auch er jage leidenschaftlich. Er fragte nach den Wildbeständen in Böhmen: „Was bietet sich hier außer Hasen zum Jagen an?"

„Sehr viel", antwortete der Bürgermeister. „Bei der hohen Jagd sind das Edel- und Dammwild, bei der Mitteljagd Rehbock, Rehgeiß und Kitzbock außerhalb der Schonzeiten zum Abschuß freigegeben. Hat ein Waidmann Ausdauer, kann er sogar einen Trupp Hirsche beobachten. An Federwild wären Auerhahn, Rackel- und Birkhenne, Haselhuhn, Rebhuhn, Wachtel und Wachtelkönig, Fasan, Trappe, Wasserhuhn, Wildgans, Wildente und Krammetsvogel zu nennen. Nur für den Kiebitz gilt das ganze Jahr über eine gesetzlich vorgeschriebene Schonzeit."

Aus der Küche war das Klappern des Geschirrs zu hören. Die drei Mädchen spülten Töpfe, Teller, Gläser, Schüsseln und Besteck. Mit den Worten: „Ihr braucht mich ja nicht", hatte sich Kathi nach draußen begeben.

Wie zufällig stand Wolf neben ihr.

Sie lächelte ihn an.

Er bat sie um einen Spaziergang.

Die beiden Mütter waren zur Dorfmitte gegangen.

Kathi geleitete Wolf am Lärchenwald vorbei zur Anhöhe.

Oben angekommen, ließ Wolf sich von Kathi die Bauernhäuser und die Gebäude der Kleinbauern, Häusler genannt, zeigen. Beim Weitergehen hätte er gerne ihre Hand berührt.

Kathi erzählte, daß sie die Ausbildung auf dem Lehrhof ihrer Eltern abgeschlossen habe und im Dezember zur Prüfung nach Znaim fahren werde.

Wolf fühlte sich zu ihr hingezogen.

„Gehen wir weiter zum Amperstodl", schlug Kathi vor.

Sie überquerten die Straße nach Deutsch-Schützendorf und gingen den Feldweg hinauf. Kleine Bäume säumten den Weg.

Das Schnattern der Gänse auf dem Weg zum längst umgepflügten Haferfeld war bis hierher zu hören. Ein Hund bellte.

Kathi sagte, der Amperstodl habe seine eigene Geschichte.

Er hätte gerne ihre Hand ergriffen.

„Im fünfzehnten Jahrhundert", erklärte Kathi, „wurde auf der höchsten Bergersdorfer Erhebung eine große vergrabene Glocke gefunden. Die Menschen haben das als Zeichen Gottes zum Bau einer Kirche angesehen. Eines Tages kam ein großer Sturm, und die Glocke war verschwunden. Einige Zeit später wurde diese Glocke mitten in Schlappenz von Schweinen ausgewühlt. An dieser Stelle haben die Schlappenzer dann ihre Kirche errichtet."

Sie waren beim Rondell des Amperstodls angelangt.

Die warmen Sonnenstrahlen luden zum Verweilen, sie lehnten sich an einen Baum. Kathi wies auf das Rondell. „Es ist merkwürdig", sagte sie. „Hier, wo die Glocke gefunden wurde, wächst seitdem nichts. Kein Baum, kein Strauch. Die Grundmauern des Rondells sind bis heute erhalten geblieben. Wir feiern darauf unsere Volksfeste und führen Tänze auf. Ich tanze für mein Leben gern!"

Sie strahlte ihn an.

„Sie auch?" fragte Kathi.

Mutig ergriff er nun ihre Hand: „Darf ich bitten?"

Niemand war zu sehen, sie waren alleine. Nur das aufgeregte Schnattern der Gänse auf der Suche nach verlorenen Körnern war unüberhörbar. Kathi ließ sich von Wolf auf die Tanzfläche führen. Er faßte ihre Taille, nahm ihre Hand und drehte sich mit ihr im Walzerschritt. Sie folgte ihm. Er sah in ihre Augen.

Sie drehten sich immer schneller. Die Baumkronen schienen ineinanderzufliegen. Kathi wurde schwindlig zumute.

„Halt!“ rief sie plötzlich.

Atemlos blieben beide stehen.

Er hielt ihre Hände an seine Brust gepreßt.

Kathi versuchte sich herauszuwinden. „Wie wärs mit einer Polka?“

„Beim nächsten Male“, sagte er. „Wenn ich wiederkomme, dann tanzen wir Polka.“

Er hielt sie fest. „Ich freue mich schon jetzt auf unser Wiedersehen“, sagte Wolf. Gerne hätte er sie geküßt.

„Ich auch“, antwortete Kathi leise.

Er neigte ihr leicht seinen Kopf zu.

„Wann kommen Sie wieder?“

Er zog sie fester an sich. „Bald“, versprach er. „Ich hoffe, es wird bald sein.“ Wolf beugte seinen Kopf tiefer. „Ich könnte Sie immerzu ansehen.“

Kathi errötete.

Er küßte heftig ihre Stirn.

Entschlossen wand sie sich aus seiner Umarmung. „Wir müssen gehen“, forderte sie ihn auf.

Er folgte ihr.

Sie gingen über das Rondell.

Im Sichtschutz der Bäume ergriff er ein letztes Mal ihre Hand. „Sie sind das wunderbarste Mädchen der Welt!“ sagte er. „Ich muß Sie bald wiedersehen!“

Als sie den Wald verlassen hatten, liefen sie lachend die Böschung hinab in Richtung Schulwiese. Aufgeschreckt stoben die Gänse davon.

Der Kaffeetisch war schon gedeckt.

Aller Augen richteten sich auf Kathi und Wolf.

„Kathi“, neckte ihr Vater. „Du hast unserem Gast wohl die halbe Sprachinsel gezeigt?“

Die Mutter hatte Iglauer Bauernflecken aufgetragen.

„Es war nur unser Amperstodl“, gab Kathi fröhlich zurück.

Der Vater bemerkte sofort ihre leuchtenden Augen. Vielsagend schmunzelte er.

Die Mutter schenkte Kaffee aus.

Maria Berger wollte das Rezept der köstlichen Iglauer Bauernflecken erfahren.

Wolf sah zu Kathi hinüber.

„Für zwei Flecken“, erklärte die Mutter, „braucht man fünfhundert Gramm handwarmes griffiges Mehl, fünfzig Gramm Zucker, hundert Gramm Margarine, zwei Eier, ein Päckchen frische Hefe, eine Prise Salz und Milch nach Bedarf.“

Wieder streiften sich die Blicke Kathis und Wolfs.

„Den Teig gut durchkneten und in einer Schüssel aufgehen lassen, bevor er weiterverarbeitet wird“, fuhr die Mutter fort. „Danach wird der Teig rund ausgewalkt und auf ein mit Butter bestrichenes Backblech gelegt.“

Kathi lächelte Wolf zu.

„Für die Füllung nimmt man siebenhundert Gramm Quark, drei Eidotter, Zucker nach Geschmack und Rosinen“, sagte die Mutter. „Die Zutaten gut durchrühren und auf die Teigfläche streichen. Danach die runde Teigfläche an vier Seiten umschlagen und eine dreiviertel Stange geriebenen Lebkuchen auf den Quark geben. Alles noch mal gut aufgehen lassen und backen.“

Wolf hatte sich in Kathi verliebt.

„Ist der Kuchen fertig, wird er an den Rändern und den Umschlägen mit Butter bestrichen. Die Lebkuchenfläche aber bestreut man mit Puderzucker. In der nördlichen Sprachinsel spricht man auch von einem Flozerkauchen.“

Gottlob Berger holte seinen Fotoapparat.

„Bevor wir fahren, wollen wir diesen sehr schönen Tag festhalten“, schlug er vor. Er machte einige Aufnahmen.

Wolf wollte ein Bild von Kathi in ihrer Sonntagstracht machen.

Danach nahm sie den Apparat. „Bitte recht freundlich!“ forderte sie die drei Gäste und ihren Vater auf.

Der Adjutant wartete bereits.

Zum Abschied nahm Wolf Kathis Hand und drückte sie fest. „Auf bald“, sagte er. „Auf bald und bis zum Wiedersehen! Vergessen Sie mich nicht.“

Gottlob Berger war guter Stimmung.

Er versprach dem Bürgermeister, Bergersdorf mit einer besonderen Ehrung auszuzeichnen. „Ich werde mir Gedanken darüber machen und auch mit Emanuel Sladek sprechen, denn ihr Musterdorf hat eine hohe Auszeichnung verdient!“

„Es geht bergauf“, dachte Kathi froh. „Welch ein schöner Tag war heute!“

Später wog sie ab, wie sie sich entscheiden sollte. Sie war unschlüssig. Bis jetzt waren Komplimente und Heiratsanträge junger Männer nichts Neues für sie.

Sie erinnerte sich Jahre zurück: Den ersten Antrag hatte sie mit Fünfzehn erhalten. Er war Musikprofessor in Iglau und nannte sie „Katinka“. Während eines Besuches beim Zahnarzt hatte sie ihn zufällig wiedergetroffen. Er hatte bemerkt, sie sei in die Höhe geschossen. „Katinka, hör' auf zu wachsen! Du wächst mir ja über den Kopf! Du weißt, wenn du sechzehn bist, komme ich nach Bergersdorf, um dich zu heiraten.“

„Kommen Sie nicht!“ hatte sie ihm entgegengeschmettert. „Kommen Sie nicht! Denn ich ziehe nie in die Stadt!“

Einige Zeit später hatte ein Fotograf, der sie in ihrer Tracht für den *Iglauer Heimatkalender* fotografiert hatte, um ihre Hand angehalten. Der Sohn des Wirts warb um sie, und mancher Soldat der Wehrmacht hatte sie beschworen, bis Kriegsende nur auf ihn zu warten.

Unbeirrt hatte sie an Hans festgehalten.

Zum ersten Male war sie innerlich aufgewühlt.

Wolf war zwar etwas jünger als sie, doch plötzlich dachte sie mit Herzklopfen an ihn.

10

In Iglau fand eine schlichte Feier zur Eröffnung des Wintersemesters an der deutschen landwirtschaftlichen Fachschule statt, zu der auch die Eltern eingeladen waren.

Wenzel traf sich mit seinem Bruder Ferdinand, dessen – jetzt einziger – Sohn Franz für die Unterklasse eingeschrieben war. Gemeinsam fuhren sie nach Iglau. Ferdinand, der den Verlust seines Sohnes Hans nicht verwunden hatte, war nun noch schweigsamer. Die täglichen Begegnungen mit seinem Bruder waren ihm wichtiger denn je.

„Komm mit nach Iglau!“ hatte ihn Wenzel ermuntert. „Du mußt unter Menschen! Es hilft nichts, wenn du zu Hause trauerst!“

Zum Wintersemester 1941/42 hatten sich neunundsechzig Schüler an der landwirtschaftlichen Fachschule eingeschrieben.

Wenzi und sein Freund Hans waren jetzt in der Oberklasse. Erwartungsvoll sahen sie auf den Leiter der Schule, Professor Dr. Koblischek, der sie und ihre Eltern herzlich willkommen hieß.

Wenzel und sein Bruder Ferdinand hatten sich zu den anderen Vätern, die ebenfalls Bauern waren, gesellt.

Koblischek begrüßte auch Kreisleiter Letz und den Kreisbauernführer aus Schlappenz. Dieser begann seine Ansprache mit einem Vorspruch, die bäuerliche Gebundenheit der Deutschen sei das Lebensschicksal seines Volkes. Weiter führte er aus:

> „Gleich, wie weit wir die Grenzen einmal hinausstecken; gleich, wie weit einmal die deutschen Schiffe die Ozeane befahren; für den deutschen Menschen bleibt, auch wenn wir das mächtigste Volk der Welt sind, die Pflicht zur Waffe, und in demselben Maße bleibt dem deutschen Menschen die Pflicht zum Pflug."

Aufmerksam hatte Ferdinand die Worte des Kreisbauernführers verfolgt. Noch war sein Sohn Franz zu jung und durch den Besuch der Schule vor einer Einberufung geschützt. Danach würde er Franz seinen Hof überschreiben und Rückstellung für ihn beantragen. Der Leiter der Schule, der auch Kreispropagandaleiter war, sprach jetzt „Worte des Gedenkens für die im Kriege gefallenen Absolventen dieser Anstalt", wie er es formulierte. Nach einem Moment der Stille erklang *Ein junges Volk* und *In den Ostwind hebt die Fahnen.*

Zum Abschluß der Feierstunde rief Koblischek seinen Schülern zu, „daß uns zwei Gesetze Mahnung und allerhöchste Verpflichtung sind: das Gesetz des Blutes und das Gesetz, daß Völker untergehen, die sich vom Acker und von der Scholle lösen. Beide Gesetze sind uns heilig, weil sie die Grundlage nationalsozialistischer Lebensordnung von morgen sind."

Bei der „Führerehrung" vermochte Ferdinand seinen Arm nicht mehr zum „Sieg Heil!" zu heben.

11

Kathi war aus Thüringen zurückgekehrt.

Mit einer Volkstanzgruppe, die aus zwölf Paaren bestand, war sie für zwei Wochen durch den „Gau Thüringen" gereist.

Der Kreisschulungsleiter Stephan, der Organisator dieser Reise, begleitete die Spielschar auch nach Weimar, Jena, Erfurt und Eisenach.

„Es war wundervoll", schwärmte Kathi ihren Eltern vor. „Jeden Abend durften wir in unseren Iglauer Trachten tanzen! Fast fünfzehntausend Menschen haben uns begeistert zugejubelt!"

Vor einiger Zeit hatte der Gau Thüringen die Patenschaft für den Kreis Iglau übernommen. Führende Mitglieder der NSDAP Thüringens waren zu Besuchen eingetroffen. Im Auftrag ihres Gauleiters Fritz Sauckel hatten sie seine Zusicherung überbracht, er werde den Kreis Iglau in jeder Weise unterstützen und demnächst auch nach Iglau kommen.

Nachdem die Patenschaft bekannt geworden war, waren Fotografen nach Iglau gereist. Sie hatten sich nach „schönen Mädels" erkundigt und wurden auf Bergersdorf verwiesen. Am Amperstodl führten die Mädchen und Burschen Volkstänze bei Fiedelbegleitung vor. Die Fotos davon sollten in einer Wanderschau in Thüringen gezeigt werden.

Einem Fotografen fiel Kathi auf. Er bat sie um einen Fototermin für eine Zeitung.

„Kommt gar nicht in Frage!" wehrte Kathi ab.

Verblüfft erklärte der Fotograf, er wolle sie nur in ihrer wundervollen Tracht fotografieren.

„Kommt gar nicht in Frage", wiederholte Kathi. „Ich möchte nicht, daß mein Bild in die Zeitung kommt, damit die Leute sich den Hintern damit abputzen!"

Daraufhin wurde ein Künstler beauftragt, von der „hübschen Bürgermeisterstochter" ein Ölbild für ein Museum zu malen.

Jetzt, Anfang November, hatte die Kreisleitung zu einem „Volkstumsabend" im Stadttheater Iglau aufgerufen, zu dem auch Repräsentanten von Partei und Wehrmacht geladen waren. Die Iglauer Spielschar präsentierte ihr Thüringer Programm mit Schwänken, Gesängen und Volkstänzen. Kathi war voller Freude, noch einmal durfte sie in ihrer Tracht tanzen.

Aus Thüringen zurückgekehrt, hatte sie einen Brief von Wolf erhalten. Seinem Brief lag das Foto von Kathi bei. „Dieses Bild", so hatte er geschrieben, „erinnert mich an den bisher schönsten Tag meines Lebens."

Kathi, die gerne Briefe schrieb, antwortete ihm sofort und berichtete ihm von der Reise durch Thüringen.

Bald darauf kam die Nachricht, Anderl sei gefallen. Kathi war ratlos: „Warum ausgerechnet er?" fragte sie. Es war die zweite Gefallenenmeldung in Bergersdorf. Marie Tondl läutete eine Stunde lang die Sterbeglocke. Obwohl der Gefallene aus Neuhof stammte, wurde am Kriegerdenkmal eine Grabkerze entzündet und ein Bild des Toten aufgestellt. Die Bergersdorfer versammelten sich hier zum stillen Gebet.

12

Hans Hondl war in einer Totenmesse geehrt worden. Zum ersten Male fand in der Schlappenzer Kirche St. Peter und Paul ein Trauergottesdienst für einen Gefallenen aus Bergersdorf statt. An diesem Vormittag läuteten die Glocken lange. Ferdinand saß mit seiner Frau Katharina und seinem Bruder Wenzel mit Theresia in der ersten Bank. Vor dem Altar war ein symbolischer Sarg mit dem Namen des Gefallenen aufgebahrt, Blumen bedeckten ihn.

Im Ersten Weltkrieg waren elf Männer aus Bergersdorf gefallen. War ein Soldat ledig, stellten sich Mädchen in ihren Trachten vor dem Sarg auf. Diese Tradition sollte sich jetzt fortsetzen. Zur Totenmesse Hans Hondls hatten die jungen Mädchen versäumt, in Trachten zu erscheinen. Der tschechische Pfarrer rügte sie und verwies sie in die Bänke. „Beim nächsten Mal seid ihr in Tracht", befahl er.

Heinz Frey war dem Requiem ferngeblieben. Kirchen mied er, nachdem er zum Ortsgruppenleiter der NSDAP ernannt worden war. Bald, so hatte er sich vorgenommen, würde er Ferdinand Hondl aufsuchen.

Einige Wochen nach der Totenmesse für den Gefallenen Hans Hondl tauchte der Ortsgruppenleiter unvermutet bei Ferdinand Hondl zu einem Gespräch unter vier Augen auf.

General Berger und sein Sohn Wolf zu Besuch bei den Hondls.

Er setzte ihn heftig unter Druck, er solle der SS beitreten.

Ferdinand entgegnete, er sei in diesem Jahr fünfzig geworden.

„Die SS ist was für junge Leute", wehrte er ab.

Heinz Frey kam zur Sache: „Das mit Eurer Frau kann ich immer noch anzeigen", drohte er.

Was er damit sagen wolle, fragte Ferdinand.

„Ich will Euch mal aufklären, damit Ihr ganz genau Bescheid wißt", meinte Frey. „Eure Frau hat gegen die bestehenden Kriegsgesetze verstoßen!"

Ferdinand war fassungslos.

„Erstens: Beleidigung des Führers Adolf Hitler! Zweitens: Staatsfeindliches Verhalten! Drittens: Beschimpfung und böswillige Handlung gegen das Reich! Viertens: Wehrkraftzersetzung an der Heimatfront! Fünftens: Verbreitung von Flüsterparolen des Feindes! Sechstens: Verstoß gegen das Heimtückegesetz!"

„Seid Ihr von Sinnen?" fragte Ferdinand. „Das kann doch nicht Euer Ernst sein!"

„Siebtens: Verstoß gegen die Gesetze der Volksgemeinschaft. In dieser schweren Zeit hat sich Eure Frau durch ihre böswillige Handlung gegen die deutsche Volksgemeinschaft gestellt. Sie hat sie verraten und verlassen!"

„Es kann nicht Euer Ernst sein!" wiederholte Ferdinand.

„Ich will Euch nur den Paragraphen zwei, Absatz zwei der Verordnung zur Abwehr heimtückischer Angriffe gegen die Regierung der nationalen Erhebung zitieren: ‚Den öffentlichen Äußerungen stehen nichtöffentliche böswillige Äußerungen gleich, wenn der Täter damit rechnen muß, daß die Äußerung in die Öffentlichkeit dringen werde'!"

„Kein Mensch hat was davon erfahren!" entgegnete Ferdinand fassungslos.

„So sind die Gesetze! In besonders schweren Fällen kann auf die Todesstrafe erkannt werden!" betonte Frey.

„So was ist mit gesundem Menschenverstand doch nicht zu begreifen!" reagierte Ferdinand.

„Seht Euch vor, was Ihr sagt!" drohte der Ortsgruppenleiter. Ferdinand bat um Bedenkzeit.

„Im schlimmsten Fall: Sieben Mal Todesstrafe! Überlegts Euch gut!" mahnte Frey. „In vier Wochen bin ich wieder da!"

Ferdinand begriff, daß er gegen Frey keine Chance hatte.

Der Ortsgruppenleiter wußte, daß er selbst wegen „Nichtverhinderns einer Straftat" und „Unterlassung ihrer sofortigen

Meldung" ebenfalls gegen das „Heimtückegesetz" verstoßen hatte.

13

Der Gesundheitszustand Jaroslav Vomelas hatte sich verschlechtert. Seine Frau durfte ihn im Kreisgericht Iglau jeden Monat einmal besuchen, doch die Dauer der Besuchszeit war auf fünfzehn Minuten begrenzt. Sie brachte ihrem Mann Honig und frische Wäsche. Seine oftmals blutigen Hemden wurden ihr zum Waschen mitgegeben.

Die Geheime Staatspolizei der Außendienststelle Iglau hatte in einem Schreiben an die Staatspolizeileitstelle Brünn für den Häftling Jaroslav Vomela um „Erwirkung eines Schutzhaftantrages beim Reichsicherheitshauptamt Berlin" gebeten. Die Staatspolizeileitstelle Brünn bestätigte am 20. November 1941 in einem Telegramm an die Außendienststelle Iglau, daß die Einweisung des Häftlings Vomela in das Konzentrationslager Auschwitz angeordnet worden sei.

Am 15. Dezember sollte Jaroslav Vomela „der Stapoleitstelle Brünn zwecks Einweisung in ein KL überstellt werden".

Vomela fühlte sich elender denn je zuvor und bat um eine ärztliche Untersuchung. Der Polizeivertragsarzt Dr. Ost teilte in einem Schreiben an die Gestapo seine Diagnose mit:

> „Der Schutzhäftling Vomela, Jaroslav leidet an einer offenen ansteckungsfähigen Lungentuberkulose (Blutiger Auswurf). Der Zustand hat sich in den letzten Tagen wesentlich verschlimmert, so daß nunmehr Haftunfähigkeit eingetreten ist."

Am 13. Dezember wurde Vomela aufgrund der „Ansteckungsgefahr" aus dem Polizeigefängnis Iglau entlassen.

Der Haftunfähigkeitserklärung war ein handschriftlicher Vermerk beigefügt, der besagte: „Dr. Ost befristet die Lebensdauer des V. höchstens noch auf ein Viertel Jahr."

14

Der St.-Stephanus-Tag, der 28. Dezember, sollte das Leben der beiden Mägde Kathi und Mitzi verändern.

In Iglau war für den Nachmittag der Film *Schloß Hubertus*, mit Paul Hörbiger in der Hauptrolle, angekündigt.

Die beiden Mägde hatten frei und wollten zum Kinobesuch nach Iglau fahren. Maria hatte ihnen vorgeschrieben, was sie anzuziehen hätten: „Den karierten Rock und die blaue Bluse. Darüber den Mantel mit Pelzbesatz und Hut. Das steht euch am besten, keine Widerrede!". Sie sorgte dafür, daß Kathi und Mitzi rechtzeitig den Zug erreichten.

Er rollte in den Iglauer Bahnhof ein und kam dampfend zum Stehen. Die Türen öffneten sich, Kathi und Mitzi stiegen aus.

Unvermutet standen zwei Soldaten vor ihnen: „Wir begrüßen euch", sagten sie in österreichischem Dialekt.

Erstaunt sahen die Mädchen einander an.

„Wir freuen uns, daß ihr gekommen seid!"

Kathi und Mitzi waren fassungslos.

„Und es ist schön, daß ihr mit uns ins Kino wollt!"

Überrascht blickten die Mädchen die beiden hübschen Fremden an.

„*Schloß Hubertus* wollten wir auch anschauen, also gehen wir zusammen ins Kino!"

Kathi und Mitzi zögerten.

Die Soldaten waren irritiert: „Ihr habt uns doch geschrieben?" fragten sie.

Kathi und Mitzi verneinten.

Einer der Soldaten zog eine Postkarte hervor und gab sie den beiden zu lesen: „Zwei Mädchen vom Land freuen sich auf den Kinobesuch *Schloß Hubertus* in Iglau am 28. Dezember 1941. Bitte am Bahnhof Iglau, Bahnsteig 1, um vierzehn Uhr, Kathi und Mitzi, karierter Rock, Mantel mit Pelzbesatz und Hut, abholen."

Die Karte trug Marias Handschrift.

Kathi und Mitzi prusteten vor Lachen los: „Maria hat uns den Streich gespielt, na warte, wenn wir heimkommen!"

Sie ließen sich von den Soldaten in die Innenstadt begleiten.

Die beiden hießen Hans und Peter und kamen aus Niederösterreich. Seit Sommer waren sie in der Iglauer „Badener Kaserne" stationiert

Auf dem Adolf-Hitler-Platz stand ein prächtiger Weihnachtsbaum, rundum geschmückt mit Lichtern. Einer der Soldaten besaß einen Fotoapparat und bat die Mädchen nun zu einem Foto. Gutgelaunt stellten sie sich vor der Tanne auf.

An dieser Stelle hatte am vergangenen Sonntag die Volks-Weihnachtsfeier der NSDAP stattgefunden. Tausende von Menschen waren dem Aufruf zu dieser Feier nachgekommen, die unter dem Motto stand:

„Die Dreiheit – Führer, Gemeinschaft, Reich."

Mit Fanfarenklängen der HJ vom Turm der St.-Jakob-Kirche herab wurde die Weihnachtsfeier eingeleitet. Zwölf Hitlerjungen mit brennenden Fackeln umstanden den Baum. Eine Fackel nach der anderen wurde gelöscht, sie symbolisierten die vergangenen zwölf Monate. Dabei wurde der „Toten des Volkes" gedacht, die „gestorben sind, damit Deutschland lebe", wie es hieß. Danach wurden die Fackeln wieder entzündet, als Symbol dafür, daß „die Helden des deutschen Volkes nicht tot sind, sondern weiterleben in der Gemeinschaft des Volkes". Ergriffen verfolgten die Umstehenden die Ansprache des Kreisleiters Letz. „Diese Stunde ist eine Feierstunde der Gemeinschaft", begann er seine Rede, und abschließend hatte er gesagt:

> „In dieser Stunde, da wir um den Lichterbaum versammelt sind, weilen unsere Gedanken bei denen, die ihr Leben gaben, damit Deutschland leben kann. Wir nehmen von dieser Weihnachtsstunde das Gefühl mit nach Hause, daß unser Volk, daß Deutschland eine einzige große Familie ist und daß von dieser Volksweihnacht ein Licht symbolhaft in alle deutschen Familien hineingetragen wird: das Licht der Gemeinschaft. Diese Gemeinschaft hat uns das Schicksal durch einen Mann geschenkt, der Deutschland enger zusammengefügt hat und dem unsere Herzen heute laut entgegenschlagen. An ihn und seine Soldaten gedenken wir in dieser Weihestunde!"

Nach seinen Worten hatten viele Tränen der Rührung in den Augen. Gedämpft und feierlich war ein dreifaches „Sieg Heil!" erklungen. Fanfarenklänge der HJ bildeten den Abschluß dieser Feierstunde.

Jetzt strahlten die Mädchen in die Kamera.

Kathi fühlte sich gleich zu Peter, dem Fotografen, hingezogen, obwohl sie einen Brieffreund an der Ostfront hatte. Hans hängte sich für ein Foto bei den Mädchen ein. Er hatte sich in Mitzi verliebt. Als die Mädchen später auf den Zug nach Bergersdorf warteten, luden sie die beiden Soldaten für den nächsten Sonntag zum Essen ein.

Zu Hause angekommen, erzählten sie von ihrem Erlebnis in Iglau. Die Mutter lobte sie: „Mädels, das habt ihr richtig gemacht, die Soldaten einzuladen! Die Maria soll am Sonntag die Soldaten bewirten, dann merkt sie, was sie von ihrem Streich hat, denen eine Karte zu schreiben!"

Maria mußte gestehen, wie es dazu gekommen war: Beim Zahnarzt sei sie gewesen. Aus Langeweile habe sie im Wartezimmer eine Karte „An zwei unbekannte Soldaten in Iglau" geschrieben und sie in der Badener Kaserne abgegeben. In der folgenden Woche habe sie den Postboten täglich abgepaßt, bis er die erhoffte Antwort brachte. Daraufhin habe sie jene Karte geschrieben, die Hans und Peter den Mädchen gezeigt hatten.

15

Wieder war der Winter kalt.

Aufgrund des Kohlemangels konnte die Glasfabrik in Deutsch-Schützendorf[12] ihre zugesagten Lieferungen nicht einhalten. Schulen blieben geschlossen, in Iglau freuten sich die Schüler über verlängerte Weihnachtsferien.

---

[12] 1876 gründete Josef Inwald in Deutsch-Schützendorf eine Glasschleiferei, die 1908 als Aktiengesellschaft mit Sitz in Wien fungierte. 1911 wurde die Produktion des Betriebes mit ca. vierhundert Beschäftigten wesentlich erweitert und umfaßte alle Stufen der Glasherstellung. Das hochwertige, mundgeblasene und handgeschliffene BOHEMIA Glas wurde weltweit bekannt. Der Prokurist fand beim Untergang der TITANIC den Tod, als er Aufträge in den USA einholen wollte.
In den zwanziger Jahren wurden für die Glasarbeiter Siedlungen errichtet. Die meisten Glasarbeiter waren Mitglieder der kommunistischen Partei. Nach deren Verbot Ende 1938 agierten viele im Untergrund weiter. Während der Protektoratszeit produzierte der Betrieb Periskope für U-Boote und für Panzerfahrzeuge der deutschen Wehrmacht.

Die Schülerinnen der Mädchen-Oberschule wurden aufgefordert, sich während der Ferien an den Arbeiten in den Näh- und Strickstuben der Partei zu beteiligen. Adolf Hitler hatte in einem Appell unter dem Motto: „Hier kann die Heimat helfen", zu einer großen Sammelaktion von Woll- und Wintersachen für die Soldaten an der Ostfront aufgerufen.

„Des Führers Ruf ist uns Befehl!" hatte Kreisleiter Letz dazu verkündet und die „Volksgenossen" aufgefordert: „Gebt reichlich und zeigt, daß Heimat und Front eine siegbewußte Kampfgemeinschaft bilden. Niemand von uns wird den Führer und seine Soldaten enttäuschen. Heil Hitler!"

4173 Frauen und Mädchen aus Iglau und Umgebung waren dem Aufruf gefolgt und verarbeiteten in mehr als fünfundsechzigtausend Stunden über sechshundert Kilogramm Wolle.

In den Wochenschauen wurden Bilder der in eisiger Kälte Wacht stehenden Soldaten „im Kampf für die Heimat und gegen den Bolschewismus" gezeigt.

In Bergersdorf hatte die Handarbeitslehrerin die jungen Mädchen zu einer Sammlung alter Decken aufgefordert. Sie hatte die Mädchen in ihre warme Küche bei Apfelduft und heißem Tee gebeten. Sie war mit dem Kaufmann verheiratet. Noch bis vor gut zwei Jahrzehnten hatten Lehrerinnen für Handarbeit an Volks- und Bürgerschulen im Zölibat gelebt. Im Jahre 1919 hatte es die Nationalversammlung aufgehoben. Die Handarbeitslehrerin leitete die Mädchen an, aus den alten Decken die besten Teile herauszuschneiden und mit Schlingstichen zu einer neuen Decke aneinanderzunähen. Mit Eifer waren die Mädchen bei der Sache, auch Katharina aus dem Hause 38. Das Nähen in der Gemeinschaft und die Gewißheit, einer guten Sache zu dienen, stimmte sie trotz der ernsten Lage froh. Vor einigen Monaten hatte sie sich mit anderen Mädchen an der Sammlung von Birkenblättern, Spitzwegerich und Kamille beteiligt. Jetzt waren die getrockneten Teeblätter und Heilpflanzen in mehreren Säcken zum Abtransport nach Iglau und weiter an die Ostfront verstaut worden.

Unter ihrer Gruppenführerin Maria hatten sich Mädel des BDM zum Stricken zusammengefunden. Maria sah es als ihre christliche Pflicht an, wenigstens durch warme Winterkleidung zum Wohle der Soldaten beizutragen. Auch zu Hause strickte sie jeden Abend. Um zu sparen, zog sie sogar alte Pullover auf und verarbeitete deren Wolle neu. Die Zeit drängte: Bis zum

Sonntag, den 11. Januar, mußten die Spenden an den Sammelstellen abgeliefert sein. Maria hatte ihrem Franz ein Treffen erst für Sonntagabend zugesagt.

Ihre Schwester Kathi nähte. Die Magd Kathi buk in dieser Zeit Kekse und Schmalzgebäck. Backen war ihre Leidenschaft. „Unsere armen Soldaten sollen satt werden“, meinte sie.

Der Vater opferte seinen besten Mantel, er war innen mit Schafspelz gefüttert. Die Mutter reinigte ihn und bürstete den Pelz auf. In die beiden Taschen steckte sie je einen Zettel mit ihrer Anschrift: Bergersdorf 23, Post Schlappenz, Protektorat.

Die Sammlung erbrachte mit über achtundvierzigtausend Kleidungsstücken, Decken und anderen nützlichen Gegenständen das Doppelte des Reichsdurchschnitts. Über zehntausend Paar Socken und Strümpfe waren gestrickt, über tausend Paar Skier gespendet worden. Selbst Grammophonapparate und Schallplatten waren gegen Quittung, die später gegen eine Urkunde eingetauscht werden sollte, gesammelt worden. Im vergangenen Monat hatte es in einem Aufruf dazu geheißen: „Alle Grammophonapparate und Schallplatten wandern zur Front! Auch Deiner muß dabeisein. Damit gibst Du unseren Soldaten ein Stück Heimat!“

„Über diese Sammlung“, so verhieß der *Mährische Grenzbote*, „werden spätere Generationen noch mit Bewunderung und Ehrfurcht sprechen.“

In vier vollen Eisenbahnwaggons rollten die Spenden zur Front.

Der *Mährische Grenzbote* listete die einzelnen Spenden auf und lobte die Opferbereitschaft der Spender in einem Kommentar: „Herzen und Hände der Heimat wurden mobilisiert und haben zu Handlungen geführt, die in der ganzen Völkergeschichte kein Gleichnis haben.“ Der Vater las seiner Familie den letzten Satz dieses Kommentars vor:

> „So hat der Kreis Iglau in entscheidungsreicher Zeit ... beweisen können, daß des Führers rastloses Schaffen, sein leuchtendes Vorbild und die Erziehungsarbeit seiner Partei die stolzesten Früchte getragen haben und daß jeder weitere Befehl von ihm würdig des Heldenkampfes der Front, von der Heimat selbstverständlich, pflichttreu und freudig erfüllt wird.“

Einige Wochen später traf eine Feldpostkarte ein. Der Absender war ein Offizier. Er bedankte sich herzlich für den wärmenden Pelzmantel aus Bergersdorf 23.

Der Vater war verstimmt: „Warum mußte es ein Offizier sein!“ sagte er. „Warum hat nicht ein gewöhnlicher Soldat, so wie ich es mir gewünscht hätte, meinen Mantel bekommen!“

16

Es war wärmer geworden.

Der Schulunterricht, auch in Bergersdorf, begann am 4. März.

Seit diesem Tag war Maria in der Nähe von Bremen auf einem großen Lehrhof beschäftigt. Über die Landfrauenschule Budweis, die sie 1937 besucht hatte, war ihr dieses Praktikum vermittelt worden. Daher hatte sie ihr Amt als BDM-Gruppenführerin abgeben müssen. Es war ihr schwergefallen, denn mit Freude hatte sie die Mädchen zu Handarbeiten, zu Volkstänzen und zu Gesängen angeleitet. Ihre letzte Herausforderung war im vergangenen Oktober gewesen. Aus der Steiermark waren sechsundzwanzig Untergauführerinnen mit ihrer Obergauführerin zu einer Informationsfahrt in die Iglauer Sprachinsel gekommen. Maria hatte einen „Heimnachmittag“ in Bergersdorf organisiert und die Gäste aus der Steiermark in Begleitung der Iglauer Untergauführerin herzlich willkommen geheißen. Sie hatte sie durch das Dorf geführt, ihnen ihren Musterhof gezeigt und sie, unterstützt von der Mutter, bewirtet. Sie hatte diesen Besuch in Bergersdorf, wie es im *Mährischen Grenzboten* hieß, „so fein aufgezogen, daß die Gäste restlos begeistert waren“.

Neue Scharführerin wurde die Magd Mitzi.

Kathi, Kathi und Mitzi übernahmen jetzt auf dem Hof Marias Arbeit. Die Mutter half ihnen. Bald sollten Arbeitsmaiden aus dem Reich und der Ostmark nach Bergersdorf kommen, dann würde es besser werden.

Kathi und Mitzi waren mit den beiden Soldaten aus der „Ostmark“ fest befreundet. Sonntagnachmittag trafen sie sich mit ihnen in Iglau. Wieder lief im Reform-Kino ein Film mit Paul

Hörbiger *Wir bitten zum Tanz – Ein echtes Wiener Lustspiel* mit Hans Moser und Elfie Meierhofer, den sie gemeinsam besuchten. Kathi sah im Deutschen Volkskino den Film *Tip auf Amalia – Wer lacht, hat mehr vom Leben!* mit Trude Hesterberg, Olly Holzmann und Jaspar von Oerzten. Im Adria-Kino lief der tschechische Film *Frau Moral schreitet durch die Stadt.* Im Reformkino wurden in Jugendvorstellungen der Großfilm *Kampfgeschwader Lützow* und *Ein ganzer Kerl* vorgeführt. Der letzte Wehrmachtsbericht hatte „Erfolge an allen Fronten" gemeldet!

„Die Wehrmachtsberichte über Erfolge an allen Fronten machen mich zunehmend mißtrauisch", sagte der Vater zu seiner Familie. „Ich kann es nicht beweisen, aber sie stehen im Widerspruch zu den Vorschriften und Verboten, die uns mehr und mehr gemacht werden!"

In seiner Neujahrsbotschaft hatte der Kreisleiter verkündet: „Wir stürmen dem Endsieg entgegen!"

„Wenn der Sieg so nahe ist, warum wird immer mehr verboten?" fragte der Vater.

Jetzt war auch das Tanzverbot verschärft worden, dennoch blieb Kathi zuversichtlich: „Man muß nicht alles so ernst sehen", meinte sie.

Der Vater ermahnte sie. „Hör zu, Kathi, was ich dir aus dem *Grenzboten* vorlese: ‚Wer Nahrungsmittel an Kleintiere verfüttert, hilft dem Feinde. Seit neuestem ist sogar das Anstehen vor Süßwarengeschäften und Zuckerbäckereien in Iglau verboten.' Sieh dich vor, wenn du in Iglau bist, denn wenn auch nur eine einzige Person vor der Eingangstür des Zuckerbäckers steht, ist er verpflichtet, sein Geschäft für diesen Tag zu schließen."

Kurze Zeit später entnahm er einer Ausgabe des *Mährischen Grenzboten*, daß Reisende, die die Reichsbahn zum Vergnügen benutzten, mit Strafe rechnen müßten. Bei schweren Verstößen werde Überführung in ein Konzentrationslager angeordnet. In Zeitungsannoncen hieß es: „Erst siegen – dann reisen! Denke daran: Räder müssen rollen für den Sieg!"

In einer Zeitungsnotiz wurde darauf hingewiesen, daß „Juden ihre Wäsche nicht mehr in Wäschereien geben dürfen".

*

Es war die Zeit um Ostern 1942.

In Polna wurden die Kirchenglocken zum Abtransport in das Altreich abgenommen: Fünf Glocken von der Dekanatskirche St. Maria, drei von der Kirche St. Barbara und zwei von der Spitalkirche. Die insgesamt zehn Kirchenglocken wurden nach Hamburg transportiert und dort auf Abruf gelagert. Sie sollten in Peenemünde für die Produktion der V-Waffen, V 1 und V 2, eingeschmolzen werden.

17

Jaroslav Vomela ging es von Tag zu Tag schlechter. Er fühlte sich zum Sterben elend und wurde in das Allgemeine öffentliche Krankenhaus Deutsch-Brod eingeliefert. Die Geheime Staatspolizei der Staatspolizeileitstelle Brünn sandte der Außenstelle Iglau ein Telegramm:

> „V., GEGEN DEN VOM RSHA AM 12. 11. 41 SCHUTZHAFT UND EINWEISUNG IN DAS KL. AUSCHWITZ ANGEORDNET UND DER VON DORT AM 13. 12. 41 WEGEN ANSTEKKUNGSGEFAHR (OFFENE LUNGENTUBERKULOSE) ENTLASSEN WURDE, HÄTTE IN EINER GESCHLOSSENEN LUNGENHEILANSTALT AUF EIGENE ODER LANDESKOSTEN UNTERGEBRACHT WERDEN MÜSSEN. ES IST VORSORGE ZU TREFFEN, DASS V. BEI BESSERUNG DES GESUNDHEITSZUSTANDES ERNEUT FESTGENOMMEN WIRD. BIS ZUM 1. 4. 42 ERSUCHE ICH UM WEITEREN BERICHT.
> STL. BRÜNN – ROEM 2 D-8590/41 I. A. GEZ. KOSLOWSKI“

Franziska Vomela besuchte ihren Mann regelmäßig im Krankenhaus. Sie brachte ihm Honig und Heilpflanzen. Sie war besorgt um ihn und bemühte sich, sein Leben zu erleichtern. Vielleicht hätte es ihr sogar gelingen können, sein Leben zu verlängern. An sein Krankenbett kamen auch tschechische Freunde der Familie.

Die Gestapo Iglau richtete an das Deutsch-Broder Krankenhaus wiederholt Anfragen nach dem Gesundheitszustand und der Transportfähigkeit von Jaroslav Vomela. Das Krankenhaus in Deutsch-Brod teilte in einem Schreiben der Gestapo Iglau mit, daß „mit einer Besserung des Gesundheitszustandes des Obengenannten nicht mehr zu rechnen sein dürfte".

Am 14. April wurde die Schutzhaft gegen Jaroslav Vomela aufgehoben.

18

Bergersdorf erwartete hohen Besuch. Ein junger Feldwebel war mit dem Ritterkreuz ausgezeichnet worden. Die Gauleitung Niederdonau hatte entschieden, den jungen Feldwebel in einigen auserwählten Orten, an erster Stelle Bergersdorf, zu präsentieren. Gauleiter Jury sollte ihn begleiten.

Die Magd Kathi hatte ihrem Peter nach Iglau geschrieben: „Am Sonntag kommen hohe Herrschaften nach Bergersdorf. Beim Amperstodl ist ein großes Fest. Treffen große Vorbereitungen. Bitte komme mit Fotoapparat. Deine Käthe."

Am Sonntagnachmittag war es soweit: Am Ortsausgang, Richtung Bosowitz, hatten sich der Bürgermeister, der Ortsgruppenleiter und die Lehrerin für Handarbeit zum Empfang der Gäste aufgestellt. Vor ihnen warteten ein Jungmädel mit langen blonden Zöpfen und zwei Pimpfe der HJ mit Blumen. Sie sollten ein Gedicht aufsagen.

Endlich fuhr der schwarze Mercedes mit der Nummer Nd-1 vor. In guter Stimmung nahm der Gauleiter die Blumen in Empfang.

In seiner Begleitung befanden sich die Gaufrauenschaftsleiterin, die Kreisfrauenschaftsleiterin, Kreisleiter Letz sowie dessen Vorgänger auf Heimaturlaub von der Ostfront. Ein großer Stab ranghoher Offiziere begleiteten Jury. „Wie schön ist es, einmal in Bergersdorf zu sein", wandte er sich an den Bürgermeister, der sich für diesen Anlaß in seine SS-Uniform hineingezwängt hatte.

Peter, der Fotograf, hielt die Begrüßung und den Einzug in das Dorf auf Bildern fest. Längs der Straße waren Masten mit Hakenkreuzflaggen aufgestellt. Auch von den Häusergiebeln herab flatterten Fahnen. Dem Zug folgten die jungen Bergersdorfer

Mädchen in ihrer Iglauer Tracht. Gleich würden sie beim Amperstodl den Volkstanz Hatscho vorführen.

Dort hatten sich die Maiden des Reichsarbeitsdienstes, die jetzt hier eingesetzt waren, in einem großen Halbkreis aufgestellt. Weißgedeckte Tische waren für die Ehrengäste reserviert. Die Mädels des BDM hatten am Vormittag den Platz gesäubert und die Tische mit Blumengebinden geschmückt. Die Schülerinnen der Haushaltungsschule Iglau bildeten ebenfalls einen Halbkreis. Sie trugen selbstgenähte halblange weiße Halbschürzen mit Hohlsaumstickerei. Die Alten saßen erwartungsvoll auf den Bänken, die jungen Burschen standen dahinter. Alle warteten auf den Einzug der Gäste.

Wenzi war lieber zu Hause geblieben. Er war jetzt achtzehn Jahre alt. Vor einigen Wochen war das Maidenlager oberhalb von Bergersdorf, nach Bosowitz hin, errichtet worden. Wenzi hatte wie die anderen Burschen auch die Ankunft der Arbeitsmaiden kaum erwarten können.

Endlich war der Zug beim Amperstodl angelangt. Der Gauleiter durchschritt gutgelaunt grüßend den Kreis. Ihm folgten die Gaufrauenschaftsleiterin mit strahlendem Lächeln und die Kreisfrauenschaftsleiterin. In einem Weihnachtsartikel der Kreisfrauenschaftsleitung Iglau hatte sie geschrieben: „Der Führer nahm nur, was schon immer ihm gehörte – Unser Herz!"

Hakenkreuzflaggen waren an den Bäumen ringsum in gleichen Abständen angebracht, die Ehrengäste hatten an den Tischen Platz genommen. Der Gauleiter richtete in seiner Ansprache Dankesworte an den Bürgermeister als Gastgeber dieser Festveranstaltung. Es sei selbstverständlich, in dieser vorbildlich geführten Gemeinde einen jungen Ritterkreuzträger vorzustellen.

Unter den Zuhörern, bei den Musikern am Ehrentisch, war auch Ferdinand Hondl in seiner SS-Uniform. Um seine Frau zu retten, hatte er dem Drängen des Ortsgruppenleiters nachgegeben und war Mitglied der Allgemeinen SS geworden. Dieser Schritt war ihm als streng gläubigem Katholiken sehr schwer gefallen. Weshalb er der SS beigetreten war, hatte er nicht einmal seiner Frau Katharina gestanden.

Der Gauleiter sprach jetzt über das Attentat auf SS-Obergruppenführer Heydrich: „Am vergangenen Mittwochnachmittag erfaßte uns Deutsche lähmendes Entsetzen", begann er. „In Ausübung seiner Pflicht ist der SS-Obergruppenführer in Prag von feiger Mörderhand verletzt worden! Gerade Reinhard Heydrich ist ein leuchtendes Vorbild für alle Zeiten: Seit seinem Amtsantritt hat der Stellvertretende Reichsprotektor für die soziale Wohlfahrt aller ehrlich arbeitenden Schichten Böhmens und Mährens Sorge getragen. Er hat dreitausend deutschen Rüstungsarbeitern und -arbeiterinnen kostenlosen Erholungsurlaub ermöglicht. Er hat für ehrlich arbeitende tschechische Arbeiter und Arbeiterinnen Kurheime errichten lassen. Dieser feige Angriff auf ihn bestürzt uns daher um so mehr. Das deutsche Volk verurteilt nicht nur diese Tat, es weiß auch, wo die Schuldigen stehen. Der Arm der deutschen Gerechtigkeit wird sie finden und sie der gerechten Strafe zuführen."

Betroffenheit lag auf den Gesichtern. Der Bürgermeister war entsetzt gewesen, nachdem er von dem Anschlag erfahren hatte. „Wie kann man nur auf Heydrich ein Attentat verüben!" war seine erste Reaktion. „Das wird schlimme Folgen für die Tschechen haben!" hatte er vorausschauend gesagt. „Es wird auch Unschuldige treffen und die Gräben zwischen uns noch mehr vertiefen!"

Sofort war eine Großfahndung im gesamten Protektoratsgebiet angelaufen. Bergersdorf blieb davon verschont: „In dem Dorf mit den meisten SS-Männern haben Feinde des Reiches keine Chance!" hatte es geheißen.

In Iglau war am vergangenen Donnerstag eine Protestkundgebung der Werktätigen angekündigt worden. Viertausend Menschen waren dem Aufruf gefolgt. Auf Transparenten hatten sie ihre Meinung öffentlich gemacht: „Es lebe Heydrich!" „Führer, greif durch!" und „Beneš soll kommen, daß wir ihn hängen!" Kreisleiter Letz hatte vom Balkon des Deutschen Hauses herab eine kurze Rede gehalten, in der er „diese Wahnsinnstat verhetzter Elemente" verurteilte. „Drei Jahre", so führte er weiter aus, „leben die Deutschen Iglaus nun friedlich neben den Iglauer Tschechen. Während dieser drei Jahre ist keinem einzigen Tschechen auch nur ein Haar gekrümmt oder er in seiner Tätigkeit und friedlichem Erwerbsleben behindert worden. Im Gegenteil! Die deutsche Ordnung und die deutsche Gewissenhaftigkeit hat auch dem letzten Tschechen Arbeit und Brot gegeben." Zum Abschluß seiner Rede hatte Kreisleiter Letz bekräftigt: „Wir wissen, daß es einmal in der Geschichte eine Tschechoslowakische Republik gegeben hat, es aber nie mehr eine solche geben wird."

Am selben Tage hatte auch der „Tschechische Bezirksverband für die Mitarbeit mit den Deutschen in Iglau" zu einer Manifestationskundgebung der tschechischen Bevölkerung aufgerufen.

Ein Gerücht, jeder zehnte Tscheche werde für Heydrich erschossen, hatte Bestürzung ausgelöst. „Sollen wir jetzt abzählen?" war eine Reaktion. Ein tschechischer Bauer aus Ranzern hatte ausgesprochen, was viele dachten: „Ich hab doch nichts getan! Ich hab Familie! Wir waren doch immer gut zu den Deutschen!"

Eine Woche später erlag Reinhard Heydrich in einem Prager Krankenhaus seinen Verletzungen. Nach einem Staatsakt in der neuen Reichskanzlei Berlin wurde Reinhard Heydrich am 7. Juni 1942 auf dem Invalidenfriedhof Berlin mit höchsten militärischen Ehren beigesetzt. Im gesamten Reich und im Protektorat hingen die Fahnen auf halbmast, auch in Bergersdorf.

19

Am 8. Juni wurde Jaroaslav Vomela nach Bergersdorf zurücktransportiert. Das Deutsch-Broder Krankenhaus hatte zu seiner Genesung nicht mehr beitragen können. Seine Lage war aussichtslos. Franziska Vomela hatte darum ersucht, ihren Mann zum Sterben in die Mühle zurückzubekommen.

Jaroslav Vomela war geschwächt. Er konnte weder gehen noch sprechen. Franziska hatte in der Küche ein Krankenlager für ihren Mann errichtet, um ihn bei seinen Hustenanfällen aufzurichten. Sie suchte nach jeder Möglichkeit, um sein Leben zu erleichtern und zu verlängern. Die Kinder Jaroslav und Luise standen der Mutter bei.

Am 12. Juni 1942 starb Jaroslav Vomela. Auf dem Friedhof Přibyslav fand er seine letzte Ruhestätte. Zu seiner Beisetzung waren befreundete tschechische Nachbarn aus Bergersdorf gekommen.

Marie Tondl läutete eine Stunde lang die Sterbeglocke.

In einem Vermerk der Gendarmerie hieß es am 3. Juli:

„V. ist nach Mitteilung des Gendarmeriepostens Deutsch-Schützendorf am 12. 6. 1942 verstorben. Der Vorgang ist damit abgeschlossen."

Das Radiogerät der Marke Philips, das nur mit Batterieanschluß verwendet werden konnte, sowie der separate Lautsprecher blieben unter der Nummer 28 weiterhin in Verwahrung der Gestapo-Dienststelle Iglau.

20

Wenzi wollte zur Wehrmacht.

Er hatte erfahren, daß in Iglau am nächsten Sonntagvormittag Musterung sei. Es war ein heißer Sommertag, als er sich mit seinem Freund Hans nach Iglau aufmachte. Beide waren voller Erwartung. Die Landwirtschaftsschule hatten sie erfolgreich abgeschlossen, Wenzi als Klassenbester. Daher war er dazu ausersehen worden, bei der Schulabschlußfeier eine Rede zu halten, in der er dem Schulleiter und den Lehrern für ihre „unverdrossene Mühewaltung im Schuljahr 1941/42" gedankt hatte.

Auf dem Weg nach Iglau erinnerten sich Wenzi und Hans an die gemeinsame Schulzeit. Der Leiter der Schule, Professor Koblischek, war als Lehrer sehr beliebt gewesen.

Jetzt war er vorübergehend als Ausbilder zum „Osteinsatz" abkommandiert worden.

Als Kreispropagandaleiter der NSDAP war Koblischek jedoch wegen seiner Strenge gefürchtet. Einmal hatte er während der Unterrichtsstunde gefragt: „Wer von euch hat *Mein Kampf* gelesen?"

Zwei Hände waren hochgeschnellt.

„Sind das alle? Von dreißig Schülern melden sich nur zwei?"

Wütend hatte er mit der Faust auf den Tisch gehauen und gebrüllt: „Das ist das Evangelium der Deutschen!"

Im vergangenen Frühjahr hatte er die Schüler in einen Raum befohlen. In den nächsten Stunden – sie bekämen auch eine Mahlzeit – sollten sie einen Aufsatz zum Thema: „Warum ich Mitglied der NSDAP werden will", schreiben.

„Ich will doch gar nicht Mitglied werden“, dachte Wenzi. „Der will nur herausfinden, ob wir die richtige Einstellung haben.“

Später hatte der Schulleiter Wenzi zur Seite genommen: „Das muß ich dir mal sagen: Du hast keine nationalsozialistische Einstellung im Sinne unseres Führers!“ rügte er. „Du bist Klassenbester und hast in deinem Aufsatz alles falsch gemacht! Nicht ein einziges Mal hast du den Führer erwähnt! In deinem Aufsatz hätte der Führer vorkommen müssen!“

Trotzig hatte Wenzi seine Schultern hochgezogen.

„Du hast alles in der dritten Person geschrieben, was soll denn das! Ich wollte von dir wissen, warum *du* Mitglied der NSDAP werden willst! Hast du jetzt endlich *Mein Kampf* gelesen?“

„Nein!“ war Wenzis Antwort.

„Ich bin sehr enttäuscht von dir, sehr enttäuscht!“ hatte sich Koblischek erregt. „Geh jetzt!“

In Iglau angekommen, steuerten Wenzi und Hans dem Gebäude zu, in dem die Musterung stattfinden sollte. Sie wurden in einen Raum im Erdgeschoß zur Hofseite befohlen. Die Tür zum Flur stand offen, sie mußten warten. Plötzlich brüllte im Treppenhaus von oben eine männliche Stimme: „Waffen-SS!“ Jetzt begriffen sie, daß sie ungewollt in ein „Sturmlokal“ zur Musterung für die Waffen-SS geraten waren.

„Niemals zur Waffen-SS!“ schoß es beiden durch den Kopf. „Die ist nicht unsere Sache! Wir müssen hier raus!“

Sie sahen sich um.

„Was machen wir? Wenn wir rausgehen, fallen wir auf! Wir werden gesehen!“

Fieberhaft suchten sie nach einem Ausweg.

„Das Fenster! Es bleibt nur das Fenster!“ flüsterte Hans. „Schnell, bevor einer kommt, zieh’ die Tür zu!“

Leise schloß Wenzi die Tür.

„Nichts wie raus!“

Sie öffneten das Fenster, stiegen auf die Fensterbank und sprangen mit einem kräftigen Satz nach unten.

Unbemerkt konnten sie entkommen.

Polna, Ostern 1942: Abseilen der Glocken vom Turm der Dekanatskirche St. Maria.

21

Mit den Arbeitsmaiden kam Leben nach Bergersdorf.

Die jungen Männer diskutierten heftig darüber, ob sie bei den vier Holzbaracken, von der Lagerführung unbemerkt, fensterln könnten. Die jungen Mädchen aus Bergersdorf bewunderten die fröhlichen und unbeschwerten Arbeitsmaiden. Den Bauern waren die herzerfrischenden Mädchen, die im Rhythmus von sechs Wochen reihum eingesetzt werden sollten, sehr willkommen.

Bevor sie zum Arbeitseinsatz eingeteilt wurden, erhielten die Maiden eine vierzehntägige Grundschulung, danach wurden sie feierlich vereidigt.

Die sechzig Arbeitsmaiden des Reichsarbeitsdienst-Lagers 10 1241 Bergersdorf freuten sich auf die Vereidigung an einem Sonntagmorgen. Nach dem Ordnungsdienst im Lager traten sie um neun Uhr unter der Fahne in einem Kreis zusammen. Gemeinsam sangen sie: *„Grüßet die Fahnen, grüßet die Zeichen, grüßet den Führer, der sie schuf".* Anschließend wurde die Fahne aufgezogen. Die Lagerführerin wies in einer Ansprache auf die Bedeutung des Versprechens hin, das die Maiden jetzt ablegen sollten. „Dieser Eid", so führte sie aus, „verpflichtet die Arbeitsmaiden nicht nur während der Zeit, in der sie dem Reichsarbeitsdienst angehören, sondern darüber hinaus für ihr ganzes Leben zu Treue und Gehorsam unserem Führer und unserem Volk gegenüber. Die Einhaltung dieses Eides verlangt die Zurückstellung der eigenen Person und die Einordnung in eine große Gemeinschaft!"

Danach wurde jede Arbeitsmaid zum Eid aufgerufen. Als Zeichen ihrer endgültigen Zugehörigkeit zum Reichsarbeitsdienst wurde ihr eine Nadel angesteckt. Mit dem Lied *Gott segne die Arbeit und unser Beginnen* und einem „Sieg Heil!" auf Adolf Hitler wurde die feierliche Vereidigung beendet.

Die erste Arbeitsmaid bei Wenzel Hondl hieß Hertha. Sie stammte aus Apolda in Thüringen. Jeden Morgen kam sie pünktlich zum Arbeitseinsatz. Mit Kathi Hondl verstand sie sich sofort. „Was hab ich mit euch Glück gehabt", sagte sie zu ihr. Kathi gab lachend zurück: „Was haben wir mit dir Glück gehabt!" Begeistert schrieb Hertha nach Hause:

„Liebe Eltern!
Ihr könnt Euch gar nicht vorstellen, wie einmalig schön Bergersdorf ist. Das Leben ist hier ruhig und friedlich. Vom Krieg merken wir nichts. Ich habe Glück gehabt, daß ich zur Familie Hondl kam. Die Bäuerin strahlt so viel Wärme aus. Der Bauer, Herr Hondl, ist ein ganz besonderer Mensch. Die Tochter Kathi ist fast so alt wie ich und meine beste Freundin geworden. Wir waren auch schon im Iglauer Kino und haben den Film *Das andere Ich*, eine Komödie mit Hilde Krahl, gesehen. Jeden Abend müssen wir Maiden aber wieder beim Lager antreten, um die Fahne einzuziehen. Ich würde am liebsten immer bei Familie Hondl arbeiten. Wie geht es Euch? Es grüßt Euch herzlich

Eure Hertha."

Hertha war beliebt, sie war tüchtig und fleißig. Theresia mochte sie sehr. Sie lieh ihr ihre Tracht, und Hertha ließ sich stolz darin fotografieren. Die Arbeitsmaiden waren zu einer Bereicherung für das Dorf geworden. Die Alten sahen den Maiden in deren Freistunden bei Ballspielen zu und lauschten am Abend ihren Gesängen aus dem Lager. Die jungen Männer stellten fest, daß in Uniform und mit Kopfbedeckung ihre Chancen beim Fensterln größer waren.

22

Endlich hatte Peter, der Soldat aus Iglau, die Bilder vom 31. Mai mit dem Gauleiter geschickt. Alle hatten gespannt darauf gewartet und betrachteten nun die Fotos in der Wohnküche. Mitzi antwortete Peter noch am selben Abend:

Bergersdorf, am 8. 7. 1942

Lieber Peter!
Recht herzlichen Dank für Deinen Brief. Besonderen Dank für die Bilder. Wie geht es Dir, bist schon von dem schweren Sonntagsdienst erholt? Mit unserem Heumachen geht es schnell vom Fleck, bloß so warm sollt' es

nicht sein. Gestern wurde Heu heimgeführt, kannst Dir gar nicht die Hitze am Heuboden vorstellen. Du, das war ein Schwitzbad! Dafür gibt es jeden Tag ein Erfrischungsbad im Weiher. Unser Bauer sagte uns schon wieder, wir wären eine Art von Wasserratten. Vorige Woche war auch in Bergersdorf Kino, es wurde *Brüderlein fein* gespielt. Morgen kommt der Landesvizepräsident Schwabe nach Bergersdorf. Auf dieses hohe Vieh bin ich aber wieder neugierig. Hätte Dir noch vieles zu schreiben, aber beim elektrischen Licht ist etwas kaputt, und bei einer Taschenlampe ist das Schreiben für mich verdrießlich! Die beiden Kathis lassen Dich auch grüßen. Es grüßt Dich recht herzlich

Mitzi.

PS: Am 12. Juli bin ich mit meinen Mädels in Iglau beim Bannsportfest!

Zum „Bannsportfest der Iglauer HJ“ waren bei glühender Hitze Tausende von Zuschauern, auch die Arbeitsmaiden aus Bergersdorf, gekommen.

„Bei euch“, sagte Hertha zu Kathi, „ist immer was los!“

In guter Stimmung war sie an diesem Sonntag mit den Maiden nach Iglau gefahren, um den Marsch der Turnerinnen und Turner durch Iglau zum Sportplatz des DFC mitzuerleben.

Dort hatte Kreisleiter Letz mit seinen Mitarbeitern auf der Tribüne Stellung genommen. Die Fahnenträger zogen ein und stellten sich in gleichen Abständen rings um den großen Platz auf. Den Fahnenträgern folgten die Einheiten der HJ und des BDM, Mitzi war mit ihren Mädels dabei.

Sie hatte vor sechs Wochen am Reichssportwettkampf der HJ in Iglau teilgenommen. Nach den zweitägigen Wettkämpfen fand eine beeindruckende Siegerehrung in Anwesenheit der Eltern statt. Der Bannführer rief in seiner Rede zu noch größeren Leistungen auf, da dieses „Reichssportfest im dritten Kriegsjahr einzig und allein den tapferen Soldaten zu danken ist, die am besten wissen, was es heißt, einen harten Körper zu haben“.

Sechs Wochen später hielt der Bannführer wieder eine kurze Ansprache zur Eröffnung des Bannsportfestes der Iglauer HJ, das ein „Bekenntnis zu der Tradition der weihevollen Turnfeste von einst und ein Hochhalten des ihnen innewohnenden

Kampfgeistes" geworden sei. Nach diesen Worten gingen die HJ-Fahnen hoch, die Auftritte der HJ, des BDM, der Pimpfe und der Jungmädel wurden angekündigt. Ihnen folgten waghalsige Vorführungen der Motorrad-HJ und „lustige Kriegsspiele", wie es geheißen hatte, der Pimpfe mit Panzergeschützattrappen und Panzerwagen.

Anschließend traten Volkstanzpaare bei Fiedelbegleitung auf.

Das Bannsportfest schloß bei niedergehender Sonne mit der Ansprache des Hauptbannführers:

> „Diese Vorführungen haben gezeigt, wie die Jugend des Führers in ernsten Wettkämpfen, in Anmut und Bewegungsschönheit, in Spiel und Tanz jene Vollkommenheit zu erreichen trachtet, die sie einst befähigt, ebenso die Waffe zum Schutze des Reiches zu führen, wie am häuslichen Herd deutsches Sippentum zu pflegen. Dies war ein Ausschnitt hingebungsvollen Dienstes deutscher Jugend, die Großdeutschlands Kampf um seinen Bestand, um seine Freiheit und Ehre voll erfaßt hat. Die Iglauer Hitlerjugend weiß trotz des Krieges ihren Platz zu nutzen und kann ehrenvoll vor der grauen Front bestehen. Diese Stunde soll auch den Kameraden an der grauen Front geweiht sein, die ihre Fahne zu immer neuen Siegen trägt!"

Bei diesen Worten hielt der HJ-Fahnenblock die leicht im Abendwind wehenden Fahnen hoch. Die Zuschauer waren ergriffen. Der Bannführer sprach das „Sieg Heil!" auf Adolf Hitler. Mit den Liedern der Nation klang dieser für alle Teilnehmer des Bannsportfestes unvergeßlich schöne Tag aus. Sonnenverbrannt begaben sie sich auf den Weg nach Hause.

Zwei Tage später meldete das Oberkommando der Wehrmacht, daß am 12. Juli bei „Säuberungsaktionen im ehemaligen Wolchow-Kessel" der Oberbefehlshaber der zweiten Sowjet-Stoßarmee, Generalleutnant Wlassow[13], aus seinem Versteck herausgeholt worden sei.

---

[13] Der sowjetrussische General Wlassow geriet im Juli 1942 in deutsche Kriegsgefangenschaft. Sein Angebot, auf deutscher Seite eine antibolschewistische Armee aus russischen Kriegsgefangenen aufzubauen, lehnte Hitler anfänglich ab, nach den schweren Niederlagen der deutschen Armee 1944 wurde es auf

In der Woche darauf fand im Maidenlager Bergersdorf wieder ein Heimabend statt, dem besonders die jungen Männer, auch Wenzi, entgegenfieberten. Einmal im Monat wurde im Lager ein solcher Abend veranstaltet. Dieses Mal wurde zum Vortrag eines SS-Obersturmbannführers aus dem Altreich eingeladen, auf den sich auch die Älteren freuten. Zahlreich waren sie erschienen. Doch der Vortragende wetterte gegen die Kirche, schimpfte auf Priester und Gläubige.

Stumm ertrugen die Zuhörer seine Ausführungen.

„Die können gegen die Kirche sagen, was sie wollen, wir machen, was wir wollen!" sagten sie später empört zueinander. „Ob es denen paßt oder nicht, wir gehen in die Kirche wie bislang!"

*

In Iglau hatte ein SS-Mann am Sonntagsgottesdienst in der Minoritenkirche teilgenommen. Da er anschließend zum Appell mußte, war er in SS-Uniform, darüber seinen Mantel, erschienen. Ein Denunziant meldete es Emanuel Sladek.

Dieser erteilte dem jungen Mann eine Verwarnung: „Noch einmal, und Sie fliegen raus!"

„Das lasse ich mir nicht vorschreiben!" beharrte der SS-Mann. „Ich bin praktizierender Katholik!"

„Sie werden die Konsequenzen spüren!"

„Wenn das so ist, dann will ich auch nicht mehr bei euch sein! Dann geh ich lieber raus!"

Am nächsten Tag schickte er seine SS-Uniform an Sladek zurück. Sofort erhielt er einen Einberufungsbefehl an die Ostfront. Dort fiel er kurz darauf.

Anraten Himmlers und Gottlob Bergers schließlich akzeptiert. Am 14.11.1944 veröffentlichte das von Wlassow geführte „Komitee zur Befreiung der Völker Rußlands" auf dem Prager Hradschin ein Manifest, das zum Sturz Stalins aufrief. Bis Anfang 1945 wurden zwei Divisionen der „Russischen Befreiungsarmee" mit rd. 50 000 Kriegsgefangenen aufgestellt, die jedoch nur noch wenige Einsätze hatten. Teile der Wlassow-Armee unterstützten Anfang Mai 1945 den Aufstand in Prag gegen die deutschen Truppen. Wlassow und seine Soldaten wurden nach dem Ende des Krieges von der US-Armee an die Sowjetunion ausgeliefert, wo Wlassow 1946 hingerichtet wurde.

23

Im vergangenen Juni war Franz Neubauer an der Ostfront gefallen. Er stammte aus dem Hause 25. Marie Tondl hatte eine Stunde lang die Sterbeglocke geläutet. Am Kriegerdenkmal Bergersdorf wurde ein Bild des Gefallenen aufgestellt und eine Grabkerze entzündet. Die Bergersdorfer versammelten sich hier zum stillen Gebet für den Einundzwanzigjährigen.

Marie Tondl bat ihren Bruder Wenzel um ein Gespräch. Sie halte es nicht mehr aus, klagte sie. Jetzt sei der dritte Soldat aus Bergersdorf gefallen. Trotzdem habe Johann endgültig den Entschluß gefaßt, zur Wehrmacht zu gehen, sobald er aus dem Krankenhaus entlassen werde.

Johann hatte beim Holzsägen eine Kieferfraktur erlitten, nachdem ein Ast in der Kreissäge hängengeblieben und in sein Gesicht geschnellt war.

Wenzel bot an, ihr zu helfen. Er werde seinem Neffen einem Brief ins Krankenhaus schreiben. Vielleicht könne er ihn durch ein verlockendes Angebot umstimmen.

Wenzel sprach mit Theresia darüber, womit Johann in Bergersdorf zu halten sei. Gemeinsam schmiedeten sie einen Plan, den Wenzel seinem Neffen in einem Brief mitteilte:

> Lieber Johann!
> Wir alle freuen uns darauf, wenn Du gesund aus dem Krankenhaus entlassen wirst! Nun diese Woche hatten wir herrliches Erntewetter, wie Du weißt, und haben Korn, Gerste und Roggen schon zu Hause. Weizen und Hafer wird diese Woche gemäht, wenn es nur noch diese Woche schön wäre. Es freut einen direkt das Leben, wenn es so ein herrliches Wetter gibt!
> Diese Woche war schon wieder der fünfundzwanziger Jahrgang bei der Musterung, und es dürfte von diesen kaum einer vom R. A. D. befreit werden.
> Lieber Johann, ich habe einen großen Auftrag für Dich, nimm an! Bist ein Mensch, der gerne redet, solltest Reden halten! Kannst gut repräsentieren, hast gute Manieren und hast schon als Mitglied der Volksdeutschen Mannschaft gezeigt, daß Du Dich durchzusetzen verstehst. Daher habe ich einzig und allein Dich dazu aus-

ersehen, mein Nachfolger als Hauptmann der Feuerwehr zu werden. Dieses Amt kann Dir neue Möglichkeiten geben: Du kannst reisen, auch in Gebiete außerhalb unserer Sprachinsel, hast Verantwortung zu tragen, kannst viele neue Menschen kennenlernen. Mit diesem Amte wärest Du mein bester Nachfolger, auf den nicht nur Deine Mutter stolz sein könnte. Denke immer an Deine Mutter! Sie hat es schwergehabt. Mußte Deinen Bruder und Dich alleine ernähren und den Hof alleine bewirtschaften, nachdem Dein Vater vor mehr als zehn Jahren gestorben ist. Auch als Du und Franz beim tschechischen Militär dienten, mußte sie alles alleine schaffen. Daher stehe Deiner Mutter bei und vergiß nie, was sie für Euch getan hat!
Lieber Johann, ich hoffe, daß Du mich nicht enttäuschen und mein Angebot annehmen wirst! Wir wünschen Dir schnelle Genesung und freuen uns auf Dich in Bergersdorf.

Dein Onkel Wenzel.

Nachdem dieser Brief abgesandt war, holte Wenzel seine Feuerwehruniform und ließ sie durch seinen Knecht beim Hause 5 abgeben.

Kurz darauf verbreitete sich die vierte Gefallenenmeldung wie ein Lauffeuer in Bergersdorf. Es war der zweiunddreißigjährige Franz Koukal aus dem Hause 14. Später wurde bekannt, daß Franz Neubauer aus dem Hause 3 bereits vor Monaten „bei den schweren Kämpfen im Osten“ gefallen war. Der Neunzehnjährige war als Schütze in einem Infanterieregiment eingesetzt gewesen.

Im Oktober sollte die zweite Reichsstraßensammlung des Kriegswinter-Hilfswerkes unter dem Motto „Das deutsche Lied – Volk ans Gewehr“ anlaufen. Vierzehn Millionen Liedheftchen wurden in einer Berliner Druckerei hergestellt. Eine Berliner Binderei beschäftigte vier Monate lang hundert Knüpferinnen in Heimarbeit damit, die Heftchen zusammenzubinden und die Fäden zu verknoten. Eines dieser Lieder daraus, *Das stolze Lied*, verfaßt von Wolfgang Jünemann, wurde vorab im *Mährischen Grenzboten* abgedruckt:

Der Tag war lang, der Tag war schwer,
Zu Ende ward der Kampf gebracht.

Nun schwebt die Stille um uns her,
Und mit der Stille kommt die Nacht.
Was auch geschah, was auch geschieht,
Und soll's das Leben kosten –
Eins bleibt von uns: das stolze Lied
Der Infanterie im Osten.

Nachdem Johann aus dem Krankenhaus entlassen wurde, ließ er die Feuerwehruniform seines Onkels noch am selben Tag durch einen Knecht zurückbringen. Er beantragte seine Einberufung zur Wehrmacht. Da Johann Mitte der dreißiger Jahre in der tschechischen Armee gedient hatte, sollte ihn nur eine kurze Ausbildung beim Infanterieregiment der Hoch- und Deutschmeister in Hollabrunn bei Wien erwarten. Anschließend könne er an die Ostfront, wurde ihm mitgeteilt. Glücklich trotz nicht gänzlich verheilter Kieferfraktur, verabschiedete er sich in Bergersdorf.

„Ich muß mich beeilen, ich komm sonst zu spät!“ waren seine letzten Worte.

24

Maria hatte nach Hause geschrieben. Auf dem Lehrhof in Norddeutschland arbeite sie sehr gerne. Die Bäuerin sei stolz auf sie und würde sie zu allen Großveranstaltungen, auch nach Bremen, mitnehmen. Bei Hochzeiten dürfe sie in ihrer Iglauer Tracht auftreten.

Maria teilte in ihrem Brief mit, Franz sei über ihr allzu langes Wegbleiben verärgert und bitte sie, bald zurückzukommen. Zur Kartoffelernte, so habe sie ihm versprochen, werde sie wieder in Bergersdorf sein.

Der Vater antwortete Maria:

Bergersdorf, am 23. August 42

Liebe Tochter!
Deinen Brief haben wir erhalten und haben nichts dagegen, wenn Du vor Deiner Heimreise noch eine Hansestadt besichtigen willst, denn in späterer Zeit kommst Du ja nicht oder kaum mehr dazu.

Solltest Du Geld brauchen, so schreibe umgehend, und wieviel. Auf jeden Fall freuen wir uns, daß Du bald kommst und der Mutter eine Stütze sein wirst. Oder hast Du wegen Franz andere Pläne?
Sonst ist nichts Neues hier.
Käthe schwärmt von Peter. Ist aber wohl schon gescheit genug. Mit unserem neuen weiblichen Lehrling ist nicht viel los, und die wird auch keine Bäuerin in unserem Sinne werden.
Wenzi soll doch auf eine Höhere Landbauschule im Sudetengau gehen, habe ihn längst angemeldet. Es rührt sich aber nichts, weiß nicht, ob etwas daraus werden wird. Macht mir langsam Sorge, wenn er sollte zur Wehrmacht einberufen werden. Kann mich auf ihn verlassen, ist sehr tüchtig geworden.
Heute scheint sich das Wetter ändern zu wollen.
Es grüßen Mutter und Geschwister sowie ich Dich, herzlichst Vatter.

PS: Deine Kleider gib auf als Eilgut. Verpacke alles in eine Kiste, gut verpacken, daß nichts verlorengeht. Gib auch den Wert an, lieber mehr als wenig, wenn etwas fehlt, wird es ersetzt. Nimm nur einen Koffer mit auf die Reise.

An diesem Wochenende fand die zweite Straßensammlung des Kriegshilfswerks für das Deutsche Rote Kreuz unter dem Motto „Für jeden Soldaten eine Blume“ statt. „Mit bunten Blumen grüßen wir zum Wochenende unsere Frontsoldaten und zeigen ihnen erneut, daß die Heimat ihrer würdig ist“, hieß es dazu. Der *Mährische Grenzbote* appellierte in einem Artikel an die Hilfsbereitschaft seiner Leser: „Bedenken wir, woher unsere Soldaten immer wieder die Kraft nehmen, übermenschliche Anstrengungen zu vollbringen und mit unbeugsamem Siegeswillen vorwärtszustürmen – es ist der Gedanke an die Heimat, für die sie Sicherheit und Frieden erkämpfen, jetzt und für alle Zukunft.“

Ende August erhielt Wenzi endlich das Antwortschreiben der Höheren Landbauschule. Der Lehrbetrieb, so wurde jedoch mitgeteilt, müsse mangels Studierender auf unbestimmte Zeit eingestellt werden. Wegen Einberufungen zur Wehrmacht seien alle Anmeldungen storniert worden.

25

Nach dieser Absage befürchtete Wenzel Hondl, sein Sohn könnte bald die Einberufung zur Wehrmacht erhalten. Er schlug vor, einen Antrag zu stellen, daß Wenzi zur Artillerie komme.

Wenzi lehnte ab.

„Ich kann auch beantragen, daß du beim Nachschub eingesetzt wirst", sagte der Vater.

„Ich bin doch kein Feigling!"

„Du bist Hoferbe", entgegnete der Vater.

„Der frühere Kreisleiter ist an der Ostfront", sagte Wenzi. „Der Iglauer Bürgermeister ist seit Frühjahr dort, und jetzt geht auch der Iglauer Tierarzt. Alle rücken ein, und ich soll kneifen?"

„Du bist nicht zu ersetzen", meinte der Vater.

„Ich will an die Front!" beharrte Wenzi.

Er hatte die Schlagzeilen der Zeitungen verfolgt: „Angriff auf Stalingrad – Die deutsche Kriegsflagge auf dem höchsten Gipfel des Kaukasus", hatte der *Mährische Grenzbote* verkündet und weiter geschrieben: „Die Flaggenhissung auf dem Elbrus läßt erkennen, daß gegen den Widerstand von Feind, Natur und Klima unsere Gebirgsdivisionen ihren Vormarsch durchgestanden haben und stetig am Feinde bleiben, ihn werfen und verfolgen."

„Wenn wir uns nicht beeilen, ist der Krieg ohne uns gewonnen und vorbei!" war die Meinung der jungen Männer. Sie hörten alle Meldungen des Oberkommandos der Wehrmacht im Radio.

Marie Tondl besaß jetzt auch ein Rundfunkgerät. Dennoch kam sie oft zu ihrem Bruder Wenzel Hondl, um bei ihm die Meldungen des OKW, des Oberkommandos der Wehrmacht, zu hören. Nach dem Abzug Johanns war ihr eine verarmte Bauernfamilie aus Wolframs zugewiesen worden, die Wenzel Hondl ihr vermittelt hatte. Der Bauer war wegen Krankheit nicht „kriegsverwendungsfähig" und verrichtete leichte Reparaturarbeiten auf dem Hof. Seine Frau, dankbar, eine Unterkunft zu haben, half mit ihren sechs Kindern Marie Tondl bei allen Feldarbeiten.

Die letzte Nachricht des Oberkommandos der Wehrmacht ließ Marie Tondl auf ein rasches Kriegsende hoffen: Stalingrad war erreicht. Bei ihrem Bruder in der Wohnküche, in der sich alle Familienmitglieder zusammengefunden hatten, hörte sie die Meldung des OKW:

> „Deutsche Infanteriedivisionen und schnelle Verbände durchbrachen in schneidigem Angriff seit langem stark ausgebaute Stellungen um Stalingrad und stießen tief in das befestigte System vor. In diesem festungsartigen Gelände entwickelten sich harte Kämpfe mit verbissen sich wehrenden Feindgruppen. Zäh verteidigten die Bolschewisten Bunker um Bunker, aber nichts konnte den deutschen Stoß aufhalten. Die Verluste des Gegners sind schwer, die Beute an Kriegsmaterial ist hoch, die Zahlen der eingebrachten Gefangenen steigen fast stündlich. Beim Aufbrechen dieser Riegelstellung wurden die Truppen des Heeres von der Luftwaffe wirkungsvoll unterstützt. Starke Verbände deutscher Kampf- und Sturzkampfflugzeuge zerhämmerten durch Angriffe die befestigen Bunkerringe. Besonders Artilleriestellungen des Feindes wurden schwer getroffen. Zweiunddreißig Geschütze stellten nach Volltreffern ihr Feuer ein. Der Feind büßte dreizehn Panzer schwerer Bauart ein. Über 1880 motorisierte Fahrzeuge blieben zerstört auf den Rollbahnen der Bolschewisten liegen. Deutsche Jäger sicherten den Einsatz der Kampfflugzeuge. Nach bisherigen Meldungen schossen sie im Raum von Stalingrad neunundzwanzig feindliche Flugzeuge ab, fünf weitere wurden durch Flakartillerie zum Absturz gebracht. Der Feind wurde vernichtend geschlagen."

Den jungen Männern schien die Zeit davonzulaufen. Anfang September verkündete der *Mährische Grenzbote* in einem Kommentar: „Der Gegner fühlt täglich mehr, daß er im Grunde keine Möglichkeit mehr zu siegen sieht. Auf unserer Seite aber geht der Krieg dank der genialen Feldherrnkunst des Führers und des Heldentums seiner Soldaten mit der Planmäßigkeit einer Maschine und unter bewußtem Einsatz aller Kräfte für ein großes Ziel weiter, dem sicheren Endsiege entgegen. Die Parole lautet:

Alle Kraft für den Endsieg!"

26

Der Ortsgruppenleiter Heinz Frey wollte einen größeren Hof. Er trug sein Anliegen dem neuen Oberlandrat vor. Im vergangenen Juni hatte Oberlandrat Fiechtner eine andere Reichsbehörde, außerhalb des Protektorates, übernommen. Sein Nachfolger, SS-Sturmbannführer Regierungsrat Heß, zeigte sich gegenüber der Bitte des Ortsgruppenleiters aufgeschlossen.

Mit einer neuen Wirtschaft, so hatte Frey ausgeführt, inmitten seiner Weiden und Ackerflächen, könne er schneller und effektiver arbeiten. Er verliere keine Zeit durch lange An- und Abfahrtswege wie bisher, außerdem hätte er mehr Zeit für parteipolitische Verpflichtungen, denen er sich dann noch besser widmen könne.

Heinz Frey genoß in Iglau hohes Ansehen, er hatte die meisten Beitritte zur SS gemeldet. Die Meinung über ihn war positiv: „Ein guter Kamerad, korrekt und einsatzfreudig!“

Die Ehefrau des früheren Kreisleiters war anderer Ansicht. Vor zweieinhalb Jahren hatte ihr heutiger Mann sie auf eine Sonntagsfahrt nach Bergersdorf zum Bürgermeister eingeladen.

Wenzel Hondl hatte den Kreisleiter gefragt: „Ist das Ihre Geliebte?“

„Das ist meine Verlobte! Sie ist Lehrerin an der Frauenfachschule Iglau!“ war die Antwort.

„Zu dieser hübschen blonden Frau darf ich Sie beglückwünschen!“ sagte der Bürgermeister anerkennend.

Heinz Frey hatte nicht versäumt dabeizusein. Eilfertig schloß er sich dem Kompliment an.

„Der Frey ist ein sonderbarer Mensch“, sagte sie auf der Heimfahrt nach Iglau. „Er ist kein großer Redner und verlegen um jedes Wort! Das ist einer, der buckelt nach oben und tritt nach unten!“

„Ich kenne ihn schon lange und kann nur sagen, daß er seine Arbeit gut macht“, hatte der Kreisleiter geantwortet. „Wir alle sind mit ihm zufrieden!“

„Mir gefällt er trotzdem nicht“, bekräftigte sie ihre Meinung.

Nach einigen Wochen wurde Heinz Frey mitgeteilt, seinem Antrag werde stattgegeben. In Kürze könne mit den Bauarbeiten für einen Musterhof in Bergersdorf begonnen werden. Der Reichsnährstand in Berlin werde die Finanzierung übernehmen.

27

Zur Kartoffelernte war Maria wieder in Bergersdorf.

Am nächsten Morgen nach der Stallarbeit fuhren alle außer der Mutter zu den Feldern.

„Jetzt sind wir wieder beisammen", hatte Theresia froh gesagt. Sie war als erste aufgestanden, um den Kartoffelteig für das Mittagessen vorzubereiten. Dreihundert Zwetschgenknödel mußten bis dahin fertig sein.

Heute war Maria der Mittelpunkt.

„Wie war's im Altreich?" wurde sie gefragt.

„Genauso wie bei uns."

„Und die Lehrfrau?"

„Sie war streng, aber stolz auf mich. Sie hat zu den Leuten immer gesagt: ‚Zu mir kommen die Lehrmädchen sogar aus Böhmen.'"

„Hat es dir gefallen?"

„Ich wär gern noch geblieben. Aber der Franz hat keine Ruhe gegeben; ich soll heimkommen, hat er geschrieben. Immer rechnet er damit, eingezogen zu werden."

„Möchtest wieder hin?"

„Die Lehrfrau hat sich gewünscht, ich soll wiederkommen. Am Schönsten aber ist es bei uns in der Heimat!"

Zur Brotzeit am Vormittag um neun Uhr, „Neinabrout" genannt, hatte der Vater zwei große Kannen mit gekühltem Kaffee geholt. Im Eiskeller lagerten letzte Eisblöcke vom Winter, zwischen denen die Kaffeekannen zum Abkühlen eingeklemmt standen.

Es war sehr warm. Die Bauernregel für den heutigen Tag lautete: „Ist St. Lambert klar und rein, wird das Frühjahr trocken sein."

Anfang April hatten die Mädchen die Setzkartoffeln, auch Saatkartoffeln genannt, aussortiert. Kleine Kartoffeln waren für die Schweinemast bestimmt. Die größeren Früchte wurden der Länge nach durchgeschnitten, wobei die Antriebsknospen auf beiden Seiten gleichmäßig verteilt sein mußten. Danach wurden die Schnittflächen mit Holzasche bestreut, damit sie beim langen Lagern nicht faulten.

Anfang Mai, auf „Wenzels Lei", wie dieses Kartoffelfeld hieß, waren die Furchen mit dem Pferdepflug gezogen worden. Die Mädchen hatten die Kartoffeln in gleichen Abständen hineingelegt. Danach schloß der Pflug die Furchen. Kartoffelkäfer gab es nicht, doch mußte immer wieder zwischen den Stauden geackert werden.

Die Kartoffellese dauerte fast zwei Wochen. Bis zum 28. September, so die Regel in Bergersdorf, mußten alle Früchte geerntet sein.

Der Zwölf-Uhr-Zug kündigte die Mittagszeit an. Der Vater war mit dem Pferdewagen nach Hause gefahren, um das Essen zu holen. Auf „Wenzels Lei" arbeiteten heute insgesamt zwanzig Erntehelfer, darunter zwei Schülerinnen der Frauenfachschule Iglau. Auch Tagelöhner waren zum Arbeiten eingeteilt worden. Einige kamen mit ihren Familien zum „Eraplnklaubm", wie Kartoffelernte in der Mundart hieß. Die Tagelöhner wurden mit den Ernteerträgen „ausbezahlt". Bei Wenzel Hondl arbeitete immer derselbe tüchtige Tagelöhner, doch heute mit seiner Familie. Während des Arbeitens sagte er oft: „Mir san olle af da Wöt, doß ma s bessa mochn!"

Der Vater kam mit einer riesigen Emailleschüssel zurück, in der dreihundert warme Zwetschgenknödel lagen. Mit Heißhunger wurde er erwartet. Alle setzten sich gemütlich zusammen, jeder legte sich eine Serviette auf seinen Schoß und begann, den ersten „Zwetschknknedla" mit Zucker und zerlassener Butter genußvoll zu essen. Kein Knödel blieb übrig.

28

Endlich war es soweit, das Erntedankfest stand bevor.

„Kommt alle zum
ERNTEDANKFEST DES IGELLANDES!
Sonntag, 4. Oktober 1942, 15 Uhr, Heulostal",

hatte die Einladung geheißen. Kathi freute sich darauf. Sie war ausersehen worden, dem Gauleiter Jury zusammen mit einem jungen Mann und einer jungen Frau auf der Festbühne einen großen Erntekranz zu überreichen. Kreisleiter Letz hatte zum „Flaggenschmuck“ am 3. und 4. Oktober aufgerufen: „Ein Heer von Hakenkreuzfahnen und das farbenfrohe Bild der Trachten sollen unter Beweis stellen, daß Iglau die deutscheste Stadt der Länder Böhmen und Mähren ist.“

Bereits am Vormittag waren die Bauern mit ihren Familien auf geschmückten Leiterwagen nach Iglau gefahren und hatten sich in langen Reihen rings um den Adolf-Hitler-Platz aufgestellt. Die Arbeitsmaiden und die Mitarbeiter der Land-Arbeitsdienstlager waren singend in die Stadt gezogen. Das Musikkorps des SS-Infanterieregiments gab ein Standkonzert. Achttausend Menschen waren zum Erntedankfest, das auch für die Wochenschau gefilmt wurde, gekommen.

Am Abend zuvor hatte der Gauleiter im Deutschen Haus in Iglau die Versammlungswelle der „NS-Frauenschaft – Deutsches Frauenwerk“ eröffnet. Bei dieser Großkundgebung hatte seine Rede unter dem Motto gestanden:

„Sieg der Waffen – Sieg der Wiegen!“

Zum Erntesonntag war der Festplatz zwischen dem „Großen Heulos“ und dem „Kleinen Heulos“ von dicht aneinandergereihten roten Hakenkreuzfahnen umsäumt. In der Mitte des Festplatzes stand ein meterhoher Baumstamm mit einem Erntekranz voller Girlanden. Unter dem Baum durften nach dem Einzug der Formationen dreißig Paare in Iglauer Tracht Volkstänze zur Fiedelbegleitung aufführen.

Es war ein sonniger Herbsttag. Der Paradezug der Wehrmacht marschierte auf. Ihm folgten die Maiden der Arbeitsdienstlager, auch aus Bergersdorf, in blauen Kleidern mit weißen Schürzen, die Belegschaften der Land-Arbeitsdienstlager und die Jungen der HJ. Die Reihen, in denen sie sich aufstellen mußten, waren genau ausgemessen und weiß markiert. Unter jeder Fahne ringsum standen zwei Mädel des BDM. Nach den Volkstänzen sangen die Arbeitsmaiden, begleitet vom Musikzug des SS-Infanterieregiments. Fanfarenstöße der HJ kündeten jetzt mit einem Spruch durch die Lautsprecheranlage: „Lobet alle das Brot – Lobet alle das Land“, den Höhepunkt der Veranstaltung an.

Kathis Lampenfieber wuchs. Sie umfaßte die rechte Seite des schweren Erntekranzes, die junge Frau aus Deutsch-Gießhübl die linke Seite. Der fesche junge Mann zwischen ihnen hatte sich mit dem Namen Rudolf vorgestellt. Er kam aus Ranzern. Langsam schritten sie der Tribüne zu. Die Arbeitsmaiden sangen: *„Wir gehen als Pflüger durch unsere Zeit.“*

Der Gesang klang aus, als die drei jungen Leute mit dem Erntekranz beim Gauleiter ankamen. Rudolf sagte mit lauter Stimme:

> „Gauleiter! Wir übergeben Ihnen den Erntekranz. In ihn sind Ähren unseres Igellandes geflochten. Er ist das Sinnbild, mit dem wir Ihnen die Ernte unserer Heimat übergeben, damit sie mithelfe, das Leben unseres Volkes zu erhalten.“

Der Gauleiter dankte der „bäuerlichen Jugend des Igellandes“, die ihm diesen Kranz überreicht habe, mit einer kurzen Ansprache. In der Ernte 1942, die so reich gewesen sei wie schon lange nicht mehr, habe der Herrgott es gutgemeint. Abschließend sagte er: „Bauer und Bäuerin, Jungbauer und Jungbäuerin haben mitgeholfen, daß die Ernte aus dem Igelland auch mithilft an dem Endsieg. Wir wollen einig sein, stark und kraftvoll, bis die Siegesglocken über dem Igelland erklingen, denn es gibt nur zwei Möglichkeiten: Vernichtet zu werden oder zu leben. Diese Kundgebung hat gezeigt, daß das Igelland leben und mit den Grundstein zu einem Reich legen will, das ein Jahrtausend überstehen wird!“

Abschließend erklang *Wir alle durch Blut und Boden verwandt.* Mit der Führerehrung und den Liedern der Nation endete das Erntedankfest.

Zum diesjährigen Erntedankfest lautete der von Adolf Hitler verfaßte Wochenspruch der NSDAP: „Was der deutsche Bauer in den letzten Jahren geleistet hat, ist etwas Einziges und Einmaliges.“ Vor kurzem hatte der Wochenspruch zur Abfallsammlung des Kriegswirtschaftsamtes geheißen:

> „Kampf dem Verderb heißt's Losungswort.
> Drum geben wir in einem fort
> Die Abfäll', die die Schweine kriegen,
> Und helfen so dem Reiche siegen!“

Besuch des Gauleiters Jury.

Erntedankfest 1942.

29

Wieder war Bergersdorf den anderen voraus. Im Festsaal der Iglauer Bezirksbehörde sollten vier Bergersdorfer Bauern für „hervorragenden Einsatz“ ausgezeichnet werden: Wenzel Hondl und sein Schwager Reznik vom Hause 6, Mathias Reichtomann aus dem Hause 7 und Franz Hondl aus dem Hause 31. Franz war mit siebzehn Jahren der jüngste unter ihnen. Er war außergewöhnlich tüchtig und besuchte jetzt die Oberklasse der Landwirtschaftsschule. Sein Vater Ferdinand hatte ihm den Hof überschrieben. An diesem kalten Samstagvormittag fuhren die vier in guter Stimmung nach Iglau.

„Das Igelland in der Erzeugungsschlacht“, war das Motto dieses Festaktes am 14. November, auf dem insgesamt elf Bauern geehrt wurden. Zwei Bauern stammten aus Iglau, zwei aus Friedrichsdorf. Aus Schrittenz, Smilau und Otten kam je ein Bauer. Landwirtschaftsrat Richter hielt die Laudatio:

> „Elf deutsche Bauern haben durch hervorragenden Einsatz in Erkenntnis des Schicksalskampfes des deutschen Volkes, aber auch in nationalsozialistischer Bewährung dazu beigetragen, die Milchleistung ihrer Höfe in einer Weise zu steigern, daß in dieser Hinsicht das Igelland der Milchproduktion des Altreiches gleichkommt. Die Leistungen der deutschen Bauern des Igellandes sind denen der Soldaten an der Front gleichgestellt, und ihr besonderer Einsatz auf dem Gebiete der Milchlieferungen von 2 560 Litern bei einem mittleren Fettgehalt von 3,94 % liegt weit über dem Durchschnitt des Protektorates mit 1 200 Litern. Die Zentralmolkerei Iglau hat jetzt eine Statistik aller Milchlieferanten für das Jahr 1941 herausgegeben.“

Der Bezirkshauptmann Dr. Wildhage schloß sich den Worten seines Vorredners an:

> „In dem einmütigen Abwehrkampf des deutschen Volkes zu den Taten des Soldaten und Arbeiters gesellt sich würdig der Einsatz des deutschen Bauern, der im nationalsozialistischen Staat der Lebensquell des Volkes geworden ist. Ich danke Ihnen allen.“

In Vertretung des Kreisleiters dankte Professor Koblischek den Bauern für ihre Leistungen. Er hoffe, so sagte er, daß diese „Auszeichnung beispielgebend und anspornend wirken möge". Zum Abschluß überreichte Wildhage den elf Bauern die Prämiierungen.

Nach Bergersdorf zurückgekehrt, wurden die vier Ausgezeichneten begeistert empfangen. Kathi war stolz darauf. Beim Kaffee in der Wohnküche mußte Wenzel Hondl vom Festakt am Vormittag berichten. „Früher", so sagte er abschließend, „waren wir Bauern. Jetzt sind wir nationalsozialistische Bauern. Aber nichts hat sich geändert, unsere Arbeit ist die gleiche geblieben!" Spöttisch fügte er hinzu: „Wenn es um Kühe und Milch geht, sollen sie die Politik weglassen. Unseren Kühen ist es doch egal, ob sie für die Tschechen gemolken werden oder für den Endsieg!"

Am Abend schrieb Kathi an Hans: „Bergersdorf ist wie schon immer den anderen voraus!" Sie informierte auch Wolf über den Festakt am Vormittag. In seinem letzten Brief hatte Wolf ihr einen Heiratsantrag gemacht: „Dich will ich heiraten und keine andere", schrieb er. „Nach dem Endsieg werden wir heiraten und in Rußland einen Hof übernehmen! Liebste, sage ja!"

Bald darauf kam eine Todesanzeige aus Berlin: Krista Schmidt, geb. Berger, war in Kronstadt an den Folgen eines Unfalles nach einjährigem Leiden am 11. November gestorben. Ihr Kind Heidrun, so war handschriftlich angemerkt, habe sie gesund zur Welt gebracht, es gedeihe prächtig. Bis zuletzt habe sie ihren Lebenswillen nicht aufgegeben. Ihr Mann Andreas halte sich jetzt sehr tapfer.

Kathi war bestürzt: „Krista war doch erst zwanzig Jahre, so alt wie ich."

30

In Iglau wurde die Volksweihnachtsfeier abgehalten. Es war die vierte Kriegsweihnacht, die bevorstand. Tausende von Menschen waren dem Aufruf, an der Feier teilzunehmen, gefolgt. Aus Bergersdorf war keiner der jungen Männer gekommen. Wenzi und Hans waren bereits vor zwei Wochen, nach ihrer Abschlußprüfung an der Landwirtschaftsschule, mit ihrem Gepäck zur Wehrmachtsausbildung in Richtung Polen abgereist.

Auf dem Adolf-Hitler-Platz hatte Kreisleiter Letz die Feierstunde mit Vertretern von Partei und Wehrmacht eröffnet. Den großen Baum umstanden zwölf Fackelträger der HJ. Sie symbolisierten die vergangenen zwölf Monate. Lieder der Sing- und Spielschar erklangen, nacheinander erloschen elf Fackeln. Die zwölfte brannte weiter für den ersten Monat im kommenden Jahr, das den ersehnten Endsieg bringen würde. Zu jedem Licht, das am Baum entzündet wurde, tönte eine Stimme: „Für die toten Helden, die für Deutschland starben, für die Mütter und Kinder der Gefallenen, für die Mütter, die dem Volk die Unsterblichkeit schenken, für die großen Männer unseres Volkes, für unsere Soldaten an den Fronten, für alle Deutschen in der Fremde, fürs Vaterland und für den Sieg!" Als der Baum hell erstrahlte, erklang eine glockenreine Stimme: „Alle Lichter sollen brennen für unseren Führer Adolf Hitler!"

Nach dem Lied *Hohe Nacht der klaren Sterne* und dem Spruch „Nun lasset uns froh sein" begann Kreisleiter Letz seine Ansprache:

> „Licht im Herzen nehmen wir von dieser Volksweihnachtsfeier mit nach Hause und die Gewißheit, daß die Deutschen eine große Familie sind. Noch wissen wir nicht, was die nächsten Monate an Eis, Kälte und Schnee bringen, aber eines wissen wir, daß nach der Wintersonnenwende das Licht zu uns kommt und Wärme bringt. In vielen Stuben der Familien wird am heurigen Weihnachtsfest ein Platz leer sein – der Vater, der Sohn der Enkel steht an der Front –, in so mancher Familie wird Trauer herrschen, weil einer draußen blieb, den nun fremde Erde deckt, aber das ganze deutsche Volk wird in Gedanken bei ihnen sein. Im Schein des letzten Lichtes des kommenden Jahres schreitet Deutschland aufrecht in das Kampf- und Schicksalsjahr 1943!
> Deutschland hat bisher gesiegt, und es wird auch 1943 weitermarschieren und siegen!
> Und auch wir Igelmenschen ziehen unentwegt die Straße weiter, an deren Schluß der Endsieg steht und an der uns der Mann voranschreitet, zu dem wir jederzeit mit gläubigem Vertrauen aufblicken und den wir in dieser Stunde aus vollem Herzen grüßen!"

Nach diesen Worten erklang das „Sieg Heil!“ auf Adolf Hitler. Mit der Nationalhymne wurde die Volksweihnachtsfeier beendet.

An diesem Weihnachtsfest wollte keine Stimmung aufkommen. Zur Christmette in der Schlappenzer Kirche versammelten sich in Bergersdorf wie vor jedem Gottesdienst die Bewohner des unteren Dorfes beim Hause 12, die Bewohner des oberen Dorfes beim „Richterhof“, Haus 6. Jede Gruppe ging einen Weg in Richtung Schlappenz. Am Ende des Waldes mündeten beide Wege ineinander. Vor dem Kriege waren die Besucher der Christmette mit Laternen nach Schlappenz gezogen. Jetzt waren Lichter unter freiem Himmel verboten.

Heute waren die Wege schneehell.

Auf dem Weg nach Schlappenz suchte Marie Tondl die Nähe ihres Bruders Wenzel. Jeden Tag bete sie für ihren Sohn Johann, sagte sie, noch immer sei keine Feldpost gekommen, aus Angst um sein Leben werde sie fast verrückt.

„Darfst nicht den Mut aufgeben“, tröstete Wenzel, „wird schon alles gut werden!“

Marie Tondl blieb verzagt.

Kathi war wie immer zuversichtlich: „Schauts liebe Tante, jetzt sind unsere Besten an der Ostfront“, sagte sie. „Die schaffen das! Bald siegen wir, und Johann kommt zurück!“

„Warum kommt kein Brief von Johann?“

„Ihr müßt nicht so bange sein“, riet Kathi. „Der letzte Brief von Wolf war auch lange unterwegs.

Wieder hatte Wolf vom großen Hof im Ostraum geschrieben, den er nach dem Endsieg mit ihr bewirtschaften wolle.

„Wir stürmen vorwärts, Liebste!“ war der letzte Satz seines letzten Feldpostbriefes an sie.

Zum ersten Male läuteten keine Glocken.

Vor einiger Zeit waren sie heruntergeholt und zum Einschmelzen abtransportiert worden. Die Schlappenzer Schuljugend hatte an diesem Ereignis begeistert teilgenommen, sich an die Seile gehängt und kräftig geschaukelt.

Einige der Alten weinten. Sie erinnerten sich an den letzten Krieg, als die Glocke aus dem Jahre 1540 zum Abtransport in die Werkstätte der Geschützerzeugung vom Turm geholt worden war.

Am St.-Peter-und-Paul-Tag 1924 war ein neues Geläut feierlich geweiht worden. Jetzt wurde dieses abgeseilt.

„Was wollen wir machen? Wir müssen es hinnehmen“, war die Meinung der Bergersdorfer. „Sie brauchen die Glocken für den Krieg!“

Geblieben war die Sterbeglocke. Sie war so klein, daß ihre Verhüttung sich nicht rentiert hätte. Mit hellen nervösen Schlägen lud sie jetzt zur Christmette.

Einige Zeit später traf der ersehnte Feldpostbrief ein. Marie Tondl war überglücklich, Johann hatte aus Stalingrad geschrieben:

25. Dezember 1942

Meine liebe Mutter!
Heute habe ich nach langer Zeit wieder einmal Post von Euch bekommen, und zwar den Brief vom 26. November, herzlichen Dank!
Leider sind die Päckchen, auf die wir uns zu Weihnachten freuten, noch nicht eingetroffen, wir warten natürlich vom einem Tag zum anderen. Heute habe ich auch von Franzi Briefe und von Richters Schanni die Heiratsanzeige bekommen. Seit Zwanzigsten bin ich etwas krank, heute geht es schon wieder etwas besser, nur ein bisserl verkühlt. Gestern hatten wir eine kleine Weihnachtsfeier, habe natürlich an den duftenden Kuchen, der immer zu Hause war, gedacht. Den ganzen Tag wurde hier von lauter Kuchen und sonstigen guten Sachen gesprochen.
Ich schicke Euch heute wieder eine Päckchenmarke, hoffentlich kommen die anderen bald an.
Habe Euch schon wieder einige Briefe und eine Karte geschrieben, wenn es mir möglich ist, schreibe ich sowieso immer, manchmal geht es halt nicht.
Schreibt mir, liebe Mutter, auch öfter. Ihr wißt, es freut mich immer sehr. Wir haben hier gute Winterkleidung, frieren brauchen wir nicht. Mit Urlaub ist vorläufig noch nichts. Also macht Euch keine Sorgen und bleibt uns, liebe Mutter, recht gesund.
Es grüßt Euch recht herzlich Euer Johann.
Auf Wiedersehen![14]

---

[14] Originalbrief seit 2001 im Museum für Kommunikation Berlin, „Feldpost-Archiv“

Fünfter Teil

1

Wieder war der Winter kalt. Unter Schneelasten waren Bäume umgestürzt, Äste abgeknickt und Sträucher zu Boden gedrückt. Die vier Bergersdorfer Weiher hatten eine dicke Eisschicht, sogar der Goldebach war stellenweise gefroren. Durch einige umgeknickte Leitungsmasten waren Telefonverbindungen unterbrochen. Längs der Landstraßen, die nur einspurig befahrbar waren, türmten sich Schneewälle meterhoch auf. Die Bergersdorfer nahmen es gelassen, denn eine alte Bauernregel verhieß: „Lichtmeß im Schnee, Ostern im Klee."

In diesen Tagen erhielt Wenzel Hondl Post von Gottlob Berger. Es war der zweite Brief an ihn. Überrascht hatte er das Kuvert geöffnet, das Schreiben entfaltet und gelesen:

Lieber Hondl!
Die überragenden Leistungen Ihres Musterdorfes sind ein leuchtendes Vorbild. Sie stehen mit Ihren Bauern an vorderster Front im Kampf um die Erzeugungsschlacht. Besonders hervorzuheben ist, daß Bergersdorf die meisten Beitritte zur Allgemeinen SS und zur Waffen-SS verzeichnet.
Es ist mir daher eine besondere Freude, Ihnen mitzuteilen, daß Bergersdorf eine Auszeichnung erhält, die einmalig sein wird: Hiermit ernenne ich mein Bergersdorf zum SS-Dorf! Eine offizielle Feier soll es nach dem Siege geben.

Heil Hitler!
Ihr Gottlob Berger
SS-Gruppenführer.

2

Wenzel Hondl informierte zuerst den Ortsgruppenleiter, der schon Ende der zwanziger Jahre Mitglied im Gemeinderat war, über das Schreiben Gottlob Bergers. Für Heinz Frey hatte sich damit ein Traum erfüllt. Seit Jahren hatte er in Iglau darauf gedrängt, Bergersdorf auszuzeichnen. Dieses Anliegen hatte er auch Emanuel Sladek vorgetragen. Auch den früheren Kreisleiter Siegl, mit dem er befreundet war, bat er, Gottlob Berger wegen einer Auszeichung für Bergersdorf anzusprechen. Da Heinz Frey die Nachfolge Wenzel Hondls anstrebte, war der Titel „SS-Dorf" seiner Meinung nach die höchste Ehrung für ein Dorf.

Seit einigen Wochen war Heinz Frey mit der Errichtung seines Hofes beschäftigt. In der Einschicht Richtung Neuhof, inmitten Freys Feldern, lag das Baugrundstück. Er hatte im Herbst auf raschen Baubeginn gepocht. Ein Bautermin mitten im Winter war ungewöhnlich. Doch jetzt hatten die Knechte der Bauern Zeit und konnten sich ein Zubrot als Bauhilfsarbeiter verdienen. Auch den Tagelöhnern waren diese Arbeiten eine willkommene Einnahmequelle. Das langgestreckte, voll unterkellerte Wohnhaus war bald errichtet. An seinem oberen Ende schloß sich im rechten Winkel ein langgezogener Stall an, ihm gegenüber bildete die Scheune, in der auch die Maschinen untergestellt werden sollten, einen großen, U-förmigen Innenhof. Der Zimmermann aus dem Hause Nr. 49 hatte mit seinen Angestellten den Dachfirst für die drei Gebäude aufgestellt.

Die Ziegel mußten von der Ziegelfabrik zwischen Dobrenz und Polna geholt werden. Transportiert wurden sie auf kurzen Pferdeschlitten.

„Wie gut, daß unsere Pferde Auslauf haben", war die Meinung einiger Bergersdorfer Bauern. Sie halfen tatkräftig mit. Die Schlitten durften nur wenig beladen werden, denn der Weg von der Ziegelei führte auf Feldwegen über eine Holzbrücke Richtung Neuhof, weiter durch den abschüssigen Waldweg zur Einschicht. Die Pferde waren durch die lange Zeit im Stall kaum zu bremsen. Vor kurzem war ein mit Ziegeln beladener Schlitten durch galoppierende Pferde gekippt. Alle Ziegeln waren zerbrochen und den Abhang hinabgerutscht.

Es gab Bergersdorfer Bauern, die der neue Musterhof unbehaglich stimmte: „Durch seine Beziehungen hat der Frey Vorteile, die wir nicht haben", sagten sie. Sie verstanden nicht, weshalb der kinderlose Frey einen großen Hof erhielt, und das in Zeiten, da zum Sparen auf allen Gebieten aufgerufen wurde. Die Bautätigkeit war seit Kriegsbeginn vollends eingestellt worden.

Inzwischen hatte sich im Ort herumgesprochen, daß Bergersdorf SS-Dorf geworden sei. Die meisten begrüßten dies. Franz Charaus, der Schlosser aus dem Hause Nr. 54, war dagegen. Er war nie der Partei beigetreten und hatte seine Einstellung zu Adolf Hitler in politischen Witzen kundgetan. Einigen Häuslern und Kleinbauern war es dagegen gleichgültig, ob Bergersdorf SS-Dorf war oder nicht.

Nachdem Ferdinand Hondl davon erfahren hatte, war er entsetzt: „Auch das noch!" rief er aus. „Jetzt sind wir SS-Dorf! Das ist unser Untergang!"

3

Kathi war seit 4. Januar in Österreich auf einem Lehrhof. Im vergangenen Jahr hatte sie an die Landesbauernschaft nach Wien geschrieben und nach einem Lehrhof mit großem Obst- und Gemüseanbau gefragt. Sie erhielt drei Anschriften und wählte den Hof mit der günstigsten Verbindung. Seit vergangenen Mai gab es einen Zug, der direkt von Iglau nach Wien fuhr. Um zehn Uhr war sie vom Bahnhof Bergersdorf abgefahren, um siebzehn Uhr dreißig kam sie an, der Lehrbauer holte sie mit dem Pferdeschlitten ab. Eine schöne Zeit begann für sie.

Der Sohn des Lehrbauern verliebte sich Hals über Kopf in Kathi und gestand es ihr. Seine Avancen schmetterte sie mit den Worten: „Ich habe zwei Freunde an der Ostfront, einen werde ich heiraten!" erfolgreich ab.

Kathi fehlte in Bergersdorf. Es war das erste Mal, daß sie längere Zeit an einem anderen Ort verbrachte. Der Vater schrieb ihr die Neuigkeiten:

Bergersdorf, am 14. Feber 1943

Liebe Kathi!
Mutter und ich freuen uns, daß es Dir auf dem Lehrhofe in der Ostmark gut gefällt. Trotzdem vermissen wir Dich

und freuen uns darauf, wenn Du im Herbste wieder nach Hause kommst.
Bei uns hat sich mittlerweile Verschiedenes geändert, auch ein tödlicher Unfall ist zu beklagen. Der Kutscher Iwan Jwanko vom Schwager Reznik ist vor wenigen Tagen auf der vereisten Straße nach Schlappenz mit dem Pferdeschlitten ins Schleudern gekommen und gegen einen Alleebaum gedrückt worden. Im Krankenhaus zu Deutsch-Brod ist er zwei Stunden später verstorben.
Jetzt wird auch Rezniks Sohn einrücken, hat schon die Einberufung erhalten. Sind alle traurig, daß Richters Schanni, gerade erst verheiratet, schon an die Ostfront muß.
Unser ehemaliger Kreisleiter Siegl kehrt im März vom Fronteinsatz nach Iglau zurück und wird wieder im Amte sein, was mich freut. Dafür geht Kreisleiter Letz an die Front. So geht alles seinen Gang.
Weiters habe ich noch ein Amt bekommen, bin jetzt Obmann-Stellvertreter im Bezirksverband Iglau von der Außenstelle Iglau des Landesverbandes Mähren für Land- und Forstwirtschaft, die Mitte Jänner in Iglau gegründet worden ist. Ist analog dem Reichsnährstand eine landwirtschaftliche Pflichtorganisation, abgestimmt auf die Bedürfnisse des Protektorates. Haben lange darauf gewartet, wie Du weißt. Ehrenamtlicher Außenstellenleiter ist unser Hans Heuschneider aus Schlappenz 43.
Am 6. April werden Maria und Franz heiraten, kirchliche Traunung in Iglau. Solltest es als erste wissen, damit Du nach Urlaub fragen kannst. Sollst Marias Kranzlmadl sein.
Jetzt endlich kommt ins Reformkino der Film *Donaumelodien*, den Du vor Deiner Abreise noch so gerne gesehen hättest.
Schreibe uns bald! Herzliche Grüße von Mutter, Maria und von mir, sendet

Vatter

Nachdem er den Brief dem Postboten mit auf den Weg gegeben hatte, fiel ihm ein, daß er vergessen hatte, Kathi zu schreiben, daß Bergersdorf SS-Dorf geworden sei. „Ist ja auch nicht so wichtig“, dachte er.

4

Wie an fast jedem Werktag trafen sich Wenzel Hondl und sein Bruder Ferdinand hinter dem Hof zu einem kurzen Spaziergang über die Felder. Die Luft verhieß den nahenden Frühling. Die Sonne schien, der Schnee begann zu schmelzen. Für Ferdinand war das Thema SS-Dorf noch immer nicht abgeschlossen: „Wie kannst du so was zulassen?" fragte er.

„Ich habe nicht darum gebeten, es ist mir mitgeteilt worden", sagte Wenzel.

„Das wird uns einmal schaden!"

„Vielleicht nützt es uns nichts", gab Wenzel zur Antwort. „Aber was kann es uns schaden?"

„Die Zeiten könnten sich ändern", warnte Ferdinand.

„Die sind so fest, die bleiben, wie sie sind, glaube mir!"

„Ich habe Zweifel bekommen, ob alles richtig ist, was sie in Berlin und Prag machen", sagte Ferdinand. Er fuhr fort: „Ich war immer dafür, viel mehr als du, für alles, was uns befohlen wurde; war schon 1935 in der Henlein-Partei, nach dem Einmarsch in der NSDAP … war immer dafür! Aber seit einem halben Jahr mache ich mir Gedanken, ob wir nicht belogen werden."

„Du hast den Tod deines Hans noch nicht verwunden, sonst wärest du zuversichtlicher."

„Es hängt auch mit Hans zusammen", antwortete Ferdinand. „Aber immer mehr zweifle ich, ob wir wirklich die Wahrheit erfahren."

Wenzel war betroffen: „Ich hoffe nicht, daß du recht behalten wirst", sagte er beim Abschied.

Zu Hause erwartete ihn Marie Tondl.

Heinz Frey sei gerade bei ihr gewesen und habe mitgeteilt, Johann sei vermißt.

„Vermißt sagt noch gar nichts, beruhige dich", versuchte er seine Schwester zu trösten. Er versprach ihr, bei der Wehrkreiskommandostelle wegen Johann nachzufragen.

Im Hause 29 mußte Heinz Frey die Nachricht überbringen, daß der achtundzwanzigjährige Franz Wendl, „Gefreiter bei den Panzergrenadieren, am 10. Jänner im Osten den Heldentod" gefunden habe. Marie Tondl hatte eine Stunde lang die Sterbeglocke geläutet. Später, Ende Februar, wurden wieder zwei

Gefallenenmeldungen bekannt. Im *Mährischen Grenzboten* hieß es dazu:

„Aus dem SS-Dorf Bergersdorf des Igellandes gaben zwei SS-Männer in vorbildlichem Einsatz gegen den Bolschewismus ihr Leben: Uffz. Wenzel Kreisel, Besitzer des EK I und II, Bergersdorf 18, und Gefreiter Josef Mokry, Bergersdorf 50."

5

Heinz Frey organisierte eine große Trauerfeier für den Gefallenen Josef Mokry, der vor fast zwei Jahren der Waffen-SS beigetreten war. Daher konnte Emanuel Sladek als Redner gewonnen werden. Auch der Kreisleiter hatte seine Teilnahme zugesagt. Der Ortsgruppenleiter ließ vor dem Kriegerdenkmal zwei Hakenkreuzflaggen aufstellen und den Namen des zwanzigjährigen Gefallenen auf die „Heldentafel", wie sie genannt wurde, meißeln.

Der Bürgermeister hielt die groß angelegte Feier für unangemessen. „Wir sind mitten im Kriege, da sollten wir uns bescheiden geben, auch bei der Totenehrung", rügte er den Ortsgruppenleiter.

„Jetzt, wo wir SS-Dorf sind", entgegnete Frey, „haben wir die Verpflichtung, unsere Helden in Größe zu ehren!"

„Mach, was du willst!" sagte Wenzel Hondl entschieden. „Das ist deine Sache! Aber mir hätte die Totenmesse in der Kirche und ein stilles Gebet vor dem Kriegerdenkmal genügt!"

Es war ein sonniger Frühlingstag. Letzte Schneereste bedeckten die Hügel. Zur Trauerfeier waren die Alten in schwarzer Tracht erschienen. Die drei Schwägerinnen Theresia Hondl, Katharina Hondl und Marie Tondl standen nahe beieinander. Die Mädel des BDM hatten sich in zwei Reihen seitlich des Kriegerdenkmals aufgestellt. Junge Frauen in Iglauer Tracht standen bei dem Redner unter der Flagge. Dieser begann mit seiner Ansprache:

„Verehrte Volksgenossen und Volksgenossinnen!
Verehrte Parteigenossen und Parteigenossinnen!

Liebe Bergersdorfer!

In Trauer umstehen wir heute die Fahnen des Reiches, um einen Helden zu ehren, der getreu seinem Fahneneid das Größte gab – sein Leben. Welch eine Haltung deutschen Soldatentums in dieser großen Zeit! Wir beugen uns vor dem Heldentum der Kämpfer von Stalingrad, die ihr Leben gaben damit Deutschland lebe!"

Mit Tränen in den Augen dachte Marie Tondl an ihren Sohn Johann. Er hatte im Sommer zu ihr gesagt: „Ich kann nicht hierbleiben. Alle anderen sind eingerückt, ich muß dabeisein!"

Die vergangenen Wochen hatte sie zwischen Hoffen und tiefster Niedergeschlagenheit verbracht. Fast jede Nacht träumte sie von Johann. Jeden Tag wartete sie vergebens auf Feldpost. Immer wieder las sie seinen letzten Brief vom 25. Dezember, versuchte auch zwischen den Zeilen zu lesen. Seit einiger Zeit litt sie an Herzschmerzen. Sie hatte erhöhten Bluthochdruck. Nur halbherzig verfolgte sie die Worte des Redners:

„Für uns Igelmenschen aber kann es heute kein Köpfchenhängenlassen geben! Was wäre unsere Heimat heute, hätte der Bolschewismus sie erfaßt? Wo wären unsere Menschen? Wo unsere Kultur? Wo die Arbeit der Jahrhunderte? Ein härteres Los der Knechtschaft, des Robots und der Versklavung hätte uns getroffen, aus dem uns niemand mehr erlöst hätte. Ein Meer von Tränen, eine Kette von Verfolgungen, ein Leben der Härte und Entseelung wäre uns zuteil geworden. Da schickte uns die Vorsehung den Führer Adolf Hitler. Er erlöste uns von dieser Gefahr durch den Krieg. Doch es war, wie Dr. Goebbels im Berliner Sportpalast sagte, zwei Minuten vor zwölf, als der Führer die deutsche Wehrmacht am 22. Juni 1941 im Osten zum Angriff antreten ließ. Ein weiteres Zögern hätte zur Vernichtung des Reiches und zur vollkommenen Bolschewisierung des europäischen Kontinents geführt."

Von diesen Worten tief betroffen, senkten viele Zuhörer die Köpfe. Unter ihnen waren auch tschechische Bewohner aus Bergersdorf, da der Vater des Gefallenen Tscheche war. Dieser war Streckenwächter bei der staatlichen tschechischen Eisenbahngesellschaft.

In den dreißiger Jahren hatte er drei seiner Kinder auf die tschechische Schule Bergersdorf schicken müssen, um damit seinen Arbeitsplatz und seine Pensionsansprüche zu retten. Er war mit der Schwester des stellvertretenden Bürgermeisters verheiratet. Seine eigene Schwester hatte ebenfalls einen tschechischen Bahnbeamten geheiratet. Weil dieser sich in den dreißiger Jahren geweigert hatte, seine Kinder auf die tschechische Schule zu schicken, war er vom Dienst suspendiert worden. Der Bürgermeister setzte sich damals für diese Familie ein und untertützte sie tatkräftig. Jetzt stand er in der Nähe des Redners, der seine Ansprache mit den Worten schloß:

> „Nun ist der Kampf um Stalingrad zu Ende. Wir Igelmenschen haben ihn mit einer nervenzermürbenden Spannung miterlebt. Einer ähnlichen Spannung, mit der wir in den Oktobertagen 1938 auf den Einmarsch der deutschen Truppen warteten. Als wir wußten, daß wir nicht unter die Befreiten fallen, ergriff uns damals tiefste Niedergeschlagenheit. Aber den Mut und die Ausdauer der kampfgewohnten Igelmenschen konnte diese Niedergeschlagenheit nicht lange lähmen, denn wir glaubten dem Führerwort. Dann kam der Führer, und er befreite uns. Heute beugen wir uns wieder unter der Prüfung, die dem Reiche auferlegt wurde, als ihm der Gegner die Waffen in die Hände zwang. Und wieder wollen wir dem Führerwort glauben und uns unter das totale Gesetz des Krieges stellen. Nichts anderes kann es mehr für uns geben, als diesen totalen Kampf zu gewinnen. Freudig werden wir dem Alarmruf Dr. Goebbels' vom 18. Feber im Berliner Sportpalast zum totalen Krieg folgen. Stalingrad war und ist der große Alarmruf des Schicksals an das deutsche Volk. Denn ein Volk, das die Stärke besitzt, ein solches Unglück zu ertragen, ist unbesiegbar!
> Und auch das Igelland wird nach dem Sieg von sich sagen können: Führer, wir haben alles hingegeben, um den Sieg zu erringen!"

Wenige Tage später erhielt Wenzel Hondl einen Brief aus Berlin, der nichts Gutes zu verheißen schien. In dem Kuvert war eine Todesanzeige:

„Getreu seinem Fahneneide fand Wolf Berger, SS-Untersturmführer, L SS AH., am 11. 2. 1943 nach den schweren Kämpfen von Stalingrad den Heldentod für Führer, Volk und Großdeutschland. Er starb, damit Deutschland lebe!“

Auf dem Lehrhof in Aspang nahm Kathi die Gefallenenmeldung aus Berlin gefaßt auf: „Das Leben muß weitergehen!“ sagte sie trotzig. Mit übermäßigem Eifer begann sie, wie ihr geheißen, die Außenarbeiten und konnte doch ihre Gedanken von Wolf nicht lösen.

Der Sohn des Lehrbauern schöpfte still neue Hoffnung.

Kathi konnte nichts essen und ging am Abend zeitig in ihre Schlafkammer. Dort weinte sie bis in die Morgenstunden hinein. Ein Traum war für immer zerbrochen.

6

Der Hochzeitstermin von Maria und Franz war auf Dienstag, den 6. April 1943, festgelegt worden. Maria wollte in Iglau von Stadtpfarrer Honsig getraut werden. Der tschechische Pfarrer in Ranzern, zu dessen Kirchensprengel auch Zeisau gehörte, bedauerte Marias Entscheidung. Gerne hätte er dem Paar seinen kirchlichen Segen gegeben.

Heinz Frey machte sich zu Wenzel Hondl auf. Falls er „hochwertige Möbel“ für seine Tochter brauche, so habe er einen guten Vorschlag zu machen, erklärte Frey: „In Iglau gibt's Möbel von Juden!“

„Kommt gar nicht in Frage!“ wehrte der Bürgermeister ab.

„Warum denn nicht?“

„Weil diese Möbelstücke geraubt sind!“

„Das muß doch keiner wissen“, schlug Frey vor.

„Ich will keine Möbel von Juden!“

„Die Juden leben jetzt gut in Arbeitslagern“, behauptete Frey. „Die brauchen die Möbel nicht mehr! Außerdem ist es ihnen doch egal, wer ihre Möbel nimmt!“

„Damit du das weißt, ich nehme keine geraubten Güter!"

„War ja nur ein Vorschlag in Freundschaft ..."

„Ich habe Lärchenholz aus eigenen Beständen. In Iglau ist ein guter Schreiner, der macht daraus die Möbelstücke für meine Tochter!" erklärte Wenzel Hondl. „Und noch etwas will ich dir sagen: Die Kirche und die Juden sollen in Ruhe gelassen werden! Und jetzt laß mich in Ruhe, ich brauche deinen guten Vorschlag nicht!"

Wenzel Hondl schenkte seiner Tochter als Mitgift hundertdreißigtausend Kronen und zur Aussteuer Damastbettwäsche und Gläser aus feinstem Kristall von der Glasfabrik in Deutsch-Schützendorf. „Wenn der Krieg vorbei ist", so versprach er Maria, „werde ich dir eine Nähmaschine kaufen."

Der neunzehnjährige Wenzi hatte seine militärische Ausbildung abgeschlossen und war seit drei Wochen auf „Abstellurlaub", wie es bezeichnet wurde, zu Hause. Wenzi half seinem Vater bei den Feldarbeiten. Drei Tage vor der Hochzeit seiner Schwester traf ein Telegramm ein: Umgehend habe sich Wenzi bei der Kommandantur in Breslau zu melden. Noch bevor aus Österreich Kathi eintraf, war Wenzi abgereist.

Am Hochzeitstag mußte Maria bereits um fünf Uhr aufstehen. Die Brautausstatterin war gekommen, um ihr den Brautkranz aufzusetzen. Vor sieben Wochen war Maria nach Misching zu einer Kranzlbinderin gefahren, die Brautkränze kunstvoll anzufertigen verstand und sie verlieh. Maria hatte den größten und schönsten ausgewählt und ihn gleich mitgenommen. Er war prächtig. Echter Silberschmuck, der in unzähligen kleinen zylinderförmigen Spiegeln funkelte, umgaben den dreißig Zentimeter hohen runden Kranz.

Da der Brautkranz neun Pfund wog, mußte die Brautausstatterin eine stabile Standbasis schaffen. Zunächst flocht sie Watte in das Haar der Braut und steckte diese mit Haarnadeln am Hinterkopf fest. Nachdem Maria angekleidet war, wurde der Brautkranz aufgesetzt. Von da an mußte sie ihren Kopf aufrecht halten und jede heftige Bewegung vermeiden.

Der Tradition gemäß, sollte sie zuerst der Bräutigam sehen, damit würde *er* Herr im Hause sein. Maria sah, um von niemandem erblickt zu werden, nicht durch das Fenster, sondern wartete geduldig in ihrer Kammer auf Franz.

Um neun Uhr dreißig fuhr das Brautpaar mit dem Zug nach Iglau.

Der Direktor der Zentralmolkerei, Emil Strowik, chauffierte die Brauteltern und zwei Kameraden des Bräutigams nach Iglau zur Kirche St. Ignaz. Franz hätte unter den Hochzeitsgästen gerne auch seinen Freund Rudolf aus Ranzern gesehen. Doch er war im vergangenen Oktober der Waffen-SS beigetreten und sofort nach Leningrad abkommandiert worden.

Eine Kutsche fuhr die Eltern des Bräutigams und das Brautpaar vom Bahnhof zur Kirche. Diese sollte vom Brautpaar zuerst mit dem rechten Fuß betreten werden, das bringe Glück. Nach der Trauung und den Glückwünschen an die Frischvermählten fuhr die Kutsche nach Zeisau. Dort war die offizielle Hofübergabe an den Bräutigam. Franz hatte seiner Braut schon vor der Hochzeit versprochen, demnächst alle Ämter aufzugeben. Auch das Amt des Ortsgruppenleiters, das er seit März 1939 innehatte, wolle er nicht mehr lange ausüben, da die zunehmenden Gefallenenmeldungen ihn mehr und mehr belasteten.

Im Innenhof des Hauses Nr. 4 in Zeisau waren jetzt Gratulanten und Gäste eingetroffen. Der Brautvater übergab Franz' Vater die Mitgift für Maria. Die Arbeitsmaiden aus Ranzern brachten dem Brautpaar ein Ständchen; sie überreichten Maria Heiligenbildchen, die sie sich als Hochzeitsgeschenk gewünscht hatte. Danach forderte der Brautführer, Redmo genannt, zum Hochzeitsmahl auf, das mit einer Leberknödelsuppe eröffnet wurde. Als Hauptgericht gab es Schweinebraten mit Kraut und Knödel, „Knedla" genannt. Dazu gab es Saft und ein wenig Bier.

Bis vor einigen Jahren hatten bei jeder Bauernhochzeit, in der Mundart „Houzat" genannt, zwei „Druschmänner", freiledige Burschen, Regie geführt. Hohe und mit Schleifen bunt geschmückte Flittersträuße auf den Hüten, gaben sie den Auftakt zu Musik und Tanz. Sie sangen unter Musikantenbegleitung das „Rausschmeißerlied" und sagten vor der Fahrt zur Kirche den Spruch auf:

„Geehrter Herr Bräutigam, du hast dich vergangen.
Die Schnur hat dich gefangen.
Sie ist nicht zu zerreißen noch zu zerschneiden.
Drum mußt du uns zahlen auf Bier und auf Wein."

Doch jetzt war die Stimmung gedrückt, die „Druschmänner" waren bei der Wehrmacht, Wenzi würde bald an die Ostfront kommen. Auf Wein, Musik und Tanz wurde verzichtet, zum Kaffee gab es doppelten Schirmkuchen. Zum Abendessen wurde Schnitzel mit Kartoffeln gereicht. Gegen Mitternacht beendete der Redmo die Hochzeitsfeier mit einer Danksagung und wandte sich an die Braut mit dem Spruch:

„Stehet auf, Jungfrau Braut mit Euren Gästen!
Seid Ihr schon nicht sattgegessen.
Über Tisch und übers Eck
mit der Jungfrau Braut ins Federbett!"

Jetzt endlich konnte Maria den schweren Brautkranz ablegen.

7

Maria wurde von ihren Eltern schmerzlich vermißt. Kathi half ihnen und unterstützte die Mutter bei allen Hausarbeiten. Der Vater bat sie zu einem Gespräch unter vier Augen. Jetzt, da Maria in Zeisau verheiratet und Wenzi an der Ostfront sei, dürfe sie nicht heiraten. „Du mußt warten, bis der Krieg vorbei ist!" befahl der Vater. „Wenn Wenzi gesund heimkehrt, darfst du deinen Hans heiraten!"

Kathi gelobte, dies zu befolgen.

„Kommt Wenzi nicht nach Hause", fuhr der Vater fort, „mußt du den Hof übernehmen und einen Jungbauern einheiraten lassen. Ich möchte den Franz Freudenreich vom Hause 27 als Schwiegersohn sehen, wenn er gesund vom Fronteinsatz in Finnland zurückkehren sollte. Aber das mußt du entscheiden!"

„Wenzi wird wiederkommen", antwortete Kathi.

Von Hertha, der ehemaligen Arbeitsmaid, traf in diesen Tagen eine Karte ein. Der Arbeitseinsatz in Prag, so schrieb sie, sei beendet, jetzt sei sie wieder daheim in Apolda. Der Vater antwortete ihr sogleich und teilte die Neuigkeiten mit:

Bergersdorf, am 9. April 1943

„Liebe Hertha!

Für Ihren lb. Kartengruß besten Dank. Nun werden Sie bestimmt froh und glücklich sein, daß Sie wieder in der Heimat und bei Ihren Eltern sind.

Bei uns hat sich mittlerweile auch so Verschiedenes geändert. Wie Ihnen ja bereits bekannt sein wird, ist Wenzi strammer Soldat, war vorige Woche auf Urlaub, sollte bis Zehnten noch hierbleiben, mußte aber frühzeitig wieder einrücken, konnte also an Marias Hochzeit nicht teilnehmen, was mir die ganze Freude verdorben hat. Wie Ihnen ja bekannt sein wird, ist Maria jetzt verheiratet, hatte am 6. April Hochzeit, heißt jetzt Köpernik in Zeisau bei Iglau.

Kathi befindet sich momentan auch auf Urlaub zu Hause, sonst ist sie auf einem Lehrhofe in der Ostmark und wird bis zum Herbste dortbleiben.

So bin ich denn, wenn Kathi wiederwegfährt, mit meiner Frau allein. Uns ist sehr bange.

Wie Wenzi mitteilte, geht er in nächster Zeit bereits an die Ostfront ab, wenn er nur gesund heimkäme!

Wie Sie sehen, muß ich nun auch noch auf die alten Tage Maschineschreiben lernen. Und es geht, wenn auch noch manchmal daneben, ganz gut, wenigstens ist es leserlich. Was das Maidenlager betrifft, so sind so stramme und tüchtige Maiden, wie die ersten waren, nicht mehr dagewesen. Überhaupt waren in diesem Lager in der letzten Zeit viele Infektionskrankheiten ausgebrochen, so daß das Lager oft wochenlang geschlossen war, und brach erst kurz vor Schlusse wieder Diphtherie aus.

Nun glaube ich Ihnen so das Wichtigste aus unserem Dorfe und der Familie berichtet zu haben.

Leider sind auch schon eine ganze Anzahl Gefallener zu verzeichnen, darunter auch der Sohn vom Gastwirt. Von neunundvierzig Eingerückten sind bereits zehn Tote, Tondl-Johann ist vermißt, war bei Stalingrad.

Nun, was werden Sie jetzt machen, wohl auch bald heiraten? Schöner ist es wohl in der Heimat. Schreiben Sie gelegentlich wieder!

Viele Grüße von mir und meiner Frau, auch an Ihre Eltern, sendet Hendl."

Nachdem er den Brief an Hertha dem Postboten mit auf den Weg gegeben hatte, fiel ihm ein, daß er vergessen hatte, Hertha zu schreiben, daß Bergersdorf zum SS-Dorf ernannt worden war.

Mit dem Begriff „SS-Dorf" konnte Kathi wenig anfangen. Sie stand kurz vor der Abreise nach Österreich und nahm

Abschied von den Nachbarn, auch vom Gastwirt. Dieser hatte in der Wohnküche ein großes Portrait seines gefallenen Sohnes aufgestellt. Für einen Moment erinnerte sich Kathi wehmütig an sein Werben um sie. Sie dachte an einen Streich, den sie ihm Jahre zuvor gespielt hatte: Der junge Wirtssohn hatte seine Arbeitskleidung und seine Mütze zum Trocknen hinter dem Haus ausgebreitet. Die vier Mädchen stopften diese Kleidungsstücke mit taufrisch gemähtem Gras aus.

Als er die vermeintlich getrocknete Kleidung hatte anziehen wollen, war er wütend geworden: „Na wartet!" rief er. „Euch werd ich helfen!"

Lachend waren die Mädchen davongerannt.

8

Endlich kam die erwartete Antwort der Wehrkreiskommandostelle. Sofort ging der Bürgermeister zu seiner Schwester Marie Tondl und brachte ihr das Schreiben. Die Antwort, so tröstete er sie, sei nicht gut, aber auch nicht schlecht. Immer wieder las Marie das Schreiben:

„Wehrkreiskommando IV
Arbeitsstab Stalingrad 22. 4. 1943
Ref. I E 4.29/36

Sehr geehrte Frau Tondl!
Die Feststellungen über den Verbleib der Angehörigen der ehem. 6. Armee haben ergeben, daß die Einheit Ihres Sohnes, des Soldat Johann Tondl # 23241 E an den Kämpfen um Stalingrad beteiligt war. Nähere Nachricht liegt über ihn bis heute noch nicht vor.
Die Ermittlungen über das Schicksal Ihres Sohnes werden mit größtmöglicher Beschleunigung fortgeführt.
Alle Nachrichten über Ihren Sohn, die Sie etwa von anderer Seite erhalten, bitte ich an Wehrkreiskommando IV, Arbeitsstab Stalingrad, Königsbrück, einzusenden.
Ich hoffe, Ihnen bald weiteren Bescheid geben zu können.
Heil Hitler!

Fink Hauptmann"

Marie Tondl war zutiefst niedergeschlagen. Im nächsten Monat, so sagte sie, habe Johann seinen dreißigsten Geburtstag.

Kurz danach wurde wieder eine Gefallenenmeldung bekannt. Der junge Mann war im vergangenen Monat zwanzig Jahre alt geworden. Marie Tondl fühlte sich zu schwach, um eine Stunde lang die Sterbeglocke zu läuten. Sie bat ihre Nichte Resi darum. Vom Läuten aufgeschreckt, liefen die Bergersdorfer zusammen. „Schon wieder, wer ist es denn jetzt?" war die bestürzte Frage.

Der Schulleiter Karl Neumaier hielt die Gefallenenmeldung in der Schulchronik Bergersdorf fest:

> „Am 20. April 1943 fiel in den Kämpfen an der Ostfront bei Newo-Rossisk der Melder eines Gebirgsjägerbataillons Josef Neskasch, der in Bergersdorf am 18. März 1923 im Hause 2 geboren wurde und hier auch die deutsche Schule besuchte. Sein Opfermut wird den Schülern dieser Schule zu allen Zeiten ein leuchtendes Vorbild sein."

*

In Polna war eine Bronzetafel über dem Eingang des Hauses Nr. 47 auf dem Husovo náměstí am 1. Juli 1934 feierlich enthüllt worden. Die Tafel war in Prag nach einem Entwurf von Prof. J. Rérych aus Deutsch-Brod gefertigt worden. Die Inschrift lautete:

> „In diesem Haus wohnte in der Blütezeit ihrer Jugend
> 1840–1842 Božena Němcová."

Jetzt befürchtete der Bürgermeister von Polna, auch diese Tafel könnte von den Deutschen abgenommen werden, um sie im Altreich für Kriegszwecke einzuschmelzen. In Absprache mit dem Direktor des Stadtmuseums, das 1943 geschlossen wurde, ließ der Bürgermeister jetzt die Bronzetafel in einer Nacht- und Nebelaktion entfernen und auf der Polnaer Burg verstecken.

9

In Iglau lebte eine betagte Jüdin.

Ihre Muttersprache war Deutsch. Sie hatte sich immer zum Deutschtum bekannt, in früheren Zeiten unterstützte sie den 1919 gegründeten Deutschen Kulturverband. Sie hatte nur in deutschen Geschäften eingekauft. Seit einiger Zeit lieferte eine volksdeutsche Bäuerin aus Ranzern Milchprodukte bei ihr ab.

Ihr Enkel war Oberleutnant beim Heer, und sie war stolz auf ihn. Mit ihm hatte sie am 16. März 1939 auf das Eintreffen Adolf Hitlers in Iglau gewartet, begeistert und froh, endlich dem Großdeutschen Reich angehören zu dürfen. Mit der Errichtung des Protektorates war sie wie alle im Protektorat lebenden Menschen jüdischer Herkunft jedoch staatenlos geworden.

In diesen Tagen wurde ihr mitgeteilt, ihre „Evakuierung" stünde unmittelbar bevor. Sie war ratlos und begriff nicht, weshalb sie in ihrem Alter noch ausgewiesen werden müsse. Iglau war ihre Geburtsstadt, hier wollte sie auch beerdigt werden.

Die Maßnahmen gegen Menschen jüdischer Herkunft waren zunehmend verschärft worden. Im Herbst 1939 hatte eines der Verbote geheißen: „Juden dürfen nicht mehr Schlittschuh laufen."

Zum „Siebten Jahrestag der Machtergreifung Adolf Hitlers" am 30. Januar hatte Regierungspräsident Krebs verkündet, daß „die Beseitigung des jüdischen Einflusses in Presse, Film, Theater, Musik und Kunst jetzt restlos durchgeführt" sei. „Der jüdische Richter und der jüdische Advokat werde ebenso ausgemerzt wie der jüdische Arzt."

Im Sommer 1940 war die „Regelung der Einkaufszeiten für die jüdische Bevölkerung" in Kraft getreten, die den „Juden Einkäufe nur in der Zeit zwischen zehn Uhr dreißig und zwölf Uhr" gestattete. Zwei Jahre später wurde ihnen der Kauf von Frischgemüse, Obst, getrockneten Früchten und Schwammerln verboten.

Sogenannte „Judenkolonnen", die Straßen und Plätze in Iglau reinigen mußten, waren auch verpflichtet, deutschfeindliche Aufschriften und „Schmierpropaganda" unter Aufsicht der örtlichen Sicherheitsorgane zu entfernen.

Im Oktober 1941 hatte es in einem Kommentar des *Mährischen Grenzboten* geheißen, in absehbarer Zeit sollten auch die

Städte und Dörfer des Protektorates „judenrein" gemacht werden.

Dieses Ziel war schon nach dem Einmarsch verfolgt worden. So war der Laborleiter der Zentralmolkerei Iglau, ein Halbjude, krank gemeldet worden. Sein Vorgesetzter, Direktor Strowik, hatte interveniert, er könne auf seinen fähigen Mitarbeiter nicht verzichten: „Ich brauch ihn dringend!"

Daraufhin wurde ihm mitgeteilt: „Auf den brauchst nicht mehr warten!" Der ehemalige Laborleiter hatte zunächst in einer „Judenkolonne" in Iglau gearbeitet und war später in ein Arbeitslager gebracht worden.

Im Frühjahr 1942 wurden „arbeitsscheue Juden", wie sie genannt wurden, „die sich noch immer nicht der neuen Ordnung fügen und in ihrer angeborenen Arbeitsscheu sich vor jeder Arbeit drücken wollen", so hatte ein Zitat im *Mährischen Grenzboten* gelautet, in ein jüdisches Arbeitslager bei Iglau[15] eingewiesen. Nach „entwichenen arbeitsscheuen Juden" wurde gefahndet, so auch nach Dr. Goldmann, einem einst angesehenen HNO-Arzt aus Iglau.

Seit Frühjahr 1942 waren die Bedingungen für „Judenkolonnen" verschärft worden. Wer wegen Krankheit auch nur einen Tag gefehlt hatte, wurde in das Kreisgericht Iglau, von dort in ein Konzentrationslager verschleppt, von dem er nie zurückkehren sollte.

Der Film *Jud Süß* wurde jetzt im Adria-Kino gezeigt.

„Mit den Juden verschwindet auch die Flüsterpropaganda im Protektorat", hatte es in Zeitungskommentaren geheißen.

Die betagte Jüdin in Iglau war verzweifelt.

Sie wandte sich an ihren Enkel, er möge ihr helfen, in ihrem Alter wolle sie nicht mehr umziehen. Der junge Oberleutnant, auf Heimaturlaub in Iglau, erkannte sofort, was „Evakuierung"

[15] Bei der Volkszählung 1919 in Iglau wurden unter 20 137 Deutschen und 4 325 Tschechen 1 289 Menschen „israelitischen Glaubens" gezählt. Im Jahr 1938 und Anfang 1939 emigrierten viele Juden aus Iglau, so daß exakte Zahlenangaben nicht vorliegen. 1942 wurde in Polná ein Sammellager für Juden aus der Umgebung errichtet. Von hier aus wurden sie in die Konzentrationslager Dachau, Majdanek, Theresienstadt, Treblinka u. a. gebracht. Von 64 Polnáer Juden haben 3 überlebt. Ein großes Sammellager war in der Stadt Trebitsch (Třebíč), von wo aus die Juden in Viehwaggons nach Theresienstadt (Terezín) gebracht wurden. Von den über 1 000 Juden aus Iglau, die in KZs kamen, kehrten 32 zurück.

bedeutete. Er liebte seine Großmutter über alles und bat um Audienz beim Oberlandrat, die ihm gewährt wurde.

SS-Sturmbannführer Regierungsrat Heß empfing den jungen Mann.

„Es geht um meine Großmutter", begann dieser. „Sie ist fünfundachtzig Jahre alt. Sie hat erfahren, daß sie abgeholt wird, denn sie ist Jüdin ..."

„Ja, schämen Sie sich nicht?" fiel Heß ihm ins Wort.

„Meine Großmutter hat immer zu den Deutschen gehalten", fuhr der junge Mann unbeirrt fort.

„Ja, schämen Sie sich denn nicht?"

„Meine Großmutter hat für die Kriegsanleihe gespendet! Sie hat den Berghäuerzug unterstützt! Sie hat ihr Leben lang alles für die Deutschen getan!"

„Ja, schämen Sie sich nicht? Sie als deutscher Offizier!"

„Es geht darum, daß man eine Frau in diesem Alter nicht mehr einsperrt ..."

„Sie als deutscher Offizier!" erregte sich Heß. „Schämen Sie sich nicht, eine *Jüdin* als Großmutter zu haben?"

„Warum sollte ich mich schämen?"

„Ja, schämen Sie sich denn gar nicht?"

„Nein!"

„Die Saujüdin kommt fort!"

„Meine Großmutter kommt nicht fort!"

„Die kommt fort!" brüllte der Oberlandrat. „Verlassen Sie umgehend mein Büro!"

Entschlossen ging der Oberleutnant zur Tür, drehte sich heftig um und schmetterte Heß entgegen: „Und ich sage Ihnen, sie kommt nicht fort!"

Voller Hoffnung hatte die Großmutter ihren Enkel erwartet. Sie hatte sein Lieblingsgericht zubereitet und war sich sicher, daß er Erfolg haben werde, schließlich war er auch Träger des EK I.

Auf dem Wege zur Großmutter überlegte er fieberhaft, was er tun sollte. Alles in ihm war zusammengebrochen. Das Leben war sinnlos geworden, und er rang sich zu einem Entschluß durch.

Mit Tränen in den Augen umarmte er seine Großmutter ein letztes Mal. Plötzlich trat er einige Schritte zurück, riß seine Pistole aus dem Halfter, richtete sie auf seine Großmutter und feuerte mehrmals auf sie ab. Von den Kugeln getroffen, sank sie zu Boden.

Danach setzte er die Pistole an seine Schläfe und drückte ab. Er war sofort tot.

10

Heinz Frey hatte zum großen Richtfest geladen.

Es war ein heißer Sommertag. Für Freys Arbeiter und Bauhelfer, die Tagelöhner, Knechte, Häusler, Kleinbauern und Handwerker bedeutete das Fest ein unvergeßliches Erlebnis. Girlanden schmückten den großen Innenhof, eine Blaskapelle spielte, auf einem Spieß über dem Feuer drehte sich gerollter Schweinebraten. Als Beilage hatte Frau Frey Kartoffelsalat zubereitet. Zum Trinken schenkte Frey Iglauer Bier vom Faß aus. Unter seinen Gästen war auch der Kreisleiter, der sich für die Errichtung dieses Musterhofes sehr eingesetzt hatte und mit dem Frey sich seit langem politisch verbunden fühlte. Bereits ab Mitte der dreißiger Jahre hatten beide in Bergersdorf neue Mitglieder für die Sudetendeutsche Partei geworben.

Heute genoß Frey die Verehrung seiner Bauarbeiter und der Handwerker. Mit dem vierundsechzigjährigen Zimmermann hatte er sich inzwischen so sehr angefreundet, daß dieser, seit 1935 Mitglied der SdP, auf Drängen Freys der SS beigetreten war.

Die Blasmusik war bis in die Dorfmitte zu hören. Freys Fest löste bei einigen der Nichtgeladenen Unmut aus. „Wir alle müssen sparen, dürfen nicht schlachten, aber der Frey kann alles", sagten sie. Der Bürgermeister nahm es gelassen: „Er muß wissen, ob es richtig ist, was er macht, das ist seine Sache."

Wie an jedem Sonntag fuhr Maria mit dem Zug zu ihren Eltern. Zuvor besuchte sie in Iglau den Gottesdienst. Schon bei der Ankunft am Bahnhof Bergersdorf war aus der Einschicht fröhliches Stimmengewirr zu vernehmen. Auf dem Weg zur Dorfmitte sah Maria linkerseits den girlandengeschmückten Hof. Sie erinnerte sich an den vergangenen Herbst, als einmal die Enten ausrissen. Die Mutter hatte sie losgeschickt, um nach ihnen zu suchen. Maria war durch das Dorf gelaufen und sah in der Mitte beim Hause 17 Frau Frey am Fenster. Beim Grüßen fiel ihr auf, daß sie heftig geweint hatte. Bestürzt berichtete Maria der Mutter davon.

„Entweder war die Schwiegermutter böse zu ihr oder ihr Mann“, vermutete die Mutter. „Das weiß man nicht, woher es kommt. Wahrscheinlich war es die Schwiegermutter!“

„Wenn sie einmal draußen im schönen Musterhof wohnen“, so hatte Maria gehofft, „wird bestimmt alles besser für sie werden“.

11

Gottlob Berger wollte Bergersdorf besuchen.

Am Tag zuvor fuhr der Adjutant von Iglau nach Bergersdorf, um einen Kurzbesuch Bergers beim Bürgermeister anzumelden.

Wie bei jedem Besuch in Iglau übernachtete der Adjutant in der Villa Sladeks. Im Erdgeschoß war die Dienststelle der SS untergebracht, im Obergeschoß lagen die Privaträume. Die schöne Villa mit großem Garten und altem Baumbestand war bis zum Einmarsch im März 1939 in jüdischem Besitz gewesen. Auch das große Gebäude der Gestapo in der nahen Steingasse hatte einem jüdischen Arzt gehört.

Gottlob Berger logierte im Grand-Hotel. Das prächtige Jugendstilhaus im Zentrum der Stadt war im Zuge der „Arisierung“ in deutschen Besitz übergegangen.

Der Besuch Bergers war für die Repräsentanten der Stadt Iglau auch ein gesellschaftliches Ereignis. Einmal hatte Emanuel Sladek zu einem Dinner in seine Villa geladen. Die Ehefrau des Gastgebers hatte Lampenfieber. Behutsam nahm Berger sie zur Seite und sagte: „Gnädige Frau, Sie müssen sich vorstellen: die hohen Herren ohne Uniform, im Nachthemd. Dann fällt alles andere ab!“

„Zu Gottlob Berger hat man sofort einen Draht“, lobte Emanuel Sladek, der in ihm eine Vaterfigur sah. Vor jedem Besuch Bergers hieß es daher: „Vater Berger kommt!“ Auch noch Wochen später wurde über ihn gesprochen und seine offene, umgängliche, auch gelegentlich derbe Art gerühmt. „Das ist einer, der im Innern oft anders denkt, als er nach außen hin zugibt“, war die Meinung über ihn. Daß er seinen Besuch mit einem Abstecher nach Bergersdorf verknüpfte, war bekannt. Die Repräsentanten der Stadt waren der Ansicht: „Berger muß sich von Bergersdorf irgend etwas versprechen und noch etwas Besonderes mit ihm vorhaben, sonst hätte er es nicht als SS-Dorf ausgezeichnet!“

Bei seinem Eintreffen erkundigte sich Berger aufgeräumt: „Wie geht es meinem Berger-SS-Dorf?"

Vom Giebel des Hauses 23 hing eine Hakenkreuzfahne herab. Aus der Küche drang der Geruch des Schweinebratens nach draußen, Kathi und Mitzi hatten frisch gezapftes Bier aus dem Wirtshaus geholt und aufgetischt. Theresia begrüßte den Gast aus Berlin und hieß ihn herzlich willkommen.

„Welche Idylle, keine Spur von Krieg!" wandte sich Gottlob Berger gutgelaunt an Theresia und Wenzel Hondl.

„Vom Krieg merken wir tatsächlich nichts", antwortete dieser. „Wären da nicht die vielen Gefallenen und Vermißten …"

„Dieser Krieg ist ein Krieg für das Reich und fordert von uns Deutschen das größte Opfer, auch ich mußte meinen Sohn hergeben", unterbrach ihn Gottlob Berger. Am 21. Juni war er von Adolf Hitler zum General der Waffen-SS ernannt worden.

Während des Mittagessens berichtete er von seiner Reise nach Wien. Dort habe er sechshundert Volksdeutschen aus dem verbündeten Rumänien, die sich als Freiwillige zur Waffen-SS gemeldet hätten, die Grüße des Führers und des Reichsführers SS überbracht und zu ihnen gesprochen. „Man kann mit Überzeugung sagen, daß es die Stimme des Blutes ist", erklärte Gottlob Berger, „die Freiwillige aus Siebenbürgen und dem Schwäbischen Banat[16] zu den Fahnen der Waffen-SS führt." In seiner Rede habe er sie daher an ihre Verpflichtung erinnert, „getreu ihren Vorfahren für ihr eigenes Dasein, für ihre schöne Heimat, für das Reich und damit für die Sicherheit und Freiheit Europas und die abendländische Kultur zu kämpfen".

---

[16] Das Banat ist eine Region im Dreiländereck Rumänien, Serbien und Ungarn. Das Gebiet geriet 1552 unter türkische Herrschaft. Nach der Eroberung 1716 durch Prinz Eugen wurde das Banat Krondomäne der Habsburger, die ersten deutschen Siedler kamen. Unter Kaiserin Maria Theresia siedelten sich 300 000 Deutsche (Schwaben) hier an, um 1785 etwa 60 000, auch aus anderen Regionen Deutschlands. 1918 scheiterten Versuche, eine unabhängige Republik Banat zu schaffen. 1919 wurde das Gebiet zwischen den drei Ländern Jugoslawien, Rumänien und Ungarn aufgeteilt. Während des Zweiten Weltkrieges wurden die Banater Deutschen in die deutsche Wehrmacht eingezogen, viele meldeten sich auch zur Waffen-SS. In Kreisen der NS-Führung bestanden Überlegungen, das nationalsozialistische Banat und das von Donauschwaben bewohnte jugoslawische Banat ins Reichsgebiet einzugliedern.

Gottlob Berger zeigte sich zufrieden, denn insgesamt hätten sich in Rumänien mehr als einundvierzigtausend Freiwillige volksdeutscher Herkunft zur Waffen-SS gemeldet, was auch auf eine erfolgreiche Arbeit seines Schwiegersohnes Andreas Schmidt zurückzuführen sei.

Der Bürgermeister wollte Näheres über ihn erfahren.

„Mein Schwiegersohn meistert die Sache ganz groß: Er hat die NSDAP der deutschen Volksgruppe in Rumänien am 9. November 1940 in Mediasch gegründet. Es war sein Verdienst, daß ranghohe deutsche und rumänische Politiker zugegen waren", erklärte Berger und fuhr fort: „Die Rumänen sind dank Antonescu unsere zuverlässigsten Verbündeten, wobei Siebenbürgen seit Jahrhunderten deutsches Gebiet ist. Das sind künstlich gezogene Grenzen, die uns voneinander trennen! Es gibt Überlegungen diese Grenzen einmal zu revidieren, denn dahinter liegt ja deutsches Gebiet. Übrigens ist mein Schwiegersohn in Siebenbürgen geboren und mit Deutsch als Muttersprache aufgewachsen."

Der Adjutant wartete zur Weiterfahrt.

Gottlob Berger dankte für die Gastfreundschaft, beim nächsten Besuch werde er mehr Zeit mitbringen, bis dahin, so sei zu wünschen, könne der Krieg beendet sein, und zwar siegreich.

12

Im August war Rudolf auf Heimaturlaub in Ranzern. Im vergangenen Oktober war er der Waffen-SS beigetreten und jetzt bei Leningrad als Fahrer eingesetzt. Er hatte seinen Freund Franz in Zeisau, Haus Nr. 4, besuchen wollen und von Maria erfahren, daß ihr Mann eingerückt und bei der Radfahrkompanie in Brüx sei.

Rudolf besuchte Freunde und Verwandte. In Iglau traf er einen Verwandten im Rang eines Oberstleutnants, der ebenfalls Heimaturlaub hatte. Beim Spaziergang über den Adolf-Hitler-Platz wurde dieser von allen Seiten achtungsvoll gegrüßt. Unvermutet begann er: „Rudolf, weißt du auch, daß der Krieg verloren ist?"

„Oh, das darf man nicht laut sagen!"

„Du hast ja recht, aber es ist so! Der Krieg ist für uns verloren!“

„Nein, das ist unmöglich! Das glaube ich dir nicht!“

„Du darfst es mir glauben!“

„Nein, es kann doch so was nicht sein!“

„Wir haben den Krieg verloren!“ betonte der Oberstleutnant.

„Die vielen Soldaten, die gefallen sind, die vielen Toten, die vielen Witwen und Waisen, die vielen Opfer“, sagte Rudolf betroffen. „Das alles soll umsonst gewesen sein?“

„Es ist so und nicht anders! Der Krieg ist verloren!“

Rudolf erinnerte sich an kritische Äußerungen seines Vaters, die er zu Beginn des Rußlandfeldzuges gemacht hatte: „So lange ist das gut gegangen, aber das jetzt geht schief!“ hatte er gesagt. „Napoleon hat es nicht erreicht, bald kommt der strenge russische Winter, schade um die vielen Soldaten, die erfrieren werden!“

Beim Abschied sagte der Oberstleutnant nochmals: „Rudolf, den Krieg haben wir verloren, für immer! Glaube es mir!“

Von dieser Begegnung aufgewühlt, suchte Rudolf die Stätten früherer Ereignisse auf, so auch das Geschäft der befreundeten Familie Goldreich, dessen Zerstörung er mit vierzehn Jahren am 13. März 1939 ungewollt miterlebt hatte. Doch die neuen Besitzer waren ihm fremd. An der Türklingel des Hauses Nr. 21 am Adolf-Hitler-Platz stand der Name Polizer, an der Tür des zweiten Goldreich-Hauses der Name Beate Poper.

In der Znaimer Gasse erinnerte sich Rudolf an den jüdischen Geschäftsmann Bergler, dessen raschen Abtransport er als zufällig vorbeikommender Passant gesehen hatte. Bevor Rudolf begriffen hatte, was geschah, war der Lkw davongerast.

Die neuen Besitzer des früheren Lebensmittelgeschäftes von Bergler waren ihm unbekannt.

In das ehemalige Geschäft eines beliebten tschechischen Uhrmachers, bei dem Rudolfs Vater einst Uhren reparieren ließ, waren neue Besitzer eingezogen. Der Handwerker hatte Juden in seinem Hause Unterschlupf gewährt, bald darauf war er mit seiner Familie und den Juden aus dem Haus getrieben und mit unbekanntem Ziel fortgebracht worden.

Zu Hause angekommen, berichtete Rudolf seinem Vater, keiner der jüdischen Freunde, Bekannten und Geschäftsleute sei anzutreffen. Sein Vater antwortete, er habe von einer Feldnachbarin, die in Iglau Milchprodukte an Privatkunden verkaufe, etwas Unbegreifliches erfahren. Vor einiger Zeit habe sie einer gehbehinderten Jüdin Milch und Käse, wie vereinbart, vorbeibringen wollen. Von den Hausbewohnern sei ihr jedoch zugeraunt worden, die Alte lebe nicht mehr. Sie habe „fortgemußt", wie es genannt wurde. Daraufhin habe ihr Enkel, ein Oberleutnant beim Heer, beim Oberlandrat um Gnade für sie gebeten, offensichtlich erfolglos, denn kurz darauf habe er sie und sich selbst erschossen.

Rudolfs Vater, ein ehemaliger Vorsitzender des deutschen Bundes der Landwirte, der nach dessen Eingliederung in die SdP im März 1938 nur widerstrebend dieser Partei beigetreten war, fühlte sich in seiner Voraussage bestätigt. „Der Henlein bringt uns nichts Gutes", hatte er einmal gesagt und jetzt hinzugefügt: „Der Hitler aber bringt uns Unglück!"

13

Kathi war vorzeitig nach Bergersdorf zurückgekehrt. Im kommenden Herbst aber, so hatte sie ihrem Lehrherrn versprochen, werde sie für einige Tage zum Mosten und Schnapsbrennen kommen. Seit kurzem war sie mit Hans verlobt. Er hatte Kathi während eines Heimaturlaubes auf dem Lehrhof besucht und die Verlobungsringe mitgebracht. Der Sohn des Lehrbauern hatte daraufhin alle Hoffnungen auf eine gemeinsame Zukunft mit Kathi aufgegeben.

Zu Hause erfuhr Kathi das Neueste: Die deutsche Volksschule in Neuhof war in diesem Monat wegen Lehrermangels stillgelegt worden, die dortigen Schüler würden mit Beginn des neuen Schuljahres die Bergersdorfer Volksschule besuchen. Demnächst werde ein Probebetrieb der Luftschutzsirenen durchgeführt, die Verdunklungszeiten in Böhmen und Mähren seien im August von zweiundzwanzig Uhr bis vier Uhr vorgeschrieben, und die Intendanz des Stadttheaters Iglau suche für die Dauer der neuen Spielzeit Wohnungen oder Zimmer für die Unterbringung der Künstler, deren Wohnungsmiete sie auch begleichen werde.

In drei Wochen sollten die Tennis-Wettkämpfe Prag–Iglau, veranstaltet vom Nationalsozialistischen Reichsbund für Leibesübungen, in Iglau ausgetragen werden.

Die letzten Arbeitsmaiden verließen Bergersdorf ...

Die Gefallenenmeldungen häuften sich.

Für die „Heranziehung zum weiblichen Arbeitsdienst“ werde jetzt schon der Geburtsjahrgang 1925 erfaßt. Daher war Kathi froh, bei ihren Eltern arbeiten zu dürfen. Ihre vorzeitige Rückkehr war notwendig geworden, weil die Magd Kathi Bergersdorf verlassen würde, um ihren Peter in Österreich zu heiraten. Kathi schrieb in einem Brief an Hertha auch darüber:

Bergersdorf, 29. August 1943

Liebe Hertha!

Du wirst wohl denken, daß die Hondls in Bergersdorf alle schon gestorben sind. Gottseidank nicht, wir leben noch. Wie Du wissen wirst, hat die Schwester im April geheiratet, Bruder liegt bereits verwundet im Lazarett. Wurde an der Miusfront verwundet. Ein Granatsplitter riß ihm ein faustgroßes Loch in die Wade. Erst war er in Lublin im Lazarett, als er transportfähig war, kam er nach Theresienstadt. Dort hat ihn Vater schon besucht, Samstag fahren die Eltern wieder hin. Geht ihm jetzt schon ziemlich gut.

Nächsten Sonntag geht Kathi weg, da sie Peter heiraten wird. Einen Ostmärker. Er wurde schon von der Wehrmacht entlassen, da er nicht frontverwendungsfähig ist. Ist jetzt in der Kanzlei eines Rüstungsbetriebes beschäftigt. Ihren Franzl, einen tapferen Panzermann, der schon zwei Jahre in Rußland ist und alle möglichen Auszeichnungen hat, läßt sie stehen und heiratet einen, der nie an die Front kommen kann, nur weil sie Angst haben, übrigzubleiben. Hoffentlich hat sie gut gewählt und braucht es nie zu bereuen.

Mit der Ernte sind wir schon ganz fertig, hatten sehr gutes Wetter. Nun sind noch die Kartoffeln und Rüben draußen.

Nachmittags waren zwei Maiden hier, die jetzt bei uns ist und die vorige, sind zwei tüchtige Mädel. Mutter sagt aber immer, eine zweite Hertha kommt wohl nicht mehr ins Lager. Führerinnen sind jetzt hier, Du würdest staunen, die Haare könnten einem zu Berge stehen. Vater hat immer mehr Arbeit, nun ist er auch noch Standesbeamter, könntest Dich schon in Bergersdorf trauen lassen.

Ich war, wie Du ja wissen wirst, ein halbes Jahr auf einem Lehrhof in der Ostmark, siebzig Kilometer südlich von

Wien, in Aspang. Hat mir sehr gut gefallen. Hatte heuer bei der Ernte gut lachen, mußte mit dem Bindemäher fahren. Geht mir ganz gut zu Hause, da wir noch nie so viele Leute waren wie jetzt.
Du bist hoffentlich auch noch immer zu Hause. Wie ist denn die Stimmung bei Euch? Hier merken wir ja vom Krieg nichts. Auf das Dorf, wo ich am Lehrhof war, warfen die Engländer auch schon Bomben. Ist siebenundzwanzig Kilometer von Wiener-Neustadt, an der Anflugstrecke. Hoffentlich nimmt dieses große Ringen bald ein Ende.
In Bergersdorf ereignet sich weiter gar nichts, sind bloß die üblichen Filmvorführungen. Demnächst *Liebesgeschichten* mit Willy Fritsch und Hannelore Schroth. Müssen noch heute die Sitzgelegenheit mitnehmen.

Herzliche Grüße von allen, Kathi

14

Die Reise nach Theresienstadt erschien Theresia endlos.

Seit Beginn des Krieges war sie mit ihrem Mann nicht mehr verreist. In den Vorkriegsjahren hatte sie ihn nach Hamburg, München und Leipzig zu Messebesuchen begleitet. Sie besuchte die Ausstellung des Reichsnährstandes in Leipzig mit ihm, für die er eine Ehrenkarte erhalten hatte. Einmal war ihr sogar ein Flug in einer Privatmaschine nach München angeboten worden. Doch ihr Mann war strikt dagegen und verbot ihr den Flug, er liebe sie und wolle sie nicht bei einem Flugzeugabsturz verlieren.

Ein anderer Anlaß zur Reise nach Theresienstadt wäre ihr lieber gewesen: Vor sechs Wochen war Wenzi mit seiner Kompanie, die zur Panzerabwehr eingesetzt war, in einen Angriff russischer Tiefflieger geraten. Um dem Trommelfeuer zu entkommen, hatte er mit seinen Kameraden Deckung gesucht. Plötzlich verspürte er einen stechenden Schmerz im linken Bein und rannte trotz Verwundung dreihundert Meter weit zum schützenden Sanitätsbunker.

Die Ärzte waren unentwegt im Einsatz.

Erst um Mitternacht konnte Wenzi operiert werden. Ohne Betäubung war die verletzte Hauptschlagader im linken Bein herausgezogen, ihr Ende mit einem Goldfaden zugeknotet worden. Wenzi hatte eine Tetanusspritze bekommen, Penicillin gab es nicht. Mit hohem Fieber war er per Zug nach Polen in ein Lazarett und mit Abklingen des Fiebers nach Theresienstadt gebracht worden. Zum schnelleren Abheilen wurde Puder auf die Wunde gestäubt, die Wundränder mit Zinksalbe bestrichen.

Wenzi hatte den Besuch seiner Eltern sehr erwartet. Sie waren erleichtert, ihn in guter Verfassung anzutreffen, auch wenn ihm das Laufen noch sehr schwerfiel.

„Vielleicht hat dir diese Verwundung dein Leben gerettet", meinte der Vater.

„Im Juli waren schwere Kämpfe", sagte Wenzi. „Viele waren so verzweifelt, daß sie alles getan haben, um nach Hause zu kommen. Wenn ein Soldat heimwollte", erklärte er, „hat er sich in den Arm geschossen. Damit keine Schmauchspuren zu sehen sind, hat er zuerst ein Brot davorgehalten."

Der Vater wollte wissen, wie es an der Front sei.

„Ich glaube nicht mehr daran, daß wir den Krieg gewinnen werden", sagte Wenzi. „Alles andere ist Propaganda! Rußland wird immer stärker und wir werden immer schwächer!"

Das Ghettolager Theresienstadt war nach offizieller Verlautbarung das „Reichsaltersheim für Juden". Das gepflegte Hauptgebäude im Empire-Stil aus der Zeit Maria Theresias schien diese Version auf den ersten Blick zu bestätigen.

„Ich muß Euch etwas sagen", klärte Wenzi seine Eltern auf. „Man sieht sie nicht, aber hier sind über vierzigtausend Juden eingepfercht. Theresienstadt ist ein Transitlager für sie. Die Juden werden alle in Viehwagen nach Weißrußland gefahren. Ich weiß es von einem dänischen Wachmann im Nebenbett, der gut deutsch spricht."

Als Wenzi für einige Minuten mit dem Vater alleine war, sagte er: „Die Mutter soll es nicht wissen, sie würde sich zu sehr darüber aufregen, aber der Däne hat mir gesagt, daß in Weißrußland die Juden unter Bewachung der SS ihre eigenen Gräber schaufeln müssen. Dann werden sie erschossen. Selbst hier in Theresienstadt", so fuhr Wenzi fort, „werden Juden gequält und auch umgebracht. Der Däne ist einmal abends am Fenster gestanden und hat gesehen, wie zwei Juden drunten im Hof behandelt worden sind: Die Wachmannschaft hat die Bärte der beiden Juden miteinander verknotet, mit Benzin begossen und angezündet. Das höhnische Gelächter der Wachleute, so hat er mir gesagt, werde er nie vergessen!"

Schweigend fuhren die Eltern mit dem letzten Abendzug nach Hause.

15

Franz Hondl hatte seinen achtzehnten Geburtstag.

Er war überdurchschnittlich tüchtig und erfolgreich. Auf der Haupttagung des land- und forstwirtschaftlichen Kreisverbandes Iglau an einem Julisonntag im vergangenen Jahr war er vom Kreisverbandsobmann ausgezeichnet und besonders gelobt worden. Von siebenundvierzig Absolventen der Landarbeit hatte er die beste Abschlußnote.

Der Kreisverbandsobmann hob damals in seinem Jahresbericht für 1941 auch hervor, daß hunderttausend Stunden freiwilliger Ernteeinsatz der Männer des RAD, der Schutzpolizei, der Wehrmacht sowie der Arbeiter und Arbeiterinnen aus Industriebetrieben dazu beigetragen hätten, die „Erzeugungsschlacht" erfolgreich zu beenden. Er erklärte: „An allen Fronten geht die deutsche Wehrmacht dem großen Sieg entgegen! Ihr Kampf ist auch ein Kampf für die gesicherte Zukunft des deutschen Bauerntums."

Franz Hondl erinnerte sich, daß auch Dr. Smidt, Leiter der Gruppe Landwirtschaft beim Reichsprotektor in Prag, an dieser Tagung teilgenommen hatte. In seiner Rede hatte dieser nach einigen Ausführungen zur „Fettlücke", die geschlossen werden müsse, erklärt, daß das Protektorat entgegen einer gewissen Flüsterpropaganda nicht Lieferant des Reiches, sondern im Gegenteil Zuschußgebiet des Reiches sei. Das Führerwort: „Das Dritte Reich wird ein Bauernreich sein, oder es wird untergehen", müsse allgegenwärtige Mahnung sein.

Abschließend hatte Kreisleiter Letz den Bauern volle Unterstützung der NSDAP zugesichert und das Leitwort ausgerufen: „Es gibt keine bessere Zukunft nach dem Krieg, sondern nur eine bessere Zukunft nach dem Sieg!"

Jetzt hatte Franz Hondl die Einberufung zur Wehrmacht erhalten. Er war fassungslos: „Seit der Monarchie beliefern wir

Österreich. Böhmen ist Versorgungsgebiet für die Ostmark", sagte er. „Jeder einzelne Bauer wird hier gebraucht, und dann sollen tüchtige Bauern an die Front, das ist doch ein Widerspruch!"

Er wußte, daß in Einzelfällen Jungbauern zurückgestellt werden konnten, wenn es für die Betriebsführung notwendig war.

Sein Vater versprach, ihn zu unterstützen. „Bleib du hier!" riet er und stellte einen Antrag auf Rückstellung. Ferdinand war im Milchkontrollverein Stecken-Iglau, der in Bergersdorf gegründet und dessen Kanzlei im Hause Nr. 7 untergebracht war, seit langem als Obmann-Stellvertreter tätig. In dieser Funktion genoß er hohes Ansehen. Er war daher überzeugt, sein Rückstellungsantrag für Franz werde positiv entschieden.

Auf der Musterungsstelle in Iglau bekam der junge Franz jedoch eine Abfuhr.

„Du willst dich drücken?" wurde er gefragt.

„Ich bin Bauer", antwortete er.

„Das sind andere auch!"

„Ich bin Bauer aus Berufung, und ich will es bleiben!" betonte Franz.

„Du wirst doch eine Ehre in dir haben, daß du kämpfen darfst! Oder hast du diese Ehre etwa nicht?"

„Mein Bruder ist schon gefallen!"

„Er ist als Held des Vaterlandes gefallen und auf dem Felde der Ehre bestattet. Er ist für immer unsterblich!"

Franz verzog schmerzhaft das Gesicht.

„Du mußt glücklich darüber sein, daß du eingezogen wirst!"

Franz verneinte.

„Wir müssen kämpfen, um zu leben! Leben können wir aber nur, wenn wir siegen! Also müssen wir zuerst kämpfen, auch du!"

Nach dieser erfolglosen Unterredung stellte Ferdinand einen Antrag, daß Franz bei der Artillerie oder beim Nachschub eingesetzt werde. Dem Antrag Ferdinands wurde stattgegeben.

16

Kathi erhielt Feldpost von Hans.

Er schrieb ihr, daß er bald auf Heimaturlaub nach Regensburg fahren werde, sie solle auch kommen, er möchte sie seinen Eltern vorstellen. Falls er zwischenzeitlich fallen sollte, möge Kathi trotzdem nach Regensburg fahren und seinen Bruder heiraten. Kathi war entsetzt: „Wie kann er nur so einen wahnsinnigen Vorschlag machen?"

Jetzt hatte Marie Tondl Nachricht über Johann erhalten.

Sie suchte wie immer, wenn sie Rat und Trost brauchte, ihren Bruder Wenzel auf. Er bemühte sich, sie zu beruhigen. Es sei zwar noch alles offen, doch allemal besser als eine schlimme Nachricht. „Wir können immer noch hoffen, daß Johann zurückkehrt", tröstete er sie. Marie las das Schreiben wieder und wieder:

Wehrkreiskommando IV	Dresden, den 27. 9. 1943
Arbeitsstab Stalingrad	Amtsgericht
Ref. 1 e H 29–36	Lothringer Straße 1

Sehr geehrte Frau Tondl!
Der Abschluß der Ermittlungen über das Schicksal

Ihres Sohnes, des Grenadiers
Johann Tondl, geboren 31. Mai 1913
4. Kom. Gren. Regt. 274,

der zuletzt im Kampfraum Stalingrad eingesetzt war, hat keine restlose Klarheit erbracht. Er muß demnach als vermißt angesehen werden.

Die Sowjetunion lehnt die namentliche Bekanntgabe der in ihrer Hand befindlichen Kriegsgefangenen ab, obwohl ein derartiges Verhalten im Widerspruch zu dem Kriegsrecht steht.

Bemühungen internationaler Hilfsgesellschaften oder neutraler Staaten, die darauf abzielen, diese Haltung der Sowjetunion zu ändern, sind bislang leider ergebnislosverlaufen.

Nachrichten, die über das Schicksal der Kriegsgefangenen umlaufen, sind unkontrollierbar, und es besteht Anlaß zu der Annahme, daß sie zur Irreführung weiter Volkskreise als feindliche Zweckpropaganda in die Welt gesetzt sind.

Ich bedauere daher tief, daß ich nicht in der Lage bin, Ihnen eine aufklärende Mitteilung und tröstende Gewißheit zukommen zu lassen.

Tag des Vermißtseins: 4. Januar 1943

Heil Hitler!
i. V. Fink
Hauptmann

Kurz darauf kam eine offizielle Mitteilung für Kathi.

Kathi war vor Schmerz wie betäubt. Hans war an der Ostfront gefallen!

17

Wenzi war wieder genesen.

Er hatte einen Urlaubsantrag zur „Grundverbesserung" gestellt, der ihm genehmigt wurde. Für vierzehn Tage durfte er in Bergersdorf sein. Es war Herbst geworden, die Erntearbeiten waren nahezu abgeschlossen. Wenzi nahm seinem Vater letzte Feldarbeiten ab, abends ging er zum „Fensterln" ins Maidenlager. Der schmucke Neunzehnjährige war bei den Maiden gerne gesehen.

Wenzi bemerkte einen Stimmungsumschwung: „Es hat sich einiges verändert", sagte er zu seinem Vater. „Die Bergersdörfer sind stiller geworden."

Wieder sorgte eine Gefallenenmeldung für Unruhe. Es war der dreiunddreißigjährige Franz Altrichter aus dem Hause Nr. 4.

Die tschechischen Bewohner hatten schon vor einiger Zeit festgestellt: „Mit jeder Gefallenenmeldung sinkt die Stimmung der Deutschen."

Inzwischen war auch der Schulleiter von Bergersdorf, Karl Neumaier, zur Waffen-SS nach Nürnberg einberufen worden. Die Leitung der Schule hatte die Lehrerin Katharina Bienert übernommen.

In diesen Tagen war Kathi nach Österreich gefahren. Seit der Gefallenenmeldung ihres Verlobten war ihr Lachen nicht mehr zu hören; die Mutter hatte ihr zur Reise nach Österreich geraten, damit sie auf andere Gedanken käme.

Es war die Zeit des Mostens und Schnapsbrennens. Kathi wurde von ihrem Lehrbauern am Bahnhof mit der Pferdekutsche abgeholt; sein Sohn hatte ihre Ankunft heftig erwartet. Am Eingangstor zum Hof prangte ein geschmücktes Schild mit der Aufschrift:

HERZLICH WILLKOMMEN!

Mit Eifer stürzte sich Kathi in die Arbeit. Sie hatte ihrem Vater versprochen, einige Flaschen des „guten Tropfens" mitzubringen.

Kurz vor ihrer Abreise überreichte ihr die Bäuerin einen großen Korb mit abgefüllten Flaschen und fragte sie: „Kathi, möchst net bei uns aufm Hof bleiben?"

„Der Vater tät mich gleich holen, wenn ich ihm heimschreib, ich bleib auf eurem Hof als Magd."

„Aber Kathi, aber doch net als Magd!" beschwichtigte die Bäuerin. „Unser Sohn will dich heiraten!"

„Solange Krieg ist, läßt der Vater mich nicht heiraten", entgegnete Kathi.

„Dann wollen wir hoffen, daß der Krieg bald vorbei ist!" sagte die Bäuerin.

18

In Bergersdorf läutete die Sterbeglocke nicht.

Ein junger slowakischer Knecht hatte sich auf dem Dachboden eines Bauernhauses erhängt. Bei Selbstmördern durften keine Glocken läuten. Die Nachricht von seinem Tod verbreitete sich wie ein Lauffeuer im Dorf und löste große Bestürzung aus.

Einige konnten dies nicht begreifen. „Wieso nimmt sich jemand das Leben, obwohl es ihm gutgeht", sagten sie. „Unsere Männer müssen an der Front um ihr Leben kämpfen, während die Tschechen und Slowaken sich bei uns sattessen können", war ihre Meinung.

Mit Beginn des Krieges waren tschechische und slowakische junge Männer „zwecks Ersatzdienst in der Landwirtschaft", wie es offiziell bezeichnet wurde, den Bauern als Arbeitskräfte zugeteilt worden, um die Lücken zu schließen, die durch die Einberufungen von Bauernsöhnen und deutschen Knechten entstanden waren. Die Außenstellen des Arbeitsamtes Iglau waren damit befaßt, tschechische Bauernsöhne zum Dienst an deutschen Bauernhöfen zwangszuverpflichten: Ein landwirtschaftlicher Experte hatte rundum tschechische Betriebe begutachtet und die Anzahl der Arbeitskräfte im Verhältnis zu ihrem Arbeitsaufwand und ihren Erträgen gegengerechnet. Wenn er zu dem Schluß kam, daß ein Hof auch mit weniger Arbeitskräften die gleiche Leistung erbringen könnte, wurde der tschechische Bauernsohn von der zuständigen Außendienststelle „rekrutiert". Bestechungsversuche und Geschenke seiner Familie mit dem Ziel, ihren Sohn behalten zu dürfen, waren zwecklos.

Vor wenigen Jahren hatten einige dieser Landarbeiter und Landarbeiterinnen in Bergersdorf zur Arbeitseinstellung in der Erntezeit aufgerufen. Die Gendarmerie von Deutsch-Schützendorf ermahnte sie daraufhin, ihre Arbeit „weiter ordnungsgemäß durchzuführen", wie es im Protokoll der Gendarmerie hieß.

Seit einiger Zeit arbeiteten ein tschechischer und zwei slowakische Knechte bei Wenzel Hondl. Streng achtete er darauf, daß sie in seinem Hause gleichberechtigt waren: Sie erhielten zwischen Weihnachten und Neujahr am „Kölbltäg", dem Zahltag für die Dienstboten und Knechte, den gleichen Lohn wie ihre deutschen Kollegen, wobei alle übertariflich entlohnt wurden. Sie aßen mit den Familienmitgliedern am selben Tisch und verfügten über die gleiche freie Zeit. Ihre Wäsche wurde jeden Montag von den Mädchen gewaschen, geflickt und gebügelt, am Abend in ihren Schrank zurückgelegt, während auf anderen Höfen auch deutsche Knechte dies am freien Sonntagnachmittag erledigen mußten.

Einer der slowakischen Knechte stammte aus Mähren. Er war von einem Verwandten Mitzis auf eigenen Wunsch vermittelt worden. Alle Knechte wohnten im ausgebauten Dachgeschoß. Gegenüber ihrem Dienstherren verhielten sie sich stets loyal.

Inzwischen war das Motiv zum Selbstmord des dreiundzwanzigjährigen Slowaken bekanntgeworden: Er hatte unter Heimweh gelitten. In seinem Heimatort wurde er in der Selbstmörderecke des Friedhofes beerdigt.

*

Jetzt wurde für den „Arbeitseinsatz im Reich", wie er offiziell bezeichnet wurde, schon der Jahrgang 1924 erfaßt. Söhne und Töchter von „Protektoratsangehörigen" wurden per Eisenbahn ins Reich verschickt. Auf den Bahnhöfen war es bei der „Zugabfertigung" jedoch zu Verzweiflungsszenen gekommen. In Iglau mußte eine Regierungstruppe einen Kordon stellen, damit die „Einwaggonierung halbwegs reibungslos" ablaufen konnte.

19

Vor zwanzig Jahren, an einem Sonntagabend, hatte ein tschechischer Bettler bei Wenzel Hondl um ein Nachtlager gebeten. Der Unbekannte war aus Schlappenz gekommen. Seine Kleidung war blutbeschmiert.

Der Bürgermeister hatte Bettlern, die eine Unterkunft suchten, reihum im Dorf einen Hof zugewiesen. Dort hatten sie ein Abendbrot erhalten und waren nach dem Frühstück am nächsten Morgen weitergezogen. Auch er hatte eine leerstehende Knechtekammer, in denen Bettler übernachten konnten.

Doch dieses Mal war er mißtrauisch und sperrte den Bettler in der Kammer ein. Während der Abendnachrichten hatte er eine Meldung im Radio verfolgt, daß am heutigen Tag, den 28. Dezember, der junge tschechische Müller Laštovička aus Schlappenz von zwei Männern brutal überfallen worden sei. Die Männer hätten Geld von ihm gefordert und ihn mit Stöcken zusammengeschlagen. Von seinen Schreien aufgeschreckt, habe ihm die Dienstmagd zu Hilfe eilen wollen, sei aber ebenfalls niedergeschlagen worden. Als der Vater des jungen Müllers von seinem Sonntagsspaziergang früher als gewohnt zurückgekommen sei, habe er sofort die Gendarmerie in Polna alarmiert. Von den Tätern jedoch fehlte jede Spur.

Gleich hatte der Bürgermeister vom Bahnhof aus bei der Gendarmerie in Deutsch-Schützendorf angerufen. Kurz darauf war ein Fahrzeug vorgefahren. Die Gendarmen hatten die Knechtekammer geöffnet, den Schlafenden festgenommen und abgeführt. Bei seiner ersten Vernehmung hatte er seinen Namen mit Šuster angegeben. Er hatte ein Geständnis abgelegt, er und sein

Komplize hätten den Plan gehegt, den wohlhabenden Müller umzubringen, um an sein Geld zu gelangen.

Der Komplize und Anführer hatte sich in die Wälder geflüchtet und dort versteckt. Am 24. Februar konnte er gestellt und verhaftet werden. Seinen Namen gab er mit Kraša an.

Seit Jahrzehnten war kein Verbrechen dieser Art geschehen. Jeder Fremde, gleich welcher Nationalität, der in einem Dorf um ein Nachtlager und um Essen gebeten hatte, war freundlich aufgenommen und bewirtet worden.

Nach Bergersdorf kamen im Rhythmus von zwei Jahren Gaukler mit ihren Tieren. Sie hatten eine Nachmittagsvorstellung für die Kinder und eine Abendvorstellung für die Erwachsenen gegeben. Die Schausteller und die Tiere waren gerne gesehen und auch beköstigt worden.

Von Zeit zu Zeit kamen auch fahrende Händler aus Serbien oder Bosnien, „Bosniaken" genannt, in die Dörfer. Ihre Waren hatten sie vor ihrem Bauch in einem großen flachen Korb, der mit Lederriemen hinter dem Rücken zusammengeschnürt war, angeboten. Sie verkauften einem festen Kundenstamm Taschentücher, Kopftücher, Schuhsenkel, Socken, Schlüpfer oder Knöpfe. In Bergersdorf hatten sie in einem größeren Haus am Ortsrand übernachtet. Betteln war ihnen fremd.

Tschechische Spielgruppen zogen am Neujahrstag von Haus zu Haus und hatten nach ihrem Ständchen einige Kronen erhalten.

Fahrende Zigeuner hatten auch in Bergersdorf Station gemacht. Sofort hatte es von Haus zu Haus geheißen: „Alles zusperren, Zigeuner sind im Dorf!"

Wenn sie ihre Zugpferde ausgeschirrt hatten, verstauten die Zigeunerinnen handgestrickte Pullover und Socken in einem Korb und machten sich zum Hausieren auf.

Theresia Hondl hatte nichts gekauft.

Aber sie holte aus dem Stall eine alte Henne und schenkte sie der Zigeunerin.

„Habts Ihr auch Fett zum Braten?" fragte Theresia.

„No, bittascheen! No, wenn wir haben kennten ein Schtick Fett?" bat die Alte.

Theresia holte Bratfett aus der Speisekammer.

„Sinds auch Igel bei Eich?" fragte die Zigeunerin.

„Draußen auf dem Feld sind welche!"

„Igelfleisch ist das beste", erklärte die Zigeunerin. „Ihr mißt Lehmbrei machen, Igel darin einpacken und ins offene Feier legen. Wenn fertig, Lehm wegnehmen, und Stachel und Haut bleiben im Lehm drinnen. Bei Huhn mit Federn ists genauso!“

Theresia hatte herzhaft gelacht und die Zigeunerin weiterziehen lassen.

Es war berichtet worden, daß Zigeunerinnen, denen nichts abgekauft oder nichts geschenkt wurde, der Bäuerin vor Wut Milch ins Gesicht schütteten.

Seit dem Einmarsch 1939 waren die Bettler, die fahrenden Händler, die Gaukler und die Zigeuner ausgeblieben. Weshalb sie nicht mehr kamen, blieb in Bergersdorf unbekannt.

Der schwerverletzte Müller Laštovička aus Schlappenz hatte längere Zeit im Krankenhaus verbracht. Alle Bemühungen der Ärzte, seine verstümmelte Nase wiederherzustellen, blieben erfolglos. Da ihm auch das Sprechen schwerfiel, lebte er von den Menschen zurückgezogen. Er hatte dem Zimmermann aus Bergersdorf, Haus Nr. 49, den Auftrag erteilt, seine Mühle auszubauen und sie mit einem hohen Zaun zu umgeben. Mit dem tüchtigen Handwerker, der in Wien einst seine Meisterprüfung abgelegt hatte, war Laštovička jedoch befreundet. Noch Jahre später lud er ihn und seine Familie zu sich zum Essen und bat die drei Töchter: „Mädels, singt wieder, ihr singts so schön!“

20

In der Iglauer Sprachinsel sorgte Ende Februar 1944 eine Nachricht für große Aufregung und bestürzte auch Wenzel Hondl zutiefst: Emil Strowik, der Direktor der Zentralmolkerei Iglau, hatte seinem Leben ein Ende gesetzt.

Wenzel erinnerte sich an die Gespräche mit seinem Parteifreund vom einstigen Bund der Landwirte, an die Reise nach St. Pölten vor fast acht Jahren, an die Feuerwehrbälle in Bergersdorf, die bis 1939 alljährlich stattfanden und zu denen das Ehepaar Sophie und Emil Strowik mit dem Pferdeschlitten gekommen und von ihm herzlich begrüßt worden war. Er hatte die feine Art Strowiks immer sehr geschätzt, seine Geradlinig- und Unbestechlichkeit. Jetzt grübelte er darüber nach, wie es dazu hatte kommen können.

Es war vor mehr als einem Jahr gewesen: Durch das Ungeschick eines Arbeiters war eine Milchflasche zerbrochen. Einige Glassplitter gelangten in die Milch. Nachdem der Schaden zu Tage gekommen war, hatte Strowik den Fall ordnungsgemäß dem Milchverband in Prag gemeldet. Damals sagte er zu seiner Familie: „Jeder andere Betrieb ist leichter zu führen, aber der Lebensmittelbetrieb ist der gefährlichste. Da steht man immer mit einem Fuß im Gefängnis!"

Nach diesem Vorfall war die Gestapo in der Molkerei aufgetaucht und hatte nach ihrem Kontrollgang um Butter gebeten.

„Ich kann Ihnen keine Butter schenken", erwiderte der Molkereidirektor. „Zum Schluß hängen sie mich noch deswegen. Käse können Sie hin und wieder haben, aber keine Butter!"

Emil Strowik war überaus korrekt. Selbst seine Familie durfte Butter nur auf Lebensmittelkarten erwerben.

Wieder erschien die Gestapo in der Molkerei und hatte nach ihrem Rundgang um Butter gebeten.

„Von mir kriegen Sie nichts!" schmetterte er ihre Bitte ab.

Zu Hause klagte er seiner Frau, damit schaffe er sich keine Freunde.

Kurz darauf war Anzeige gegen ihn erstattet worden: In seinem Betrieb, den er nicht unter Kontrolle habe, sei Sabotage der tschechischen Arbeiterschaft an der Tagesordnung. Rattenschwänze seien in der Butter, Glasscherben in der Milch. Diese Desinformation ging durch die gesamte Sprachinsel von Mund zu Mund.

Emil Strowik war vorgeladen und verhört worden. Sein Ehrgefühl war zerbrochen, sein Lebenswerk zerstört. Nervlich am Ende, hatte er sich diesen Belastungen nicht mehr gewachsen gefühlt: „Die wollen mich ins Lager bringen!" befürchtete er im Kreise seiner Familie.

Am 22. Februar 1944 um sechs Uhr dreißig hatte sich Emil Strowik in seiner Kanzlei erschossen. Er war sechsundvierzig Jahre alt. In seinem Abschiedsbrief bat er um eine stille Beerdigung, doch die Repräsentanten der Molkereigenossenschaft mit ihrem Obmann Johann Rinagel bestanden auf einer großen Beerdigungsfeier. Auf dem Friedhof Ebersdorf fand Emil Strowik seine letzte Ruhestätte. Rinagel hatte sich dafür eingesetzt, daß sein Freund nicht in der Selbstmörderecke des Friedhofes bestattet werde, sondern in einem Familiengrab. Zur Beerdigung waren auch Vertreter des Milchverbandes aus

Prag gekommen. Sie wurden von Sophie Strowik zu Kaffee und Kuchen eingeladen. „Es wäre ihm nichts passiert", versicherten sie.

Von der Friedhofsverwaltung erhielt die Witwe das Angebot, einen Grabstein des ehemaligen jüdischen Friedhofes billig zu erwerben.

„Kommt nicht in Frage", sagte sie entschieden. „Mein Mann hat zu Lebzeiten den Juden nichts genommen, und jetzt im Tod wird er es auch nicht tun!"

Drei Tage vor seinem Tode hatte Emil Strowik einen Abschiedsbrief an seine Frau geschrieben, in der er auch die finanzielle Absicherung, wie Lebensversicherungsbeiträge, geklärt hatte. Er bat seine Frau um Verzeihung und schilderte ihr auch die Vorgeschichte:

> „Ich habe viel erreicht, doch seit 1. Jänner 1940 waren die Anstrengungen so groß, daß ich mich nur durch viele Arbeit aufrechthielt. Daß ich alle meine Leute selbst einarbeiten mußte, ist Dir bekannt ... immer oblagen die wichtigsten Arbeiten mir. Jetzt ging es schon leichter, aber die unglückseligen Umstände, die nun bereits ein Jahr zurückliegen, treffen mich derart, daß ich nicht mehr ein noch aus weiß.
>
> Ich dachte alles getan zu haben, wenn ich die Sache mit dem Glassplitter, der von einer Milchflasche stammt, in der Butter dem Milchverbande als meiner vorgesetzten Stelle melde und wenn diese Butter über Weisung des Verbandes abgesandt wurde. Ich habe diese Sache seinerzeit nicht zur Anzeige gebracht, was für mich nachteilig ist. Auf mir lastete alles.
>
> Zum Glück hatten die Fälle keine nachteiligen Folgen, was ja die Hauptsache ist. Daß nun die Sache vor Gericht kommen wird, konnte ich doch nicht annehmen, da es sich nur um Zufälle handelte. Die Zeiten sind zu ernst, als daß man da ohne Strafe ausginge. Die Leute in der Stadt reden mehr, als wahr ist, denn das ersehe ich aus der Anzeige, deren Urheber mir unbekannt ist. Ich schäme mich, unter die Leute zu gehen, denn Ehrgefühl habe ich übergenug. Die Ungewißheit, wie es für mich, trotzdem ich schuldlos bin und als Betriebsführer ausfallen werde, weitergehen wird, ist untragbar.

Strafrechtlich habe ich mir nie etwas zu Schulden kommen lassen und hätte nie geglaubt, daß ich einmal derartige Unannehmlichkeiten haben werde.
Wenn Du diesen Brief erhältst, dann ist es hoffentlich zu Ende ... Bitte in aller Stille mit wenig Leuten, keine Partei und keine Zeitungsanzeige. Die Leute werden genug reden, aber einmal wiederaufhören müssen, da sich anderes ereignen wird. Alle, die mich kennen, wissen, was ich für ein Mensch war und werden verstehen, daß mich nur die unglückseligen Umstände zu der Verzweiflungstat treiben."

21

Heinz Frey wollte leichtverwundeten Soldaten, die in Deutsch-Brod untergebracht waren, einen unbeschwerten Nachmittag in Bergersdorf bescheren. Er trommelte den Bergersdorfer BDM zusammen und erteilte Instruktionen: jede Familie im Dorf habe einen Kuchen zu backen und ihn einen Tag vor dem Eintreffen der Soldaten im leerstehenden Hause 17 abzuliefern. Einige der Mädchen, auch Katharina aus dem Hause 38, sollten während der Nacht die Kuchen bewachen, sie am nächsten Morgen zum Gasthaus bringen, dort die Tische decken und mit den ersten Frühlingsblumen schmücken. Währenddessen polierte die HJ das Kriegerdenkmal auf Hochglanz und umgab es mit Hakenkreuzflaggen.

Endlich war es soweit.

Es war Nachmittag, gleich würde der Zug mit den Soldaten einfahren. Heinz Frey postierte in Uniform vor dem Kriegerdenkmal, hinter ihm die HJ. Auf dem Bahnsteig standen die Mädel des BDM Spalier. Sie hielten kleine Blumensträuße in den Händen und warteten gespannt auf die Gäste. Das Pfeifen einer Lokomotive war von Ferne zu hören, die älteren Mädchen hatten Herzklopfen.

Dampfend rollte der Zug ein und kam ruckartig zum Stehen.

Die Mädchen holten tief Luft und riefen auf Kommando:

Herz–lich–Will–kom–men!

Die Türen der Waggons blieben geschlossen, niemand stieg aus. Reisende starrten verdutzt aus den Fenstern.

Der Stationsvorsteher war schadenfroh: „Na Mädels“, neckte er. „Eure Soldaten kommen wohl nicht, die haben euch sitzenlassen. Schöne Blamage!“

Er pfiff zur Abfahrt, der Zug setzte sich schwerfällig in Bewegung.

Jetzt löste sich die Spannung, die Mädchen prusteten los und warteten auf den nächsten Zug.

Die Zeit schien nicht zu vergehen. Heinz Frey wurde nervös. Er lief vor dem Kriegerdenkmal auf und ab und überdachte nochmals seine Ansprache.

Endlich war wieder das Pfeifen einer Lokomotive zu hören. Der Zug rollte in den Bahnhof ein und kam zum Stehen.

Die Türen öffneten sich, Soldaten stiegen aus.

Ein Mädchen warf dem Stationsvorsteher rasch einen triumphierenden Blick zu und schnitt ihm eine Grimasse.

Die Mädchen riefen auf Kommando:

Herz–lich–Will–kom–men!

Diesen Empfang hatten die Soldaten nicht erwartet. Überrascht nahmen sie die Blumen in Empfang und ließen sich von den Mädchen zum Kriegerdenkmal begleiten.

Dort wurden sie von Heinz Frey begrüßt. Einige von ihnen konnten ihre Blicke von den „feschen Madln“, wie sie genannt wurden, nicht wenden.

Heinz Frey hatte sich vor die Gruppe gestellt. Er räusperte sich und begann mit seiner Rede:

> „Tapfere Soldaten, seid willkommen im schönen Bergersdorf! Wir freuen uns, euch hier begrüßen zu dürfen, denn ihr seid Helden des Vaterlandes! In eiserner Pflichterfüllung habt ihr eure Gesundheit für unsere Freiheit aufs Spiel gesetzt! Was wäre unsere Heimat ohne eure Tapferkeit? Wir wären allen Feinden ausgeliefert und zum Sterben verurteilt. Wir alle wissen, daß dieser Krieg dem Führer aufgezwungen worden ist. Die ganze Welt weiß es. Die ganze Welt weiß auch, daß der Führer den Weg des Friedens gehen wollte. Wer auf die Größe unserer politischen Erfolge dieses Krieges zurückschaut, wird ebenfalls feststellen können, daß die Arbeiten und Probleme des Führers auf friedliche Weise hätten gelöst werden können. Der beste Beweis hierfür ist die Errichtung des Protektorats Böhmen und Mähren. Doch nun sind wir

Tschechische Partisanen sind mit russischen und tschechischen Offizieren zum Durchsuchen der Wälder angetreten.

Deutsche Flüchtlinge auf dem Marktplatz in Polná, Mai 1945.

mitten im Kriege, die Brücken hinter uns sind abgebrochen, und dem deutschen Volke bleibt nur der Weg vorwärts! Dieser Weg aber wird, wenn unser Wille niemals ins Wanken gerät, unzweifelhaft zum deutschen Siege führen, denn weder Zeit noch Waffengewalt vermögen das deutsche Volk niederzuzwingen!
Die Zuversicht, mit der der Führer seinen Glauben an den deutschen Sieg aussprach, darf unter keinen Umständen durch vorübergehende Schwankungen im Verlauf der Kampfhandlungen, die jeder Krieg nun einmal mit sich bringt, beeinträchtigt werden. Der Wille der kämpfenden Soldaten ist das ausschlaggebende Moment bei allen großen geschichtlichen Entscheiungen.
Seid alle überzeugt, daß vom Führer bis zum kleinsten Deutschen nur der eine Wunsch vorherrscht, daß dieser Krieg den langersehnten Frieden bringt. Für unser Leben und den deutschen Sieg sind die Voraussetzungen gegeben durch den deutschen Soldaten, den besten Soldaten der Welt und durch die Person des Führers Adolf Hitler! Der Führer hat auch diesem Lande die Freiheit gegeben, und wie für die deutsche Wehrmacht gilt auch hier im sechsten Kriegsjahr die Parole: Freiheit das Ziel, Sieg das Panier, Führer befiehl, wir folgen dir!"

Nach dieser Rede, von der die Zuhörer beeindruckt waren, ging es endlich zum Gasthaus. Allen voran marschierte Heinz Frey, flankiert von zwei Fahnenträgern der HJ. Am Abend begleiteten die Mädchen die Soldaten zum Bahnhof. Adressen wurden ausgetauscht. Viele hofften auf ein Wiedersehen.

22

Franz Tondl hatte Heimaturlaub erhalten.

Seine Mutter war überglücklich, ihn endlich umarmen zu dürfen. Seit langem hatte sie sich in Sehnsucht nach diesem Augenblick verzehrt. Doch jetzt erkannte sie ihn kaum wieder. Er war gealtert. Sein einst schön gewelltes volles Haar war dünn, strähnig und glanzlos. Der vordem hübsche und gutgebaute junge Mann, dem einmal alle Mädchen bewundernd nachgeschaut hatten, wirkte kraftlos und niedergeschlagen.

Marie Tondl war bestürzt: „Was ist passiert?“ fragte sie.

„Das ist nur der Krieg, Mutter!“ antwortete er. „Er macht uns alle zu Verlierern!“

Franz wollte vor allem seinen Onkel Wenzel besuchen. Über einen Knecht ließ er sich für kommenden Sonntagnachmittag anmelden. Theresia buk gleich einen Schirmkuchen, denn sie erwartete auch Maria aus Zeisau.

Das Wiedersehen mit ihrem Neffen fiel anders aus, als Theresia es erwartet hatte. Sie vermochte ihr Erschrecken kaum zu verbergen.

„Junge, der Krieg bekommt dir nicht“, versuchte sie zu scherzen.

Franz schwieg.

Sie goß Kaffee in die Tassen und bat zu Tisch.

„Ich muß euch etwas sagen“, begann Franz. „Ich bin nicht beim Heer, nicht in der Truppe, nicht an der Front! Mutter darf nie etwas davon erfahren, denn sie würde vor Entsetzen sterben!“

Seine Worte verhießen nichts Gutes.

„Ich wollte zur Wehrmacht“, fuhr er fort. „Ich wollte alle Opfer auf mich nehmen, um für unseren Sieg zu kämpfen! Aber ich wollte nicht das tun, was ich jetzt tun muß, ich bin nervlich am Ende!“

„Aber Franz, wie redest du denn?“ fragte Maria irritiert.

„Ich habe nicht einmal geahnt, daß es so etwas gibt!“ fuhr er fort. „Ihr könnt es euch nicht vorstellen, sagt Mutter nichts davon!“

„Nun sag schon, wo du bist und was du machst!“ forderte Wenzel ihn auf.

„Ich bin im Baltikum eingesetzt, in Lettland, genauer gesagt, in Riga …“

„Eine schöne Stadt“, meinte Maria aufmunternd.

Franz machte eine abfällige Handbewegung.

„Was stört dich an Riga?“ wollte Wenzel wissen.

„Am Stadtrand von Riga haben arische Häftlinge aus Sachsenhausen im März 1943 ein Konzentrationslager bauen müssen“, antwortete Franz. „Das Lager heißt so wie der Villenvorort von Riga, Kaiserwald. Letztes Jahr im April bin ich nach dort versetzt worden. In das Lager kommen Juden aus dem Altreich, aus den besetzten Ostgebieten und aus den aufgelösten Ghettos.

Juden aus Theresienstadt waren auch darunter. Die ankommenden Transporte muß ich bewachen, es ist meine Hauptaufgabe. Die Juden gelangen in Viehwaggons oder in Güterwagen an. Oft waren sie lang unterwegs, hatten nichts zu essen und nichts zu trinken. Wenn ein Zug eintrifft, müssen wir Bewacher sofort die Türen zurückschieben. Ich kann nicht mit ansehen, wie die Juden von der SS mit Knüppeln herausgetrieben werden! Die brüllen nur ‚Schneller, ihr Schweinehunde! Raus! Raus!'. Sie schlagen auf jeden ein, der ihnen zu langsam ist. Eigentlich ist ihnen jeder zu langsam, denn die Unglücklichen waren oft tagelang in überfüllten Waggons eingesperrt und sind steif vor Bewegungsmangel oder Kälte. Der letzte Winter war extrem kalt. Im Sommer sind viele am Verdursten und so schwach, daß sie stürzen. Dann treten und schlagen die Männer so lang auf sie, bis sie aufstehen. Einmal war eine Frau so geschwächt, daß sie nicht mehr hochkam. Der SS-Mann hat mit dem Gewehr nach ihrem Kopf gestoßen und sie erschossen. Auf Flüchtende haben wir sofort zu schießen, doch keiner würde eine Flucht wagen. Wenn die Lebendigen herausgetrieben sind, werden die vielen Toten aus den vor Kot und Urin stinkenden Waggons gezogen … Ich halte es nicht mehr aus!"

Franz hielt inne, seine Hände zitterten.

„Ich kann nicht mehr mit ansehen, was sie dort mit den Juden machen!" fuhr Franz fort. „Meist muß ich sie nach ihrer Ankunft im Laufschritt zum Appellplatz begleiten, wo sie von den Schutzhäftlingen, die Kapos heißen, empfangen werden. Die Kapos sind die Schlimmsten. Sie quälen die Häftlinge und schlagen auf sie ein, bis sie sich nicht mehr rühren. Manchmal liegt eine übel zugerichtete Leiche am Appellplatz zur Abschrekkung für die Neuen, damit sie gleich wissen, was hier los ist. Ich kann noch froh sein, daß ich nicht im Lager eingesetzt bin, sondern zur Rampe zurückkann, um den nächsten Transport abzuwarten. Es kommen auch Lkw-Transporte ins Lager, da muß ich auch dabeisein. Im Lager sind über elftausend Juden, die genaue Zahl weiß keiner, obwohl alle bei ihrer Ankunft registriert werden. Viele von ihnen sterben bald, die meisten aber werden umgebracht. Nach ihrer Ankunft wird den Juden alles abgenommen, was sie bei sich tragen. Frauen und Männer werden voneinander getrennt. Sie müssen sich ausziehen und nackt von den Kapos oder von der SS auf versteckte Wertsachen untersuchen lassen – wie erniedrigend! Sie werden geschoren und in die Duschräume getrieben, wo kochendheißes oder eiskaltes Wasser auf sie niedergeht. Handtücher zum Abtrocknen gibt es nicht. Dann werden ihnen alte, oft blutverschmierte und durchlöcherte Uniformen, Lumpen oder Kleider hingeworfen. Sie sind danach nicht mehr wiederzuerkennen und sehen jämmerlich aus – wie Vogelscheuchen, es ist schrecklich! Sie bekommen eine Nummer und werden in Arbeitskommandos den umliegenden Fabriken zugeteilt. Manche müssen im Hafen Schiffe ausladen. Andere tragen unsinnig Lasten von einem Platz zum anderen und wieder zurück – unter Beschimpfungen, Faustschlägen und Fußtritten der Aufseher. Wenn ihnen ein Häftling nicht paßt, ertränken sie ihn in der Latrine. Viele ältere Häftlinge sind nach kurzer Zeit zu Skeletten abgemagert und warten auf den Tod. Wer krank wird, hat eine Frist von zwei oder drei Wochen, dann wird er erschossen."

Franz machte eine Pause, seine Stimme schien zu versagen.

„Ich kann es dort nicht mehr aushalten", setzte er wieder an. „Tausende von Juden sind schon in den Rigaer Wäldern erschossen worden. Es gehen auch Transporte von Kaiserwald nach Auschwitz ab, wo alle, sogar Kinder und Säuglinge, getötet werden! Ich habe gehört, daß sie dort in Gaskammern umkommen!"

Maria wagte nicht zu fragen, was Auschwitz sei.

„Jetzt muß ich euch noch etwas sagen, auch wenn es nichts mit mir zu tun hat", fuhr Franz fort. „In einem anderen Vorort von Riga gibt es ein Warenlager der SS mit Gütern, die den Juden geraubt wurden. In den Lagerräumen ist alles aufbewahrt, was den Juden einmal gehört hat, auch Gold, Schmuck, Juwelen, Uhren, Brillen. Die gestohlenen Güter werden offiziell ‚jüdisches Diebes- und Hehlergut' genannt, obwohl es in Wahrheit genau umgekehrt ist, es müßte *deutsches* Diebesgut heißen. Auch aus der Woll- und Wintersammlung der Heimat sind einige der besten Kleidungsstücke in diese Lagerräume gekommen."

Bestürzt erinnerte sich Wenzel an seinen pelzgefütterten Wintermantel, mit dem er einem einfachen Soldaten an der Ostfront eine Freude hatte machen wollen. Doch jetzt mußte er von seinem Neffen erfahren, daß sich SS-Offiziere in Pelzmänteln und Stiefeln aus der Heimat brüsteten.

„Von der Woll- und Wintersammlung haben wir als einfache Soldaten nichts gesehen, nicht einen einzigen Socken", erklärte Franz. „Alles ging an die SS, nichts ist für uns geblieben!"

Maria bemerkte, daß ihre Mutter still weinte.

„Ich kann es vor meinem Gewissen nicht mehr verantworten! Ich bin nervlich am Ende und halte es nicht mehr aus! Ich lasse mich versetzen, egal wohin, auch wenn ich dort verwundet werde … Und ich tue es – selbst wenn ich fallen sollte!“ betonte Franz und bat nochmals: „Sagt aber Mutter nichts davon, es würde ihr das Herz brechen!“

23

Wieder gab es eine Feier vor dem Kriegerdenkmal in Bergersdorf. Es war Muttertag. Heute sollte eine Mutter von sechs Kindern ausgezeichnet werden. Abwechselnd hielten der Bürgermeister und der Ortsgruppenleiter eine Ansprache. In diesem Jahr wollte Heinz Frey reden. Er war mit der kinderreichen Familie aus dem Hause 49 befreundet. Drei Söhne der geehrten Mutter waren der Waffen-SS beigetreten und jetzt Soldaten an der Ostfront. Vor kurzem hatte Heinz Frey die Nachricht überbringen müssen, daß einer der Söhne, Hans, vermißt sei. Die Mutter war in Tränen ausgebrochen. Mitfühlend hatte er ihr versichert: „Ihr dürft stolz sein! Euer Sohn ist fürs Vaterland vermißt!“

Der Ortsgruppenleiter erinnerte sich an angenehmere Aufgaben: Im vergangenen Februar hatte er einen Ritterkreuzträger vor dem Kriegerdenkmal begrüßen dürfen. Er war der älteste Sohn des früheren Schulleiters von Bergersdorf und jetzt in Italien eingesetzt. An der Schule hatte er darüber berichtet. Die meisten Bergersdorfer waren stolz auf „ihren“ Ritterkreuzträger und zahlreich zu dieser Begrüßungsfeier erschienen.

Das Kriegerdenkmal war vor fast zehn Jahren, am 15. Juli 1934, eingeweiht und von Pfarrer Hypš aus Schlappenz gesegnet worden. Der Ingenieur Konrad Weigner, jetzt Leiter des Kreisamtes für Technik, hatte das Denkmal entworfen. Errichtet wurde es von der Feuerwehr unter der Leitung ihres Hauptmannes Wenzel Hondl.

Wenzel und Theresia waren heute nach Zeisau gefahren. Seit Februar waren sie stolze Großeltern. Maria hatte im Iglauer Krankenhaus einen gesunden Sohn zur Welt gebracht und ihn noch im Krankenhaus auf den Namen Gerhard taufen lassen. Zum Muttertag war auch Franz nach Zeisau gekommen. Er war jetzt in Prag als Kurier tätig und pendelte zwischen Prag und Berlin oder zwischen Prag und Budapest.

Heinz Frey überreichte der sechsfachen Mutter den Orden, das silberne Kreuz. Der Schriftzug „Das Kind adelt die Mutter" wand sich um ein Hakenkreuz. Heinz Frey lobte in seiner Rede die deutsche kinderreiche Mutter; sie nehme den gleichen Ehrenplatz ein wie der Soldat an der Front.

Kurz danach wurde bekannt, daß ihr ältester Sohn bereits im vergangenen Monat gefallen war. Marie Tondl läutete eine Stunde lang die Sterbeglocke. Wieder versammelten sich die Bergersdorfer vor dem Kriegerdenkmal, dieses Mal zu einem stillen Gebet.

24

Franz Tondl war abgereist.

Am Abend kam Marie Tondl zu ihrem Bruder Wenzel: „Mein Junge kommt nimmer heim", weinte sie. „Und der Junge kommt nimmer mehr zurück!"

Wenzel versuchte seine Schwester zu beruhigen, doch es gelang ihm nicht.

„Der Junge kommt nimmer heim!" wiederholte sie. Heute nacht habe Franz sich von ihr verabschiedet. Er habe vor ihrem Bett gekniet und gesagt: „Mama, b'hüt Euch Gott, Mama!"

In diesem Moment habe sie erkannt, daß sie ihn zum letzten Male sehen werde.

In den vergangenen Tagen hatte Wenzel darüber nachgedacht, was er tun könne, um die Geschehnisse von Kaiserwald publik zu machen, ohne Franz zu gefährden, dem bei Strafe untersagt worden war, darüber zu berichten.

Er wollte nur einige Bergersdorfer Männer informieren. Nicht eine einzige Frau sollte davon erfahren, sonst würden es bald alle wissen, vor allem Marie Tondl.

Theresia war besonders betroffen: „Da reden sie und marschieren sie und geben sich als die Herren der Welt aus, und dann tun sie so etwas!" hatte sie zu Maria gesagt.

In stillen Abendstunden hatten Theresia und Wenzel nur über Franz gesprochen. Für einen kurzen Moment hatte Wenzel mit dem Gedanken gespielt, aus der NSDAP auszutreten. Doch damit würde er nur Frey eine Freude machen, der sofort seine Chance auf den Bürgermeisterposten wittern würde.

„Ich kann nichts machen, außer mit General Berger darüber zu sprechen", meinte er zu Theresia.

„Man muß aufpassen, denn man weiß nicht, ob auch er etwas mit den Juden zu tun hat", warnte sie.

„Ich glaube es nicht", antwortete Wenzel. „Aber wenn er doch etwas mit den Juden zu tun haben sollte, dann ist es um so wichtiger, daß ich es ihm sage!"

Während eines Privatbesuches bei einem befreundeten Repräsentanten der Stadt Iglau kam Wenzel auf das Schicksal der Juden zu sprechen. Sofort wurde ihm entgegengehalten: „Wir glauben nicht, was da einer erzählt. Wir wollen alle an das Große, Gute und Schöne glauben!"

Beim Stammtisch im Wirtshaus wollten die wenigen anwesenden Männer nicht wahrhaben, was der Bürgermeister ihnen berichtete.

„Die Juden sind uns völkisch fremd", wurde ihm erklärt.

„Was hat das denn damit zu tun?" reagierte er ungehalten.

„Die Juden sind selbst schuld", behaupteten einige. „Wir haben doch nur schlechte Erfahrungen mit den Juden gemacht. Erinnere dich, wie uns die jüdischen Händler früher in den zwanziger Jahren geärgert haben. Sie haben uns mit unseren Waren bis in die Abendstunden hinein vor ihren Lagerhäusern warten lassen. Dann haben sie uns die Preise heruntergehandelt und die Waren überteuert weiterverkauft. Nur so sind sie reich geworden. Wir waren von ihnen abhängig, bis wir uns selbst geholfen und die Genossenschaften gegründet haben. Hast ausgerechnet du als Mitbegründer der Genossenschaften das alles vergessen?"

„Wenn jemand Unrechtes tut, gehört er vor Gericht …", antwortete der Bürgermeister.

„Von wegen Gericht!" wurde ihm entgegengehalten. „Wie war das denn mit dem Prozeß gegen den Juden Hilsner[17] nach den Mädchenmorden?"

---

[17] Im April 1899 wurde im Wald „Březina" bei Wesenz die 19jährige Anežka Hrůsova ermordet aufgefunden. Die Tat wurde dem jüdischen Leopold Hilsner aus Polna angelastet. Im September des Jahres fand der Prozeß gegen Hilsner in Kuttenberg statt. Die Verteidigung hatte der spätere Präsident der Ersten Republik, T. G. Masaryk, übernommen. Hilsner wurde wegen „Ritualmord"

„Bleiben wir beim Thema!“ bestimmte der Bürgermeister. „Franz hat gesagt, daß Tausende und Zehntausende von Männern und Frauen, auch Kinder, getötet werden! Sogar Säuglinge werden umgebracht!“

„Franz träumt! Er hat doch selbst zu dir gesagt, daß er mit seinen Nerven am Ende ist!“

„Franz ist klar bei Verstand und will sich versetzen lassen, weil er es nicht mehr aushält!“ erwiderte der Bürgermeister und fuhr fort: „Ein Träumer würde das nicht tun. Franz kalkuliert sogar ein, zu fallen … also … zu sterben!“

Dies schien die Männer zu überzeugen. Ratlos machten sie sich auf den Heimweg.

Der Nachbar aus dem Hause 24 sagte, nachdenklich geworden, zu Wenzel Hondl: „Wenn das alles stimmt, was du uns heute berichtet hast, dann kann es für uns Deutsche kein gutes Ende mehr geben!“

25

Gottlob Berger wollte nach Bergersdorf kommen.

Er kam von einer Reise aus Ungarn und wollte, trotz Zeitdruck, seinem Dorf einen kurzen Besuch abstatten. Der Adjutant hatte am Vortag per Telegramm die Kurzvisite Bergers angemeldet.

Sofort hatte Wenzel Hondl vom Bahnhof aus nach Zeisau telefoniert, Maria möge morgen der Mutter helfen.

---

zum Tode verurteilt. Masaryk gab daraufhin eine Broschüre mit dem Titel *Die Pflicht zum Revidieren des Polnauer Prozesses* heraus. 1900 wurde das Urteil von Kuttenberg in einem neuen Verfahren in Pisek bestätigt. Kaiser Franz Joseph I. hob 1901 die Todesstrafe gegen Hilsner auf, 1918 wurde dieser begnadigt. 1928 starb er mit zweiundfünfzig Jahren unter anderem Namen in Wien.

Der „Fall des Juden Hilsner“ hatte in der Bevölkerung eine antisemitische Stimmung ausgelöst. Später wurde vor allem in der NS-Zeitschrift *Der Stürmer* der „Ritualmord von Polna“ zum Anlaß genommen, antisemitische Kampagnen zu starten.

Die „Hilsneriade“ hatte weltweit Aufsehen erregt. Mehrere Publikationen sind erschienen, u. a. *Der geheimnisvolle Mord – der Fall Leopold Hilsner,* 1995 von Jiři Kovtun, Historiker und Mitarbeiter der Kongeßbibliothek Washington.

Es wurde ein warmer Sommertag.

Der Duft von Blüten lag in der Luft. Dieses Mal war auf die Hakenkreuzfahne verzichtet worden. Maria war schon sehr früh gekommen. Ihren Schwiegereltern und den beiden tüchtigen Mägden konnte sie ihren Sohn für einen Tag anvertrauen.

Die Begrüßung war wieder herzlich. Gottlob Berger sagte, er habe Sehnsucht nach Bergersdorf gehabt, nun endlich sei er hier, wenn auch nur für kurze Zeit. Er hatte gehofft Kathi, die er einst gerne als seine Schwiegertochter gesehen hätte, anzutreffen und erfuhr, daß sie vor wenigen Tagen zur „Weichselkirschenernte in die Ostmark“ gefahren sei.

Nach dem Essen zogen sich die beiden Männer in die Wohnstube zurück. Maria räumte den Tisch ab und spülte das Geschirr. Die Mutter goß Kaffee auf.

Gottlob Berger wollte wissen, was es an Neuem gebe. Viel Zeit blieb nicht, und Wenzel Hondl kam daher sofort zum Thema. Er schilderte den Bericht seines Neffen über das Konzentrationslager Kaiserwald und spürte die zunehmende Anspannung Bergers.

„Unschuldige Menschen, vor allem Juden, werden beraubt, eingesperrt, gemartert und getötet“, sagte der Bürgermeister.

„Es ist nicht so, daß sie unschuldig sind“, unterbrach ihn Gottlob Berger ungehalten. „Das sind Saboteure! Sie haben die Gesetze gebrochen und müssen bestraft werden!“

„Es mag ja sein, daß einige Saboteure darunter sind“, entgegnete der Bürgermeister. „Aber ich frage Sie: so viele? Sind denn Tausende, Zehntausende oder Hunderttausende Saboteure?“

„Es trifft immer auch Unschuldige, wo gehobelt wird, da fallen Späne! Das ist in jedem Krieg leider so!“

„Der Krieg ist eine Sache“, sagte Wenzel Hondl. „Er ist uns aufgezwungen worden, und wir müssen ihn führen. Eine ganz andere Sache aber ist es, Juden vorsätzlich zu quälen und zu töten!“

„Wenn es in Einzelfällen zu Grausamkeiten kommt – die auch ich nicht gutheißen kann, da bin ich ganz Ihrer Meinung, denn sie sind eines deutschen Mannes und SS-Führers unwürdig –, so gehen sie auf das Konto einiger Sadisten, die deshalb zur Verantwortung gezogen werden müßten“, erklärte Gottlob Berger. „Ihr Neffe soll seinen Dienst versehen und sich nicht in Angelegenheiten einmischen, von denen er nichts versteht!“

„Es geht hier um Mitleid mit Unschuldigen …“

„Wissen Sie, mein lieber Hondl", unterbrach ihn Gottlob Berger. „Ich will Ihnen etwas sagen: Es steht Ihnen einfach nicht zu, sich einzumischen! Mit Halbinformationen können Sie die Gesamtlage auch gar nicht überblicken!"

„Ich gebe Ihnen recht, mir fehlt der Gesamtüberblick! Trotzdem bleibt eine Frage unbeantwortet: Warum werden Juden getötet?"

„Über die Juden[18] sollten Sie sich keine Gedanken machen! Das tun andere, die mehr davon verstehen als Sie! Daher verbitte ich mir ein für allemal ein Einmischen von Menschen, die nun wirklich auf jede Tatarenmeldung hereinfallen müssen! Jeder soll bei seinem Leisten bleiben! Auch Sie hier in Bergersdorf!"

Der Bürgermeister unternahm einen letzten, doch vergeblichen Versuch: „Meine Frage hat nichts mit Wissen oder Unwissen zu tun, sondern mit Menschlichkeit: Warum werden die Juden getötet?"

„Mein lieber Hondl, ich schätze Sie ja sehr! Aber ich bitte Sie, nun kommen Sie mir doch nicht damit! Die vielfältig zunehmenden Härten dieses Krieges, bei dem wir Deutsche das größte Opfer zu bringen haben, und unser erbittert geführter Kampf gegen den Bolschewismus lassen sich nun mal nicht mit schlichten Begriffen wie … Menschlichkeit … gewinnen! Damit lösen wir nun wirklich keine Probleme! Und jetzt das Attentat auf den Führer am 20. Juli! Hätten wir die Verbrecher mit Menschlichkeit behandeln sollen? Hondl, nun bitte ich Sie aber sehr! Ich habe Bergersdorf nicht zum SS-Dorf erhoben, damit Sie mir jetzt noch mit der Judenfrage kommen, also verbitte ich mir alles Mitreden!" reagierte Berger gereizt. „Schluß jetzt damit, beenden wir das Thema! Die Zeit drängt, ich muß aufbrechen!"

---

[18] Auszug eines Schreibens von Heinrich Himmler an Gottlob Berger vom 28. 7. 1942:
„Lieber Berger! Ich lasse dringend bitten, daß keine Verordnung über den Begriff ‚Jude' herauskommt.
Mit all diesen törichten Feststellungen binden wir uns ja selbst die Hände.
Die besetzten Ostgebiete werden judenfrei. Die Durchführung dieses sehr schweren Befehls hat der Führer auf meine Schultern gelegt. Die Verantwortung kann mir ohnedies niemand abnehmen. Also verbiete ich mir alles Mitreden."

Theresia bat zum Kaffeetisch, sie spürte die gespannte Atmosphäre. Rasch aß Gottlcb Berger ein Stück vom warmen Apfelstrudel. Danach brach er auf, verabschiedete sich kühl, stieg in seinen Wagen und ließ den Adjutanten starten.

26

Heinz Frey kam zum Bürgermeister.

Er habe Nachricht erhalten, Franz Hondl sei gefallen.

„Kannst du das deinem Bruder Ferdinand sagen?“ bat er. Danach entschwand er eilig. Schweren Herzens machte sich Wenzel zum Hause 31, Hausname „Dona“, auf.

Am Abend läutete Marie Tondl eine Stunde lang die Sterbeglocke. Die Bergersdorfer versammelten sich zu einem stillen Gebet vor dem Kriegerdenkmal. „Hans und Franz, zwei so liebe Burschen. Die haben sich lieber totschießen lassen, als selber zu schießen“, dachten sie betroffen. Katharina weinte haltlos, seit Stunden. Wenzel Hondl legte beruhigend seinen Arm um ihre Schultern. Er versuchte seinem Bruder Ferdinand Trost zu spenden.

Ferdinand hatte im Jahre 1920 die aus Seelenz stammende Katharina Pečenka geheiratet. Er erbte den Hof von seinem Onkel Johann Hondl, weil dessen Ehe kinderlos war.

Mit Trauer erinnerte sich Ferdinand jetzt daran, daß sein Onkel Johann Hondl und sein Vater unzertrennlich gewesen waren: Jeden Morgen hatte sich sein Vater Wenzel Hondl aus dem Hause 23 mit seinem Bruder Johann aus dem Hause 31 zu einem Spaziergang über die Felder getroffen.

Gemeinsam absolvierten sie ihren Militärdienst.

Im Juni 1890 hatten sie den Landwirtschaftlichen Verein in Bergersdorf mitinitiiert, später die Ortsgruppe des Deutschen Kulturverbandes gegründet. Sie hatten sogar zur selben Zeit unter den gleichen Krankheiten gelitten und waren beide am Vormittag des 25. Februar 1930 verstorben. An der Beerdigung der beliebten Brüder hatte die gesamte Dorfbevölkerung teilgenommen. Beide Särge waren auf dem Schlappenzer Friedhof in einem Grabe bestattet worden.

Marie Tondl hatte damals zum Tode ihres Vaters und ihres Onkels läuten müssen.

Die Ehefrau Wenzels konnte den Tod ihres Mannes nicht verwinden. Ein Jahr später wurde auch sie in Schlappenz, wo sie achtundsechzig Jahre zuvor auf die Welt gekommen war, beigesetzt.

*

Heinz Frey hatte die Mädel des BDM zu einem Heimabend in seinen Musterhof geladen. Gerne waren sie gekommen und hatten sich dankbar von Freys Frau bewirten lassen. Danach bot er an, sie noch ein Stück des Weges bis über die Bahngleise zu begleiten. Mit Erstaunen bemerkten sie, daß er alle Türen offen ließ und nicht, wie es üblich war, absperrte.

Einigen Bewohnern des unteren Dorfes war aufgefallen, daß Frau Frey immer häufiger mit einem randvoll gefüllten Korb auf dem Rücken durch den Wald in Richtung Polna lief. Wenn sie zurückkam, war er leer. Dem Räucherofen entstieg jetzt öfter Rauch als früher, Hühner wurden geschlachtet und ausgenommen, auch Enten oder Gänse.

Hans aus dem Hause 32 war auf Heimaturlaub in Bergersdorf. Beim Bahnhof traf er Heinz Frey, der ihn für den kommenden Abend zu sich einlud, er möge ihm berichten, wie es an der Ostfront sei. Um neunzehn Uhr, wie vereinbart, war Hans beim Musterhof. Doch Fenster und Türen waren verschlossen. Er klopfte an die Fensterläden, rüttelte am Tor, hieb gegen die Haustür. Nichts rührte sich. Unschlüssig machte sich der junge Mann auf den Weg zurück nach Hause.

27

Am Mittwoch, den 22. November 1944, fand eine Arbeitstagung der Bürgermeister und Gemeindevorsteher im Rathaus Iglau statt. Die persönliche Anwesenheit war absolute Pflicht, denn als Tagesordnungspunkt standen „Selbstschutzmaßnahmen“ auf dem Programm. Wenzel war beunruhigt, denn interne Meldungen über Sabotage hatten zugenommen. Schon im letzten Sommer waren die Bürgermeister und Gemeindevorsteher bei einer Dienstbesprechung in Iglau darauf eingeschworen worden, verdächtiges Verhalten von Einzelpersonen sofort zu melden.

Allein im ersten Halbjahr wurden im Protektorat mehr als dreißig Sabotagevorfälle aufgelistet. Am häufigsten waren durchschnittene Bremsschläuche an Munitions- und Güterzügen festgestellt worden. Auf einigen Strecken wurden Eisenbahnschienen losgerissen. Viele Telefonleitungen und -drähte waren durchschnitten, Hochspannungsmasten gesprengt worden. In Prag hatte es zwei Sprengstoffanschläge gegeben. Im Bezirk Kladno wurden Taschenlampen gefunden, die beim Einschalten explodierten. Am Iglauer Hauptbahnhof war auf einen Wehrmachtssperrposten geschossen, die Fahndung nach den Tätern jedoch ergebnislos abgebrochen worden.

Unruhe bei Behörden und Ämtern hatten Flugblätter ausgelöst, die durch Postversand am 10. und 11. August bei mehreren Gemeindeämtern und Gendarmerieposten abgegeben wurden. Auch die Gendarmerie-Abteilung in Iglau hatte diese Flugblätter mit „Reichsfeindlicher Propaganda" erhalten.

Bei der Dienstbesprechung waren diese Flugblätter den Bürgermeistern und Gemeindevorstehern vorgelegt worden:

> „Die Gendarmerie und Polizei sollen die Partisanen nicht sehen, sondern laufen lassen. Die Beamten sollen ihnen keine Schwierigkeiten machen. Die Arbeiterschaft, speziell die im Reich eingesetzt ist, soll ihre Arbeitsstätte verlassen und sich den Partisanen anschließen. Landwirte sollen an Deutsche keine Eßwaren verkaufen, überflüssige zu Normalpreisen an Tschechen abgeben. Wer nicht mitmacht, wird als Feind betrachtet und niedergemacht. Partisanengeneral Orlow und Befreiungskomitee ČSR."[19]

Wie seine Kollegen war auch Wenzel beunruhigt, denn wieder war von Partisanen die Rede. Seit einigen Monaten hatte es über

[19] „Partisanengeneral Orlow und Befreiungsarmee ČSR" war das Pseudonym des tschechischen Generals Vojtěch Luža. Gemeinsam mit Josef Grňa und Josef Císář war er Oberbefehlshaber der „Dritten tschechoslowakischen Sturmkompanie" („Třetí československá úderná rota"), kurz R3 genannt, die im Sommer 1944 neu gebildet worden und auf der Böhmisch-Mährischen Höhe aktiv war. Am 2. Oktober wurden Generals Luža und sein Adjutant von tschechischen Gendarmen gestellt und erschossen.

eine solche Bewegung nur Gerüchte gegeben. Auch Meldungen über Diebstähle hatten zugenommen. Jetzt hatte er aus Neuhof erfahren, daß bei der Familie des früheren Neuhofer Bürgermeisters der Vorratskeller aufgebrochen wurde. Sämtliche Vorräte seien gestohlen worden, sogar Säcke mit Raps. Kurz darauf seien die Lebensmittelkarten, die der Neuhofer Oberlehrer Beer verwahrt hatte, von einem tschechischen Knecht entwendet worden. Beer sei inhaftiert worden und nur durch Intervention des Sohnes des ehemaligen Bürgermeisters freigekommen.

Bei der Dienstbesprechung im November war das Thema „Partisanenbewegung" aktueller denn je. Der neue Oberlandrat Dr. Eckoldt ließ an jeden Bürgermeister Plakate verteilen, die in den Gemeinden angeschlagen werden sollten. „Die tschechischen Bewohner", so Eckoldt, „müssen von uns zur Mithilfe aufgefordert werden!"

Zurück in Bergersdorf, ließ der Bürgermeister drei Plakate vom Gemeindediener Friedl anbringen. Eines brachte dieser auf Geheiß am Bahnhofsgebäude an, da zwei tschechische Bewohner als Krankenpfleger in der Nervenklinik Deutsch-Brod arbeiteten, zwei in der Glasfabrik Deutsch-Schützendorf.

Der Bürgermeister bat den Ortsgruppenleiter zu sich und fragte, ob ihm, da er außerhalb wohne, Verdächtiges aufgefallen sei.

Heinz Frey verneinte. „Alles ist ruhig und unauffällig", behauptete er.

Der Bürgermeister bat ihn, wachsam zu sein.

Heinz Frey versprach es. Nochmals las er den Text, um sich den Inhalt gut einzuprägen:

> „Tschechische Mitbürger!
> Inmitten eines vom Schlachtenlärm durchtobten, von Bürgerkrieg und Bombenterror heimgesuchten Europas konntet Ihr bisher in Ruhe und Frieden Eurer Arbeit nachgehen, Eure Äcker bestellen und damit die Ernährung Eurer Familien und Eures Volkes sichern. Der Bolschewismus und die westlichen Plutokratien, denen es nicht gelingt, mit militärischen Machtmitteln das Reich in die Knie zu zwingen, versuchen nun, durch Abwurf von Waffen und Absetzen von Agenten und volksfremden politischen Abenteurern auch in diesen Raum Unruhe zu tragen und durch das erstrebte Chaos dem Bolschewismus den Boden zu bereiten.

Tschechische Mitbürger! Ihr wißt, daß Raub und Plünderungen die Begleiterscheinungen des Bandenkrieges sind. Denkt an Eure schöne Heimat, an Haus und Hof, Frauen und Kinder! Treffet zur Aufrechterhaltung der Ruhe und Ordnung, gegen Mord und Brand Selbstschutzmaßnahmen. Verschließt bei Eintritt der Dunkelheit Eure Höfe, Häuser und Anwesen, stellt Wachen auf und achtet besonders auf ortsfremde Elemente! Folget den Weisungen der Gemeindevorsteher und Bürgermeister! Schenkt besondere Beachtung der Absetzung von feindlichen Agenten und Abwurf von Waffen! Meldet jede derartige verdächtige Wahrnehmung unverzüglich Eurem Bürgermeister oder der nächsten Polizeidienststelle und arbeitet eng zusammen mit den tschechischen und deutschen Sicherheitsorganen, die Eure Freunde und Helfer sind.
Tschechische Mitbürger! Wer sich diesem Gebot der Zeit verschließt, ist ein Verbrecher an seinem eigenen Volke. Darum helfet mit, zu schützen das Teuerste, was Ihr habt: Eure Frauen und Kinder, und bewahrt Eure Heimat, Hab und Gut vor dem Schicksal von Warschau und der Slowakei!

Minister für Land- und Forstwirtschaft
Hrubý e. h.

Minister des Innern
Bienert e. h.

Kurz darauf erfuhr Wenzel Hondl, daß die Stadt Brünn durch Luftangriffe schwer getroffen wurde. Aus mehr als zweihundert feindlichen Flugzeugen seien tausendfünfhundert Bomben, bis zu zweihundertfünfzig Kilogramm, über der Innenstadt abgeworfen worden. Zweihundertsechzig Menschen seien zu Tode gekommen, fast tausend Häuser zerstört. Viele Unternehmen wie Textilfabriken, Metallbetriebe und Zulieferanten für die Rüstungsindustrie hätten Produktionsausfälle wegen Totalschadens gemeldet.

28

Maria aus dem Hause 3 kam vom Zahnarzt in Polna und war nun auf dem Weg zurück nach Bergersdorf. Es war kalt, sie fror. Plötzlich hörte sie Motorengeräusche. Erschreckt sah sie nach oben. Ein Bomberflugzeug trudelte über die Felder in Richtung Wald, Besatzungsmitglieder sprangen mit ihren Fallschirmen heraus. Kurz darauf schoß die Maschine steil nach unten, schlug auf dem Boden auf und zerbarst. Maria sah Flammen und Rauch aufsteigen.

Der dumpfe Knall des Aufschlags zur Mittagsstunde hatte Bergersdorf aufgeschreckt. Sofort liefen Männer, Frauen und Kinder zur Absturzstelle hinter dem Bahnhof. Der Bürgermeister ordnete eine großräumige Absperrung an. Zwei der Besatzungsleute ergaben sich und folgten dem Bürgermeister zum Gemeindeamt, wo er ihre Personalien aufnahm. Die Maschine gehörte der 456. Bomberstaffel der 15. US-Armee an und war am 16. Dezember in Wien gestartet. An diesem Tage flogen Flugzeuge der 15. US-Armee die Ziele Pilsen, Linz und Innsbruck an.

Es war der erste Absturz eines „Feindflugzeuges".

Im vergangenen Mai waren in einem Waldstück zwei feindliche Fallschirme entdeckt worden. Die Gestapo Iglau hatte mit fünfzig Mann eine Großfahndung unternommen. Auch die Gendarmerie Brünn wurde angefordert. Trotz verschärfter Straßen- und Bahnkontrollen war die Fahndung ergebnislos geblieben. Im August waren vier feindliche Fallschirmspringer in einem Bezirk außerhalb Iglaus festgestellt worden. SS-Truppe, Gendarmerie und Gestapo hatten das Gebiet durchkämmt. Obwohl viertausend Mann eingesetzt waren, mußte die Fahndung nach anderthalb Tagen erfolglos abgebrochen werden.

Im August waren auch zwei Luftwaffenflugzeuge vom Fliegerhorst Deutsch-Brod bei Irschings im Bezirk Iglau zusammengestoßen und abgestürzt, ein Flugzeugführer war im Flugzeug verbrannt. Mehrere Flugzeuge der Luftwaffe mußten im August notlanden, eines stammte aus Deutsch-Brod.

In Bergersdorf hatten sich inzwischen Frauen und Kinder vor dem Gemeindeamt versammelt. Endlich konnten Feinde aus nächster Nähe bestaunt werden. Sie sahen aber nicht wie Sieger aus, sondern wirkten schüchtern und verstört. Nach kurzer Zeit fuhr ein Streifenwagen der Militärpolizei Deutsch-Brod vor, um die beiden Amerikaner abzuführen. Sie hatten die Namen der anderen Piloten nicht verraten.

Die Kameraden waren über dem Wald abgesprungen und Richtung Neuhof geflüchtet. Mißtrauisch wurden sie dort empfangen. Eine Familie, deren Sohn an der Westfront gefallen war, wollte sich rächen und die Amerikaner erschießen.

Bevor sie ihren Plan ausführen konnte, waren deutsche Soldaten vorgefahren. Sie erkannten die brisante Lage gleich, sammelten die Amerikaner ein und retteten ihnen damit das Leben.

Ein Besatzungsmitglied hatte sich beim Absprung mit dem Fallschirm in einer Baumkrone verfangen. Hilflos hing der junge Mann zwischen den Ästen und rief lange vergeblich um Hilfe. Einige Burschen aus Wesenz, die auf dem Weg zur Absturzstelle waren, hörten seine Rufe. Es dauerte einige Zeit, bis sie den Unglücklichen aus seiner Lage befreit hatten. Sie begleiteten ihn nach Bergersdorf und überstellten ihn dem Bürgermeister. Der junge Mann war dreiundzwanzig Jahre alt und gesprächiger als die Leute seiner Crew. Er bat auch darum, essen und trinken zu dürfen. Theresia lud ihn in die Wohnküche, tischte reichlich auf und ermunterte ihn zu essen und zu trinken, soviel er nur wolle.

Die folgenden Tage und Nächte verbrachte der Dreiundzwanzigjährige in einem Raum über der Raiffeisenkasse. Theresia achtete darauf, daß der junge Amerikaner mit Nahrung und Getränken versorgt wurde. Im Rhythmus von vier Stunden wechselten sich seine Bewacher ab. An einem Nachmittag war Maria aus dem Hause 3 zur Wache eingesetzt. Sie begann ein Gespräch mit dem jungen Mann und berichtete ihm, ihr Bruder sei jetzt als Kriegsgefangener in Amerika.

Der Amerikaner klopfte ihr anerkennend auf die Schulter: „Dann geht es ihm aber gut!“ meinte er.

Maria bestätigte seine Worte.

Er zog aus seiner Schuhsohle eine Landkarte hervor. „Die ist unzerreißbar“, erklärte er. Er wies auf das Gebiet der Tschechoslowakei: „Es dauert noch drei bis vier Monate, dann kommen die Russen!“

Maria sah ihn ungläubig an.

„In drei bis vier Monaten kommen die Russen, dann müßt ihr alle fort!“

„Das gibt es doch nicht!“ entrüstete sich Maria.

„Ihr werdet noch an mich denken! Ihr müßt alle die Heimat verlassen!“

„Das ist doch Quatsch!“ widersprach Maria.

„Doch“, betonte er. Er deutete mit dem Zeigefinger auf die Landkarte: „Hier ist Bayern. Die Amerikaner gehen bis hierhin. Und da bleiben sie auch. Und das hier, das ist die Tschechoslowakei. Die wird von den Russen eingenommen! Wartet es nur mal ab, ihr werdet noch alle an mich denken!“ warnte er.

Nach den Weihnachtsfeiertagen wurde der junge Amerikaner von der Militärpolizei abgeholt und nach Deutsch-Brod gebracht.

29

In Zeisau, Haus Nr. 4, unterhielten sich die beiden tschechischen Knechte Karel und Hans im Pferdestall. Sie wähnten sich alleine und bemerkten nicht, daß Marias Schwiegervater hinzugekommen war. Still lauschte er ihren Worten.

„Bald müssen die Deutschen fort!“ hörte er sie sagen und weiter: „Wenn sie weg sind, nehmen wir alles, was ihnen gehört hat!“

Ihm wurde schwindlig vor Entsetzen. Er schleppte sich in die Wohnküche und brach dort zusammen. Der herbeigerufene Arzt konnte nur noch den „Tod durch Schlaganfall“ feststellen.

Es war der 10. Januar 1945.

Maria hatte ihren Schwiegervater sehr verehrt. Jetzt glaubte sie den Verlust kaum ertragen zu können. Sie telefonierte zum Bahnhof Bergersdorf und bat ihre Eltern zur Beerdigung.

Zur Bestattung auf dem Friedhof in Ranzern war Franz aus Prag gekommen. Dem Sarg folgte eine große Trauerschar, denn der Verstorbene war weithin bekannt und geachtet gewesen. Der tschechische Pfarrer Kučera schilderte in seiner Trauerrede den Werdegang des Verstorbenen und zählte auch dessen Leistungen und Verdienste auf: „Im Jahre 1903 war Franz Köpernik zum Gemeindevorsteher und 1913 als Kandidat der Christlich-Sozialen Volkspartei in den mährischen Landtag gewählt worden. Er hat eine Magazingesellschaft gegründet, die später als landwirtschaftliche An- und Verkaufsgenossenschaft den Bauern den Absatz ihrer Produkte erleichterte. 1915 wurde er Aufkaufkommissär für Vieh, Getreide und Kartoffeln. Fünf Jahre später hat er in Iglau das Hotel Czap, das später Iglauer Hof, dann Deutsches Haus hieß, auf eigenes Risiko erworben, um es in deutschem Besitz zu halten. Franz Köpernik hat erreicht, daß im Jahre 1922 eine Wasserleitung in Zeisau gebaut wurde. Nach schweren Bränden Anfang des Jahrhunderts hat er dem Dorf günstige Darlehen zum Wiederaufbau gewinnen können und auch erfolgreich um die Errichtung eines Feuerwehrgerätehauses gekämpft. Auch im Schulwesen hat er sich verdient gemacht: Bereits 1912 erhielt er vom Landesschulrat die Genehmigung zum Bau einer Schule."

Zum Abschluß seiner Ansprache erinnerte der Pfarrer auch an die Wallfahrten, die der streng katholische Franz Köpernik organisiert hatte. Als Vorbeter habe er die etwa siebzig Gläubigen bis zum Böhmerwald geleitet, auch nach Mariatrost oder Mariazell. Für viele junge Burschen und Mädchen bot eine Wallfahrt von mehreren Tagen und Nächten Gelegenheit zum gegenseitigen Kennenlernen.

Der fünfundsiebzigjährige Pfarrer verschwieg schamhaft, daß neun Monate später mindestens ein Tauftermin anstand.

Nach der Beerdigung waren Theresia und Wenzel nach Hause gefahren. Zutiefst niedergeschlagen, meinte Wenzel zu seiner Frau: „Über uns braut sich Unheilvolles zusammen!"

30

Unerwartet tauchte Heinz Frey bei Wenzel Hondl auf.

Schon wieder müsse er eine Gefallenenmeldung überbringen. Am 19. Januar sei Franz Tondl an der Westfront gefallen. In Holland, in Reutje, habe ein Granatsplitter seinen Kopf getroffen.

„Kannst du das deiner Schwester sagen?" bat er. Danach entschwand er rasch.

„Wäre Franz doch nur im Baltikum geblieben!" war Wenzels erster Gedanke. „Dann würde er jetzt noch leben!"

Seit 8. Dezember war Franz, inzwischen zum Unteroffizier befördert, beim 6. Artillerie-Regiment 1176 und der 176. Infanteriedivision unterstellt. Wenzel war unschlüssig, wie er seiner

Schwester die Gefallenenmeldung überbringen sollte. Theresia bot an, ihn zu begleiten.

Am Abend läutete die Sterbeglocke. Marie Tondl war dazu außerstande und bat einen Nachbarn darum. Die Bergersdorfer versammelten sich vor dem Kriegerdenkmal. Tiefes Mitgefühl hatte sie alle erfaßt: „Johann und Franz, zwei so gescheite, tüchtige und schöne Burschen, die arme Mutter!"

Marie Tondl, mit rasenden Herzschmerzen, konnte sich nicht erklären, wieso Franz in Reutje fiel, obwohl er doch in Riga eingesetzt war. Sie erhielt die tröstliche Nachricht, Franz sei „am Heldenfriedhof in Wassenberg bei Heinsberg zur ewigen Ruhe bestattet". Vor vier Wochen war er dreißig Jahre alt geworden. Marie Tondl ließ jetzt eine Todesanzeige mit dem Bildnis ihres Sohnes drucken. Unter seinem Portrait standen die Zeilen:

„Du bist als Held fürs Vaterland gefallen,
Fern von der Heimat bliebest Du zurück,
Dein liebes Bild, das einzige von allem,
Erinnert uns an ein verlornes Glück."

Kurz darauf mußte Heinz Frey im Hause 6 die Nachricht überbringen, der siebenunddreißigjährige Johann, von allen nur „Schanni" genannt, sei an der Ostfront vermißt.

31

Rudolf aus Ranzern hatte vier Wochen Genesungsurlaub. Im Oktober war er auf dem Rückzug von Griechenland in Rumänien verwundet und im Lazarettzug über Budapest nach Wien gebracht worden. Nachdem sein Zustand sich gebessert hatte, wurde er zum Heimatlazarett Iglau transportiert. Nach seiner Entlassung kam er in ambulante Behandlung. Jeden dritten Tag ging er ins Iglauer Lazarett, um sich einen neuen Verband anlegen zu lassen. Jetzt war auch die Landwirtschaftsschule Iglau, die Rudolf einmal mit Auszeichnung absolviert hatte, geschlossen worden und diente als Lazarett.

Rudolfs Vater wollte wissen, wie sein Sohn den Kriegsverlauf beurteile.

„Wir werden nicht mehr siegen, das weiß ich jetzt", antwortete Rudolf. „Überall sind wir auf dem Rückzug. Trotzdem wird nur Sieg, nur Sieg verkündet! Auf den Bahnhöfen habe ich Transparente mit der Aufschrift: ‚Viktoria, Viktoria, Deutschland kämpft für Europa!' gesehen."

„Wenn wir den Krieg verlieren", sagte der Vater, „dann wird es so aussehen, daß die Tschechen uns fortjagen!"

„Ich glaub ja nicht, daß so etwas passiert", meinte Rudolf.

„Mit den Braunen hat es angefangen, ich habe dich schon immer vor denen gewarnt", sagte der Vater.

Rudolf erinnerte sich daran, daß sein Vater seit ihrer Gründung gegen die Sudetendeutsche Partei war. Im Jahre 1938 hatte Rudolf mit seinem fünfzehn Jahre älteren Freund Franz aus Zeisau an einem Fest der SdP in Hochdorf teilgenommen. „Wie kannst du so was machen!" hatte sein Vater darauf reagiert.

„Ich habe es dir beim letzten Male verschwiegen, um dich nicht zu beunruhigen", gestand Rudolf seinem Vater. „Aber jetzt kann ich es dir sagen. Es ist nichts mit Ehren der Gefallenen! Als ich von Januar bis September dreiundvierzig bei Leningrad eingesetzt war, habe ich mit eigenen Augen gesehen, wie die gefallenen deutschen Soldaten im Schnee aufeinandergestapelt worden sind. Als es im April oder Mai getaut hatte, mußten russische Gefangene die Erde ausheben und die Gefallenen hineinwerfen."

Betroffen schwieg der Vater.

„Was mir aber zugesetzt hat", fuhr Rudolf fort, „war, wie sie mit den Juden umgegangen sind. Es war hinter Krakau. Aufseher, die Kapos genannt werden, haben die Juden in Säcken hochgetragen. Die Kapos sind die Schlimmsten. Sie haben mit ihren Knüppeln noch draufgehauen. Wenn alle Opfer aufeinanderlagen, sind sie angezündet und verbrannt worden. Das hat mir zugesetzt, von da an hat es bei mir eine innere Kehrtwendung gegeben! Ich weiß jetzt, was in den Konzentrationslagern los ist, und habe immer befürchtet, als SS-Mann dorthin versetzt zu werden! Es war ein großes Glück, als der Kommandant mich gefragt hat, ob ich nach Griechenland zum 4. Regiment wechseln und Fahrer eines Oberleutnants von der Abwehrabteilung werden wolle. Ich habe sofort zugesagt. In Griechenland war ich in Kozani bei einem Rechtsanwalt, der in Wien und Berlin Jura studiert hat, privat untergebracht. Dort konnte ich im Radio die ‚Stimme Englands' hören, obwohl es verboten ist. Ich habe immer Glück gehabt, denn ich war schon in Rußland Fahrer und in Griechenland wieder. Niemals, nicht ein einziges Mal habe ich schießen müssen."

Den Vater interessierte, was mit den Juden in Griechenland geschehe.

„Das weiß ich nicht genau", sagte Rudolf, berichtete aber seinem Vater: „In Kozani hat eine ältere Frau bei mir als Wäscherin gearbeitet. Sie kam einmal in der Woche, war fleißig und zuverlässig, eine liebe kleine Frau. Sie war immer schwarz angezogen. Mit der Zeit hat sie Vertrauen gefaßt und mir eines Tages gesagt, sie sei Jüdin, falls es aufkommt, solle ich sie irgendwie schützen. Das hab ich ihr versprochen und auch gehalten. Solang' ich in Kozani war, ist ihr nichts passiert."

In Ranzern war die Stimmung schlecht. Im *Mährischen Grenzboten* wurde eine Rede Adolf Hitlers in Auszügen veröffentlicht, in der er versichert hatte: „Keine Macht der Welt wird uns im Herzen schwach machen!" Letzte Hoffnung galt der neuen „Wunderwaffe" V 2. Rudolf besuchte seinen Onkel, der zum Volkssturm einberufen wurde und seine Verbitterung in einem Reim zum Ausdruck brachte:

„Wir alte Affen sind die neuen Waffen!"

32

Die letzten Arbeitsmaiden hatten Bergersdorf verlassen. Es war still geworden. Im vergangenen Monat hatte Heinz Frey die Nachricht überbringen müssen, der fünfundvierzigjährige Johann Pokoj aus dem Hause 12 sei vermißt.

Am ersten schönen Frühlingstag dieses Jahres befahl der Bauer aus dem Hause 3 seiner Tochter Maria und dem tschechischen Knecht, Reisigholz zu sammeln. Beide fuhren mit dem Pferdegespann in den nahe gelegenen Wald. Dort suchte der Knecht Reisig, warf es auf den Wagen, und Maria schichtete es auf. Sie waren so sehr in ihre Arbeit vertieft, daß sie Pfiffe aus fünfhundert Meter Entfernung nicht wahrnahmen. Wieder ertönten laute Pfiffe, diesmal unüberhörbar. Der Knecht richtete sich auf, um festzustellen, aus welcher Richtung das Pfeifen kam.

„Einen Moment", sagte er zu Maria, „ich geh gerade mal austreten, bin gleich wieder da!"

Maria wartete.

Ungeduldig geworden, stieg sie schließlich vom Wagen, um das Reisigholz selbst einzusammeln.

Nach einer halben Stunde kam der Knecht zurück.

„Wo warst du denn so lange?“ fragte Maria.

„Ich bin noch im Wald spazierengegangen“, gab er zur Antwort.

„Merkwürdig“, dachte Maria. „Da stimmt was nicht!“

Schweigend fuhren sie mit dem voll beladenen Wagen nach Hause.

Der Knecht verrichtete die Stallarbeit wie gewohnt. Er fütterte die Kühe, mistete den Stall aus, nahm sein Abendbrot ein, wünschte allen eine gute Nachtruhe und ging schlafen.

Am nächsten Morgen war er verschwunden. Nie wieder wurde er gesehen, und nie wieder hörte Maria von ihm.

„Wer weiß, wo er hingegangen ist“, sagte der Vater zu ihr. „Wahrscheinlich ist er jetzt bei den Partisanen. Gott behüte uns, was wird da noch auf uns zukommen!“

*

In Schlappenz hatte vor vier Wochen eine Parteiveranstaltung unter dem Motto: „Deutschland muß siegen um jeden Preis!“ stattgefunden, auf der auch Heinz Frey sprach. Zum Abschluß seiner Rede verkündete er: „Und wenn der Feind kommt, werde ich mich ihm entgegenstellen und ihm stolz zurufen: ‚Ich bin ein Deutscher!‘“

33

Im März kamen die ersten Flüchtlingstrecks nach Bergersdorf. Der Bürgermeister wies ihnen Unterkünfte im ehemaligen RAD-Lager, in der früheren Mühle und auf einigen Höfen zu, so auch im Hause 12. Mitfühlend boten auch er und Theresia einer Familie Platz in einer leerstehenden Kammer an. Heinz Frey hatte es strikt von sich gewiesen, Fremde bei sich aufzunehmen. Die Flüchtlinge kamen aus Breslau. Einige Tage später fuhren Trecks aus Cosel ein. Sie alle hatten ihre Heimat kurz vor dem

Einmarsch der Roten Armee verlassen. Von der Flucht gezeichnet, schilderten die Erschöpften die vergangenen Tage und Wochen, die viele wegen Krankheit oder Hunger nicht überlebten. Längs der Straßen seien die Toten rasch beerdigt worden. Plötzliche Fliegerangriffe hätten weitere Opfer verursacht.

„Geht fort", warnten sie. „Bleibt nicht hier!"

In diesen Tagen wurde in Iglau eine Parteibesprechung abgehalten, an der auch Wenzel Hondl teilnahm. Der Gauleiter und der Kreisleiter beruhigten die Anwesenden, zum jetzigen Zeitpunkt bestünde für die deutsche Bevölkerung keine Gefahr. Sollte die russische Front in Richtung Brünn weitervorstoßen, werde die deutsche Bevölkerung rechtzeitig darüber informiert, damit diese „in Ruhe das Gebiet räumen" könne, wie sie es nannten.

Letzte Hoffnungen richteten sich auch in Bergersdorf auf die neuen Wunderwaffen V 1 und V 2. Im Rundfunk jagte eine Sondermeldung die nächste. „Fünf Minuten vor zwölf Uhr geschieht ein Wunder!" wurde versichert. „Mit der Superwaffe werden wir den Krieg noch gewinnen! Haltet durch!"

Auch die russische Befreiungsarmee unter Generalleutnant Wlassow, „Wlassow-Armee" genannt[20], die den Deutschen zu Hilfe kommen sollte, wurde heftig erwartet.

Auf Anordnung von Kreisleitung und Wehrmacht wurden Panzersperren an mehreren Straßen errichtet. In Polna erging Anfang April an siebzehn tschechische Männer eine „Arbeitspflicht zum Bau von Panzersperren". In Bergersdorf hatte ein kleiner Trupp deutscher Soldaten bei der Brücke über dem Goldebach eine solche Sperre errichtet.

In Bergersdorf traf ein Brief aus Berlin ein. Gottlob Berger, im Januar von Adolf Hitler zum Chef des Kriegsgefangenenwesens ernannt, schrieb in wenigen Zeilen:

> „Lieber, aufrechter Hondl!
> Wenn Deutschland den Krieg verliert, dann bleiben Sie nicht in der Sprachinsel! Gehen Sie mit Ihrer Familie sofort nach Deutschland, ich rate Ihnen dringend dazu! Halten Sie sich nicht auf und verlieren Sie keine Zeit!
>
> Heil Hitler!
> Ihr Gottlob Berger
> SS-Obergruppenführer."

[20] s. Anm. 13

Kathi nahm seinen Appell sehr ernst. Sie begann damit, in der Scheune einen Leiterwagen mit Lebensmitteln und Kleidung zur Flucht zu richten. Alle Dokumente und Zeugnisse steckte sie in zwei große Gläser, in denen einst „Znaimer Gewürzgurken" waren. Die festverschlossenen Gläser vergrub sie nachts im Gemüsegarten.

Der Vater tauschte dreihunderttausend Kronen in dreißigtausend Reichsmark um und versteckte sie. Seine Pistole umgab er mit Dachpappe und vergrub sie im Keller. Er war damit im Ersten Weltkrieg bei seiner Beförderung zum Leutnant für besondere Tapferkeit ausgezeichnet worden, nachdem er ein ganzes Kavallerieregiment in Ungarn gerettet hatte.

„Warten wir es ab", sagte er jetzt. „Vielleicht wendet sich doch alles noch zum Guten für uns."

34

Eines Abends ging eine Meldung von Dorf zu Dorf: „Die Russen sind bei Brünn durchgebrochen!" Aus Iglau war die Weisung an alle Deutschen ergangen: „Alles fertigmachen zur Flucht!" Der Volkssturm, so wurde zugesichert, werde zum Schutz der Trecks eingesetzt. Hastig brachen die Flüchtlinge aus Breslau und Cosel auf und zogen weiter.

Sofort wurden Schweine geschlachtet, um den Proviant für die nächsten Tage und Wochen zu sichern, in großer Aufregung vergrabene Schätze wiederausgehoben und auf Leiterwagen befördert. Kathi und Mitzi richteten einen zweiten Wagen, den sie mit den besten Möbelstücken beluden. Jede Stunde, so hatten sie gehört, könne der Marschbefehl in Richtung Böhmerwald kommen. Zerrissen zwischen Zurückbleiben oder Flucht, zwischen Hoffnung und Niedergeschlagenheit, verbrachten alle die folgenden Tage und Nächte.

„Wir können die Heimat doch nicht verlassen!" hieß es in allen Dörfern.

Unvermutet tauchte jetzt Heinz Frey in der Dorfmitte auf und befahl bestimmt: „Flucht kommt nicht in Frage!"

Freys Verbot kam zur rechten Zeit, denn ein Gerücht, der russische Vormarsch sei gestoppt worden, nährte neue Hoffnungen zum Bleiben. Die Meldungen überstürzten sich: Am 10. April war die Eisenbahnbrücke bei Helenental von einer Partisaneneinheit gesprengt worden, als sie gerade ein Militärzug mit deutschen Soldaten passierte. Fünf Waggons stürzten in die Tiefe. Der Sprengstoffanschlag, so hatte es geheißen, habe fünfundsechzig Tote und über hundert Verletzte gefordert.

Es war der erste große Anschlag von Partisanen, der bekanntgeworden war. „Jetzt werden die meist sehr feigen Partisanen lebendig", war daher die Meinung der Deutschen.

Fünf Tage später hatte eine neue Nachricht, diesmal aus Neuhof, die Bewohner aufgeschreckt. Der Volkssturmkommandant, Oberlehrer Beer, sei nachts in seinem Haus von zwanzig Partisanen überfallen worden. Diese hätten alle Gewehre, Pistolen und Munition geraubt.

„Damit werden sie uns jetzt erschießen", fürchteten die Deutschen. Rasch wurden auch in Neuhof die Leiterwagen zur Flucht abfahrbereit gerichtet.

In diesen Tagen hatten einige tschechische Bewohner deutschen Familien angeboten, ihre Güter sicher zu verstecken.

In Neuhof erhielt die Familie des früheren Bürgermeisters das Angebot eines tschechischen Ehepaares aus Polna: „Wir haben gehört, Ihr müßt flüchten! Da hätten wir einen Vorschlag, denn Ihr seid gute Kunden im Geschäft unserer Mutter. Bringt Eure Sachen zu uns, wir lagern sie im trockenen Keller der Brauerei von Polna. Wenn Ihr in zehn Jahren wiederkommt, habt Ihr alles schon hier!"

Nach längeren Beratungen entschied die Familie aus Neuhof, das Angebot des ihr seit Jahren bekannten Ehepaares anzunehmen. Franz, ein Sohn des früheren Bürgermeisters, fuhr mit zwei voll beladenen Pferdewagen nach Polna, um die Güter sicher unterzubringen.

In Bergersdorf bot eine Tschechin aus dem Hause 44 der Nachbarfamilie mit dem Hausnamen „Gassenhäusler" an, ihr Sohn könne die Güter einmauern. Vater Gassenhäusler hatte durch seine Beziehungen 1939 erreicht, daß Mutter und Tochter aus dem Hause 44 einen Arbeitsplatz in der Glasfabrik Deutsch-Schützendorf erhielten. Daher übergab die Familie vertrauensvoll Wertgegenstände und Dokumente zum Einmauern.

Die Familie aus Nr. 12, die ein gutes Verhältnis zu Familie Vomela hatte, sollte später Güter und Wertgegenstände auf dem Speicher der ehemaligen Mühle in Nr. 15 verstecken.

Ende April erfuhr der Bürgermeister, Karolina Legescic aus dem Hause 26 sei plötzlich verschwunden. Wenzel sah sofort einen Zusammenhang zwischen ihrer Anzeige gegen Jaroslav Vomela und ihrem Verschwinden. „Das sind jetzt die Folgen von damals", sagte er nur.

Neue Meldungen über Gefallene lösten Betroffenheit aus. Es waren der vierundvierzigjährige Franz Reichtomann und der erst achtzehnjährige Johann Pokorny aus dem Hause 42. Johann Pokorny war der jüngste von insgesamt zweiundzwanzig gefallenen Soldaten aus Bergersdorf. Der älteste Gefallene aus Bergersdorf war Martin Pauser. Er hatte als Knecht bei Wenzel Hondl gearbeitet. Der Achtundfünfzigjährige hatte sich nicht freiwillig gemeldet, sondern war zum Volkssturm einberufen worden und Ende 1944 gefallen. Wenzel Hondl war über den Tod seines treuen Knechts zutiefst betrübt gewesen.

Eine letzte Nachricht, deren Quelle unbekannt war, ließ von Dorf zu Dorf die Deutschen wiederaufatmen: „Ihr braucht nicht flüchten, denn jetzt kommt die Wunderwaffe wirklich zum Einsatz!"

35

In diesen Tagen geriet Willi Röhrich aus Iglau in englische Kriegsgefangenschaft bei Travemünde. In Iglau war er seit längerer Zeit nicht mehr gewesen, denn kriegsbedingt war eine Urlaubssperre für alle Soldaten verhängt worden. Die von ihm geführte Firma Pokorný in der Iglauer Innenstadt war seit seiner Einberufung zur Wehrmacht im Jahre 1940 „arisiert" worden.

Nach drei Wochen Gefangenschaft wurde Willi Röhrich zum Rapport bestellt. Die englischen Offiziere wollten einen Dolmetscher herbeizitieren, doch Röhrich erklärte ihnen: „Meine Herren Offiziere, ich habe beste Englischkenntnisse!"

„Was ist mit Ihnen los?" wollten die Offiziere wissen. „Sie waren tschechischer Offizier, und Sie waren deutscher Offizier! Wie war das möglich?"

„Bis zum Jahre 1939 waren wir tschechische Staatsbürger, also mußten wir zur tschechischen Armee", klärte Röhrich auf. „Ab 1939 waren wir Deutsche, also mußten wir zur deutschen Wehrmacht!"

„Und wie kommt es, daß Sie von beiden Seiten Auszeichnungen bekommen haben?"

„Wenn man beim Militär ist, muß man halt seine Pflicht erfüllen!"

In diesem Moment betrat der Lagerleiter das Büro. Er hieß Pokorný.

„Sehen Sie, Herr Röhrich, so ist das Leben", begann er. „Sie haben mir 1939 geholfen, und ich helfe Ihnen jetzt 1945!"

Er erklärte dem verblüfften Willi Röhrich, er habe sich 1939 in England zur Armee gemeldet und es bis zum Offizier gebracht. Jetzt sei er hier Lagerleiter. Auf der Liste der Kriegsgefangenen habe er seinen Namen entdeckt und gedacht: „Das wird doch nicht der Röhrich aus Iglau sein?"

„So ist das Leben", wiederholte er. „Sie haben mir 1939 geholfen, und ich helfe Ihnen jetzt 1945!"

Pokorný bat Willi Röhrich in seinen Wagen. Er fuhr mit ihm nach Oldenburg, kaufte ihm Anzüge, Wäsche und Schuhe. Er besorgte ihm einen Arbeitsplatz als Leiter eines Kinderheimes. Willi Röhrich sollte diesen Posten bis zu seiner Pensionierung behalten.

36

In Iglau standen die Fahnen an sämtlichen Dienstgebäuden auf halbmast. Eine unerwartete „Gefallenenmeldung" löste lähmende Bestürzung aus. In seiner Ausgabe vom 2. Mai veröffentlichte der *Mährische Grenzbote* auf der Titelseite:

> „Führerhauptquartier 1. Mai
>
> Der Führer im Kampf gefallen!
> Unser Führer Adolf Hitler ist heute nachmittag in seinem Befehlsstand in der Reichskanzlei, bis zum letzten Atemzuge gegen den Bolschewismus kämpfend, für Deutschland gefallen.
> Am 30. April hat der Führer den Großadmiral Dönitz zu seinem Nachfolger bestimmt."

„Was wird jetzt mit uns?“ war die bange Frage. In Rundfunk- und Zeitungskommentaren wurde versichert: „Der Geist Adolf Hitlers lebt!“ Am 4. Mai erschien die letzte Ausgabe des *Mährischen Grenzboten*, in dem auch der Tagesbefehl von Generalfeldmarschall Schörner aus Prag abgedruckt war. Schörner hatte an seine Soldaten die Botschaft gerichtet:

> „Als Märtyrer seiner Idee und seines Glaubens und als Soldat der europäischen Sendung ist Adolf Hitler, bis zum letzten Atemzuge gegen den Bolschewismus kämpfend, gefallen. Sein Werk und seine Mission werden den kommenden Geschlechtern heiliges Vermächtnis sein. Wir Lebenden haben die Pflicht, in diesem seinem Sinne weiterzukämpfen und sein Werk zu vollenden ... Der Heldentod des Führers ist für jeden anständigen Soldaten höchste Verpflichtung. Jeder setzt sich so ein, daß er vor seinem gefallenen Führer stehen kann. Heil Adolf Hitler!“

Die Halbmastbeflaggung wurde im Protektorat auf drei Tage festgesetzt. Der tschechische Staatspräsident Emil Hácha richtete an Großadmiral Dönitz ein Beileidstelegramm:.

> „Ich bitte Sie, meine und der Protektoratsregierung tief empfundene Anteilnahme an dem schweren Verlust entgegenzunehmen, der das deutsche Volk mit dem Heldentod des Führers Adolf Hitler getroffen hat. Möge es Ihnen vergönnt sein, das Reich aus der augenblicklichen schweren Krise zum Heile aller Völker Europas herauszuführen. Mit dem Ausdruck vorzüglicher Hochachtung Ihr sehr ergebener Dr. Emil Hácha.“

Im letzten erschienenen *Mährischen Grenzboten*, vom 4. Mai, wurde der Bericht des letzten Kriegsberichters aus dem „Kampfraum“ Brünn veröffentlicht. Er berichtete von erneuten „Durchbruchsversuchen der Sowjets“. Die erste „Welle des Feindangriffs“ sei jedoch von einem Flakregiment mit „unerschrockenem Einsatz“ in einer Kette von Gegenstößen zerschlagen worden, habe dem Gegner hohe Verluste, „mehrere hundert tote Sowjets“, zugefügt und ihn zum Stehen gebracht. Damit sei „die Absicht des Feindes, ... das Protektorat ... zu bolschewisieren, trotz vielfacher Übermacht vereitelt“ worden.

37

Am Nachmittag des 6. Mai kam die Nachricht: „Die Russen sind nicht mehr weit, alles aufladen und fertigmachen zur Flucht!" Fieberhaft wurden letzte Hühner für den Proviant geschlachtet, letztes Brot gebacken, letzte Güter aufgeladen. Am Vormittag waren der Volkssturm aufgelöst und alle Waffen, auch Panzerfäuste, konfisziert worden. Gestern waren tschechische Fahnen gehißt worden, auch am Bahnhof Bergersdorf. Ein deutsches Wachkommando hatte das sofortige Einziehen der tschechischen Fahnen verlangt. Im Rundfunk wurden seit gestern keine deutschen Nachrichten mehr übertragen. In Iglau hatte ein „Revolutionärer Nationalausschuß", „Okresní Národní Výbor"[21] genannt, die Führung übernommen, der Kreisleiter drängte in einem geheimen Befehl an alle deutschen Bürgermeister zum raschen Aufbruch. Durch alle Dörfer ging der Ruf: „Heute nacht oder morgen früh geht es los – und nie mehr zurück!"

Am Abend saß die Familie noch in der Wohnküche beisammen, es würde, so dachten sie, ihre letzte Nacht in ihrem Hause sein. Theresia war besonders bestürzt, nach ihrer Heirat mit Wenzel hatte sie sechsundzwanzig Jahre lang glücklich in diesem Hause gelebt. Kathi, Mitzi und der Vater hatten die beiden Fluchtwagen mit Dachpappe überspannt. Morgen früh nach der Stallarbeit, so war inzwischen der Befehl, sollten sich alle Deutschen zur Flucht versammeln.

Im Morgennebel wurden die Fluchtwagen vor die Häuser geschoben. In der Dorfmitte beim Heiligen Nepomuk scharten sich alle um den Bürgermeister. „Was sollen wir machen, kommen wir noch bis zum Amerikaner durch?" wurde er mit Fragen bedrängt. Heinz Frey kam mit seinem Treck vorgefahren, auch eine Familie, die vor der Einschicht wohnte. Um Mitternacht hatten Schüsse das Dorf aufgeschreckt. Sie waren aus der Einschicht zu hören gewesen. Zwei Burschen des Volkssturms, die losgeschickt worden waren, entdeckten, daß Partisanen die Bahngleise gesprengt hatten. Bis zum Morgengrauen waren immer wieder Leuchtkugeln über dem Wald Richtung Neuhof hochgegangen.

---

[21] wörtlich: Bezirksnationalausschuß

„Wir werden von Stützpunkt zu Stützpunkt flüchten müssen!“ antwortete der Bürgermeister. „Damit schaffen wir es vielleicht noch rechtzeitig, bis zu den Amerikanern durchzukommen!“

Theresia dachte an ihren Heimatort Schlappenz. Auch dort hatten sich alle Deutschen um sechs Uhr früh zur Flucht versammelt.

Stunde um Stunde verging. Niemand wagte den Anfang zur Flucht. Schließlich kehrte der erste Bauer aus Bergersdorf zu seinem Hof zurück. Nach einer Weile zog die zweite Familie ab. Bis in den Nachmittag hinein rang der Bürgermeister mit sich, was er tun solle. Er besprach sich mit seinem Bruder Ferdinand.

„*Du* solltest fortgehen!“ sagte dieser. „Nun ist der Tag gekommen, da uns unser SS-Dorf schaden wird! Bei mir ist es egal, ich habe das Liebste, meine beiden Söhne, verloren! Was hat das Leben da noch für einen Sinn? Es ist gleichgültig, ob ich in der Heimat sterbe oder in der Fremde! Aber du, Bruder! Geh fort von hier! Gehe deiner Kinder wegen!“

Wenzel wußte nicht, wie es Maria in Zeisau erging. Wohin sollte sein Sohn, wenn er wiederkehrte? Noch im Januar war Wenzi in Ostpreußen schwer verwundet worden und hatte über Monate hinweg im Lazarett gelegen. Und würde die Flucht jetzt noch gelingen?

Gegen Abend stand sein Entschluß fest: „Kinder, es tut mir leid“, sagte er zu den Umstehenden. „Ihr könnt fahren, wenn ihr wollt! Ich fahre nicht! Ich möchte hier sterben und nicht im Straßengraben. Ich sehe doch, wie die Flüchtlinge aus Schlesien am Straßenrand umkommen. Ich bleibe hier und sterbe in der Heimat!“

Heinz Frey blieb mit seinem Wagen bis zum Schluß. Nachdem alle umgekehrt waren, fuhr auch er zu seinem Musterhof in die Einschicht zurück.

38

In einem Waldstück unweit von Bergersdorf gab es noch einen Stollen aus der Blütezeit des Silberbergbaus im dreizehnten Jahrhundert. Einige Gräben waren mit Moos bewachsen, andere zum Teil mit Wasser angefüllt. Der Tunnel war verschüttet. In seinem Eingang, so hatten zwei Familien aus Bergersdorf schon vor einiger Zeit beschlossen, sollten ihre Frauen und Mädchen bei Gefahr Zuflucht finden. Im Dorf durfte niemand davon erfahren. Die Frauen hatten den Tunnelzugang freigelegt und in diesem kleinen Versteck Bänke aufgestellt.

Am 8. Mai schien der Zeitpunkt gekommen. Aus Furcht vor der herannahenden russischen Armee waren die Frauen und Mädchen, auch die vierzehnjährige Katharina aus dem Hause 38, in diesen Stollen geflüchtet. Den Eingang, ein großes Loch, durch das sie hinunterhangeln mußten, hatten sie mit Zweigen abgedeckt. Daunendecken, Kopfkissen und Bettwäsche hatten sie mitgenommen. Hier fühlten sie sich sicher. Katharinas Großvater mit dem Hausnamen Gassenhäusler hatte versprochen, ihnen Essen und Trinken zu bringen sowie Neuigkeiten aus dem Dorf zu übermitteln.

Die Nacht vom 8. auf den 9. Mai war unruhig. Wilde Schießereien waren von ferne zu hören. Am Hochberg hatten sich deutsche und russische Soldaten heftige Gefechte geliefert. Der deutsche Armeeführer und General der Panzertruppe, Nehring, hatte befohlen: „Kapitulation kommt nicht in Frage!" und weiter versichert: „Generalfeldmarschall Schörner, in alter Frische, führt uns in die Heimat zurück!"

Im Morgengrauen rollten Panzer über die alte Kaiserstraße. Es waren deutsche Soldaten auf dem Rückzug. Sie kamen von Süden nach Bergersdorf, wußten nicht, welche Richtung sie einschlagen sollten, suchten verzweifelt der russischen Armee zu entkommen. Alle Orientierungstafeln um Polna waren bereits im Februar von tschechischen Partisanen entfernt worden. Großvater Gassenhäusler, der sich um sieben Uhr mit frischer Milch und einem Laib Brot auf dem Weg zum Stollen befand, wurde von den Soldaten nach dem Weg gefragt. Er wies ihnen die Straße nach Stecken, von dort sollten sie die Richtung Südwesten einschlagen, und begleitete sie bis zur nächsten Anhöhe, die freien Blick auf das umliegende Land bot. Er wies ihnen nochmals die Richtung und wünschte ihnen schweren Herzens, sie mögen gesund und sicher ihre Heimat erreichen.

Danach ging er zum Stollen, wo er mit Sorge erwartet wurde. Er berichtete von den deutschen Soldaten, die kopflos, wie es ihm schien, auf ihren Panzern flüchteten. Auch müsse im Dorf seit heute früh weiß geflaggt werden: „Wir waren noch bei der Stallarbeit", so sagte er, „da haben die Tschechen an unsere Fenster geklopft und gerufen: ‚Ihr müßt euch ergeben, denn ihr habt den Krieg verloren! Die Russen kommen, ihr müßt weiße Tücher raushängen!'"

„Heißt das, der Krieg ist jetzt vorbei?" fragte Katharina.

„Ja", antwortete der Großvater. „Der Krieg ist seit gestern abend zu Ende, wir haben verloren, es ist alles aus! Alles! Aber die meisten Deutschen wissen es noch nicht. Wir waren die ganze Nacht am Radio gesessen. Für kurze Zeit war der Prager Sender noch in deutscher, aber dann in tschechischer oder russischer Hand. In Prag muß die Hölle los sein! Die Wlassow-Truppen sollen sich auf die tschechische Seite gestellt haben, um gegen die Deutschen zu kämpfen! Im Rundfunk wird immer wieder verkündet: ‚Tod den Deutschen!' Jetzt soll auf deutscher Seite die Kapitulationsurkunde unterschrieben werden, aber der Generalfeldmarschall Schörner ist nicht zu finden!"

Der Großvater versprach, gegen Abend wiederzukommen, und ermahnte die Frauen und Mädchen, sich hier im Versteck ruhig zu verhalten: „Bleibt hier, denn nur hier im Bunker seid ihr sicher!"

Voller Bangen blieben sie zurück. Das Rattern der Panzer verhallte langsam in der Ferne, es wurde ruhiger.

Um die Mittagszeit wurden die Frauen durch laute Geräusche am Tunneleingang erschreckt. Sie rührten sich nicht, wagten kaum zu atmen, hofften, es könnte eine Täuschung gewesen sein.

Sie vernahmen Rufe, die Zweige wurden von außen entfernt, Tageslicht fiel in den Stollen. Voller Angst erhoben sich die Frauen von den Bänken und gingen zögernd zum Eingang.

Zwei Gewehrläufe schoben sich durch das Loch nach unten, gehalten von zwei tschechischen Partisanen. In ihrer Mitte tauchte unerwartet das Gesicht von Heinz Frey auf.

„Keine Angst, ich bins!" rief er in den Stollen.

Die Frauen erschraken heftig.

„Kommt raus!" befahl Frey. „Die zwei Tschechen wollen euch nur was fragen!"

„Der Frey mit Partisanen, der …?" dachten die Frauen. Verwirrt kletterten sie aus dem Stollen.

„Ihr braucht keine Angst zu haben", beruhigte sie Frey.

„Was hat denn der Frey mit Partisanen zu tun?" dachten sie beunruhigt.

„Ich mußte die nur herführen, die wollen nachsehen, ob ihr Waffen versteckt habt."

„Wir haben keine Waffen versteckt ... gar keine!" beteuerten die Frauen.

Zum ersten Mal sahen sie Frey in Zivilkleidung.

„Die werden euren Bunker trotzdem durchsuchen", betonte er.

Die Mädchen kletterten aus dem Stollen, die beiden Partisanen sprangen hinein und taten, als würden sie nach Waffen suchen.

„Ihr könnt denen ruhig vertrauen, die tun euch nichts!" wiederholte Frey.

Die Frauen antworteten nicht. Sie kannten Frey nur in seiner Uniform und mit schweren Stiefeln. Jetzt erschien er ihnen fremd und unnahbar.

Die beiden Partisanen kamen hervor und erklärten die Durchsuchung für beendet, Waffen seien keine gefunden worden.

„Ihr könnt wieder reingehen", meinte Frey.

Eiligst entschwand er mit seinen beiden Begleitern.

Verstört blickten ihm die Frauen nach, bis er nicht mehr zu sehen war.

„Der wollte doch vorgestern noch mit uns flüchten?" sagten sie verwundert.

Ihm konnte nicht mehr vertraut werden.

Jetzt war der Stollen als Versteck wertlos geworden. „Es war alles umsonst", sagten sie. „Die können uns hier alle zusammen hochgehen lassen." Sie beschlossen, trotz Großvaters Warnung nach Hause zu gehen.

Sie holten das Bettzeug und die Lebensmittel, die sie tragen konnten, aus dem Stollen und machten sich auf den Heimweg.

Aus der Ferne waren ratternde Motorengeräusche zu vernehmen.

„Was hat der Frey, ausgerechnet dieser Nazi, der größte Nazi im Dorf, mit Tschechen zu tun?" fragten sie sich.

Die Motorengeräusche wurden lauter.

„Hat der Frey uns alle belogen ...?"

Jetzt erst hörten sie das Rattern bedrohlich näherkommen. Sie sahen sich um. Am Himmel tauchten zwei russische Doppeldecker auf, Nähmaschinen genannt.

Hastig warfen sich die Frauen und Mädchen das Bettzeug auf den Rücken und rannten dem Dorf zu.

Die beiden Flugzeuge senkten sich im Sturzflug.

Geschosse schlugen neben und hinter den Flüchtenden ein.

Die Flugzeuge zogen nach oben und kamen erneut im Sturzflug an. In Todesangst rannten die Frauen und Mädchen um ihr Leben. Sie hörten die Geschosse über ihren Köpfen, die links und rechts im Boden einschlugen, hörten, wie die beiden Flugzeuge wieder nach oben zogen und abdrehten.

Einige Sekunden hielten sie inne, um Atem zu holen. Dann rannten sie, ohne anzuhalten und mit dem Bettzeug auf dem Rücken, nach Hause.

Bergersdorf war wie ausgestorben.

Weiße Bettlaken hingen aus den Fenstern. Einsam wehten sie im Wind. Niemand war zu sehen. Nur das Bellen eines Hundes und das Entengeschnatter auf dem Weiher durchbrachen die unerträgliche Stille. Das Wasser spiegelte die gleißenden Sonnenstrahlen wider.

Zu Hause, in Nr. 38, war niemand anzutreffen. Alles schien sich verändert zu haben. „Wo ist Großvater?“ dachte Katharina. „Wo sind alle anderen? Wo ist der Bürgermeister? Was ist passiert?“

39

„Alles aufladen und sofort in die Wälder!“ hatte es am Vormittag geheißen. Hastig waren Lebensmittel und Kleidung auf ein Fuhrwerk geladen worden. Eine neue Meldung, „Die Russen kommen!“ schreckte Bergersdorf auf. Sofort waren die Wagen abgeladen und die Güter in die Keller gebracht worden. „Raus, in den Wald!“ war der einzige Gedanke gewesen. Dort, in einem versteckten Hohlweg, hatten sich die Flüchtenden um den Bürgermeister geschart. „Was sollen wir nur machen?“ fragten sie. Plötzlich waren Schießereien zwischen Partisanen und deutschen Deserteuren in den Wäldern entbrannt. „Zurück ins Dorf, alle in die Keller, schnell!“

Am frühen Nachmittag rollten die ersten russischen Panzer durch Bergersdorf. Das Rattern der Panzerketten ließ die Kellerdecken vibrieren. In höchster Aufregung waren fast alle in die Keller geflohen. Die Panzer rollten Richtung Polna. Der Bürgermeister im Gemeindebüro erkannte, daß sie damit der deutschen Armee den Rückzug abschneiden würden. Am Hochberg waren noch immer deutsche Panzer, denen bis jetzt der Durchstoß in Richtung Westen nicht gelungen war.

In Polna kam es zu Zusammenstößen zwischen russischen Einheiten und den flüchtenden deutschen Truppen. Heute früh hatten einige der deutschen Panzer an der entscheidenden Kreuzung die falsche Richtung eingeschlagen und waren geradewegs den Russen in Polna entgegengefahren. Bei den erbittert geführten Kämpfen waren das Bezirksgericht Polna und die Schuhgenossenschaft in Flammen aufgegangen und teilweise zerstört worden.

An diesem Tage ging eine Nachricht durch Polna, der Oberbefehlshaber der Heeresgruppe Mitte, Generalfeldmarschall Schörner, sei beim Rückzug der deutschen Truppen in Gefangenschaft geraten. In einem Zimmer des Gasthauses Koutny in Polna werde er jetzt sehr streng bewacht.

Die deutsche Einheit am Hochberg hatte kapituliert.

Dem Bergersdorfer Bürgermeister war befohlen worden, alle deutschen Aufschriften im Dorf überstreichen zu lassen. Hastig wurden SS-Uniformen in den Backöfen verbrannt. Gegen Abend stiegen über dem Schlappenzer Tal Rauchschwaden auf. Flüchtende Soldaten der Wehrmacht, Angehörige der SS und der Polizei, auch Flieger und Offiziere hatten in Panik ihre Autos und Motorräder mit Benzin übergossen und angezündet. Auszeichnungen, Uniformen und Gepäck schleuderten sie in das Feuer oder warfen alles ins Land. Die sieben Kilometer lange Straße nach Deutsch-Brod war voller verlassener, zum Teil ausgebrannter Fahrzeuge. Viele Soldaten baten bei Bauern um Zivilkleidung und versuchten durch die Wälder in Richtung Westen zu flüchten.

Die tschechischen Bewohner von Schlappenz bemerkten dazu: „Die Kapitulation Deutschlands findet direkt vor unseren Augen statt! Der Traum vom Übermenschen der Weltherrschaft ist nun zu Ende!“

40

In der folgenden Nacht und am nächsten Tag durchzogen Bergersdorf Tausende ehemaliger deutscher Soldaten. Sie kamen von Westen aus Richtung Stecken und wurden von Partisanen nach Osten getrieben. Unter ihnen waren auch österreichische Soldaten, die ihre Fahne hochhielten. Alle waren entwaffnet worden. Hungrig und ausgedürstet marschierten sie in Fünferreihen. Viele von ihnen flüsterten umstehenden Bergersdorfern ihre Heimatadresse zu und baten darum, ihren Angehörigen zu schreiben. Kathi waren mehr als hundert Namen und Anschriften zugeraunt worden. Nicht eine Adresse hatte sie vollständig verstanden oder sich merken können. Keinem der Bergersdorfer sollte es gelingen, auch nur einen einzigen Angehörigen über das Schicksal des Vermißten zu informieren. In Polna wurden die Kriegsgefangenen auf den Sokol-Übungsplatz beim Schloß getrieben, danach auf die Sammellager Iglau oder Deutsch-Brod verteilt. Einige Kriegsgefangene wurden sofort in einen Kellerraum der Brauerei Polna gesperrt.

Am Nachmittag von Christi Himmelfahrt zogen russische Trecks in Richtung Westen durch Bergersdorf. Die meisten fuhren, ohne anzuhalten, rasch an den Häusern vorüber.

Nachdem der letzte Wagen hinweggezogen war, wurde es sehr ruhig.

Plötzlich war Blasmusik zu hören. Auf der Straße von Polna kommend, fuhr ein Lastwagen in Bergersdorf ein. Auf der Ladefläche spielten Musikanten eine Polka. Die ungewohnten Klänge lockten einige Bergersdorfer aus den Häusern. In der Dorfmitte beim Heiligen Nepomuk hielt der Wagen an, die Melodie verstummte. Die Musiker griffen nach ihren Gewehren.

Es waren tschechische Männer, die sich Partisanen nannten. Sie befahlen, alle deutschen Dorfbewohner, auch der Bürgermeister, haben umgehend auf diesem Platz zu erscheinen.

Unwillig war Wenzel Hondl mit seiner Familie zur Dorfmitte gekommen. Sein Kollege Josef Dworschak aus Schlappenz war schon seines Amtes enthoben worden. Er mußte mit seiner Familie und zwanzig Flüchtlingen aus Schlesien in Stall und Scheune umziehen. In dem freigewordenen Wohnhaus richtete die russische Armee eine „Truppendienststelle" ein.

Kathi Hondl stand zwischen ihren Eltern. Mit versteinertem Gesicht folgte sie den Worten des Anführers: „Ihr dürft euer Dorf nicht verlassen!" verkündete er. „Es ist euch verboten, einen Arzt aufzusuchen! Ihr seid vogelfrei, wir können mit euch machen, was wir wollen! Ihr könnt von uns getötet werden! Ihr dürft nicht auf dem Bürgersteig gehen!"

Die vierzehnjährige Katharina aus dem Hause 38 sah sich um. „Wieso Bürgersteig?" dachte sie erstaunt. „Wir haben doch gar keinen Bürgersteig! Was soll dieser Quatsch!"

Der Anführer hielt eine weiße Armbinde mit dem aufgedruckten schwarzen Buchstaben N hoch: „Ab sofort müßt ihr alle eine Armbinde tragen! Wer keine trägt, wird ohne Vorwarnung erschossen!"

Die Männer verteilten die länglichen Stoffetzen.

„Wenn ihr jetzt denkt, N, das heißt ‚Němec'[22] dann habt ihr euch getäuscht!" rief der Anführer. „N, das heißt ‚niemand'! Ihr seid ab jetzt ein Niemand, ein Nichts, ein Niemand! Ihr seid nichts mehr! Wir vom Místní Národní Výbor haben jetzt das Sagen!"

Nach diesem lauen Maienabend fühlte sich die vierzehnjährige Katharina erwachsen. Nie wieder würde es so sein wie zuvor.

Zurück im Haus, sagte der Bürgermeister aufgebracht zu seiner Familie: „In mehr als zweieinhalb Jahrzehnten habe ich Bergersdorf zu Ansehen und Wohlstand geführt! Und jetzt muß ich mir von unzivilisierten Wilden sagen lassen, wir sind ein Nichts! Das ist doch grotesk, das mache ich nicht mit! Warum sind wir vor neun Jahren nicht nach Österreich gegangen! Warum glaubten wir der Heimat treu bleiben zu müssen! Diesen Gaunern liefern wir uns nicht aus! Ich erschieße uns alle! Zuvor aber will ich Maria und meinen Enkelsohn in Zeisau sehen, ein letztes Mal!"

41

Zwei Tage später.

Auf dem Weg nach Zeisau überdachte Wenzel die Ereignisse des gestrigen Tages, an dem die Rumänen nach Bergersdorf gekommen waren.

---

[22] (tschechisch): Deutscher

Vor zwei Tagen erschien der rumänische Quartiermacher bei ihm. Für zweitausend Soldaten mußte Quartier bereitgestellt werden. Mit ihm war er von Hof zu Haus gegangen, um Zimmer, auch Böden und Scheunen, für die Soldaten zu beschlagnahmen. Bei der ehemaligen Mühle, Nr. 15, sollte ein Zelt mit einer Feldbäckerei aufgeschlagen werden. Das Schulhaus würde Hauptquartier mit einer Küche werden. Der Bürgermeister hatte Maria aus dem Hause 3 gebeten, in der Küche zu arbeiten.

Drei rumänische Offiziere, ein Oberst, ein Hauptmann und ein Leutnant, hatten bei Wenzel Hondl Quartier bezogen. Sie kamen aus Siebenbürgen und sprachen deutsch. Der Oberst hatte sich in Schlaf- und Wohnzimmer des Bürgermeisters einquartiert.

Jetzt saß Wenzel im Geländewagen des deutschsprechenden Leutnants auf dem Weg nach Zeisau. Theresia war mitgefahren, um Maria ein letztes Mal zu sehen. Sie war dem Rumänen dankbar, daß er sie beide chauffierte, ohne ihn hätten sie Bergersdorf nicht verlassen können.

Längs der Straße lagen einige verendete Zugpferde und verlassene Militärfahrzeuge. Auf den Feldwegen zeugten Reifenspuren von Fluchtversuchen verzweifelter deutscher Soldaten. Viele von ihnen wurden alsbald in den Wäldern aufgespürt und erschossen. Gestern war auf der Gemeindewiese Bergersdorf ein flüchtender deutscher Soldat von Partisanen angeschossen und mit dem Gewehrkolben totgeschlagen worden.

In Zeisau war nur Marias Schwiegermutter anzutreffen. Maria sei nicht da, flüsterte sie. „Sie hat sich vor den Russen auf den Sauboden geflüchtet! In mancher Nacht ist sie draußen im Kleefeld, oder sie versteckt sich bei mir in der Kammer!“

„Und wo ist unser Enkelsohn?“

„Den haben wir vor den Russen versteckt“, antwortete sie leise. „Die Russen sind ganz vernarrt in den blonden Buben. Sie wollen ihn nach Rußland mitnehmen und haben gefragt, wieviel er kosten würde. Ich habe ihnen gesagt, wir geben ihn nicht her. Sie haben zweitausend Kronen für ihn geboten! Jetzt ist er gut versteckt! Ihr dürft nicht zu ihm, sonst fällt es auf!“

Unverrichteter Dinge kehrten sie um.

Hinter Iglau bat Theresia den Leutnant, nach Dobrenz zu fahren. Dort wolle sie ihrer Schwester und ihrem Schwager Lebewohl sagen.

Es war drei Uhr nachmittags.

Das Ehepaar Schloßnickl lud zu Kaffee und Kuchen, doch Wenzel lehnte ab.

„Wir gehen nicht hinein, es ist schönes Wetter, wir bleiben draußen!" sagte er ungeduldig und fuhr fort: „Es ist jetzt eine schlimme Situation! Wir wollen nach Hause und uns das Leben nehmen!"

„Jetzt wartet doch erst einmal ab!" beschwichtigte das Ehepaar.

„Nein!" erklärte Wenzel. „Wir erschießen uns daheim!"

„Es wird schon nicht so schlimm kommen, beruhigt euch doch! Es wird alles wieder gut werden!"

„Nichts wird gut!" beharrte er.

„Wir haben den Tschechen nichts getan! Da werden sie uns auch nichts tun! Es wird alles wieder gut! Beruhigt euch doch!"

Zu Hause angekommen, wollte Wenzel das Gewehr holen. Theresia versperrte ihm den Weg: „Erst schick die Mädels fort!" befahl sie. „Schick sie nach Österreich!"

Er gab nach.

Theresia richtete Brotschnitten mit Schmalz und drei mit Wasser gefüllte Feldflaschen, die sie in einem Rucksack verstaute.

Der Vater übergab Kathi die Grundbücher zum Mitnehmen.

„Geht über Stecken!" riet er. „Dann links und schnurgerade weiter. Geht nur nachts, der Mond ist euer Kompaß. Daher richtet euch in der Nacht nach dem Mond. So wie der Mond steht, so kommt ihr nach Österreich! Versteckt euch tagsüber in den Wäldern, damit ihr nicht gesehen werdet."

Als es dunkel war, umarmte er Kathi, Mitzi und die Aushilfsmagd Resi ein letztes Mal. „Geht immer dem Mond nach, paßt auf euch auf und kommt gut durch", sagte er beim Abschied.

Er stand noch lange unter dem Tor und sah ihnen nach, bis die Dunkelheit sie verschluckte. Er wartete, bis Felder und Wiesen mondhell geworden waren. Nachdenklich zog er Bilanz: „Was haben wir in diesen Jahren falschgemacht?" fragte er sich. „Sind wir auf der richtigen Seite gestanden? Sind wir falschgeführt worden? Wir wollten uns von den Tschechen befreien und sind Hitler in die Hände gefallen. Wir haben an Hitler geglaubt, aber wir waren für ihn Kanonenfutter. Wir haben es nur nicht gemerkt. Jetzt werden wir dafür bezahlen müssen, wir alle!"

Auf der gegenüberliegenden Anhöhe tauchte unvermutet ein Reiter auf. Die dunkle Silhouette vor dem hellen Hintergrund wirkte gespenstisch. Der Unbekannte schien auf Bergersdorf zu blicken, als führe er etwas Unheilvolles im Schilde. Plötzlich gab er dem Pferd die Sporen und galoppierte davon. Sein langer Umhang wehte weit nach hinten.

In diesem Augenblick erkannte Wenzel Hondl: „Auf die Deutschen kommt etwas Furchtbares zu!“

Sechster Teil

1

Bergersdorf, Montag, 14. Mai 1945.

Im Morgengrauen stürmte ein junger Mann mit geschultertem Gewehr zum Hause 23, um den an ihn gerichteten Auftrag: „Den hol' zuerst!" durchzuführen.

Mit einem Stoß öffnete er das große Hoftor, gelangte in den Innenhof, vertrieb die beiden Hunde, trat mit dem Fuß die Haustür nach innen, betrat die Wohnküche und richtete das Gewehr auf den Bürgermeister.

„Mitkommen!" sagte er kurz.

Wenzel Honcl reagierte gefaßt.

Er erhob sich vom Frühstückstisch, wandte sich an Theresia mit den Worten: „Geh auch du! Bleib nicht hier!" und folgte, ohne Widerstand zu leisten, dem Fremden.

Dieser versprach der Frau des Bürgermeisters im Hinausgehen: „Er wird nur verhaftet! Er kommt unversehrt wieder zurück, so, wie er abgeholt wurde!"

Die beiden verließen den Hof.

Als der slowakische Knecht bei der Stallarbeit merkte, daß sein Herr soeben abgeführt wurde, hielt er es auf dem Hof nicht mehr aus. Er packte sein Bündel und floh in Richtung Heimat.

Ungeduldig warteten fünf tschechische Männer, angeblich Partisanen, mit geschulterten Gewehren und roten Armbinden, auf welche die schwarzen Buchstaben RG (Revolutionsgarde)[23]

---

[23] Die Revolutionsgarde (tsch.: Revoluční garda), auch „Rabovací" und im Volksmund „Ruce gardy" (Rote Garde) genannt, unterstand dem Národní výbor (Nationalausschuß).
Der RG gehörten teils Partisanen an, die gegen die deutschen Okkupanten im Untergrund kämpften, teils auch Männer, die sich bei Kriegsende „Partisanen" nannten und mit ihren brutalen Raub- und Mordzügen Angst und Schrecken unter den Deutschen verbreiteten. Einige dieser „Partisanen" hatten mit den deutschen Sicherheitsbehörden kollaboriert und wollten dies durch besondere Brutalität gegen Deutsche verdecken.
Im Sommer 1945 wurden die Revolutionsgarden aufgelöst.

gedruckt waren, in der Dorfmitte beim Heiligen Nepomuk auf Wenzel Hondl. Nervös zogen sie an ihren Zigaretten, Marke Zora, und warfen die glimmenden Stengel in den Weiher, die letzten Enten stürzten sich begierig darauf.

Die Luft war erfüllt vom Duft taufrischer Gräser, der Tag versprach schön zu werden.

2

Beim Heiligen Nepomuk befahlen die „Partisanen" dem Bürgermeister: „Schuhe ausziehen!"

Schweigend tat er, wie ihm befohlen.

Einer der Männer schlug kleine Nägel in die Sohlen.

Mit Stricken banden sie ihm ein großes Holzkreuz auf den Rücken. „Schuhe anziehen!" befahlen sie.

Er zögerte.

„Anziehen!"

Er tat, wie ihm befohlen. Das schwere Holzkreuz drückte ihn vornüber zu Boden.

Sie stießen ihn hoch. „Jetzt darfst du einen Rundgang durch dein schönes SS-Dorf machen!" spotteten sie.

Sie trieben ihn vor sich her. Jeder Schritt schmerzte. Er versuchte beim Auftreten die Füße zusammenzuziehen.

„Sieh dir dein Dorf noch einmal an, dein schönes SS-Dorf!"

Er hoffte inständig, von den Bergersdorfern nicht gesehen zu werden.

„Du Hitlerschwein, du!"

Vorsichtig trat er mit den Fersen auf. Damit entkamen seine Zehen den Spitzen der Nägel. Theresia durfte ihn so nicht sehen, sie würde es nicht überstehen.

„Schneller, du Hitlerschwein! Schneller!"

Seine Füße tasteten sich voran.

„Sieh dir dein schönes SS-Dorf noch einmal an!" höhnten sie. „Du siehst es nie wieder!"

Er achtete nicht mehr auf die Nägel und versuchte so rasch wie möglich aus dem Dorf hinauszukommen. Die ansteigende Straße nach Deutsch-Schützendorf war mühsam zu begehen. Noch konnte er gesehen werden.

Sie trieben ihn mit heftigen Peitschenhieben voran.

Er nahm die Baumallee wahr. Zwei Kurven nach links mußte er noch schaffen. Löwenzahn zierte die Straßenränder. Nach der scharfen Rechtskurve würde er außer Sichtweite sein. Aus seinen Schuhen quell Blut. Oben angekommen, stürzte er vornüber.

Das große Kreuz war nach vorne gerutscht und hatte verhindert, daß sein Gesicht hart aufschlug.

Sie peitschen auf inn ein, doch er kam nicht mehr hoch.

Sie zerrten seine Schuhe von den Füßen.

Die Nägel rissen neue Wunden.

Sie verknoteten die Schnürsenkel miteinander, stießen ihn hoch und hängten sie ihm über die linke Schulter.

„Weiter, du Hitlerschwein!"

Endlich war die Anhöhe erreicht.

Die Straße führte nach einer Kurve leicht abwärts. Rechts und links lagen Felder. Linden säumten die Straße.

Seine Füße hinterließen eine Blutspur. Links in der Ferne lag Neuhof. Butterblumen blühten. Er mühte sich, bis zum Fichtenwald voranzukommen.

An diesem Waldrand, der „Im Sauser" genannt wurde, hatte bis 1939 in jedem Sommer ein Waldfest stattgefunden. Es war das Nachbarschaftstreffen zwischen Deutsch-Schützendorf und Bergersdorf mit Spielen und Wettkämpfen. Die Sieger hatten Kristallgläser zweiter Wahl von der Glasfabrik erhalten.

Die kühle Waldluft linderte die Schmerzen nicht.

Der Schlot der Glasfabrik Deutsch-Schützendorf tauchte langsam auf. Die Straße führte hinab in eine Senke, Hondl drohte zu stürzen.

Rechts lag eine Sumpfwiese, auf der Sauerampfer wuchs.

Unten verlor er das Gleichgewicht und schlug hart auf.

„Weiter, du Hitlerschwein!"

Sie stießen ihn hoch.

Seine Stirne blutete, aus der Nase rann Blut, die Arme waren aufgeschlagen, sein weißes Hemd verfärbte sich unter den Peitschenhieben blutrot.

Die Straße schlängelte sich den Hang hinauf. Vor einer Linkskurve wuchsen zwei Kastanienbäume. Sie waren verblüht. Raubvögel kreisten im gleißenden Sonnenlicht über dem Wald Richtung Neuhof.

Auf der Anhöhe tauchte der Schlot wieder auf.

Eine bewaldete Hügellandschaft breitete sich vor ihnen aus, Eschen säumten die Straße. Bald würde die Kreuzung, rechts nach Stecken, links nach Deutsch-Schützendorf, erreicht sein.

Links hinter dem Wald lagen Felder.

Wieder drohte Wenzel zu stürzen.

Im Schatten der Kastanienbäume schleppte er sich weiter.

Weder Fuhrwerke noch Motorfahrzeuge waren, wie er gehofft hatte, vorbeigefahren.

Eine Kapelle stand an der Straße. Davor waren zwei kleine Lindenbäume angepflanzt worden.

Seine Beine schienen zu versagen, er stürzte beinahe.

„Schneller, du Hitlerschwein!"

An der Eiche links vorbei würde bald die Kurve zur Einfahrt nach Deutsch-Schützendorf sichtbar werden.

Sie schlugen auf den Bürgermeister ein.

Auf der abschüssigen Straße konnte er das Gleichgewicht nicht mehr halten und fiel. In seiner rechten Hand spürte er unerträgliche Schmerzen. Für einen Moment verlor er das Bewußtsein. Sie richteten ihn wieder auf.

Es waren nur noch wenige Meter über eine Eisenbahnbrükke bis zum Feuerwehr-Spritzenhaus am Ortseingang von Deutsch-Schützendorf.

Das gelbgestrichene Spritzenhaus war schon älterer Bauart. Sie banden das Kreuz von seinem Rücken und stießen ihn in den Raum. Er fiel auf den kühlen Steinboden und blieb entkräftet liegen. Die Tür schlug zu. Sein Bewußtsein verlor sich später in Fieberträumen.

Vor dem kleinen Gebäude bezogen zwei Wachposten in Zivil Stellung.

3

Die Nachricht von der Verhaftung Wenzel Hondls hatte sich trotz Nachrichtensperre wie ein Lauffeuer von Dorf zu Dorf verbreitet. Inzwischen war auch der deutsche Bürgermeister von Wesenz, Hans Schepl, verhaftet worden. Sein Nachfolger wurde ein Tscheche. Theresia hatte keine Ahnung, wohin ihr Mann gebracht worden war und ob er überhaupt noch lebte. Ohne ihn

Wenzel Hondl

war das Leben nicht mehr zu ertragen. Mit einem scharfen Küchenmesser hatte sie sich heftig die Pulsadern aufgeschnitten. Wie von Sinnen, als wolle sie den Schmerzen davonlaufen, war sie ein letztes Mal durch das Haus gelaufen, bis sie zusammenbrach und liegenblieb.

Der junge rumänische Leutnant entdeckte die Blutspur und ging ihr nach. Als er sah, was geschehen war, handelte er sofort. Ein Arzt aus Rumänien, im Nachbarhaus Nr. 24 untergebracht, band die Arme ab, um den Blutfluß zu stoppen. Er versorgte die Wunden, verband sie und gab Theresia eine Tetanusspritze.

Gemeinsam mit dem Leutnant hatte er sie auf ein Lager gebettet. Zu jeder vollen Stunde sah er nach ihr. Gegen Abend kam sie wieder zu Bewußtsein. Er injizierte ihr eine schmerzlindernde Spritze und beruhigte sie. Auch während der Nacht schaute er nach Theresia. Am nächsten Morgen brachte er eine Schale mit warmer Suppe aus dem Nachbarhaus. Ihr Zustand besserte sich allmählich.

Am Abend zuvor war allen Deutschen in Bergersdorf befohlen worden, die Panzersperren an den Straßen zu entfernen. Die Arbeiten hatten bis vier Uhr früh gedauert.

4

In Zeisau hatten Maria und ihre Schwiegermutter vor einigen Tagen alle Wertgegenstände versteckt: Sie holten eine große Truhe aus der Schlafkammer und verstauten Marias Aussteuerwäsche, ihre Festtagstracht und den Schmuck darin. Maria räumte den Kleiderschrank aus und packte die Anzüge ihres Mannes in einen Koffer. Um Mitternacht, als der Knecht Karel bereits schlief, hoben die beiden Frauen in einer Ecke der Speisekammer den Boden aus. Sie gaben Truhe und Koffer hinein, stellten einen Schrank davor und umgaben die Öffnung mit Gerätschaften.

Vier Steinguttöpfe mit ausgelassenem Schweinefett versteckten sie in der Scheune hinter Strohbündeln.

Am nächsten Tag besuchte Marias Schwiegermutter ihre Tochter, um sich von ihr die Haare frisieren zu lassen. Während des Kämmens berichtete sie von der nächtlichen Aktion. Sie ahnte ebensowenig wie ihre Tochter, daß der Knecht Pavel hinter der Ofenbank das Gespräch mitverfolgt hatte.

Jetzt erschienen Karel und Bonuš bei Maria.

Bonuš war als Knecht auf dem Nachbarhof beschäftigt.

Karel hatte seine Mutter und seine Schwester mitgebracht.

Ohne Maria zu beachten, betraten sie die Küche, rissen die Tür der Speisekammer auf, verrückten den Schrank, stellten die Gerätschaften beiseite und hoben die Truhe aus der Bodenöffnung. Sie brachen das Schloß auf, öffneten den Deckel und holten die Schätze hervor.

Maria war ihnen gefolgt.

„Das sind *unsere* Sachen!“ betonte sie.

„Die können wir aber gut gebrauchen!“ erwiderte Bonuš.

„Das sind unsere Sachen, ihr werdet nicht glücklich damit!“

Karels Mutter räumte die Truhe vollständig aus.

Karel erhob sich und zog Maria in die Küche: „Heiraten Sie mich“, bat er.

„Ich bin verheiratet!“

„Heiraten Sie mich, dann haben Sie alles wieder!“

„Ich bin verheiratet!“ wiederholte sie.

Er ließ sie nicht los: „Gehen Sie mit mir, bitte!“

„Nein!“

„Ich liebe Sie. Heiraten Sie mich, dann gehört Ihnen alles wieder!“

„Suchen Sie sich eine andere Braut!“

„Wir könnten den Hof gemeinsam bewirtschaften!“

„Ich bleib bei meinem Mann, ich hab ihm Treue geschworen!“

„Wer weiß, ob der Franz zurückkommt?“

„Der würde sich im Grab umdrehn, wenn ich das tät!“

„Heiraten Sie mich!“ bedrängte er sie.

„Ich bin verheiratet, ich brauch Sie nicht!“

Karels Mutter schob sich mit beladenen Armen an ihnen vorbei, gefolgt von ihrer Tochter, die mit Marias Festtagstracht ausgestattet war.

„Ich liebe Sie! Heiraten Sie mich, bitte! Ich liebe Sie doch!“

„Zum letzten Mal, nein!“ sagte Maria wütend. Sie riß sich von ihm los. „Und zum allerletzten Mal, nein!“

Bonuš trug den Koffer und warf ihn auf den mitgebrachten Wagen im Hof.

In der Scheune schleuderte er die Strohbündel zur Seite und trug die schweren Steinguttöpfe, einen nach dem anderen, hinaus. Schwitzend unter der Last, stemmte er sie auf den Wagen.

Maria lief zur Haustür: „Nehmt alles mit!“ rief sie. „Und damit ihr es wißt: Unrecht Gut gedeihet nicht!“

Mit triumphierendem Blick nahm Karels Schwester auf dem Wagen Platz. Bonuš setzte sich neben sie, nahm die Zügel und gab den Befehl zum Abmarsch. Der Wagen setzte sich in Bewegung.

„Ihr werdet nicht glücklich damit!“ schrie Maria ihnen nach.

Karel ging, als sei nichts geschehen, wieder seiner Arbeit im Stall nach.

5

Die drei Mädchen Kathi, Mitzi und Resi waren im Schutz der Dunkelheit bis nach Stecken geflüchtet. Plötzlich waren ihnen drei deutsche Soldaten begegnet. Diese waren bereits vor Kriegsende desertiert und auf der Flucht vor den deutschen, jetzt vor den russischen Soldaten. Ihr Ziel war Österreich. Seit Tagen hatten sie nichts mehr gegessen. Kathi öffnete ihren Rucksack und verteilte die Schmalzbrote, die sie gierig verzehrten.

Sie hatten sich dankbar erwiesen: „Wir kennen uns hier noch vom Krieg aus. Wir nehmen euch mit und beschützen euch.“

An der alten Kaiserstraße hinter Stecken, in Richtung Wien, gingen noch immer Leuchtraketen hoch.

„Ihr müßt auf und nieder gehen!“ hatten die Soldaten den Mädchen befohlen. „Lauft schnell und zieht immer den Kopf ein!“

Gegen Mitternacht war es ruhiger geworden. In einem sicheren Graben längs der Kaiserstraße hatten sie ihren Weg in Richtung Süden fortgesetzt und während des Tages in einem Wald Zuflucht gesucht.

Berittene russische Soldaten durchkämmten das Gebiet: „Ergebt euch!“ riefen sie in den Wald.

„Gebt keinen Laut von euch!“ befahlen die Soldaten den Mädchen.

Hungrig setzten sie in der folgenden Nacht ihre Flucht fort. An einem abgelegenen Bauernhof bat Mitzi auf tschechisch um

Essen. Die tschechische Bauernfamilie empfand Mitleid mit den sechs Deutschen und beköstigte sie. Sie wußte, daß sie sich damit strafbar machte. Der tschechischen Bevölkerung waren unter Todesstrafe Kontakte mit Deutschen verboten.

Vor ihrer weiteren Flucht beschlossen sie, sich zu trennen. Die drei Soldaten gaben Kathi ihre Anschrift, hofften auf ein Wiedersehen und verschwanden in der Dunkelheit. Wenige Stunden danach sollten sie in russische Kriegsgefangenschaft geraten, aus der sie nie zurückkehren würden.

Die drei Mädchen marschierten unbeirrt weiter, bis sie kurz vor der österreichischen Grenze auf ein Gebiet mit Tausenden von deutschen und österreichischen Kriegsgefangenen stießen.

„Ihr kommt nicht über die Grenze!" erfuhren sie. „Die Russen halten die ganze Grenze besetzt!"

Auf dem Weg zurück nach Hause tauchte unvermutet ein russisches Gespann hinter den drei Mädchen auf.

„Das ist unser Ende!" ging es ihnen durch den Kopf.

Sechs russische Soldaten auf einem Pferdewagen gaben den Mädchen per Handzeichen zu verstehen: „Wir tun euch nichts!"

Sie halfen ihnen, auf den Wagen zu steigen.

Mit Herzklopfen ließen sie sich chauffieren. Sie erhielten sogar Proviant von den Soldaten.

„Es ist ja ein Widerspruch", dachte Mitzi. „Aber diese Russen sind unsere Retter!"

Kurz vor Zeisau, an einem Waldstück, geschah etwas Unerwartetes: Kathi sprang mit einem Satz vom Wagen. Den beiden anderen Mädchen blieb nichts übrig, als ihr zu folgen. Die drei rannten wie um ihr Leben in den Wald und waren nicht mehr gesehen.

Die Soldaten hatten nichts unternommen, um die Flucht der drei Mädchen zu verhindern. Sie hatten das Versprechen, ihnen nichts zu tun, eingehalten.

In Zeisau tischte Marias Schwiegermutter Essen und Trinken auf.

„Bleibt erstmal hier, schlaft euch aus und versteckt euch mit Maria vor den Russen", sagte sie. Als sie erfuhr, daß die Mädchen auf einem russischen Wagen mitgefahren waren, bekreuzigte sie sich. „Jesses, Maria und Josef!" rief sie aus. „Seid ihr noch gescheit? Die Russen vergewaltigen alle Frauen! Ich muß euch was erzählen: Die Schwiegertochter des Wirts ging durch Zeisau. Da kam ein Russe und hat ihr befohlen: ‚Komm mit mir mit!‘ Sie hat ‚nein‘ gesagt. Er hat ihr gedroht: ‚Wenn du nicht freiwillig mit mir gehst, dann rufe ich dreißig Soldaten, dann gehst du mit mir und mit denen auch!‘ Da ging sie mit!“

6

In Bergersdorf war ein Partisan bei Theresia erschienen und hatte sie aufgefordert, ihrem Mann in Deutsch-Schützendorf frische Wäsche zu besorgen. Erleichtert über diese Nachricht, war sie zum Hause 31 gegangen und hatte Ferdinand darum gebeten.

Die beiden Wachposten vor dem Feuerwehr-Spritzenhaus unterzogen Ferdinand einer Leibesvisitation, bevor sie ihn zu seinem Bruder ließen.

Stickige Luft schlug ihm entgegen.

Wenzel lag auf dem Boden in einer Blutlache.

Seine Augenränder waren blau angeschwollen, seine Wunden blutverkrustet.

Ferdinand erschrak heftig: „Bruder, was ist mit dir?“

Wenzel zitterte.

„Was haben sie mit dir gemacht?“

Ferdinand schossen Tränen in die Augen: „Bruder, was haben sie mit dir gemacht!“ rief er verzweifelt.

Ferdinand kniete nieder, hob Wenzels Kopf und zog ihm langsam das zerrissene, an den verkrusteten Wunden klebende Hemd aus.

Ferdinand bat die Wachposten um frisches Wasser.

Sie lehnten ab.

Mühsam zog er ihm das weiße, frisch duftende Hemd an. Der rechte Arm war dick angeschwollen und unbeweglich.

„Was kann ich dir bringen?“ fragte Ferdinand.

„Bruder … ich brauch’ … nichts mehr … nie mehr“, antwortete Wenzel mit schwacher Stimme.

Ferdinand schleppte ihn zum vergitterten Fenster und setzte ihn auf. Hier würde er leichter frische Luft von draußen atmen können.

Ferdinand flehte die Wachposten an, einen Arzt zu holen. „Mein Bruder hat eine Fraktur im rechten Arm! Er muß unbedingt behandelt werden, ich bitte sie!“

Sie verneinten: „Kein Deutscher darf ärztlich versorgt werden! Das ist jetzt Gesetz! Geh nach Haus und kümmer dich nicht darum!“

Schweren Herzens ging Ferdinand nach Bergersdorf zurück.

Maria Schloßnickl in Dobrenz erfuhr vom Schicksal ihres Schwagers. Gestern hatten Partisanen auch ihren Mann verhaften wollen. Die tschechischen Nachbarn waren dagegen eingeschritten und hatten den Inhaber des Lebensmittelgeschäftes mit den Worten verteidigt: „Laßt ihn! Das ist ein guter Mann, der hat das Hitlerbild nicht ins Schaufenster gehängt!“

Das hatte die Partisanen überzeugt, und sie ließen ihn los.

Jetzt bereitete Theresias Schwester eine kräftigende Rindfleischsuppe zu. In einer vorgewärmten Kanne trug sie die Suppe zum Feuerwehr-Spritzenhaus.

Die Wachposten wollten sie an ihrem Vorhaben hindern.

„Wenn ihr mich nicht zu meinem Schwager laßt, schütte ich euch die heiße Suppe ins Gesicht!“ drohte die energische Frau.

Schließlich erlaubten sie, daß sie die Kanne und einen Schöpflöffel durch das geöffnete, mit Stäben vergitterte Fenster hinunterreichte.

„Grüß mir alle schön“, sagte Wenzel mit gebrochener Stimme. „Theresia soll auf Maria aufpassen.“

Mit zitternder Hand führte er den Schöpflöffel zum Mund und trank langsam die kostbare Flüssigkeit.

7

In Bergersdorf erschien eines Morgens ein russischer Soldat im Hause 38. Mit geschultertem Gewehr verlangte er ein Frühstück aus Tee, Brot und Eiern.

Großmutter Gassenhäusler war mit ihrer Enkelin Katharina alleine im Haus. Sie erschrak heftig, faßte sich jedoch rasch, bot dem ungebetenen Gast einen Platz auf der Eckbank an und machte sich an die Zubereitung des Frühstücks.

Der Soldat legte sein Gewehr ab und ignorierte sehr bewußt das hübsche junge Mädchen am warmen Kachelofen, das mit großen Augen jede seiner Bewegungen verfolgte. Katharina hatte noch nie einen russischen Soldaten von so nahe gesehen. Sie hatte einmal gehört, russische Soldaten würden in Pommern den Kindern die Zunge an den Tisch nageln.

Der Fremde sah zur großen Wanduhr. Katharina tat es ebenfalls. Das Ticken der Uhr kam ihr lauter vor als sonst. Sie zählte die großen Ziffern und betrachtete den rauchenden Vulkan, der in der Uhrenmitte zu sehen war. Jeden Tag zog Großvater die Uhr auf. Dabei machten die großen Zapfen beruhigende und vertraute Geräusche.

Endlich stellte Großmutter das Frühstück auf den Tisch. Mit großem Appetit verzehrte der Unbekannte Brot und Eier, stand nach dem letzten Bissen auf, nickte Großmutter zu und legte einige Kopeken auf den Tisch. Großmutter lachte. Nein, sie wolle kein Geld, erklärte sie. Der Soldat nickte ihr nochmals zu, nahm sein Gewehr und verschwand so plötzlich, wie er gekommen war.

Am nächsten Morgen stand er wieder in der Tür und verlangte wie gestern das gleiche Frühstück. Unverwandt sah Katharina ihn an, er mochte drei oder vier Jahre älter sein als sie. Sie hatte keine Angst vor ihm. Sie dachte daran, wie sie sich heute nacht zusammen mit anderen Mädchen im Kleefeld vor den russischen Soldaten versteckt hatte.

In Schlappenz waren in der Nacht des 9. Mai zwei Schwestern vor einer Horde russischer Soldaten aus ihrer Schlafkammer hinaus ins Freie geflohen. Vier Tage später hatten rumänische Soldaten, die in dem Bach Šlapánka gebadet hatten, die Leichen im Wasser entdeckt.

Mathilde Czepl hatte drei Kopfdurchschüsse, Elisabeth Czepl wurde an der kleinen Brücke bei der Mühle gefunden. Sie war mit Kolbenhieben auf den Kopf getötet worden. Die beiden vordem hübschen Lehrerinnen wurden auf dem Schlappenzer Friedhof beerdigt.

Begierig trank der russische Soldat Tee, verschlang Brot und Eier und war bemüht, sich von den neugierigen Blicken Katharinas nicht stören zu lassen.

Nach dem letzten Bissen stand er auf, nickte der Großmutter zu und legte einige Kopeken auf den Tisch. Wieder wehrte die alte Frau ab, sie wolle kein Geld. Der Soldat lächelte ihr zu, nahm sein Gewehr und verschwand.

Am nächsten Morgen zur gleichen Zeit stand er erneut in der Tür. Großmutter hatte ihn erwartet und den Tee bereits aufgegossen. Er aß zügig. Katharina saß auf der Ofenbank. Sie konnte ihren Blick nicht von ihm abwenden. In der mondhellen Nacht hatte sie Zuflucht auf dem Heuboden gesucht. In großer Angst hatten alle Mädchen diesmal im Heu oder im Stroh geschlafen.

In Schlappenz wollte der tschechische Bauer Klement, der seinen Hof in einer abgelegenen Einschicht hatte, seine Frau vor den anrückenden russischen Soldaten beschützen. Sie hatten ihn sofort mit Schüssen niedergestreckt.

Nach dem letzten Bissen stand der Soldat auf, nickte Großmutter zu, legte einige Kopeken auf den Tisch und verschwand.

Am nächsten Morgen hatte Großmutter das Frühstück zubereitet und den russischen Soldaten mit ihrer Enkelin Katharina erwartet. Er kam nicht. Er kam auch am nächsten Tag nicht.

Er kam nie wieder.

8

In Dobrenz stand die junge Wirtin des Gasthauses Janko am Fenster und beobachtete die Straße. Aus der Richtung von Deutsch-Schützendorf kommend, sah sie ein Pferdefuhrwerk die Straße hochfahren. Es transportierte, für diese Jahreszeit ungewöhnlich, einen Schweinekasten. Um den Schweinekasten hockten Männer, die rote Armbinden mit der schwarzen Aufschrift RG trugen. Sie knallten mit ihren Peitschen.

Als das Fuhrwerk mit den beiden Zugpferden in Höhe des Gasthauses war, erkannte sie ein blutverkrustetes Männerbein, das wie leblos aus dem Kasten hing. Sie sah genauer hin und entdeckte das aufgerichtete Gesicht Wenzel Hondls. Aus seinem Mund rann Blut.

Der Schweinekasten, allgemein „Saukasten“ genannt, war einen Meter lang, achtzig Zentimeter breit und sechzig Zentimeter hoch.

Er hatte vier Griffe zum Tragen.

„Ich will es gar nicht sagen“, schrie die junge Wirtin wie von Sinnen in die Gaststube. „Aber da unten, da fahren sie den Bürgermeister von Bergersdorf im Saukasten!“

Jetzt erkannte auch ihre Familie Wenzel Hondl auf dem Wagen.

„Was hat der Pöbel mit ihm gemacht!" weinte die junge Wirtin immer wieder. „Was hat der Mob ihm angetan!"

In Polna, beim Bezirksgericht angekommen, hoben die Männer die Schweinekiste vom Wagen und befahlen ihrem Opfer aufzustehen. Wenzel war bereits ohne Bewußtsein.

Sie schlugen mit der Peitsche auf ihn ein und zogen ihn aus der Kiste. Aus seinem halb geöffneten Mund floß Blut. Sie versuchten vergebens, ihn aufzustellen. Schließlich trugen sie ihn mit dem Kasten in den unzerstörten Teil des Gebäudes. Im ersten Stockwerk waren einige Gefängniszellen. Sie hoben ihn aus der Kiste, ließen ihn auf den Boden fallen und verschwanden.

Sie meldeten sich bei der Kommandantur zurück und gaben an, der Befehl sei wunschgemäß ausgeführt worden. Nachdem der Kommandant vom Zustand Wenzels erfahren hatte, tobte er: „Welcher Idiot hat euch befohlen, den so zuzurichten!" brüllte er, außer sich vor Erregung. „Den solltet ihr herbringen, wie er abgeholt wurde, ihr Idioten! Ihr total verdammten Idioten!"

Sie hatten verschwiegen, daß ihr Opfer in Deutsch-Schützendorf vor Schmerzen aufgeschrien hatte, als sie es in die Schweinekiste drücken wollten. Kurzerhand hatte einer der Männer Wenzels Kopf festgehalten, ein anderer den Mund aufgerissen und den Unterkiefer herabgedrückt, damit rasch mit einem scharfen Messer die Zunge abgeschnitten werden konnte.

9

In Bergersdorf kamen mittags vier Partisanen zum Hause 37, Hausname „Sindulkaschuster". Sie richteten ihre Gewehre auf Franz Hondl, den Cousin Wenzels.

„Der muß mitkommen!" befahlen sie.

Sie führten ihn ab. Seine beiden Söhne sahen durch das Fenster die Tschechin aus dem Hause 44 auf ihren Vater einschlagen. Sie trat ihn von hinten, während er mit erhobenen Armen den Partisanen folgen mußte. Kurz danach übernahm der neue tschechische Verwalter den Hof und erkundigte sich sofort, wie viele Kühe zu melken seien.

Franz Hondl wurde unter Schlägen nach Deutsch-Schützendorf in das Spritzenhaus getrieben. Darin waren inzwischen deutsche Bauern aus umliegenden Orten eingepfercht. Im gegenüberliegenden Bauernhof „Merunka" waren Männer und Frauen getrennt voneinander eingesperrt. Als Wachmannschaften waren Arbeiter aus der Glasfabrik, die zur Zeit nicht in Betrieb war, eingesetzt. Sie trugen rote Armbinden mit der schwarzen Aufschrift RG, Revoluční garda.

Nachdem beide Gebäude überbelegt waren, sollte das Sägewerk Deutsch-Schützendorf als Ausweichquartier für neue Gefangene dienen.

In Bergersdorf holten die vier Partisanen den Wirt aus dem Hause 18, Hausname „Kreuzwirt", und erschossen ihn hinter den Bahngleisen auf einer Wiese Richtung Neuhof.

Der Stellvertreter des Bürgermeisters aus dem Hause 28, Hausname „Lotscher", wurde von Partisanen abgeführt, ebenso Johann Reznik vom Hause 6, Hausname „Richter".

In Nr. 20, Hausname „Hammerschmied", war der junge tschechische Verwalter mit seiner Frau eingezogen. Die Familie wohnte jetzt in der Gesellenkammer. Zwei Partisanen führten den Schmied aus der Kammer heraus in Richtung Deutsch-Schützendorf ab.

Die Partisanen hatten auch den Bauern aus dem Hause 3, Hausname „Oberschuster", abführen wollen. Doch ein Gendarm aus Deutsch-Schützendorf hinderte sie daran: „Den nicht, der fährt die Milch durchs Dorf!" Der Gendarm rettete auch den Gemeindearbeiter Franz Wendl aus dem Hause 29, Hausname „Friedl", vor der Verhaftung.

Inzwischen war Franz Hondl nach Polna in das Bezirksgericht überführt worden. Der mitfühlende Gendarm informierte die Familie davon. Die Ehefrau ging mit ihrem dreizehnjährigen Sohn nach Polna, durfte aber die Gefängniszelle nicht betreten. Den selbstgebackenen Kuchen mußte sie beim Wärter abliefern. Doch auf dem Flur hörte sie die Stimme ihres Mannes, glücklich darüber, daß er noch lebte. Sie wußte nicht, daß er mit seinem Cousin Wenzel Hondl in derselben Zelle untergebracht war.

10

In Zeisau sollte Maria verhaftet werden.

Der Knecht Karel hatte sie vorgewarnt. Sie solle Kleider und Wäsche einpacken und verschwinden, bevor die Gendarmerie auftauche. „Beeilen Sie sich, der Bürgermeister kann Sie nicht mehr halten!" hatte er gesagt.

Der Bürgermeister von Zeisau, ein Tscheche älteren Jahrgangs, war seit Kriegsende im Amt. In den vergangenen Tagen hatte er Maria und ihre Schwiegermutter unterstützt. Er war deutschen Mädchen und Frauen auf der Suche nach Verstecken vor den Russen behilflich. Auch seine eigene Tochter mußte sich verbergen, und er versorgte in dieser Zeit seine Enkelkinder. Oft war er zu Maria gekommen und hatte um einen Laib Brot gebeten.

„Er tat nie etwas gegen die Deutschen", hatte Maria Karel geantwortet.

„Aber jetzt hat die Gendarmerie herausbekommen, daß Sie drei auswärtige Mädchen versteckt gehalten haben, das ist verboten, wie Sie wissen. Er kann Ihnen nicht mehr helfen, es geht nicht mehr!"

Eine Stunde nach Karels Warnung stieß ein tschechischer Gendarm die Tür auf. Er trat mit siebzehn Begleitern in die Küche und verlangte Maria zu sprechen.

„Wo sind die drei Mädchen?" begann er sofort.

„Meine Schwester Kathi und die beiden Mägde sind wieder zu Hause", antwortete sie

„Wo ist dein Mann?"

„Das wissen wir nicht! Wir haben nur Feldpost von ihm, mit einer Feldpostnummer. Wir wissen nicht, wo er ist."

„Wo habt ihr euer Zeug versteckt?"

„In der Scheune ... wenn noch was da ist ..."

Der Gendarm ordnete eine sofortige Durchsuchung an.

Seine siebzehn Begleiter, alle in Zivilkleidung, folgten dem Befehl.

In der Scheune lagerten drei Fässer mit Wein, die die russischen Soldaten dort versteckt hatten, um sie später abzuholen. Heu war über die Fässer so geschickt aufgeschichtet, daß sie verborgen blieben. Nur das Pferdegeschirr unter dem Stroh wurde gefunden.

„Ist das alles?" fragte der Gendarm enttäuscht.

„Ja“, antwortete Maria.
„Das ist zu wenig, das nehmen wir nicht mit!“
Er befahl, seine Begleiter zu bewirten.
Marias Cousine Resi, die vor einem halben Jahr aus Bergersdorf, Haus Nr. 5 gekommen war, um Maria in ihrer Arbeit zu unterstützen, stellte einen Topf Wasser für Tee auf den Herd. Sie schnitt einen Laib Brot in Scheiben, schichtete sie auf dem Tisch übereinander und stellte Schmalz im Steingutgeschirr dazu. Die Männer griffen zu und tranken auch Bier aus den Krügen, die Resi aufgetischt hatte.
Maria mußte dem Gendarm die Treppe hinauf zum ersten Stockwerk folgen. Ihre Angst versuchte sie zu unterdrücken.
„Wo ist euer ganzes Zeugs?“ forderte er.
„Das müssen Sie die Tschechen fragen“, entgegnete Maria. „Die haben alles fortgetragen.“
Der Gendarm riß Schranktüren und Truhen in den Schlafkammern auf.
„Warum ist alles leer?“
„Die Tschechen! Die haben alles weggetragen.“
„Alles?“
„Wir haben nichts mehr.“
„Wo schläfst du?“
„Bei meiner Schwiegermutter in der Kammer … ich verstecke mich vor den Russen …“
In der Schlafkammer von Maria und Franz durchsuchte der Gendarm den Kleiderschrank.
„Wo sind die Kleider deines Mannes?“ fragte er.
„Die haben der Bonuš und der Karel weggetragen.“
Der Gendarm ging zum Schreibtisch. Er entdeckte an der Wand, gerahmt in einem kleinen Bilderrahmen, einen Spruch Hitlers.
„Ist das eine Auszeichnung von Hitler?“ fragte er.
„Franz hat von Hitler keine Auszeichnung bekommen. Das ist ein Spruch Hitlers vor sechseinhalb Jahren. Er hat schon lange keine Bedeutung mehr für uns …“
„Gehen wir in die Küche!“ befahl der Gendarm.
In der Küche stellte er sich vor den warmen Herd.
„Von wo bist du eigentlich her?“ fragte er.
„Ich komme von Bergersdorf“, antwortete Maria.
„Von Kamenná?“
„Ja, von Bergersdorf.“

„Von Kamenná!"

„... Ja ..."

„Wie heißt du, von früher?"

„Hondl."

„Vom Bürgermeister von Kamenná?"

„Ja."

„Bist du die Tochter von dem?"

„Ja!"

Der Gendarm wurde blaß.

Schnell sah er zur Uhr, der kleine Zeiger stand auf der Elf.

Maria erschrak.

„Schnell, wir müssen fort!" befahl er. „Die Hausdurchsuchung ist beendet!"

Er salutierte vor Maria und forderte sie auf zu kochen: „Ihre Leute haben Hunger, Sie müssen das Essen für sie zubereiten!"

Seine siebzehn tschechischen Begleiter mußten sich umgehend erheben, die Schmalzbrote liegenlassen und ihm folgen.

Eiligst entschwand er mit ihnen.

Ratlos blieben Maria und ihre Cousine zurück.

Karel war verwundert: „Sie sind noch da?" fragte er. „Sie sind nicht verhaftet worden?"

„Nein, und ich kann nicht begreifen, weshalb er plötzlich fortwollte? Irgendwas stimmt nicht ..."

Sie bat Karel herauszufinden, weshalb der Gendarm unvermittelt aufgebrochen sei. Karel hörte sich im Dorf um, konnte aber nichts in Erfahrung bringen.

Maria suchte den tschechischen Bürgermeister auf. Er ließ sich von der Hausdurchsuchung berichten.

„Es war das schlimmste Erlebnis für mich", sagte Maria. „Ich dachte, sie nehmen mich mit. Noch nie habe ich so viel Angst gehabt."

Für den plötzlichen Aufbruch des Gendarmen hatte auch der Bürgermeister keine Erklärung.

11

Inzwischen waren deutsche Ortsschilder entfernt und durch ihre tschechischen Ortsnamen ersetzt worden. Bergersdorf hieß „Kamenná".

Kathi, Mitzi und Resi waren nach Hause zurückgekehrt. Theresia hatte die drei Mädchen glücklich in ihre Arme geschlossen.

„Die Rumänen sind da!" erklärte die Mutter. „Wir sind froh, daß die Rumänen in Bergersdorf sind, denn sie schützen uns vor den Russen! Ein rumänischer Arzt hat mir das Leben gerettet!"

„Wo ist Vater?" fragte Kathi.

„Er ist in Polna eingesperrt", antwortete die Mutter. Sie berichtete über die Ereignisse der vergangenen Tage, sechs Männer aus dem Dorf seien verhaftet und abgeführt, der Wirt gleich erschossen und auf dem Feld verscharrt worden. Alle Männer, die bei der SS oder SA waren, so ein Gerücht, würden noch abgeholt werden. Die Höfe der Verhafteten übernähmen dann tschechische Verwalter. Gestern sei Großvater Gassenhäusler mit ihr in Polna gewesen. Er habe sie auf Schleichwegen durch den Wald geführt, sagte sie. „Aber im Bezirksgericht Polna haben die Partisanen uns nicht zu Vater gelassen."

Am Abend kehrten die rumänischen Offiziere zum Abendessen ein. Als der Leutnant Kathi vorgestellt wurde, war er wie elektrisiert. Später machte er ihr einen Vorschlag: Er wolle sie nach Siebenbürgen mitnehmen, dort könne sie, wenn sie es möchte, als Krankenschwester arbeiten.

Ab sofort trugen alle Wegweiser und Ortsschilder tschechische Aufschriften: Deutsch-Schützendorf „Německý Šicndorf", Dobrenz „Dobronín", Iglau „Jihlava", Neuhof „Nové Dvory", Ranzern „Rančířov", Schlappenz „Šlapánov", Stannern „Štonařov", Stecken „Štoky" und Zeisau „Čižov". Deutsch-Brod, außerhalb der Sprachinsel gelegen, wurde nach dem Freiheitskämpfer Karel Havlíček Borovský benannt. Havlíček war 1821 in dem kleinen Ort Borová bei Deutsch-Brod geboren und 1856 in Prag beerdigt worden. Die Schriftstellerin Božena Němcová, die eine Liebesbeziehung mit ihm gehabt haben soll, hatte eine Dornenkrone mit der Trikolore auf das Grab gelegt. Jetzt hieß Deutsch-Brod „Havlíčkův Brod".

12

Die „Alte Brauerei" in Polná, etwa zweihundert Meter unterhalb des Schlosses gelegen, war 1713 erbaut worden. Ein Torbogen führte in den Innenhof. An der rechten Seite schloß sich ein langes flaches Gebäude mit großen Lager- und Kellerräumen an. In einem dieser Räume, zu dem Stufen hinunterführten, waren seit ihrer Festnahme am 9. Mai einige deutsche Kriegsgefangene eingesperrt, ohne Nahrung und ohne Wasser. Sie wurden sehr streng bewacht. Der Keller war fensterlos. Über der Eingangstür diente ein kleiner Mauerdurchbruch der Luftzufuhr. Darüber war das Wappen der Fürsten aus dem Geschlecht derer von Dietrichstein aus den Jahren ihrer Herrschaft von 1623 bis 1858 in Stein gehauen.

In der ersten Morgendämmerung nach ihrer Festnahme wurden zwei der deutschen Soldaten aus dem Kellerraum geholt und rasch durch die Straße zum Friedhof getrieben, der, von einer hohen Steinmauer umgeben, unweit der Alten Brauerei auf einer Anhöhe lag. Im vorderen Teil des Friedhofes überragte die im Barockstil erbaute Kirche der heiligen Barbara, eingeweiht im Jahre 1725, die Bäume ringsum.

Die beiden tschechisch miteinander sprechenden Bewaffneten trieben ihre Opfer zum hinteren Eingang des Friedhofes. An einem Feldweg erschossen sie die beiden Deutschen und schleppten sie auf den Friedhof. An der Seitenwand der Barbarakirche war die Erde bereits ausgehoben, davor stand als Sichtschutz ein Bretterzaun. Im Massengrab wurden die toten Soldaten mit etwas Kalk und wenig Erde bedeckt.

In der folgenden Nacht starben die nächsten beiden deutschen Soldaten auf gleiche Weise, wurden in das Massengrab geworfen und mit etwas Kalk und wenig Erde bedeckt. An jedem Morgen sollte sich dies wiederholen, bis alle Kriegsgefangenen aus der Alten Brauerei Polná erschossen waren.

13

Durch Kamenná galoppierte ein Reiter. Er trug einen weiten Lederumhang und war mit einer Pistole bewaffnet. Mit Erstaunen bemerkte Maria aus dem Hause 3, daß es sich bei dem Reiter um den Trommler der Musikkapelle „Pokorný“ handelte. Seit Jahren hatte sie ihn nicht mehr gesehen und ihn als Soldaten bei der deutschen Wehrmacht vermutet.

Der ehemalige Trommler war seit Kriegsende auf einem Pferd über die Felder geritten, vorzugsweise am Abend. Doch in der

Dämmerung hatten russische Soldaten ihn für einen flüchtenden deutschen Soldaten gehalten und erschießen wollen. Rasch hatte er die Russen davon überzeugen können, daß er, Kautzinger, Kommandant der Revolutionsgarde sei.

Es war vor einigen Tagen in den Morgenstunden gewesen. Zusammen mit sieben Gleichgesinnten war er in einem offenen Lastwagen, von Německý Šicndorf kommend, in Kamenná eingefahren. Drei Musikanten hatten eine Polka gespielt. Der Lkw hatte zuerst vor dem Hause 49 angehalten. Die älteste Tochter des Zimmermanns öffnete dem ehemaligen Trommler die Türe. Sofort hatte er die Herausgabe der Sparbücher verlangt.

Sie hatte ihn schon lange nicht mehr gesehen.

„Du bekommst für die Sparbücher eine Quittung ausgestellt", hatte er versprochen.

Sie hatte gezögert.

„Also, her damit!"

„Aber Herr, ich kann gar nicht glauben, was aus Ihnen geworden ist?"

„Ja, die Zeiten ändern sich!"

„Wir haben zusammen gesungen und zusammen gelacht!"

„Die Zeiten ändern sich!"

„Wir haben zusammen Fasching gefeiert! Sie haben jeden Spaß mitgemacht! Sie gingen mit ihren Musikanten verkleidet in jedes Haus! Wie schön war es doch!"

„Die Zeiten ändern sich!"

„Wir haben das Maibaumfest gefeiert, das Waldfest, das Silvesterfest ... Wie lustig waren Sie immer gewesen ... und so hübsch!"

„Jetzt weht ein andrer Wind!"

„Wir waren alle miteinander verbunden!"

„*Die* Zeiten sind vorbei!"

Sie hatte einen letzten Versuch gewagt: „Mein Mann ist im Krieg vermißt! Mein Bruder Franz ist im Osten gefallen. Meine beiden Brüder sind im Osten vermißt! Meine drei schönen, schönen Brüder!"

„Damit du das weißt: Ich war in einem deutschen Gefängnis eingesperrt!"

Mit den Sparbüchern war er in eines der nächsten Häuser gegangen und hatte die Herausgabe von Wertgegenständen gefordert.

„Wir haben nichts! Es ist seit sechs Jahren Krieg!"

„Alle Vögel singen gleich", hatte er gesagt.

Seine bewaffneten Begleiter hatten die Schränke geöffnet, das obere Stockwerk, den Schuppen und die Scheune durchsucht.

Die drei Musikanten auf dem Lastwagen hatten weitergespielt.

In einem Bauernhaus rief die Bäuerin verwundert aus: „Aber Herr, heute kommen Sie ganz anders!"

„Das geht dich einen Dreck an!" erwiderte er.

Er hatte seine Begleiter angewiesen, das Haus zu durchsuchen.

Sie holten aus andern Häusern Rundfunkgeräte und Fahrräder, suchten in Kellern und Scheunen nach versteckten Wertgegenständen und wurden auch fündig.

„Diese Goldgräber, so ein Gesindel!" hatte es in Kamenná über sie geheißen.

Auf die gleiche Weise wurde zwei Wochen später in Šlapánov jedes deutsche Haus ausgeraubt. Im Gegensatz zu Kamenná wurden dort viele Deutsche brutal von dem ehemaligen Trommler zusammengeschlagen. Wahllos griff er einen jungen Mann heraus, er wurde auf dem Lastwagen während der Fahrt nach Polná zu Tode gemartert.

Den Ausgeraubten in Kamenná hatte der ehemalige Trommler erklärt: „Das wird alles nach Rußland gefahren!"

Bereits in der Zeit der Ersten Republik war er, 1901 in Wien geboren, Mitglied der kommunistischen Partei gewesen. Nach ihrem Verbot hatte er im Untergrund einer kleinen Widerstandsgruppe, deren Anführer aus Prag agierte, angehört. Im Hauptberuf war er Glasschleifer in der Glasfabrik. Mit Beginn des Polenfeldzuges und dem Verbot von Tanzveranstaltungen war die Zehn-Mann-Kapelle „Pokorný" wie alle anderen auch aufgelöst worden.

Im Dezember 1939 war er wegen „Hochverrats" verhaftet und in das Gefängnis Deutsch-Brod, im Januar 1940 in das Deutsche Gefängnis Prag eingeliefert worden.

Wegen „Mangels an Beweisen" wurde er am 24. Februar 1940 entlassen.

In Kamenná wurde er jetzt nur noch „Der rote Teufel" genannt. Die älteste Tochter des Zimmermanns bemerkte dazu: „Früher Trommler, jetzt Teufel. Ja, die Zeiten haben sich geändert!"

14

Alle Mitglieder der SS in Kamenná wurden jetzt verhaftet. Der Zimmermann war unter den ersten, die abgeholt wurden. Dabei wurde er von einem Arbeiter aus der Glasfabrik ins Gesicht geschlagen.

„Was habe ich dir getan?" fragte er.

„Du weißt genau, warum!" gab der andere zur Antwort.

Der Zimmermann erinnerte sich an frühere Zeiten, in denen er ein Jagdrevier gepachtet hatte. An den Futterstellen legten Arbeiter der Glasfabrik Schlingen für das Wild. Die Tiere verendeten elend in den Schlingen, da die Wilderer die Tiere erst in der Nacht holten, um nicht gesehen zu werden. Einmal hatte der Handwerker in der Dunkelheit einen Wilderer abgepaßt und ihn vergebens verfolgt.

Dem Zimmermann wurde seine SS-Mitgliedschaft angelastet. Vom Außerordentlichen Volksgericht in Jihlava wurde er zu „fünf Jahren schweren Kerkers, zum Verlust seiner bürgerlichen Ehrenrechte auf Lebenszeit und zum Verlust seines Vermögens zu Gunsten des Staates" verurteilt.

Der tschechische Müller Laštovička aus Šlapánov weinte, nachdem er von der Verhaftung seines deutschen Freundes erfahren hatte. Bis zum Schluß besuchte er ihn im Gefängnis von Kutná Hora.

Im Hause 31 wurde Ferdinand Hondl verhaftet. Seine Frau Katharina hatte sich dazwischengeworfen, um es zu verhindern. Daraufhin wurde sie verprügelt. Laut hatte sie geschrien: „Gottes Mühlen mahlen langsam, aber sicher!"

Ferdinand Hondl wurde für seine Mitgliedschaft in der SS bestraft.

Vom Außerordentlichen Volksgericht in Jihlava wurde er zu „fünf Jahren schweren Kerkers, zum Verlust seiner bürgerlichen Ehrenrechte auf Lebenszeit und zum Verlust seines Vermögens zu Gunsten des Staates" verurteilt.

Die vierzehnjährige Katharina aus dem Hause 38 war über die Verhaftung Ferdinands betroffen. Wehmütig erinnerte sie sich an einen Abend vor vier Jahren, als sie am Hause 31 vorbeigegangen war. Aus dem offenen Küchenfenster hatte es wunderbar nach frischem Gurkensalat und heißen Pellkartoffeln gerochen. Ferdinand hatte ihr scherzend zugerufen: „Wenn du einen Löffel hast, so kannst du mit uns essen!"

Katharina war näher gekommen und fragte: „Ja, habt ihr denn keine Löffel?“

Ferdinand hatte herzhaft gelacht und zu seiner Frau gemeint: „Die ist gar nicht so dumm!“

Er bat das Mädchen in die Küche: „Da komm her und iß mit!“

Die ältere Tschechin aus dem Hause 44 hatte rumänische Offiziere nach ihrer Ankunft sofort darauf hingewiesen: „Das ist ein SS-Dorf! Damit ihr wißt, was ihr zu tun habt!“

Die Offiziere erklärten ihr jedoch: „Das geht uns nichts an!“

Ein Gerücht, das SS-Dorf Bergersdorf solle als Vergeltung für Lidice dem Erdboden gleichgemacht werden, sorgte für große Unruhe in Kamenná.

„Was war denn in Lidice[24]?“ fragten einige deutsche Bewohner ratlos.

15

In Čižov begegnete Maria dem tschechischen Tierarzt.

Er sah sie stumm an und weinte.

Maria war beunruhigt. Noch nie hatte sie ihn so erlebt. Auch die merkwürdige Reaktion des tschechischen Gendarmen hatte sie noch nicht ergründen können.

Sie suchte die Mutter ihrer Magd auf und sagte: „Geh schauen, was daheim in Bergersdorf los ist!“

---

[24] Nach dem Attentat auf Reinhard Heydrich am 27. 5. 1942 in Prag wurden gegen die Ortschaft Lidice (Liditz) „Vergeltungsmaßnahmen“ unternommen, da angeblich „flüchtige tschechische Fallschirmagenten nach ihrem Absprung aus englischen Flugzeugen in dieser Ortschaft angelaufen und auch unterstützt“ worden seien. Lidice brannte vollständig nieder. 199 Männer wurden an Ort und Stelle erschossen, 184 Frauen in das Konzentrationslager Ravensbrück eingeliefert, 7 Frauen ins Polizeigefängnis Theresienstadt und 88 Kinder nach Litzmannstadt gebracht. 8 Kinder kamen zur „Eindeutschung in das Altreichsgebiet“ (s. „Abschlußbericht zum Attentat auf SS-Obergruppenführer Heydrich“, R 58/336, Bundesarchiv Berlin). Über die „Vergeltungsmaßnahmen gegen Liditz“ wurde offiziell nichts berichtet. Die Standgerichte Prag und Brünn fällten vom 28. 5. bis 3. 7. 1942 1 331 Todesurteile, darunter 482 wegen „Gutheißung des Attentats“.

In diesen Tagen wurde Marias Sohn sehr krank. Er bekam hohes Fieber, er aß und trank nichts mehr. Maria bat Karel um Hilfe. Sofort spannte er ein Pferd vor den Wagen und machte das Fuhrwerk abfahrbereit. Vorsorglich lud er einen halben Zentnersack mit Getreide auf den Wagen.

Maria wickelte ihren fünfzehn Monate alten Knaben in eine Steppdecke und versteckte ihn auf dem Wagen. Sie verhüllte sich, um nicht erkannt zu werden.

Unterwegs lief plötzlich ein junges Mädchen auf das Fuhrwerk zu. „Bitte, nehmt mich mit!" rief es atemlos. „Die Russen wollten mich vergewaltigen!"

Karel hielt an und ließ das deutsche Mädchen, das zu seinen Verwandten wollte, auf den Wagen steigen, wo es zitternd unter den Sitz kroch.

Karel wollte Maria zu einem deutschfreundlichen Arzt, zwölf Kilometer von Čižov entfernt, bringen.

Der tschechische Arzt zog die Vorhänge zu, um von draußen nicht gesehen zu werden, denn auch ihm war untersagt worden, deutsche Patienten zu behandeln.

Er diagnostizierte Masern und eine Lungenentzündung.

„Ihr Sohn braucht frische Luft für die Lunge", flüsterte er. „Aber Dunkelheit und Wärme für die Masern, damit sie ausschlagen können."

Medizin habe er jedoch keine.

Nachdem Karel den Sack mit Getreide in das Sprechzimmer getragen hatte, erinnerte sich der Arzt der Medizin, holte sie aus dem Schrank und übergab sie Karel sowie ein Medikament für Maria, da sie unter einer Thrombose an den Beinen litt.

Die folgenden sieben Nächte verbrachte Maria schlaflos am Kinderbett. In den Nachmittagsstunden hielten abwechselnd Marias Cousine Resi oder die Schwiegermutter Wache, damit sie schlafen konnte.

Maria war verzweifelt: Ihr Bruder Rudolf war 1926 an einer Lungenentzündung mit acht Monaten gestorben. Damals fuhren ihre Eltern mit ihr zum Friedhof nach Schlappenz. Maria trug den kleinen Sarg auf ihrem Schoß. Ihre Eltern waren vom Tode Rudolfs so sehr betroffen, daß sie nur Theresias Verwandte in Schlappenz über die Beerdigung informierten. Noch immer spürte sie die Trauer, die sie als Sechsjährige erlebt hatte.

Jetzt befürchtete Maria das Schlimmste und betete in jeder Nacht bis in den Morgen hinein für ihr Kind. Eine alte Frau vom Hof gegenüber gab ihr den Rat: „Versprich deinen Sohn dem Himmelsvater, dann wird er wieder gesund!"

Maria entgegnete: ‚Ich verspreche ihn nicht dem Herrgott! Er muß später selbst entscheiden, ob er Pfarrer werden will. Es muß seine freie Entscheidung bleiben!"

Nach einer Woche wurde er gesund.

16

Die Verhaftung Wenzel Hondls bestürzte in Kamenná auch viele tschechische Bewohner. „Der Ortsvorsteher Hondl hat im Dorf alle gleichbehandelt, egal ob Tschechen oder Deutsche", war ihre Erfahrung. „Er war streng und hatte seine Prinzipien. Wenn einer was angestellt hatte, konnte er ihn sehr anbrüllen, danach war es wieder gut. Er war korrekt und hat niemanden benachteiligt und niemanden bevorzugt, selbst Freunde nicht. Er hat auch immer zu seinen Leuten in Kamenná gehalten!"

Einige der tschechischen Familien lehnten es strikt ab, sich an deutschen Gütern zu bereichern. Die Familie in der ehemaligen Mühle hatte Wertgegenstände aus dem Hause 12 aufbewahrt. In diesen Maitagen versteckte sie willig weitere Wertsachen auf ihrem Speicher sowie einige der schönsten Trachtenstücke. Ein Jahr später sollte sie der deutschen Familie Pokoj alle versteckten Güter zurückgeben, bevor diese einem Sammellager für Deutsche zugewiesen wurde.

In Nové Dvory wollte die Familie des ehemaligen Bürgermeisters ihre versteckten Güter aus Polná wiederhaben. Die älteste Tochter, Elisabeth, beschloß, mit ihrer Schwester nach Polná zu gehen. In diesen Tagen war ihr Bruder Franz von Partisanen abgeholt und bald darauf erschossen worden. Das Polnáer Ehepaar, das noch im vergangenen Monat versprochen hatte, alles im Keller der Brauerei sicher zu verstecken, reagierte abweisend.

„Es gehört jetzt alles uns!" betonte die Ehefrau.

Mit Tränen in den Augen bat Elisabeth: „Bitte, gebt uns nur die liebgewonnenen Sachen, die anderen können Sie behalten!"

„Die deutschen Schweine brauchen nichts mehr!"

„Die Dokumente und Fotoalben haben doch keinen Wert für Sie, aber für uns sind sie wichtig", flehte Elisabeth.

„Raus mit euch, aber schnell!"
„Bitte, nur die Dokumente, bitte!"
„Raus!"
Mit drohender Gebärde ging sie auf die jungen Mädchen zu: „Verlaßt schnellstens mein Haus!"
Weinend berichteten die beiden Schwestern in Nové Dvory ihren Angehörigen von den erfolglosen Bemühungen.
Inzwischen tauchte ein neues Gerücht auf, der Místní Národní Výbor[25] sammle von Haus zu Haus Kleidungsstücke und Wertpapiere ein. Wer nichts herausrücken wolle, werde erhängt. In Sorge um ihr Leben vertraute sich die Familie des ehemaligen Bürgermeisters mit Hilfe einer Tschechin dem Místní Národní Výbor an. Ein Mitglied dieses Ortsnationalausschußes, gebürtiger Deutscher, der sich vor Jahren der kommunistischen Bewegung angeschlossen hatte, versprach zu helfen.
Doch in Polná wurde auch ihm erklärt: „Die deutschen Schweine brauchen nichts mehr!"
„Sie sind verpflichtet, alles zurückzugeben!"
„Die deutschen Schweine brauchen nichts mehr!" schrie die Ehefrau zornig.
„Sie haben keine andere Wahl!"
Erst nach langen Verhandlungen gelang es ihm, aus der Wohnung der Polnáer einen Teil der Güter herauszuholen und nach Nové Dvory zu bringen. Danach behielt er die besten Teile für sich. Den Rest gab er der Familie des ehemaligen Bürgermeisters zurück.
In Sorge um ihr Vermögen vergrub die Familie in einem Topf Sparbücher und Schmuck nachts auf einer Wiese. Doch eine Kommission des Mistní Narodní Výbor sammelte von Haus zu Haus Wertgegenstände ein. Wer sich weigerte, wurde verhaftet.
Die beiden Schwestern hoben das Versteck wieder aus, gaben die Sparbücher ab und erhielten über die Höhe der eingesparten Geldsummen eine Quittung ausgestellt.
In Kamenná wollte die Familie aus dem Hause 38 ihre Dokumente und Wertgegenstände, die von der tschechischen Familie aus Nr. 44 im Keller eingemauert worden waren, wiederhaben. Der Sohn František erklärte sich bereit, die Dokumente zurückzugeben. Doch seine Mutter beschied Großvater Gassenhäusler: „Die Sachen werdet ihr sowieso nicht mehr brauchen!"

[25] Ortsnationalausschuß

Sie hatte Franz Hondl bei seiner Verhaftung getreten und geschlagen. Kathi war entsetzt, nachdem sie davon erfahren hatte: „Warum ist die Tschechin jetzt so verhetzt?“ fragte sie sich. Kathi erinnerte sich einige Jahre zurück: Diese Frau war zu ihrem Vater, dem Bürgermeister, gekommen und hatte ihn um Bezugscheine für Schuhe und Arbeitskleidung gebeten. Wenzel Hondl hatte ihr versprochen: „Ich will nach Iglau fahren und sehen, daß ich sie kriege. Kommen Sie am Abend wieder!“

Zu Kathi sagte er: „Die Leute arbeiten und brauchen die Bezugscheine dringend!“

Er war am selben Tag nach Iglau gefahren und hatte die Scheine erhalten.

Am Abend hatte die Frau dem Bürgermeister überglücklich gedankt: „Děkuju vám, pane starosta, za poukázky! Dobrou noc!“ („Vielen Dank, Herr Ortsvorsteher, für die Bezugscheine! Gute Nacht!“)

17

Die beliebte Kindergärtnerin Fräulein Wilhelmine Pauser aus Kamenná war getötet worden: Ein russischer Panzer hatte sie gegen eine Steinwand gedrückt und regelrecht zerquetscht. Für Katharina aus dem Hause 38 war es ein Schock. Sie hatte ihre Tante, wie die Kindergärtnerin genannt wurde, geliebt und verehrt. Katharina kam bereits mit Zweieinhalb in den deutschen Kindergarten Bergersdorf, weil er sonst von der Národní Jednota Pošumavská[26] wegen zu geringer Kinderzahl geschlossen worden wäre. Katharina, damals die Kleinste und Jüngste, war von ihrer Tante jeden Morgen abgeholt und am Nachmittag nach Hause gebracht worden.

Die Tante hatte mit den Kindern auch Theaterstücke einstudiert, die zur Weihnachtszeit im Gasthaus Kschischn aufgeführt wurden. Das aufgeweckte Mädchen spielte meist die Hauptrolle. Einmal hatte während einer Aufführung ein als Schornsteinfeger verkleideter Junge seinen Text vergessen und sich hinter der Bühne verkrochen.

---

[26] Nationale Einheit Südböhmen

Kurzerhand war Katharina vor die Zuschauer getreten und hatte verkündet: „Der Schornsteinfeger hat heute keine Lust!"

Noch Jahre später erinnerten sich die Bergersdorfer mit Schmunzeln an diese Worte.

Jetzt weinte Katharina über den Verlust der von allen sehr geschätzten Kindergärtnerin.

Einige Zeit danach war ein bildhübsches taubstummes Mädchen aus Kamenná von tschechischen Männern aufgespürt worden, die sich als Partisanen ausgaben. Sie zogen sie in eine der ausgeraubten Scheunen, versperrten das Tor und schlugen mit einem Gummischlauch auf ihr wehrloses Opfer ein. Nacheinander vergewaltigten die Männer das deutsche Mädchen, das alle Mißhandlungen und Qualen stumm erleiden mußte.

In Kamenná wollte der tschechische Neubesitzer des Hauses 20 die Katzen der deutschen Familie loswerden. Er fing Katzen und Kätzchen ein, steckte sie in einen Kartoffelsack, verschnürte ihn und brachte das Bündel zum Goldebach. Dort hängte er den zuckenden Sack mit dem kläglich miauenden Inhalt an einen Busch am Bahndamm. Mit einigen tschechischen Freunden traf er sich auf der Brücke. Auf sein Kommando legten sie die Gewehre an und feuerten los. Die Fetzen des Kartoffelsakkes flogen hoch und wurden noch einmal von Kugeln durchlöchert.

18

Mit den Rumänen entspannte sich die Lage geringfügig. Einige berichteten, in Prag seien furchtbare Greueltaten an den Deutschen begangen worden. In Kamenná hatte der rumänische Oberst beim Einzug ins Dorf versprochen: „Ihr braucht keine Angst zu haben! Wir beschützen euch Deutsche!" Er hatte weiter versichert: „Die rumänischen Soldaten dürfen keiner Frau und keinem Mädchen etwas zuleide tun. Sollte trotzdem einer meiner Leute jemanden angreifen, dann melden Sie es. Er wird sofort erschossen!" Wenn ein rumänischer Soldat und ein deutsches Mädchen miteinander schlafen wollten, so seine Verfügung, mußte ihm zuvor eine unterschriebene Einverständniserklärung des Mädchens vorgelegt werden.

Die Rumänen hatten inzwischen ihr Hauptquartier in der Schule eingerichtet. Die Tschechen begegneten ihnen mit Mißtrauen, die Deutschen faßten allmählich Vertrauen, obwohl die Soldaten ihnen ihr Federvieh zum Schlachten wegnahmen. Einige Bewohner hatten beobachtet, wie einer von ihnen Eierhandgranaten in den mittleren Weiher warf und nach den Explosionen, die hohe Wasserfontänen auslösten, die toten Fische einsammelte. Ungewohnt war auch, daß Horden nackter Soldaten in den Dorfweihern badeten.

Der rumänische Leutnant, der den Bürgermeister mit seiner Frau im Geländewagen nach Zeisau gefahren hatte, war inzwischen in Kathi verliebt. Jetzt machte er ihr einen Heiratsantrag.

Kathi bewunderte ihn: „Er sieht aus wie ein griechischer Gott", dachte sie.

Wieder bat er sie darum, mit ihm nach Rumänien zu gehen.

Er versprach ihr einen neuen Anfang. „Unsere schöne Heimat Siebenbürgen wird dir nicht zur Fremde, sondern zur Heimat werden!" Er versprach ihr eine wohlwollende Aufnahme in seiner Familie.

Sie hätte mit ihm gehen können und wäre damit aller quälenden Ungewißheit über ihre Zukunft entkommen. Schließlich mahnte sie sich zur Pflicht: „Ich muß hierbleiben, denn ich kann meine Mutter nicht alleinelassen!" Bis zum 15. Juni, dem Ende seiner Stationierung in Kamenná, warb und kämpfte der Leutnant um Kathi, doch vergebens.

„Du mußt es verstehen", erklärte sie zum Abschied. „Ich habe Vater einmal versprochen, so lange auf unserem Hof zu bleiben, bis mein Bruder gesund heimgekehrt ist. Ich darf Mutter jetzt nicht im Stich lassen!"

„Ich komme zurück und hole dich nach Siebenbürgen", sagte der Leutnant.

Beim letzten Appell vor dem Abzug in die Kasernen Arad und Hermannstadt versprach der Oberst: „Wir kommen wieder! Es können inzwischen Jahre vergehen, aber wir kommen wieder!" Nach einem Feldgottesdienst zogen die rumänischen Beschützer ab. Die Deutschen weinten ihnen nach: „Wenn die Rumänen nicht gekommen wären, würden wir alle nicht mehr leben!" sagten sie.

In der Nacht kamen die Russen. Sie klopfen an die Haustüren. Wurden diese nicht geöffnet, traten sie die Türen ein. In Todesangst rannten die Mädchen aus den Hintertüren auf die Felder hinaus, wo sie sich bis zum Morgen versteckten. Die Soldaten durchsuchten alle Häuser in Kamenná und nahmen mit, was ihnen gefiel, darunter auch Pferde.

Eine sehr korpulente Bäuerin in Tracht wollte vor Angst unter ihr Bett kriechen. Doch sie blieb mittendrin stecken, kam weder vor noch zurück. Als die russischen Soldaten die hilflose Frau in der Kammer entdeckten, mußten sie herzlich lachen. Mit vereinten Kräften zogen sie die beleibte Bäuerin unter dem Bett hervor. Nachdem sie ihr beim Aufstellen behilflich waren, klopften sie ihr auf die Schulter und zogen lachend davon.

Im Haus 1 schrien die beiden Frauen in der Wohnküche vor Angst auf. „Keine Angst, keine Angst!" beruhigten sie die Soldaten. Sie entdeckten an der Wand zwei Bilder, auf denen die beiden Söhne in ihrer Wehrmachtsuniform abgelichtet waren. Sie rissen die Bilder von der Wand und zertraten sie. In diesem Moment kam der Offizier in den Raum.

„Hört auf damit!" befahl er und fuhr fort: „Die Deutschen haben bei uns in Rußland Schlimmes angerichtet, aber die beiden Frauen können doch nichts dafür!"

19

Die älteste Tochter des Zimmermanns saß mit Nachbarn am Brunnen von Kamenná. Gemeinsam beklagten sie ihre Lage. Völlig unerwartet tauchte der Kreisleiter auf. Er trug einen Rucksack und eine Heugabel auf dem Rücken und schien verstört auf der Flucht zu sein.

„Schnell in eine Kammer, bevor sie kommen", sagte er hastig.

Erschrocken über seine Erscheinung, bat die Tochter des Zimmermanns ihn in ihr Elternhaus. Sie gab ihm zu essen und zu trinken. Sie hatte ihn seit langem verehrt. Bereits Ende der zwanziger Jahre war er zu Fuß nach Bergersdorf gekommen, um den Mädchen Volkstänze auf dem Schulhof beizubringen. Begeistert hatte sie mit ihrer Schwester an den Tanzstunden teilgenommen, denn er war ein sehr guter Lehrer und Tänzer. Ihre Schwester hatte jedoch einmal gesagt: „Ich würd' net mit ihm tanzen, der ist so arm, der hat geflickte Hosen an!"

Jetzt lag er auf dem Bett und schilderte die vergangenen Tage seiner Flucht. Nachdem er erfahren hatte, seine Frau erwarte ein Baby, war er sofort von der österreichischen Grenze zurückgekehrt, um sie zu suchen. Nach einigen Stunden der Ruhe im Hause des Zimmermanns machte er sich auf den Weg.

Bei seinem Freund Frey fand er eine kurze Unterkunft. Er kannte Wege und Wälder von früher, doch nun mußten viele wegen „Partisanengefahr", wie es geheißen hatte, gemieden werden. Vertrauensvoll fragte er Frey nach dem ungefährlichsten Weg. Der Kreisleiter folgte Freys Wegbeschreibung und lief geradewegs den Partisanen in die Arme. Sie nahmen ihn fest, ohne zu erkennen, wer er war.

Kurz vor Jihlava wurden sie darauf aufmerksam, wen sie gefangen hatten. Jubelnd wurde der Kreisleiter in das Kreisgericht gebracht, wo er mißhandelt und verprügelt wurde.

Die Nachricht von seiner Verhaftung löste Bestürzung unter den Deutschen aus. „Er war auch als Kreisleiter bescheiden geblieben", sagten sie. Die Tochter des ehemaligen Bergersdorfer Schulleiters erinnerte sich an eine letzte Begegnung mit ihm: Sie hatte ihm berichtet, sie suche Möbel für das Schülerheim, in dem sie tätig war. Ein Lagerhaus in der Brünner Gasse habe ihr „Möbel von Juden" angeboten. Er ermahnte sie: „Überlegen Sie sich gut, was Sie da tun wollen! Ich an Ihrer Stelle würde keine Möbel von Juden nehmen, ich würde das nicht machen!"

In den folgenden Wochen wurde der Kreisleiter gemartert, verhöhnt und auf dem Hof des Kreisgerichts Gaffern vorgeführt. Wer wollte, konnte ihn für zwei Kronen anspucken.

Am 26. Oktober 1946 wurde der Kreisleiter wegen „Zerschlagung der Republik" auf dem Hof des Kreisgerichts in Jihlava an einem Galgen erhängt.

Nach Kriegsende war auch Emanuel Sladek an der österreichischen Grenze gefaßt und in das Kreisgericht Jihlava gebracht worden. Am 9. April 1947 wurde er in Jihlava hingerichtet.

20

Inzwischen waren auch die letzten deutschen Soldaten in ihren Verstecken aufgespürt und einem Gefangenenlager übergeben, andere sofort erschossen worden. Der spätere Bürgermeister von Polná, Jindřich Pesak, lobte: „Hohes Lob den tschechischen Partisanen, denn sie haben die Wälder von den deutschen Soldaten gesäubert!" Jindřich Pesak war als Kommunist jetzt Vorsitzender des Místní Národní Výbor in Polná, der zwanzig umliegende Dörfer kontrollierte.

In dessen Auftrag sollten auch in Kamenná die deutschen Häuser zweimal pro Woche durchsucht werden. Ein Gendarm aus Německý Šicndorf begleitete die bewaffneten Partisanen, denen sich ein ehemaliger Knecht vom Hause 6 angeschlossen hatte.

Im Hause 23 stießen die Partisanen das große Hoftor auf, stürmten über den Innenhof zur Wohnküche und richteten ihre Gewehre auf Theresia Hondl und ihre Tochter Kathi.

„Hände hoch!" riefen sie.

Die beiden Frauen folgten dem Befehl.

„Wo habt ihr eure Sachen versteckt?"

„Die Tschechen haben alles geholt", entgegnete Theresia.

„Das Lied kennen wir schon!"

„Wir haben nichts mehr!"

„Das haben wir alles schon tausendmal gehört!"

„Wir haben wirklich nichts mehr!"

Der Anführer knallte sein Gewehr auf den Tisch. „Im Keller wird alles sein! Los, durchsuchen!" befahl er.

Der ehemalige Knecht wies Kathi an, ihm zu folgen.

Im Keller hielt er sie fest. Er habe ihr etwas zu sagen.

Kathi war unbehaglich zumute.

Er habe ihr einen Heiratsantrag zu überbringen.

„Wir haben hier unten nichts versteckt", wehrte Kathi ab.

Er zeigte ihr ein Foto, auf dem der frühere Trommler der Kapelle Pokorný, Kautzinger, mit seinen beiden großen Söhnen aus erster, geschiedener Ehe abgebildet war.

„Wir haben hier unten nichts versteckt!" wiederholte Kathi.

„Ich soll dir seinen Heiratsantrag übermitteln", betonte er.

„Wir können wieder hochgehen", sagte Kathi ungehalten.

Der ehemalige Knecht packte sie am Arm: „Du bleibst jetzt hier!"

Kathi versuchte sich aus seinem Griff herauszuwinden.

„Ich soll dir seinen Heiratsantrag übermitteln! Hast du gehört?“

„Ja!“

„Der Kautzinger will dich heiraten!“

„Hier unten ist kein Ort für so was“, entgegnete Kathi.

„Du hörst mir jetzt zu!“ sagte er bestimmt. „Der Kautzinger will dich heiraten!“

„Ja, das habe ich jetzt schon viermal gehört!“

„Der Kautzinger, das soll ich dir sagen, will Direktor der Glasfabrik in Německý Šicndorf werden, wenn sie wieder arbeitet. Und er wird in der Villa vom Schloßnickl wohnen!“

„Das ist ja prima!“ reagierte Kathi zynisch.

„Du wirst die Frau Direktor werden und auch in der Villa wohnen. Alles gehört dir wieder und du bekommst dazu, was du noch haben willst!“

„Nein danke!“ unterbrach sie ihn.

Energisch riß sie sich von ihm los und stürmte die Kellertreppe hinauf. „Er hat überall gesucht, aber nichts gefunden“, erklärte sie verächtlich. „Wir haben nichts! Eure Leute haben unseren Fluchtwagen schon geholt, also gebt euch keine Mühe mehr!“

Unverrichteter Dinge zog der Gendarm mit dem ehemaligen Knecht und den Partisanen davon.

21

In Německý Šicndorf feierte Robert Kautzinger mit seinen beiden Söhnen die Übernahme einer Gaststätte, die zuvor den Namen „Polzer“ getragen hatte. In Německý Šicndorf war er zu Hause. Als Kommandant der Revolutionsgarde hatte er jetzt das Sagen im Dorf. Über ihn wurde gemunkelt, er sei der „größte Gauner“ weit und breit. Er hatte bestimmt, daß an allen deutschen Häusern weiße Pappschilder mit der Aufschrift „Enteignet“ angebracht wurden. Sobald der neue tschechische Bewohner eingezogen war, hatten die Deutschen ihr Haus zu räumen. Sie mußten im Holzschuppen oder in der Gesellenkammer unterkommen und hatten für die neuen Herren zu arbeiten.

Kurz darauf wurden alle Deutschen aufgefordert, mit gepackten Koffern auf dem Dorfplatz zu erscheinen und sie in der Mitte abzustellen. Bewaffnete Partisanen umstanden den Platz. Die neuen tschechischen Bewohner öffneten die Koffer, stülpten den Inhalt auf den Boden und nahmen, was ihnen gefiel. Sie verteilten Kartoffelsäcke, in welche die Deutschen den Rest ihrer Habe stopfen konnten.

Viele Tschechen schämten sich für ihre Landsleute. „Das ist Diebstahl", sagte ein tschechischer Bauer aus Michalovice. „Und nie werde ich zulassen, daß meine Söhne einen deutschen Hof zum Bewirtschaften übernehmen!"

Nachdem die Glasfabrik wieder in Betrieb war, wurden alle männlichen deutschen Jugendlichen im Alter zwischen Dreizehn und Fünfundzwanzig von ihren Eltern getrennt. In einem ehemaligen RAD-Lager sollten sie ein Jahr lang wohnen. Zwischen fünf Uhr dreißig und sechs Uhr war Arbeitsbeginn in der Glasfabrik, in der die Jugendlichen den Glasbläsern assistierten. Es war ihnen untersagt, deutsch zu sprechen. Bestand auch nur der Verdacht, einer der Jungen habe das Verbot mißachtet, wurde er von einem Glasbläser mit flüssigem, zweihundert Grad Celsius heißem Glas am Arm gestreift. Mit seinem Urin desinfizierte der Jugendliche seine Wunde.

„Wir mußten lange genug unter euch Deutschen leiden", befand der Glasbläser, „Jetzt müßt ihr unter uns Tschechen leiden, das ist gerecht!"

Um vierzehn Uhr war Feierabend.

Wenn auf dem Bahnhof Waggons mit Kohle einfuhren, hatten die Jugendlichen sie am Nachmittag auszuladen und die Lieferung in Schubkarren zur Glasfabrik zu fahren. Trafen die Waggons erst gegen Abend ein, mußten die Jugendlichen in der Nacht arbeiten. Verletzungen an den Händen desinfizierten sie mit ihrem Urin.

Das Mittagessen aus Brennesselsuppe erhielten die Jugendlichen im Gasthaus Polzer, das zur Werkskantine geworden war. An einigen Nachmittagen, wenn keine Kohle auszuladen war, sammelten sie im Wald Holz für die Küche des Polzer.

In das Kreisgerichtsgefängnis Jihlava wurden seit Kriegsende alle Männer und Frauen, die eine Funktion bei der NSDAP oder einer anderen NS-Organisation innegehabt hatten, eingeliefert. Aber auch ehemalige Amtsinhaber, frühere Wirtschaftsfachleute und Tschechen, die der Deutschfreundlichkeit beschuldigt worden waren, wurden in den Zellen zusammengepfercht. Jeden Tag wurden die Häftlinge mißhandelt: Sie hatten am Morgen im Gefängnishof in Zweierreihen anzutreten, um ihr Gegenüber zu schlagen. Wer zaghaft blieb, wurde von tschechischen Wärtern herausgegriffen, mit dem Gesicht gegen eine Wand gestellt und mit Fausthieben traktiert.

Viele Häftlinge wurden auch in der Kreuzkaserne und der Jakobsschule untergebracht. Dort fügte ein spezielles Prügelkommando, die stärksten Wärter, den Häftlingen, die sich nackt über einen Tisch legen mußten, schwere Verletzungen zu. Unter den Gepeinigten waren auch der Bischöfliche Rat Stadtpfarrer Honsig und der Ingenieur Konrad Weigner, der das Kriegerdenkmal von Bergersdorf entworfen hatte. Am 7. Juni wurden diese beiden Männer mit siebzehn weiteren Häftlingen, darunter ein tschechischer Arbeiter, der am Synagogenbrand in Iglau beteiligt gewesen war, auf dem Militärschießplatz im Ranzernwald erschossen.

Einige Häftlinge nahmen sich das Leben, so auch der Bürgermeister von Německý Šicndorf. Junge Mädchen im Kreisgerichtsgefängnis, die von den Wärtern wahllos herausgegriffen und russischen Soldaten zugeführt wurden, erhängten sich verzweifelt an Türklinken.

Im Kreisgerichtsgefängnis Jihlava waren auch Männer aus Kamenná und Nové Dvory. Ihre Frauen brachten ihnen Essen. Dabei liefen sie durch die Wälder, in ständiger Furcht, von Partisanen aufgespürt zu werden.

In Kamenná waren nur noch wenige Männer auf freiem Fuß. Es waren der Bauer aus dem Hause 24, der immer neutral geblieben und auch nicht der NSDAP beigetreten war, Großvater Gassenhäusler aus dem Hause 38 und – der ehemalige Ortsgruppenleiter der NSDAP, Heinz Frey.

„Wieso passiert dem Frey nichts?" war die erstaunte Frage.

„Unsere Männer werden eingesperrt! Und der Frey kommt davon?“

Es erschien unbegreiflich: „Der Frey war der größte Nazi im Dorf! Der hat am lautesten ‚Heil Hitler!‘ gebrüllt! Der hätte als erster geholt und gehenkt werden müssen! Und ausgerechnet der bleibt frei?“

Allmählich wurde bekannt, daß auf Freys Musterhof seit Monaten mehr als siebzig Partisanen, die sich jetzt ungeniert zeigen konnten, ein und aus gegangen waren. Fassungslos erkannten die Deutschen in Kamenná, daß Frey sie alle betrogen hatte. Darauf wurde auch Frey von Partisanen abgeführt.

23

Es war der Samstagabend vor Pfingsten. In Německý Šicndorf wurde bei einer Tanzveranstaltung im Gasthaus Polzer reichlich Alkohol getrunken. Lange nach Eintritt der Finsternis machten sich die Männer vom Gasthaus, an der Spitze Kautzinger, mit Spaten, Schaufeln und Spitzhacken, mit Pistolen und Gewehren bewaffnet, auf den Weg zum Feuerwehr-Spritzenhaus.

In diesem Gebäude, das von Arbeitern aus der Glasfabrik streng bewacht wurde, war etwa ein Dutzend deutscher Männer eingesperrt. Sie wurden herausgeholt und zusammen mit anderen Deutschen, die im gegenüberliegenden Bauernhof Merunka festgehalten wurden, unter Schlägen zu einem Acker vor dem Wald Richtung Nové Dvory getrieben. Dort mußten sie bei heftigem Regen ihr Grab schaufeln. Danach schlugen die betrunkenen Männer grölend mit Spitzhacken auf ihre Opfer ein und zerhackten sie mit Spaten. Wer nach dieser Tortur noch lebte, wurde erschossen.

Einer der Teilnehmer war trotz konsumierten Alkohols über das Morden so entsetzt, daß er davonlaufen wollte. Die Mörder riefen ihn zurück, andernfalls werde er erschossen.

Rasch warfen sie die verstümmelten Leiber in die flachen Gräber und bedeckten sie mit Gras und Erde. In der Dunkelheit fanden sie die weiter verstreuten Körperteile nicht. Auf Befehl Kautzingers mußte am nächsten Vormittag, einem Sonntag, ein Ehepaar aus Německý Šicndorf zur Mordstelle und die Fleischstücke, auch einen ganzen Arm, einsammeln und begraben.

In das Gasthaus zurückgekehrt, feierten die Mörder bis in den Sonntagmorgen hinein. Der Regen hatte das Blut von ihrer Kleidung abrinnen lassen. Der ehemalige Knecht aus Kamenná prahlte, er habe den größten Mann mit einem einzigen Spatenhieb vom Kopf bis nach unten gespalten. Damit rächte er sich an seinem früheren Arbeitgeber aus dem Hause 6, bei dem er als Kutscher gearbeitet hatte. Vor einigen Jahren war er mit einer Fuhre Holz aus dem Wald seines Herrn zu sich nach Hause gefahren. Nachdem der Bauer über die Diebesfahrt informiert war, hatte er seinen Knecht wütend verprügelt.

Die Mordstelle wurde nach dem ehemaligen Knecht benannt und hieß im Volksmund „Budínka". Darüber war das Gras nach Jahren noch auffallend grün und saftig. Die Stelle hieß später auch „U Němců" („Bei den Deutschen"). Drei der Ermordeten waren aus Kamenná, zwei aus Nové Dvory. Es war Franz, der Sohn des früheren Bürgermeisters von Nové Dvory, sowie der Oberlehrer und ehemalige Volkssturmkommandant Anton Beer aus Nové Dvory. Wenige Tage zuvor war Beer von seinen Peinigern entmannt und bis zum Kopf in eine Jauchegrube getaucht worden. Die anderen Opfer stammten aus den Dörfern Pozovice, Ždírec und Dolní Věžnice.

Der überwiegende Teil der Täter arbeitete in der Glasfabrik. Einer der Mörder war vor kurzem aus der Slowakei nach Německý Šicndorf gekommen und hatte sich als Partisan ausgegeben.

Ein Täter, von Beruf Bauer, besaß als einziger ein Auto. Er holte auch später noch andere, weiter entfernt eingesperrte Opfer mit seinem Wagen ab und fuhr sie zu den Mordstellen.

Zwei der Mörder sollten später ins westliche Ausland fliehen, einer tauchte unter. Jener, der in der Mordnacht davonlaufen wollte, wurde danach schwer krank und starb.

Zwischen Německý Šicndorf und Dolní Vežnice war vor einigen Tagen ein flüchtender deutscher Soldat von einem tschechischen Bauern aufgespürt, mißhandelt und erschossen worden. Um die Spuren zu verwischen, hatte er die Leiche auf einem Feldweg flach begraben. Einige Tage später fuhr er mit seinem Pferdegespann diesen Weg entlang. Kurz vor der Grabstelle bäumten sich die Pferde auf. Der Bauer wollte sie mit der Peitsche weitertreiben, doch sie rührten sich nicht von der Stelle. Der Bauer schlug seine Pferde blutig, trieb sie vergebens an und mußte schließlich mit ihnen umkehren.

24

Im Bezirksgericht von Polná sollte Platz für Neuankömmlinge geschaffen werden. Einer der beiden nicht zerstörten Räume war bereits überbelegt: Drei Tage standen deutsche Häftlinge Rücken an Rücken in diesem verschlossenen Raum, ohne Nahrung und ohne Wasser, bis sie nach Jihlava in das Kreisgericht oder in ein anderes Gefängnis gebracht werden konnten.

Es war in der Nacht vom 16. auf den 17. Mai.

Wenzel Hondl war aus der Bewußtlosigkeit nicht mehr erwacht. Franz, sein Cousin, war durch die erlittenen Mißhandlungen schwerverletzt. Dennoch hatte er mühsam versucht, Wenzel ins Leben zurückzuschütteln. Er befürchtete, Wenzel sei an seinem Blut, das noch lange stockend aus seinem Munde gesickert war, erstickt.

In der Morgendämmerung kamen die Wärter.

Sie schleppten Franz aus dem Gebäude und warfen den Schwerverletzten auf ein altes Lastauto, das die Partisanen von der russischen Armee bekommen hatten.

Die Wärter hoben Wenzel Hondl auf und registrierten seinen Tod. Sie legten ihn auf eine Bahre, trugen ihn hinunter und schoben ihn auf den Lastwagen, der von Partisanen mit schußbereiten Waffen bewacht wurde. Der Fahrer des Lastwagens fuhr in Richtung Friedhof los.

Beim Friedhof an der Kirche St. Barbara hielt der Lkw an. Franz wurde zum Massengrab an der Kirchenwand gezogen. Er wurde mit mehreren Schüssen niedergestreckt und sank vornüber.

Wenzel Hondl wurde vom Lastwagen gehoben, durch den Friedhof zur Kirchenwand geschleppt und in das Massengrab geworfen.

Bei Sonnenaufgang kam der Totengräber. Er bedeckte die Leichen mit Kalk und Erde, bis sie nicht mehr zu sehen waren.

* * * * *

In der Stadtchronik Polná sollten die Ereignisse dieser Maitage später von einer Chronistin, deren Mann von der Gestapo festgenommen und in einem KZ hingerichtet worden war, niedergeschrieben werden:

„10. Mai 1945:

Im Laufe dieses stürmischen Tages wurden in das Massengrab an der Wand der heiligen Barbara neunzehn getötete Deutsche begraben. Es wird ein Grab ohne Bezeichnung sein, in der Ebene der Grasfläche, welche um die Kirche herum wächst, also für die Zukunft unerkennbar. Im Grab liegen diejenigen, welche dem Gericht ihrer Schuld verfallen sind, diejenigen, welche der Krieg vom Schlachtfeld des Lebens gefegt hat, auf dem sie ein schlechtes Spiel gespielt haben."

„17. Mai 1945:

Diese Nacht war sehr unruhig. Unbekannte Soldaten haben geschossen.

Um zwei Uhr dreißig hörten die Wachposten Jelinek und Laube, welche vor dem Gerichtsgebäude Wache hielten, verdächtigen Lärm und die Worte: „Das ist zu hoch-" – „Ach ouweij du hast mir gegeben!" Der ganze Lärm kam aus der Zelle, in welcher die Vetter Hondl aus Kamenná eingesperrt waren, welche die Familie Vomela aus Kamenná am Gewissen haben. Als die Zelle durch den Wachposten Karl Cabicar geöffnet wurde, hat man festgestellt, daß die Vetter sogar den Versuch für Selbstmord oder sogar Mord gemacht haben. Beide hatten die Adern an den Händen zerschnitten, und W. Hondl, der ehemalige Bürgermeister, hat sich außerdem aufgehängt. F. Hondl war noch am Leben und in Anwesenheit von Unterleutnant Emit Kunt, dem Wachposten J. Svoboda wurde er vom Strick abgeschnitten. Er blieb am Leben. Auch der Körper von W. Hondl war noch warm, aber sein Zustand war aussichtslos. Kurz nach der Behandlung von MUDr. A. Šáfařík starb er.

F. Hondl behauptete, er hätte seinen Vetter mit der Schere verletzt, welche ihm seine Frau gegeben habe. Er war also verdächtigt für den Mord – aber es war die Aussage eines durch großen Blutverlust sehr geschwächten Menschen, und es wurde festgestellt, daß er nicht der Mörder war. Jeder der Häftlinge hat sich selbst die Adern durchgeschnitten und sich auf einem Riemen gehängt.

Eine Frage bleibt offen – wie konnte die Schere in die Zelle kommen?"

Nachgeschichte

Bergersdorf

Im Juli 1945 mußten nahezu alle deutschen Einwohner von Bergersdorf (Kamenná) ihre – von Tschechen und russischen Soldaten immer wieder ausgeraubten – Höfe und Häuser für immer verlassen. Sie wurden u. a. in das Lager Pattersdorf (Bartousov)[27] getrieben, wo sie bis 1946 verblieben und zur Feldarbeit tschechischen Bauern zugeteilt wurden. Tschechen zogen in die zurückgelassenen Gebäude. Die wenigen Deutschen, die im Dorf blieben, arbeiteten bis April 1946 für die zugezogenen tschechischen Landleute.

Ein junger Mann aus dem Hause Nr. 12, Toni Pokoj, hatte sich über die Wirren dieser Zeit Notizen gemacht, die er, versteckt im Schuhabsatz, bei der Abschiebung mit nach Westdeutschland nahm und zu einem Tagebuch umschrieb.

Auszüge:

„17. Mai 1945: Vorm. nahmen die Russen 40 Stck. Großvieh bei uns und 2 Kalbinnen. Es kommt die schreckliche Nachricht, daß man Hondl 37 und 23 schon zu Tode gemartert hat. Abends die Rumänen nochmals Vieh, bei uns 2 Kühe.

18. und 19. Mai: Es wird überall geplündert. Schütz wurde auch abgeführt.

23. Mai: Alle Männer, die bei der SS oder SA waren, wurden um 9 Uhr wie eine Horde abgetrieben.

2. Juni: Bisher etwas ruhiger, doch immer wieder Plünderungen. Alle Frauen müssen Gemeinschaftsarbeit unter tschechischer Aufsicht machen.

---

[27] 1942 war in Pattersdorf ein Lager für junge Mädchen des Reichsarbeitsdienstes (RAD) errichtet worden.

13. Juni: Ich fahre mit Vater das Radio, das wir auf einem Wagen mit Mist zugedeckt haben, auf den Steinhübel, dort graben wir es ein.

16. Juni: In der Nacht raubten die Russen Nr. 22, 23, 24. Wir können es vom Fenster aus beobachten. Vormittag waren die Frauen auf Gemeinschaftsarbeit bei Nr. 7 und wurden 2 Mal von Russen angefallen.

18. Juni Montag: Heute raubten die Partisanen mit Lastautos von Prag bei Nr. 13, 19, 22, 23, 24 und überall Geld sowie Sparkassenbücher.

21. Juni: Für Pokorny Josef und Altrichter Franz (28) gab es heute morgen durch die Polizei Stockhiebe über die Fußsohlen, da sie in der Nacht beim Verbrennen von Büchern erwischt wurden.

23. Juni: Die Russen stahlen Tante Matl ihre Sachen, die sie auf Nr. 27 hatte.

24. Juni Sonntag: Die Russen brechen Nr. 7 und 13 ein, stehlen Geld und Anzüge.

25. Juni: Auf Nr. 11 kommt ein Verwalter.

26. Juni: Die Schützendorfer kommen mit Lastautos, rauben das halbe Dorf von 16–31.

27. Juni: Heute werden die Felder der Mühle besichtigt. Es heißt, nächste Woche kommen wir ins Lager.

28. Juni: Die Schützendorfer rauben von Nr. 13–49–58.

3. Juli: Es kommen nach und nach immer mehr tschechische Verwalter, immer noch vereinzelte Plünderungen.

12. Juli: Das Unglaubliche geschah. Die Gerüchte vom Lager sollen verwirklicht werden. Um 12 Uhr kam ganz plötzlich der Befehl für die Fam. von 20, 57, 51, 23, 26, 17, 38, 47, 28, 58, 49, 35, 32, 54, 42, 37, 8, insgesamt 72 Personen. In $^1/_2$ Stunde mußten sie fertig sein. Das Ganze wurde von Partisanen geleitet, die auch beim Packen der Bündel dabeistanden, und was ihnen eben gefiel, nahmen sie einfach weg, so daß die Leute nicht das Allernotwendigste hatten. Man rechnete 30 kg pro Person einschließlich Betten, Geschirr usw. Mit 3 Wagen ging es nach Pattersdorf ins Lager. Die Menschen trieb man wie Vieh hinterher. Wer gerade noch das Mittagessen gekocht hat, konnte es nicht mehr fertigmachen. In einer halben Stunde zu heimatlosen, bettelarmen Flüchtlingen.

13.–26. Juli: Etwas ruhiger, nur kommen immer mehr Verwalter, sie werden wohl alle Wirtschaften besetzen.

27. Juli: Mittags kam der Befehl für die Fam. Nr. 10, 29, 36 ins Lager. Als wir aufs Feld gehen, sehen wir, wie man Fam. Hecht aus dem Haus treibt. Mit dem Revolver geht ihr Verwalter hinter ihnen her, nimmt ihnen alles weg und wirft ihnen dann 2 schwarze Kopftücher und 2 Gebetbücher mit den Worten vor die Füße: „Nun trauert und betet für die verreckten deutschen Soldaten!" Wir können ihnen nur stumm die Hände drücken. Als wir bei Schrogels vorbeikommen, ist es ein Bild des Grauens, die Partisanen sind besoffen und wissen nicht, was sie tun. Die Frau wird im Hof mit einer Hundepeitsche über ihre kranken Füße geschlagen, bis sie zusammenbricht, und ihn schlagen sie mit einem Fleischschlegel ins Gesicht.

28. Juli: Eine schlaflose Nacht ist hinter uns. Wir haben nur noch einen Wunsch, ins Lager zu kommen.

29. Juli: Wir packen unsere notwendigsten Sachen.

3. August: Heute war die Frau von unserem Verwalter da. Nun wird es bedeutend besser für uns.

9. September: Heute gingen sie alle nach Polna auf die Kirchfahrt, und uns ist endlich Gelegenheit geboten, unser Versteck, den vermauerten Gang im Stall, aufzubrechen. … Wir haben fest zu tun, da wir auch die Kiste mit 70 Fleischgläsern im Schuppen ausgraben, und verstecken alles im Stroh. In der Nacht schleppe ich die vielen Sachen mit Frau Reichtomann in die Mühle.

17. März 1946: Ich werde dazu bestimmt, auf Nr. 23, wo zur Zeit kein Verwalter ist, die Pferde zu füttern.

18. März: Ich muß mit Vater zur Strafe, weil wir Deutsche bei uns zu Besuch hatten, bei Nr. 23 Pferde putzen, den ganzen Samstagnachmittag. Ich arbeite jetzt ständig dort, schlafe aber daheim.

5. April 1946: Abends sagt uns unser Verwalter, daß wir morgen ins Lager kommen. Wir packen noch alles, heute ist die letzte Nacht im Elternhaus.

6. April: Wir fahren um 10 Uhr ins Lager nach Stecken, … drängen die Tränen zurück, als wir zum Hoftor und dann zum Dorf hinausfahren. Um 2 Uhr werden uns 2 kleine Zimmer zugeteilt, schlafen alle am Fußboden. Früh 6 Uhr gibt's schwarzen Kaffee, mittags Kartoffelsuppe und um 6. 00 Uhr wieder schwarzen Kaffee, Brot und etwas Zucker, sonst nichts.

8. April: Ich lasse mich abends in die Glashütte nach Antonienthal einteilen.

9. April. Wir fahren jeden Tag in der Früh um 5 Uhr mit dem Auto. Um 6 Uhr geht die Arbeit los, wir müssen Form halten und das Glas in die Öfen legen. … Um 3 Uhr gehen wir zu Fuß ins Lager.

24. April: Mein Großvater wurde von einem Schwindelanfall gepackt.

25. April: Der Arzt stellt Herzlähmung fest. Wir lassen Großvater die letzte Ölung geben.

30. April. Heute morgen um 8 Uhr ist die Beerdigung, alle Verwandten und einige Bekannte dürfen dabeisein. Der herrlichste Frühlingstag steht über dem Land, als die Erdschollen auf den Sarg fallen. ...

16. Mai. Ich bekomme eine Bestätigung, nach Bergersdorf zu gehen, von 7 bis 5 Uhr. Ich gehe, von Bosowitz kommend, den Grenzweg rüber und zum letzten Mal über unsere Fluren zum Dorf, um nun als Fremder mein Vaterhaus zu betreten. Der Verwalter war sehr freundlich zu mir."

Die nach Kamenná zugezogenen Tschechen wurden von den Behörden in die Höfe und Häuser eingewiesen und Volksverwalter (Národní Správce) genannt. Am 9. Mai 1948, dem „Dritten Jahrestag der Befreiung", wurde nach einem politischen Machtwechsel in der ČSR in einer neuen Verfassung die Volksdemokratie ausgerufen. Die Landwirtschaft wurde kollektiviert, in Kamenná wurde hinter dem Hause 24 eine Kolchose errichtet.

Heute hat Kamenná 181 Einwohner tschechischer Nationalität. Einige von ihnen arbeiten in der Glasfabrik Dobronín. Nebenbei betreiben sie Landwirtschaft. Die Hofgebäude aus deutscher Zeit sind erhalten geblieben. Die alte Mühle, wenn auch unbewohnt, steht noch. Der Dorfweiher unterhalb der Häuser 22 und 23 wurde zugeschüttet. Jetzt ist an dieser Stelle ein Fußballplatz.

Einige Deutsche, die aus Bergersdorf stammen, haben mit der tschechischen Familie, die ihren ehemaligen Hof bewohnt, Kontakt aufgenommen und eine freundschaftliche Verbindung entwickelt. Andere Deutsche aus ehemals Bergersdorf sind verbittert und nie mehr nach Kamenná zurückgekehrt.

In den sechziger Jahren erhielt der in der DDR lebende Sohn eines der ermordeten Männer einen Brief ohne Absender in tschechischer Sprache. Der Dolmetscher, den er um eine Übersetzung bat, las das Schreiben und erklärte stotternd, das könne er nie und nimmer übersetzen, der Brief müsse sofort vernichtet werden. Der Sohn verbrannte ihn ängstlich. Er vermutet, daß einer der Mörder sein Gewissen mit einer Beichte des Geschehens erleichtern wollte.

Vom Kriegerdenkmal in Kamenná waren nach Kriegsende die Namen der deutschen Gefallenen entfernt worden. Es trägt seitdem die Inschrift (übersetzt):

> Zum Gedenken an die Nationale
> Befreiung im Jahre 1945
> und dem Abschub der Deutschen,
> die in diesem Lande
> 700 Jahre Kolonisten waren.
>
> ---
>
> Jaroslav Vomela
> Müller in Bergersdorf
> * 31. 3. 1898 Zu Tode gemartert in
> einem deutschen Gefängnis am 12. 6. 1942

* * * * *

SS-Obergruppenführer
Gottlob Berger (1896–1975)
Der SS-Obergruppenführer und General der Waffen–SS Gottlob Berger, genannt „Der Schwabenherzog", hatte als Vertrauter des Reichsführers SS, Heinrich Himmler, zahlreiche Ämter inne: Er war u. a. ab 1940 Leiter des SS-Hauptamtes in Berlin, ab 1942 Staatssekretär in Rosenbergs Ministerium für die besetzten Ostgebiete, in dem er die Funktion des Chefs vom Führungsstab Politik übernahm. Er organisierte die Rekrutierung von Volksdeutschen für die Waffen-SS. Ende August 1944 wurde ihm das militärische Kommando in der Slowakei übertragen, wo er einen Aufstand niederschlug. Anschließend war er Stabsführer des Volkssturms und ab 1. Oktober 1944 Chef für das Kriegsgefangenenwesen.

Im sogenannten „Wilhelmstraßen-Prozeß" verurteilte das Nürnberger Militärtribunal (1. Oktober 1946 bis 13. April 1949) Gottlob Berger zu fünfundzwanzig Jahren Gefängnis. Die Haftzeit ab 7. Mai 1945 wurde auf die Gefängnisstrafe angerechnet. Im Januar 1951 wurde die Haftstrafe auf zehn Jahre herabgesetzt, doch im Dezember desselben Jahres wurde Berger aus der Haft entlassen. Er kehrte an seinen Geburtsort Gerstetten zurück, wo er 1975 starb.

Das Nürnberger Militärtribunal verurteilte ihn wegen folgender Anklagepunkte:

* Kriegsverbrechen
* Verbrechen gegen die Menschlichkeit von 1938–1945
* Sklavenarbeit
* Organisationsverbrechen: Mitgliedschaft in einer verbrecherischen Organisation:

Während des Prozesses hatte Berger behauptet, nichts über Pläne zur Vernichtung der Juden gewußt zu haben. Von der „Endlösung“ der Judenfrage habe er zum ersten Mal nach seiner Verhaftung erfahren.

Im Prozeß wurden ihm Schriftstücke vorgelegt, die diese Behauptung widerlegten. Das Gericht stellte fest, daß „Berger zwar nicht in einem der Ausrottungslager war“, er aber trotzdem „eine wichtige Rolle bei der Unterdrückung der Beschwerden sogar hochgestellter Beamter wie Kube und Rosenberg spielte und dadurch die planmäßige Durchführung dieses schauerlichen Vorhabens ermöglichte.“ Bei Himmlers berüchtigter Posener Rede vom 4. Oktober 1943, in der er vor SS-Gruppenführern über die „Judenevakuierung, die Ausrottung des jüdischen Volkes“ offen gesprochen hatte, war Berger anwesend, leugnete aber im Prozeß, die „Endlösung der Juden“ sei genannt worden.

Das Gericht kam zu der Überzeugung, daß Berger „tätigen Anteil an dem Programm der Verfolgung, Versklavung und Ermordung der Juden genommen hat“.

Als bewiesen sah das Gericht an, daß Berger zumindest bis 1942 für die Anwerbung von Bewachungspersonal für die Konzentrationslager zuständig war.

Berger stützte auch den berüchtigten Kommandeur Dirlewanger, dessen aus Wilddieben und Kriminellen rekrutierte Brigade die Bevölkerung in den besetzten Ostgebieten durch seine Brutalität in Angst und Schrecken versetzte. Das Gericht sah darin ein Verbrechen gegen die Menschlichkeit.

Das Gericht fand Berger für schuldig, an der Zwangsrekrutierung von Volksdeutschen in den besetzten Gebieten mitgewirkt zu haben.

Strafmildernd berücksichtigte das Gericht, daß Berger sich als Chef des Kriegsgefangenenwesens dem Befehl Hitlers, Offiziere und Mannschaften als Geiseln zu nehmen und erschießen zu lassen, widersetzt hatte.

Von einigen Anklagepunkten wurde Berger freigesprochen, u. a. von dem der „Plünderung“ in den besetzten Ostgebieten und dem der „Verbrechen des Angriffskrieges oder Verbrechen gegen den Frieden".

Nach seinem Tod im Jahre 1975 fanden alljährliche Treffen von SS-Veteranen an Bergers Grabstätte statt, am Grabstein ist eine Gedenktafel mit folgender Inschrift angebracht:

In dankbarem Gedenken an
Gottlob Berger
General der Waffen-SS
Er schützte und sorgte für
Kriegsgefangene der US-Luftwaffe
Während des II. Weltkrieges
Delmar T. Spivey
Generalmajor der US-Luftwaffe

* * * * *

Andreas Schmidt (1912–1948)
Schwiegersohn Gottlob Bergers
Schmidt war Volksgruppenführer der Deutschen in Rumänien (DVR) und Gründer der NSDAP der DVR im November 1940[28]. Er strebte die Abtrennung Siebenbürgens von Rumänien an, um es dem Deutschen Reich anzugliedern. Nach dem Frontwechsel Rumäniens am 23. August 1944 wurde Schmidt im Herbst 1944 gefaßt, an die Sowjetunion ausgeliefert und zu fünfundzwanzig Jahren Zwangsarbeit verurteilt. Er kam 1948 im Arbeitslager Workuta ums Leben, Todesursache unbekannt.

Johann Appelfeld
Anführer einer Widerstandsgruppe aus Iglau
Johann Appelfeld wurde am 14. August 1908 in Jamitz, Kreis Budweis, geboren. Er war Sekretär der Kommunistischen Partei in Iglau. Sein Deckname war „Feld". Nach seiner Verhaftung Mitte März 1939 in Iglau kam Appelfeld in das Konzentrations-

[28] s. Johann Böhm: Das nationalsozialistische Deutschland und die Deutsche Volksgruppe in Rumänien 1936–1944. Frankfurt am Main, Bern, New York 1985; und vgl. Johann Böhm: Die Gleichschaltung der Deutschen Volksgruppe in Rumänien und das Dritte Reich 1941–1945. (erscheint im Verlag Peter Lang voraussichtlich 2003).

lager Sachsenhausen bei Berlin. 1946 schilderte Appelfeld unter dem Namen Jan Apelfeld in seinem Buch *Žalujeme* (Wir klagen – Roman aus den nazistischen KZs), SCM Jihlava 1946, seine Erlebnisse in Konzentrationslagern. Nach seinen zum Teil ungenauen Schilderungen ist er am 22. Oktober 1942 von Sachsenhausen nach Auschwitz, Weihnachten 1943 nach Schantochowitz in Polen, am 25. Januar 1945 nach Mauthausen gebracht und am 6. Mai 1945 im Außenlager Ebensee von US-Truppen befreit worden. Laut einer anderen Quelle wurde er am 23. Mai 1945 im Konzentrationslager Dachau von den Amerikanern freigelassen.

Die Gestapo Iglau hatte bei Kriegsende Unterlagen und Dokumente (auch zum Synagogenbrand in Iglau vom 29./30. März 1939) vernichtet, so daß zu den Hintergründen des geplanten Attentats auf Hitler nichts Näheres bekannt ist.

Das letzte Lebenszeichen von Johann Appelfeld ist ein Eintrag des Einwohnermeldeamtes einer Ortschaft bei Karlovy Vary (Karlsbad) vom 7. Februar 1947 mit seiner Berufsangabe „Fotograf". Appelfelds weiterer Lebensweg ließ sich nicht ermitteln.

Robert Kautzinger

„Kommandant der Roten Garde"

Er wurde am 27. August 1901 in Wien geboren. Als Glasschleifer arbeitete er in der Glasfabrik Deutsch-Schützendorf. Er war Mitglied der Kommunistischen Partei und schloß sich nach der Errichtung des Protektorates einer kommunistischen Widerstandsgruppe an. Er wurde am 6. Dezember 1939 von der Gestapo wegen Hochverrats verhaftet und in das Gefängnis Deutsch-Brod, danach in das Deutsche Gefängnis Prag (Pankrác) eingeliefert. Am 24. Februar 1940 wurde er „mangels Beweisen" entlassen. Am 5. April 1959 stellte er in Nová Ves (bei Liberec/Reichenberg), wohin er 1953 gezogen und wo er als Landarbeiter tätig war, erfolgreich einen Antrag auf Aufnahme in den Verband der Kämpfer gegen den Faschismus. Zur Begründung wies er u. a. darauf hin, er habe nach seiner Entlassung aus deutscher Haft erneut im illegalen Kampf gegen den Faschismus gearbeitet. „Nach der Befreiung habe ich als Mitglied des NV[29] in Dobronín bei Jihlava gearbeitet. Schon in den Revolutionstagen war ich als Kommandant der Roten Garde in Dobronín

[29] Národní Výbor – Nationalausschuß

tätig und habe an der Befreiung von den deutschen Faschisten teilgenommen." Er starb 1974 in Nová Ves.

Heinz Frey
Ortsgruppenleiter der NSDAP in Bergersdorf
Frey war nach kurzer Schutzhaft einem Aussiedlungslager für Deutsche zugewiesen worden. 1946 gelangte er mit einem Transport in die Sowjetische Besatzungszone Deutschlands, wo er versuchte als Kommunalpolitiker Karriere zu machen. Zweieinhalb Jahrzehnte später verstarb er in der DDR.

Theresia Hondl
Ehefrau des Bürgermeisters Wenzel Hondl
Sie kam mit den Töchtern Kathi und Maria sowie ihrem Enkelsohn im Transportzug Juni 1946 in ein Sammellager bei Aschaffenburg. Sie wurde von den Besitzern des Lehrhofes, bei denen Maria 1942 gearbeitet hatte, zum Wohnen und Arbeiten bis 1953 aufgenommen und lebte bei ihrer Tochter Maria bis zu ihrem Tode 1975.

Kathi Hondl
Tochter des Bürgermeisters
Anfang 1947 wurde sie von ihrer früheren Lehrfrau eingeladen und versuchte vergeblich, nach Österreich einzureisen. Sie absolvierte eine Wirtschafterinnenprüfung und arbeitete als Hauswirtschafterin bei einer Baronin im Rheinland. Sie korrespondierte noch einige Jahre mit Gottlob Berger. 1950 heiratete sie Franz aus Bergersdorf, Haus Nr. 27, und pachtete zusammen mit ihrem Bruder Wenzel einen großen Hof. Mitte der fünfziger Jahre kaufte sie mit ihrem Mann ein landwirtschaftliches Anwesen in Niederbayern. 1998 verunglückte sie bei einem Verkehrsunfall tödlich. Ihr Mann Franz starb 2001.

Maria Hondl
Tochter des Bürgermeisters
Vom Sammellager bei Aschaffenburg zog sie mit ihrem kleinen Sohn und ihrer Mutter in die Nähe von Bremen auf den Bauernhof, wo sie 1942 in Lehre war. Ihr Mann Franz, dessen Vater als Abgeordneter der Christlich-Sozialen Volkspartei 1913 in den Mährischen Landtag gewählt worden war, kam 1946 aus amerikanischer Kriegsgefangenschaft zurück. Beide arbeiteten als

Dienstboten, bis sie 1954 in der Nähe von München einen Bauernhof erwarben, den sie ausbauten und erfolgreich bewirtschafteten. Franz starb im Jahre 1986, Maria starb 2002.

Wenzel (Wenzi) Hondl
Sohn des Bürgermeisters
Wenzel bemühte sich nach seiner Entlassung aus englischer Kriegsgefangenschaft um Aufnahme an einer Höheren Landwirtschaftsschule in Niedersachsen, wegen des großen Andrangs jedoch vergebens. Er arbeitete dann auf einem Hof bei Hannover. 1951 pachtete er zusammen mit seiner Schwester Kathi und ihrem Mann Franz einen großen Hof in Oberbayern. Er heiratete 1965 die Tochter eines Landwirts aus der Gegend, mit der er heute den gemeinsamen Hof bewirtschaftet.

Marie Tondl
Schwester des Bürgermeisters
Sie forschte bis Mitte der fünfziger Jahre nach dem Schicksal ihres Sohnes Johann, der seit 4. Januar 1943 in Stalingrad als vermißt gilt. Ihre Nachfragen – auch an den Suchdienst des Internationalen Roten Kreuzes – führten nicht zur Klärung. Sie wohnte bei ihrer Schwägerin Theresia. Marie Tondl hat den Verlust ihrer beiden Söhne nie verwunden. Verbittert und schwer krank starb sie 1957.

Ferdinand Hondl
Bruder des Bürgermeisters
Er war 1945 vom Außerordentlichen Volksgericht Jihlava zu fünf Jahren schweren Kerkers wegen seiner SS-Mitgliedschaft verurteilt worden. Nach Haftentlassung und Ausreise nach Westdeutschland lebte er zurückgezogen mit seiner Frau bei Familienangehörigen in Bayern.

Maria (Mitzi)
Magd auf dem Hof des Bürgermeisters
Sie arbeitete noch längere Zeit auf Nr. 23 für den neuen tschechischen Verwalter und heiratete „ihren“ Hans in Österreich. Sie lebt bei Linz.

Maria
aus dem Haus Nr. 3
Sie arbeitete ab August 1945 bei tschechischen Bauern der Umgebung und danach auf einem Gut in Časlav, zuletzt in Dobronín mit einem Tagesverdienst von einer Krone. Im Mai 1950 reiste sie nach Westdeutschland aus, heiratete und lebt in Hessen.

Katharina
aus dem Haus Nr. 38
Sie blieb mit ihrer Familie auf dem Hof, auch als der neue tschechische Verwalter kam. Er war freundlich zu den Deutschen und verrichtete mit ihnen alle Feldarbeiten. Als für die Deutschen im Juli 1945 der Befehl zum Abtransport ins Lager kam, wollte der Tscheche auch nicht mehr bleiben und verschwand. Katharina und ihre Familie wurden zur Feldarbeit bei tschechischen Bauern eingesetzt. Ihre Großmutter starb im Frühjahr 1946 im Lager. Im April 1946 kam die Familie nach Hessen. Katharina wurde Buchhalterin und heiratete 1952. Großvater Gassenhäusler wurde bei bester Gesundheit einundneunzig Jahre alt.

Familie Pokoj
Haus Nr. 12
Ende Mai 1946 kam die Familie mit einem Transportzug nach Bayern und faßte nach einem Jahr in Franken Fuß. Toni Pokoj, der als Siebzehnjähriger Notizen über die Zeit 1945/46 gemacht und heimlich mitgenommen hatte, heiratete 1960. Er wurde Direktor einer Bank. Er starb 1994.

Beim ersten Besuch 1965 in Kamenná führte der tschechische Verwalter Toni Pokoj in eine Kammer, in der alles so aufbewahrt war, wie er es 1945 vorgefunden hatte. Der Tscheche öffnete den großen Schrank mit den Worten: „Wir haben nichts genommen, es ist ja alles euer! Kannst mitnehmen, was du willst!“

* * * * *

Zum Schluß möchte ich alle würdigen, ohne deren Unterstützung dieses Buch nie hätte entstehen können. Bei allen ehemaligen Bergersdörfern und Iglauern sowie den Bewohnern der umliegenden Dörfern bedanke ich mich dafür, daß sie meine Fragen geduldig und ausführlich beantwortet haben. Meinen tschechischen Freunden und Bekannten möchte ich für Ihre Mühe danken, ganz besonders jedoch meinem Freund Walter, der mit Ratschlägen, Recherchen und Übersetzungen unentbehrlich für mich war. Auch Rudolf („Rudolf aus Ranzern"), einem Freund meines Schwiegervaters, darf ich für seine Schilderungen und Detailinformationen, die ich nur von ihm erfahren konnte, danken sowie meiner Schwiegermutter, die aufrichtig erzählte und der mein Buch am Herzen lag. Auch meine Mutter, die auf der Pfalz stammt, kann ich nicht unerwähnt lassen, da sie mir viele Dokumente – unter anderem die umfangreiche Schulchronik Bergersdorf – aus der Sütterlinschrift „übersetzte". Zu guter Letzt darf ich meiner Lektorin für ihr kritisches, sachkundiges und gründliches Lektorat sowie meinem Verleger Harald Salfellner danken, der Brisanz und Bedeutung meines Manuskriptes sofort erkannte und es zielstrebig, trotz Prager Jahrhunderthochwasser, das auch seinen Verlag überflutete, als Buch herausbrachte.

Für die freundliche Unterstützung bei meinen Recherchen möchte ich vor allem den Mitarbeitern des Bundesarchivs Berlin und des Kreisarchivs Iglau sehr herzlich danken! Mein Dank gilt auch den folgend genannten Archiven und Institutionen in der Tschechischen Republik und in der Bundesrepublik Deutschland, von denen ich zum Teil wertvolle Informationen und Hinweise für mein Buchprojekt erhalten habe:

In der Tschechischen Republik

STÁTNÍ ÚSTŘEDNÍ ARCHIV V PRAZE
Praha (Prag)

MORAVSKÝ ZEMSKÝ ARCHIV V BRNĚ
Brno (Brünn)

STÁTNÍ OKRESNÍ ARCHIV JIHLAVA
Jihlava (Iglau)

STÁTNÍ OKRESNÍ ARCHIV
Havličkův Brod (Deutsch-Brod)

KLUB ZA HISTORICKOU POLNOU
Polná

In der Bundesrepublik Deutschland

BUNDESARCHIV BERLIN
STIFTUNG PREUSSISCHER KULTURBESITZ
STAATSBIBLIOTHEK ZU BERLIN
WEHRMACHTSAUSKUNFTSSTELLE
Berlin
HAUS DER WANNSEE-KONFERENZ
Berlin
COLLEGIUM CAROLINUM
München
SUDETENDEUTSCHES HAUS
München
INSTITUT FÜR ZEITGESCHICHTE
München
INSTITUT FÜR AUSLANDSBEZIEHUNGEN
Stuttgart
STIFTUNG BRANDENBURGISCHE GEDENKSTÄTTEN
GEDENKSTÄTTE UND MUSEUM SACHSENHAUSEN
DEUTSCHES RUNDFUNKARCHIV FRANKFURT AM MAIN
BUNDESARCHIV – FILMARCHIV BERLIN

* * * * *